M.S. FAYES

APENAS um Jogo

1ª Edição

2019

Direção Editorial:	**Modelo:**
Roberta Teixeira	Fabián Castro
Gerente Editorial:	**Arte de Capa:**
Anastacia Cabo	Gisely Fernandes
Fotógrafo:	**Revisão e diagramação:**
Rafael Catala	Carol Dias

Copyright © M. S. Fayes, 2019
Copyright © The Gift Box, 2019
Todos os direitos reservados.
Nenhuma parte do conteúdo desse livro poderá ser reproduzida em qualquer meio ou forma – impresso, digital, áudio ou visual – sem a expressa autorização da editora sob penas criminais e ações civis.
Esta é uma obra de ficção. Nomes, personagens, lugares e acontecimentos descritos são produtos da imaginação da autora. Qualquer semelhança com nomes, datas ou acontecimentos reais é mera coincidência.

Este livro segue as regras da Nova Ortografia da Língua Portuguesa.

CIP-BRASIL. CATALOGAÇÃO NA PUBLICAÇÃO
SINDICATO NACIONAL DOS EDITORES DE LIVROS, RJ
Vanessa Mafra Xavier Salgado - Bibliotecária - CRB-7/6644

```
F291a
    Fayes, M. S
        Apenas um jogo / M. S. Fayes. - 1. ed. - Rio de Janeiro : The
Gift Box, 2019.
        320 p.

    ISBN 978-65-5048-002-8

    1. Ficção brasileira. I. Título.

19-58406         CDD: 869.3
                 CDU: 82-3(81)
```

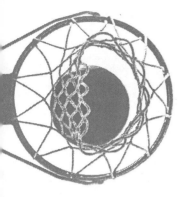

PRÓLOGO
Ayla

❧• Palavras •❧

Eu estava nervosa e não queria demonstrar. Somente compartilhar o mesmo espaço confinado com o melhor amigo de Mila já me deixava naquele estado de nervos. Era difícil explicar, mas desde que coloquei os olhos nele, sabia que havia algo de diferente e sombrio sobre a figura de Victorio Marquezi.

Ao mesmo tempo em que ele era sempre sorridente ao lado de Mila Carpenter, também era sisudo e o sorriso quase nunca lhe chegava aos olhos.

Eu não sabia dizer se era exatamente aquela aura arredia que me atraía, por ser tão diferente de mim, ou se havia algo mais.

Victorio era amigo de dormitório de Mila, sendo que eu e ela nos conhecemos em duas matérias que cursamos juntas no início da faculdade, e nunca mais nos desgrudamos. Éramos tão diferentes, mas creio que nossas diferenças complementavam uma à outra. Embora eu fosse um ano mais velha que ela, nossa amizade parecia tão antiga quanto o tempo e poderíamos dizer que éramos gêmeas. De alguma forma torta.

Enquanto Mila era doce e amorosa, eu era agressiva até mesmo na forma de conversar. Nunca deixava que muitas pessoas se aproximassem, com medo de que acabassem me ferindo mais do que o necessário. Aprendi a conviver comigo mesma apenas.

Já estava cansada da quota recebida ao longo da vida. Fui criada em um lar muito religioso, cheio de regras, condutas e princípios nos quais meus pais e irmãos achavam que eu não me encaixava. Ser criada em um lar oriundo do ramo *Amish* era difícil. Mais ainda quando fui a causa do banimento de meus pais da comunidade conservadora. Aos nove anos, quando descobriram que eu gostava de dançar às escondidas, minha família foi "convidada" a se retirar. Nem é preciso dizer que levei o peso da culpa, amargando toda espécie de reprimendas e julgamentos ao meu respeito.

Mesmo tendo saído da comunidade, meus pais continuaram nossa educação da maneira mais conservadora possível, e aos dezesseis anos, quando foi oferecido o *Rumspringa*, um período em que todos os adolescentes recebem o direito de experimentar certa liberdade — podendo fazer o que as leis nos impedem —, acabei largando tudo para trás. Deixei Charm, minha pequena cidade em Ohio, e me aventurei para a terra das oportunidades, a cidade mais cosmopolita de todas: Nova York.

Graças à tia Clare, irmã do meu pai, que era exatamente igual a mim, eu tinha condições de estudar na NYU, fazendo o curso de teatro e dança, e estava prestes a me formar, quando recebi algumas propostas interessantes para integrar o elenco de um espetáculo na Broadway. Adiantei a graduação para garantir a oferta.

Não vou dizer que sempre foi meu desejo, porque estaria mentindo. Meu sonho era ser uma bailarina de dança moderna, viajar pelo mundo espalhando a magia dos passos intrincados ao som de músicas originais que fizessem com que o expectador tivesse a sensação de dançar também. Então, eu queria integrar alguma companhia de dança contemporânea, e tinha uma meta à frente. No entanto, nunca deixaria passar uma oportunidade como a que muitos alunos de teatro sonhavam e davam o sangue ali em Manhattan.

Estava exultante de alegria, prestes a comemorar com meus amigos o convite do diretor da Broadway, quando fui convidada a comparecer àquela festa de grêmio.

Muitas vezes essas festinhas ficavam selvagens e terminavam em bebedeiras e sexo desenfreado, mas eu estava muito mais interessada em tentar me aproximar de Vic do que em outra coisa. Na minha cabeça, eu só pensava que, ao sair da faculdade, não o veria mais com a mesma frequência, e a paixonite que ardia no meu peito me consumia pouco a pouco, dizendo que algo deveria ser feito.

Já havia percebido que Mila não o tinha acompanhado, então eu precisava bolar algum plano para chegar perto o suficiente para entabular uma conversa aleatória.

Uma boa alternativa seria perguntar por que Mila não quisera comparecer à festa.

Disfarcei um pouco e fui à cozinha pegar uma bebida que pudesse arrefecer a garganta seca pela constante sensação de engolir a saliva, para não babar sobre Victorio Marquezi. Fora que eu precisava me refrescar, já que tinha dançado mais do que o limite, na tentativa débil de atrair a atenção do cara que sequer olhou duas vezes na minha direção.

Quando estava saindo da cozinha apertada, eu o ouvi conversando com um cara que estudava um ano à frente no curso de Artes Cênicas.

— Cara, você tem certeza de que vai querer investir suas intenções naquela garota? A meu ver, ela não é grande coisa, entende? Está mais interessada em dançar e tentar seduzir os caras com aquele corpo do que mostrar conteúdo — Vic falou e senti meu coração parar por dois segundos. Eu não queria acreditar que ele estava falando daquela forma a meu respeito.

— Porra, cara, mas ela é muito gostosa. Qualquer tentativa de levar a garota *pra* cama já vai valer o esforço — o idiota com quem conversava respondeu.

— Mano, tem mulheres muito mais apetecíveis na praça. Sério. Basta olhar ao redor. Veja aquela loira ali do canto. Está ali uma mulher que talvez valha a pena seu tempo. Olha, Ayla é amiga da minha melhor amiga, mas honestamente, não sei o que Mila vê nela, porque a meu ver, não tem nada de interessante ali — ele disse e tinha certeza de que meu coração se partiu em pedaços.

Bebi o conteúdo do copo de uma só vez. Voltei para a cozinha e peguei mais um. Bebi de outro gole. E *me* embriaguei naquela noite.

Eu só precisava curar a ferida que ganhara vida no meu peito com aquelas palavras cruéis que Vic havia tecido contra mim.

Não me daria ao luxo de me debulhar em lágrimas, porque estava mais entorpecida do que poderia imaginar. O choque pela frieza de suas palavras ainda fazia com que eu me sentisse incapaz de sentir algo.

Então aquilo era o que ele pensava ao meu respeito, não é? Que eu não valia a pena nem mesmo para ser amiga de Mila?

Eu provaria àquele imbecil que meu carinho e amor por Mila eram tão reais e verdadeiros quanto os que ele parecia ter por ela, e que sua opinião não me interessava em nada.

Mesmo que me ferisse.

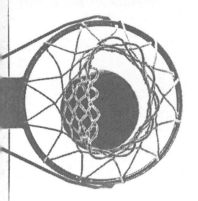

CAPÍTULO 1
Ayla

⊱ Sonhos em vão ⊰

Droga. Mais um par de sapatilhas devidamente lascado e indo para o lixo. Mais um par de meias rasgado. Em plena temporada de ensaios. Quando eu não podia me dar ao luxo de sair e comprar outra coisa, aquilo me aparecia, como uma espécie de zombaria cósmica, para rir da minha cara, realmente, tentando derrubar todas as convicções que eu tinha de que sairia vitoriosa na carreira que abracei com tanto ardor.

Assim que me formei no curso de Artes Cênicas da NYU, comecei a batalhar por um lugar ao sol, embora muitos imaginassem que eu tentaria a carreira no mundo artístico atuando, ou alguma merda assim. Não era aquela a minha meta. Eu queria uma grande chance em uma companhia de dança. Desde o momento em que saí de Nova York com a proposta para vir para a Califórnia, almejei esta meta com afinco.

Nunca fui a aluna clássica e comportada da turma do balé. Quando saí de casa, acabei me alojando na casa de minha tia, e lá, nas aulas que finalmente pude passar a frequentar, a professora Yvanka percebeu que eu não queria dançar músicas melodiosas e antiquadas, tocadas por orquestras e *blá-blá-blá*. Eu queria mexer meu corpo ao som de músicas animadas, dançando ao sabor do vento, elaborando movimentos únicos que deixassem o espectador assombrado. Eu amava a dança moderna.

Investi naquele sonho, mesmo que por dentro eu duelasse com a eterna culpa por estar correndo atrás da minha realização, totalmente contrária ao que meus pais planejaram para mim. Não fui feita para ser o perfeito exemplo de uma mulher criada aos moldes *Amish*. Meu espírito sempre foi aventureiro e revolucionário, e me expressar através do meu corpo era uma das consequências desses anseios. Por mim, continuaria apenas na prática, dançando e tentando me tornar a melhor. Porém tia Clare tinha outros planos. Ela acabou me matriculando em uma escola, fazendo com que eu batalhasse por notas que me garantiriam uma vaga em uma universidade. A opção da Universidade de Nova York deu-se muito para cultivar a maior distância possível do meu passado.

Munida de uma bolsa parcial, consegui fazer o curso de artes, com ênfase para dança teatral e espetáculos de grandes musicais. Trabalhei em meio-período em alguns bicos, mas quanto mais o término do curso se aproximava, mais eu me empenhava nos concursos de dança espalhados pelo país.

Tia Clare assumiu totalmente minha criação, se tornando a maior apoiadora e patrocinadora dos meus sonhos. Ela me estimulava a inscrever-me em todos os cursos possíveis, concursos, festivais e afins, e eu vivia assim. De lugar a lugar, tentando achar uma oportunidade que me apresentasse o que eu mais sonhava: dançar e ser reconhecida por aquilo. Eu imaginava que ela vivia através do meu sonho. Tia Clare, irmã mais nova do meu pai, sempre sonhou em se tornar uma bailarina, mas a criação conservadora que meus avós, na época, lhe aplicaram, fez com que seus sonhos morressem e ficassem apenas em suas lembranças juvenis. Saída também, no mesmo *Rumspringa*, para a liberdade que sempre galgou, tia Clare se jogou no mundo e foi construir sua própria história. Ao contrário de mim, ela não teve a chance de frequentar aulas de dança. Havia sofrido um acidente que acabou impossibilitando-a de viver o sonho do coração.

Conhecer Mila Carpenter na faculdade foi um dos meus melhores presentes. Em alguns momentos poderia até mesmo me sentir culpada e achar que a usava, mais do que dedicava minha amizade, mas o que sentia por aquela garota era uma profunda admiração e carinho verdadeiros. Sua garra e determinação em vencer na vida eram um exemplo a ser seguido.

Passei a dormir, vez ou outra, em sua casa, depois que o companheiro de quarto, o idiota, foi embora para Denver, claro. Poucas vezes cruzei com ele quando ia visitá-la.

Somente depois que Vic Marquezi sumiu da equação é que tive a liberdade de me instalar ali. Mila nunca poderia sonhar, mas sempre que dormia no seu apartamento mais apertado que uma caixa de fósforos, e me deitava na cama que havia pertencido ao amigo dela, eu suspirava e sonhava horas e horas com o infame. O imbecil. O arrogante. O palhaço.

Cretino.

Senti uma porcaria de lágrima querendo se suicidar e quase enfiei o dedo no globo ocular para evitar o desastre. Eu estava de maquiagem. Se chorasse, seria o caos. Odiava chorar quando as lembranças de Vic e a mágoa infringida por ele vinham me assombrar. Odiava.

Mostrava que eu era fraca, quando não devia ser. Em hipótese alguma. Eu era forte. Muito. Ninguém me derrubava. Escolhi a vida que levava e não permitiria que ninguém me julgasse por rótulos preconceituosos.

Bom. A lembrança do idiota me derrubava. De vez em quando. Talvez estivesse de TPM. Provavelmente precisaria comprar uma caixa de Kit Kats, comer tudo sem culpa, esperar que eles não fizessem morada no meu corpo em forma de gordura abdominal e pronto.

Chocolates sempre faziam bem e me ajudavam a esquecer Vic.

Na verdade, que merda... Eu nem sequer sabia por que ainda continuava a manter a imagem do prepotente na cabeça.

Ele havia deixado muito claro, tanto tempo atrás, qual era sua verdadeira opinião ao meu respeito, então, por que eu ainda ardia de vontade de sacudi-lo e exigir a explicação para a razão de ele pensar tão pouco de mim?

Meu Deus. Eu estava louca.

— Ayla!

— Eita... Estou do seu lado, por que gritar desse jeito? — perguntei e evitei revirar os olhos.

Sarah Mulder era a nova diretora do programa ao qual eu estava treinando meu número musical. Na verdade, eu e mais vinte garotas estaríamos ali como cobaias para conseguir vagas para dançarinas do show de entretenimentos. Não era lá uma coisa que eu queria fazer, mas pagaria as contas enquanto tentava algo mais substancial.

Um lugar ao sol.

Precisava me empenhar no meu treinamento *fitness* a fim de angariar seguidores no *Instragam*. Isso poderia atrair a atenção que eu necessitava de empresários do ramo artístico. Parecia fútil, mas a profissão que abracei era assim. Às vezes me sentia a pior das criaturas. Por que não me formei em algo para trabalhar das 9h às 17h? Como qualquer outra pessoa?

Naquele tempo em que estava fora da faculdade, já havia recusado três convites tentadores para trabalhar em Vegas, veja lá. Muito dinheiro mesmo. Mas muito pouca roupa também. Ou quase nenhuma.

Eu acho que não chegaria tão longe. Ou assim esperava. As pessoas eram tendenciosas a acreditar que dançarinas necessariamente tinham que ser exóticas. Ou que não eram profissionais que ralavam muito e acabaram explorando a arte e dom que sabiam por alguma necessidade contundente.

É sério. Tente subir a um poste de pole dance e rode sem espatifar a cara no chão e só depois, apenas *depois* disso, deboche das garotas que conseguem fazer tal coisa com maestria e ainda com decotes e fendas. E mais. Com o orgulho e a vergonha às escondidas.

Fiz amizade com uma garota que dizia chorar lágrimas amargas sempre que terminava sua apresentação. Seu sonho era uma vaga no Circo.

Conseguiu apenas balançar-se num poste ganhando gorjetas nas cordas de uma tanga indecente.

— Sua vez. As quatro primeiras garotas já entraram e duas foram reprovadas. Espero que você passe. É a nossa melhor aposta. Não me decepcione — Sarah disse e bateu a mão no meu ombro.

— Beleza. Obrigada, Sarah.

— Quebre a perna, garota.

Entrei no auditório e me alinhei às outras quatro moças que já estavam lá. Os jurados estavam posicionados à frente.

Quando a música começou, todas nós dançamos a coreografia que havia sido ensaiada exaustivamente durante semanas, a fim de que no dia da apresentação tudo saísse perfeito.

Dei graças a Deus que ninguém percebeu o furo na minha meia. Ou assim eu esperava. Não perdi um só compasso e quando os jurados deram o veredito, lá estava eu. Era a mais nova integrante do quadro de dançarinas do programa de auditórios *Evening Star*.

Saí com o coração mais leve, embora ainda o sentisse apertado. Era um sentimento estranho e quase esquizofrênico.

Eu poderia estar feliz e triste ao mesmo tempo?

Estava na Califórnia, cada vez mais longe das pessoas que eu prezava. Ou desprezava, dependendo do ponto de vista. Provavelmente não veria Mila tão cedo. Muito menos... o idiota. Que já não via mesmo.

A vida seguia. Um rumo incerto. De coordenadas loucas e irregulares.

Mas eu era teimosa.

Faria das riscas tortas um traçado perfeito como os passos coreografados de uma bela dança e chegaria até onde sempre sonhei.

Eu seria conhecida mundialmente como Ayla Marshall, a dançarina mais completa de todos os tempos.

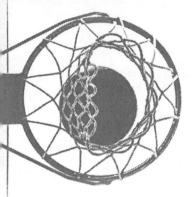

CAPÍTULO 2

Vic

❧• Saudade eterna •❧

Acordei suado e me sentei na cama de supetão, dando graças a Deus que não soltei um grito, já que um corpo delgado e muito nu estava esparramado ao meu lado. Afastei o lençol, saindo dali ainda desnorteado pelo pesadelo que despertou a angústia que sempre ardia no peito todas as vezes que me lembrava de minha irmã. *Kyara*. Tão linda e radiante quanto a fresta do sol que agora surgia num canto do quarto.

Entrei na suíte do hotel e me olhei no espelho, deparando com o reflexo assombrado das minhas memórias.

— *Vic, tudo o que preciso é que você me espere aqui, entendeu?* — Kyara disse e passou a mão no meu cabelo desgrenhado.

— Por quê, Kya? Eu quero ir também. Você disse que me levaria pra tomar sorvete — resmunguei.

Na verdade, eu queria ir para ficar perto dela. Mesmo aos doze anos, eu podia sentir que o namorado que minha irmã havia arranjado não era boa bisca. Eu sabia que ela tinha certo medo dele. Que era possessivo e até mesmo já agira com agressividade, mas ela conseguira disfarçar bem. Só que eu era esperto. Muito mais do que ele.

— *Eu tenho aula, Vic. Uma prova importante e depois vou sair com Damon* — informou e se sentou à minha frente. — *Você me promete ficar comportadinho?*

Que raios de promessa era aquela que ela queria que eu fizesse? Que fosse um cordeirinho? Eu era Victorio Marquezi. Tinha sangue italiano na veia. Tudo bem que nunca tinha conhecido meu pai, o verdadeiro doador do gene latino[1], mas enfim... eu

---

1 A cultura da Roma Antiga e do Império Romano é considerada latina.

podia me orgulhar de dizer que tinha sangue quente.

Joguei água no rosto com abundância, peguei o tubo de pasta de dente e tentei fazer uma higiene com o que dava.

Bom, isso porque eu havia saído para farra, depois do jogo do Houston Rockets em Miami, e me enfiei no quarto de hotel de uma garota aleatória que queria demonstrar toda a sua paixão pelo esporte. E digamos que ela ostentava uma espécie de jogo de bolas de basquete muito interessantes que chamaram minha atenção, assim que pusemos os pés na boate onde o time compareceu ao pós-jogo.

Só eu e Mark, o armador do time, saímos do esquadrão e nos desviamos para outro hotel que não o nosso. Bem, a garota nos convidou. Calma, a garota do Mark convidou apenas a ele, por favor, não vamos confundir as coisas, enquanto a minha me chamou para, digamos... encestar suas bolas. Ou as minhas. Tanto faz.

O gosto ardente na boca me fez recordar que estava com a pasta há muito mais tempo do que deveria, logo, eu precisava cuspir para não morrer intoxicado. Okay, exagerei. Mila sempre me acusava de fazer isso. Ao pensar nela, a amiga que substituiu a figura da minha irmã e tomou todos os meus cuidados para si, um sorriso automaticamente surgiu no meu rosto.

Pensei que talvez o sonho pudesse estar relacionado ao ocorrido com ela e Ethan, recentemente. O quase atropelamento fatal do meu sobrinho, que foi salvo por Adam, o pai – o cara que fiz de tudo para que minha amiga abandonasse –, mexeu comigo de alguma forma.

Eu não lidava bem com a morte, a proximidade dela, o prenúncio ou qualquer merda dessas. Muito do meu caráter ou das minhas neuras, por assim dizer, foram forjados sob o jugo de uma dor incomensurável que nunca seria apagada. Estourando, poderia ficar relegada a um cantinho do esquecimento, mas voltava com força total com gatilhos específicos.

Eu não lidava bem, de jeito nenhum, com a possibilidade de uma perda.

Saí do banheiro e olhei para a figura que permanecia completamente desmaiada na cama enorme do quarto de hotel luxuoso.

A loira selvagem fora bem efusiva e poderia ser eleita como a *cowgirl* do ano. Provavelmente havia perdido algumas calorias durante nosso rodeio, e tenho que admitir que até mesmo estava um pouco esgotado.

Cheguei até a janela e afastei a cortina, observando o dia que já começava a raiar. O gemido na cama indicou que a garota se espreguiçava. Forcei o cérebro para me lembrar do nome dela... Lucy? Lou?

— Oiiii... — ela cumprimentou com a voz carregada em dengo matinal.

Cheguei perto da cama e me sentei ao lado de seu quadril. A garota afastou os lençóis e senti o sangue rugir para outras partes que antes estavam adormecidas, mas agora mostravam que o gigante estava desperto. Passei a ponta dos dedos pela pele suave.

— Acordou há muito tempo? — perguntou.

— Não. Apenas alguns minutos atrás.

— Então volte *pra* cama... — ela insistiu e enlaçou o meu pescoço. Olhei para o relógio de cabeceira e vi que eram apenas 6h43 da manhã. Ainda teria tempo, já que combinei com Mark às 8h no saguão para pegarmos um Uber e seguirmos de volta para nosso hotel próximo à marina.

— Será um prazer, baby. — O melhor recurso para um homem, quando não se lembra do nome da garota, é chamá-la por algum apelido carinhoso e fofo.

Atendi prontamente aos apelos da garota insaciável, bem como do meu corpo responsivo ao dela. Talvez aquela rodada de sexo matinal apagasse da memória, por completo, os resquícios do pesadelo sombrio, onde eu podia ver claramente o corpo da minha irmã sem vida, jogado no chão, como se ela não fosse absolutamente nada.

Encontrei Mark no saguão no horário marcado. Ele estava exatamente como eu, com o cabelo molhado, um aspecto de quem havia tido uma boa-noite, e um dia melhor ainda.

— E aí? — perguntou e me cumprimentou, colocando os óculos escuros imediatamente. — A garota foi tudo aquilo o que esperava?

Revirei os olhos e bufei antes de responder:

— Eu não como e conto, né, seu burro.

— Ah, qual é, Vic. Deixa de ser certinho. Compartilhe. A morena que peguei foi simplesmente um espetáculo. Achei que ia quebrar meu pau em dois momentos e tive que pedir para segurar a onda, mas deu tudo certo no final — disse e gargalhou.

Eu o acompanhei na risada, embora não quisesse visualizar a cena grotesca que ele projetou na minha mente. Uma mulher tão selvagem que quase colocou a vida do seu membro em riste em perigo? Caramba... o que esses dois estavam praticando então? Algum malabarismo ao estilo Cirque du Soleil?

— Que tenso pra você, irmão.

Entramos no Uber que chegara rapidamente e nos acomodamos, ainda mantendo o assunto em voga. Mark não largava o osso tão fácil.

— Você não vai contar mesmo? — insistiu.

— Nope.

— Cara, você é muito sem-graça.

— Eu sei. Olha, posso participar de uma roda de conversas sobre uma mulher gostosa que está passando por ali e tal. Mas a partir do momento que aquela mulher estiver comigo, eu não violo a privacidade dela revelando o que fizemos ou deixamos de fazer — respondi e dei uma piscada deixando implícito que a coisa foi tão selvagem que não poderia ser expressa em palavras.

— Você é um estraga-prazeres — caçoou.

— Cara, se você quer saber e fofocar sobre isso, vá escrever um diário, um blog. Algo como: as aventuras sexuais de uma noite intensa. Sei lá... Tenho certeza de que você vai arranjar um monte de comentários impertinentes no seu post.

— Caralho, Vic. É uma ideia genial.

— Eu sei. Eu tenho ideias muito geniais.

Meu celular tocou naquele instante e vi que era Mila.

Atendi prontamente.

— Ei, boneca. Como está meu sobrinho? — perguntei.

— *Está bem. Escuta... quando você volta, Vic?* — ela perguntou.

— Hoje à noite saímos daqui. Por quê? Aconteceu alguma coisa? — Agora eu estava preocupado.

— *Ah, não... não é nada. Apenas queria saber.*

— Mila, o que você não está me contando?

— *Nada...*

Eu sabia que aquele nada queria dizer tudo. Bem, não necessariamente *tudo*, mas algo.

— Eu te conheço, esqueceu?

— *Quando você voltar, a gente conversa.*

Certo. Como se aquilo fosse acontecer.

— Tenho tempo. — Olhei no relógio e chequei o trajeto até nosso hotel, percebendo que ainda teríamos alguns minutos. Mark estava concentrado em seu celular também.

— *Bom, eu... Adam pediu que o acompanhássemos a Nova York* — disse de uma vez.

— O quê? Como assim pediu que vocês fossem a Nova York? — falei alto demais. Acabei atraindo a atenção tanto de Mark quanto do motorista. — Como assim, Mila?

— *Ele quer apresentar Ethan aos pais.*

Ah, ótimo. Já estava começando a sentir as estranhas vibrações. Mila vinha sendo sutilmente conquistada, ou melhor, reconquistada pelo milionário boa-pinta. Okay, eu precisava admitir que todo o ranço que tinha contra ele meio que havia evaporado no instante em que ele saltou na frente do carro e salvou as duas pessoas que mais amo na vida.

Eu era um cara sozinho. Ponto. A vida me deixara só muito cedo. Eu e Kyara havíamos perdido nossos pais muito jovens e fomos criados pela nossa avó, Gioconda. Ela era mãe do nosso pai, mas como nunca aceitara muito o casamento dele com mamãe, não era o modelo mais que perfeito de avó.

Eu e minha irmã mais velha criamos um laço muito mais forte, já que um sustentava o outro. Se não recebíamos amor da avó que esperávamos ter, então fazíamos questão de tentar suprir um ao outro. Kyara, sendo oito anos mais velha que eu, tinha muito mais maturidade, e me ensinava tudo o que sabia da vida.

Aos onze de idade, quando menos esperávamos, nossa avó faleceu de uma embolia pulmonar. Kyara estava com dezenove, e foi esse fator que me salvou de ir parar em um lar adotivo, porque ela acabou se tornando minha guardiã legal. Como já trabalhava e tinha renda, o Estado entendeu que ela era apta a cuidar de uma criança da minha idade, desde que eu tivesse assistência adequada. Recebíamos a visita da assistente social uma vez por mês.

Comecei a trabalhar, mesmo contra a vontade de Kyara, fazendo pequenos serviços em uma loja de conveniência. Eu entregava encomendas, embalava mercadorias, ajudava os clientes a levarem suas compras para o carro. Cada trocado recebido era guardado para ajudar minha irmã a pagar as contas. Mesmo que vovó tenha nos deixado a casa onde morávamos, ainda assim, precisávamos pagar água, luz, colocar comida na mesa e custear despesas básicas como roupas etc. Ainda havia a questão da minha escola, mas Kyara conseguiu resolver tudo para que as mudanças bruscas não afetassem tanto minha vida e rendimento nas notas.

Kyara fazia faculdade, estudava para seguir o sonho da vida dela, que era se tornar jornalista, e estava no segundo ano quando conheceu o cretino. Nunca consegui chamá-lo por outro nome, sempre foi "cretino" ou "babaca" para mim. Ao conhecê-lo, imediatamente uma impressão ruim se apoderou do meu corpo. Era como se uma espécie de premonição entrasse e gerasse uma onda de arrepios sinistros por dentro, tentando sinalizar que algo não estava bem.

Kyara se envolveu num relacionamento intenso, abusivo, cheio de proibições e amarras. Damon Wayne não a deixava fazer nada e podava cada vez mais o seu jeito expansivo de ser. A irmã feliz e despreocupada que eu costumava ter já não existia mais. Em seu lugar entrara a mulher ansiosa em agradar ao namorado irascível que fazia de tudo para desmerecê-la por todos os seus feitos.

Kyara nunca me falou nada daquilo. Nunca. Eu simplesmente observei. Ao longe. Os adultos tendem a achar que as crianças são seres avoados e que não se ligam em nada ao redor. Era pura mentira. Eu era capaz de jogar meu videogame e ainda assim ouvir as conversas e discussões dos dois na cozinha. Enquanto estudava no meu quarto, era capaz de ouvir o pranto sentido de Kyara depois de uma conversa ao telefone com o cretino.

Um ano e tanto de relacionamento assim, até que Kyara chegou em casa pela primeira vez com um hematoma no braço. Estávamos jantando e logo depois, quando ela ergueu a manga para lavar a louça, eu pude ver, claramente, a marca dos dedos maculando a pele da minha irmã.

— O que é isso no seu braço, Kya? — *perguntei em choque.*

Ela olhou para baixo e deixou o copo cair na pia, na pressa de abaixar a manga da blusa rapidamente. Ignorei os cacos que agora tomavam conta e poderiam cortá-la.

Kyara me olhou e deu um sorriso brando.

— Não é nada, Vic. Vá para o seu quarto. Vou terminar aqui e me deitar. Escove os dentes e vá dormir — *falou e virou-se para recolher os pedaços do copo espatifado.*

— Não. Não saio daqui até me dizer que marcas de dedos são essas aí. Eu não sou bobo, Kya. São dedos. E de homem. Então só podem ser do cretin... do seu namorado — *corrigi a tempo.* — Por que estão enfeitando seu braço?

— Não foi nada. Eu estava caindo da escada, na faculdade, e Damon me segurou. Ainda bem, ou eu teria despencado... — *tentou disfarçar.*

Eu não sabia o que era pior... Kyara tentar me enganar e mentir na caradura, ou tentar acobertar o idiota.

— Tá bom, Kya. — *Saí da cozinha emburrado.*

Segui direto para o meu quarto e me deitei, sem nem ao menos me despedir e desejar boa-noite. Eu estava bravo.

— *Ei, Vic?* — A voz de Mila do outro lado me tirou do limbo dos pensamentos tortuosos onde me enfiei. — *Você ainda está aí?*

— Hum? Sim. Estou. Apenas... espere eu chegar, boneca.

Encerrei a ligação e percebi que Mark me encarava com uma sobrancelha arqueada.

— O que foi? — perguntei sem entender o sorrisinho besta.

— Você deixou uma gata em Houston e veio passear no jardim de outra, *bro?* — O idiota me deu um soco no braço. — Não que eu esteja te julgando...

— Deixe de ser estúpido, mano. É óbvio que não.

— Mas o tom todo carinhoso e preocupado...

— É praticamente minha irmã, idiota. Mila é minha melhor amiga.

— E essa porra existe? — questionou ressabiado.

Olhei para ele sem entender aonde queria chegar.

— Você diz amizade entre homem e mulher?

— Claro, né? Cara... pelo amor de Deus... Se ela for gostosa, é óbvio que você já deve ter pensado em comer sua amiga em algum momento. Isso é intrínseco no homem.

Minha vontade era pegar o meu iPhone X e enfiar goela abaixo do imbecil. Achei melhor não. Já tinha um tempo desde que fiz o backup das fotos... eu correria o risco de perder tudo ali.

— Nunca a olhei com outros olhos.

— Nada? Nadinha?

Balancei a cabeça enfaticamente. E realmente aquilo era verdade. Desde quando pus os olhos em Mila, o que vi foi apenas redenção. A chance de poder cuidar de alguém e não permitir que nada e nem ninguém fizesse mal a ela.

— Nada. Mila sempre foi e sempre será minha irmãzinha.

O carro parou à porta do nosso hotel, onde descemos e seguimos nosso próprio rumo. Entrei no meu quarto e arrumei a mala singela que sempre levava nas viagens para jogos fora de casa.

Cheguei até a janela que dava uma vista magnífica para a baía e os iates fantásticos ancorados e suspirei.

Estava sentindo um prenúncio de que minha vida mudaria em breve. Só não imaginava que seria tanto.

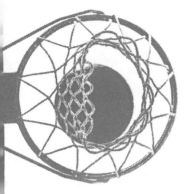

CAPÍTULO 3
Ayla

⚜ Ardente Aflição ⚜

Meu corpo estava exaurido. Depois de horas de ensaio, havia chegado o dia da gravação do clipe para o qual eu fora contratada. O que foi uma surpresa total, tenho que confessar. Estava participando do programa na Califórnia já há alguns meses, quando a diretora do núcleo artístico chegou para me informar que eu havia recebido uma proposta e se eu tinha interesse.

Fiquei pasma ao ver que um importante cantor latino me queria em seu clipe. Achei por um momento que teria um desmaio, mas consegui controlar as reações do meu corpo e fingir que a proposta era algo muito normal.

Depois de dois dias fui ao escritório do empresário do cantor e assinei o contrato. Não encontrei com o astro pessoalmente, claro. Mas saí de lá com todo o direcionamento da academia que deveria ir para os ensaios.

O coreógrafo acabou se tornando meu amigo no tempo em que permaneci ao seu dispor. Foram dias de ensaio duro, mas risos também e uma nova oportunidade de amizade estabelecida. Claude era maravilhoso. Junto à equipe inteira, posso dizer que estava bem mais calma para conseguir cumprir o compromisso para o qual me propus.

O Uber me deixou na frente do enorme estúdio em Los Angeles. Pelo que entendi, as primeiras partes da gravação seriam feitas ali, depois haveria outras locações.

Cheguei até a guarita e mostrei minha identidade ao guarda, que me olhou dos pés à cabeça. Estava vestida de forma modesta. Não gostava de circular pelas ruas de Los Angeles simplesmente mostrando tudo o que Deus me deu em abundância e fiz questão de fortalecer com horas e horas de exercícios.

— Você tem hora?

— Sim, senhor. No estúdio 14 — falei. Retirei os óculos escuros.

O homem me olhou com mais acuidade.

— Vou passar um rádio e pedir que um transporte interno venha te buscar. O estúdio 14 é longe.

— Obrigada.

Depois de quinze minutos, o tal transporte chegou. Ainda bem que eu havia sido precavida e fui com mais de trinta minutos de antecedência do horário combinado.

Pelos dez minutos a mais no carrinho que se assemelhava àqueles dos campos de golfe, percebi que se realmente tivesse ido andando, chegaria ao tal estúdio somente no dia seguinte.

— É aqui, senhorita — o homem mais velho informou.

— Obrigada.

Segui o caminho indicado e cheguei ao local. Quando entrei pela enorme porta, a primeira pessoa que vi foi Claude.

Eu estava segurando a alça da minha mochila com tanta força que podia sentir os nódulos dos dedos travados e doloridos.

— Ei, gata! Vejo que é pontual! Isso é excelente! — Claude alardeou com entusiasmo. — Venha! Vou apresentá-la ao restante da equipe. A maioria das outras bailarinas você já conheceu, não é mesmo?

— Sim — confirmei e senti o coração martelando.

— Então você vai tirar de letra. — Saiu me puxando pela mão. Eu esperava que ele não ficasse repugnado pelo suor que eu podia sentir nas palmas. — Ei, pessoal! Essa é nossa bailarina de vermelho! O morango do bolo! — gritou e os assovios foram intensos.

Não entendi a referência a nada do que ele disse, mas sorri e apertei as mãos que estavam sendo oferecidas. Beijinhos e abraços empolgados também surgiram.

— Não seria cereja, Claude? — uma mulher segurando uma prancheta perguntou.

— Para os seres humanos normais, pode ser cereja. Mas para mim, ela figura como um morango suculento... bem tentador.

Senti o rosto ficar vermelho, provavelmente seguindo na mesma tonalidade da fruta referida.

— Oi, Ayla! Estamos empolgadas para ver a coreografia tomando forma — a diretora de arte disse. Eu sabia que era ela, porque Claude a levou um dia aos ensaios.

— Eu também, Sra. Berry — falei com timidez.

— Por favor, senhora não. Apenas Jane — pediu.

— Okay. Jane.

— Agora queremos que siga Meredith e vá direto ao camarim para maquiar-se e colocar a roupa. Vamos gravar a sequência principal primeiro. O que para você, Claude deve ter passado como atos 5, 6 e 7.

Eu sabia que o clipe seria gravado em etapas distintas, não pela ordem, e que somente depois eles editariam na sequência certa.

— Antes, porém, Henry pediu que todas as dançarinas, caracterizadas, dançassem toda a coreografia, informalmente, no palco para que ele apenas assista.

Aquilo não parecia um pedido absurdo, mas também não estava no *script*.

— Tudo bem.

— Meredith! Acompanhe nossa garota ao camarim — ela chamou a moça baixinha que me encaminhou a um trailer no canto do imenso estúdio.

Entrei e duas mulheres conversavam em espanhol.

— Olá! Você deve ser Ayla Marshall, não? — uma delas disse com um forte sotaque.

— Sim.

— Sou Rosalinda e esta é Serena. Seremos suas assistentes de maquiagem e figurino. Nossa meta é que você dance, sue, mas continue intacta.

— Hum... okay. — Ri com o comentário.

Depois de quarenta minutos, o que nem imaginei que fosse demorar tanto, estava pronta.

— Meu Deus... bem que eles falaram que a escolha por você tinha uma razão. Você está belíssima, querida — Serena disse.

— Concordo. Simplesmente de arrasar. Tentamos encontrar os sapatos mais confortáveis do mercado para que consiga dançar e fazer sua magia, meu bem.

Olhei-me no espelho e fiquei surpresa com o resultado. O vestido vermelho ao estilo espanhol moldava meu corpo nos lugares certos, mas tinha os cortes adequados para os passos da coreografia de Claude. A rosa que adornava meu cabelo incrementava o visual, completado com a maquiagem elaborada que Rosalinda fizera. Eu parecia uma dançarina espanhola recém-chegada de seu país natal.

Elas abriram a porta e deram espaço para que eu descesse. Claude me viu ao longe e veio correndo.

— Meu Deus do céu! É isso... Ficarei surpreso se Henry conseguir cantar, querida. Ou os outros. Nossa... você está... divina.

Comecei a rir.

— Você é tão exagerado, Claude. Não há nada que uma boa dose de maquiagem não faça.

— Não, querida. Não é a maquiagem. Você veste o espírito da personagem, entende?

Abaixei a cabeça, sem graça com os elogios, mas segui com as mãos dadas com ele até o palco.

Lá vi que todas as outras bailarinas vestiam trajes pretos com detalhes vermelhos na barra de suas saias. Os cabelos de todas estavam presos, com exceção do meu, que seguia solto.

— Nossa... é isso aí. Já dá uma pintura. Ian! Tire uma foto aqui! — Jane gritou ao nosso lado.

O tal fotógrafo fez alguns registros, colocou todas as dançarinas juntas e orientou as poses que queria registrar.

— Muito bem, queridas. Agora vamos todas ao centro do palco, pois Henry quer apreciar a coreografia por completo, antes de começarmos a gravar a primeira etapa.

Subimos ao local indicado e fui até minha marca, apontada por Claude. Era bem no centro, onde estaria rodeada pelas outras garotas.

Meu rosto estava abaixado, logo não registrei a entrada do cantor famoso. Apenas ouvi os suspiros das dançarinas ao meu lado.

— Ai, minha nossa... o homem é lindo. Vou morrer antes de começar a fazer o primeiro *jetté* — Melissa disse e começou a rir.

Todas as outras a seguiram nos risos e comentários.

Evitei acompanhar o olhar, para não perder o foco.

— Okay, queridas! Todos a postos. Vamos mostrar a que vieram, okay? — Claude gritou do canto.

A música começou e assumimos nossa função. Entrei no meu personagem. Ali eu já não era Ayla Marshall. Eu era a dançarina espanhola tentando conquistar o objeto de seu desejo com os movimentos sinuosos do meu corpo.

Cerrei as pálpebras por um instante e apenas pensei no único cara a quem eu sempre quis seduzir e nunca fui capaz. O único para quem quis mostrar as capacidades de dança que batalhei para alcançar, com muito suor e lágrimas. Esforço, concentração, passando por cima de tanta coisa, que muitos sequer faziam ideia.

O único que quebrou meu coração com palavras, me julgando por algo que nunca fui ou fiz.

Abri os olhos e conectei o olhar à frente, dando de cara com os olhos entrecerrados de Henry Cazadeval.

Deixei que meu corpo assumisse os comandos, mandando os pensamentos e lembranças de Vic para o canto onde sempre os enviava quando ele vinha me assombrar. Dancei com a alma e o amor que sentia pela arte que abracei com meu coração.

Quando o último acorde da música terminou, assumi a posição que supunha ser a que finalizava o clipe e inspirei pesadamente, buscando resgatar o fôlego.

O silêncio durou alguns segundos até que o som das palmas irrompeu o lugar.

— Bravo! Bravo! — Jane gritou de onde estava. — Magnífico!

Claude me abraçou e sorri em agradecimento. As outras dançarinas também estavam eufóricas pelo momento. Não paravam de olhar para o local onde Henry mantinha-se sentado ao lado do empresário, com o olhar predatório fixo em mim. Estava começando a ficar desconfortável. Não podia dizer que era tímida no quesito, e sabia quando um homem me olhava com desejo e luxúria, mas algo em seu olhar me trazia arrepios.

— Maravilhosa, meu bem — Claude disse e me guiou para a saída do palco. — Agora Meredith vai levá-la de novo ao camarim, para retocar qualquer coisa que precise ser retocada... o que acho que nem precisa. Você continua perfeita. Mas pode ser que queira beber uma água?

— Não, obrigada, Claude.

Sério. Eu só queria gravar aquela etapa logo para poder ir para casa. Não sabia a razão, mas estava agitada além da medida.

Voltei ao camarim, sentindo o tempo todo que estava sendo observada.

Rosalinda e Serena ajeitaram o que precisava e me levaram de volta para a área de gravação.

— Muito bem, crianças — Jane começou —, vocês vão começar o ato 5 aqui, onde em seguida serão abordadas pela presença e cantoria magnífica de Henry, que tentará, a todo instante, atrair a atenção de nossa espanhola para dançar com ele. Ela sempre estará cercada pelas guardiãs, mas perceberá a presença do admirador que canta diretamente para ela, entendeu, Ayla? — falou especificamente para mim.

— Sim.

— Ótimo. Posicionem-se.

Claude me levou de volta ao local.

Quando estava já na posição marcada no solo, senti a presença dele à minha frente.

— Mantenha o olhar o tempo inteiro em mim, Ayla. Olhe nos meus olhos como se eu fosse a única pessoa que poderia te fazer respirar, entendeu? — Henry Cazadeval disse baixinho, quase para ninguém mais ouvir.

Engoli o nó que se formou na garganta e assenti apenas com a cabeça.

Ele colocou o dedo sob meu queixo e fez com que o olhasse.

— Não afaste o olhar.

Okay. Eu tinha entendido. Quando recebíamos os passos da coreo-

APENAS um Jogo

23

grafia intrincada, também recebíamos uma espécie de minirroteiro que indicava exatamente o que o clipe queria transmitir. Henry era o cantor que queria atrair a atenção da dançarina, com sua voz melodiosa, olhar ardente e letra sexy e sedutora. Ela devia corresponder, como se estivesse hipnotizada e disposta a devolver a mesma magia, mostrando que ele tentava conquistar, mas seria ele o conquistado.

— Sim, senhor.

Ao falar aquilo, ele me fulminou com o olhar, mas fingi não ter percebido.

Quando o trecho da música que se referia àquela parte começou, fizemos exatamente conforme o combinado. O diferente era que Henry fez questão de manter-se mais perto do que o previsto. Por duas vezes passou a mão suavemente pelo meu rosto, deixando os dedos correrem pelo cabelo.

— Maravilhoso, Henry! Vamos gravar esse movimento outra vez — Jane gritou.

As pessoas pensavam que era algo fácil, mas enganavam-se. Os atos 5, 6 e 7 foram gravados exaustivamente mais de quinze vezes cada, e a cada vez, Henry Cazadeval ficava mais ousado e perdia a inibição para mostrar que estava realmente ciente do que sua música entoava, fazendo questão de me deixar saber que encarava o clipe com muita seriedade. Era como se ele realmente tivesse vestido o personagem. E na magia do momento, acabara me fazendo vestir também.

Quiero ver en cada amanecer... el azul de sus ojos.
Quero ver em cada amanhecer... o azul dos seus olhos
Sintiendo los mismos clavando en mi pecho, mientras me envuelven en sus brazos.
Sentindo-os cravando em meu peito, enquanto me envolvem em seus braços
Quiero perderme contigo en el auge de la pasión...
Quero perder-me contigo no auge da paixão
Déjame morir de amor... perdido en tal ardiente emoción
Deixe-me morrer de amor... perdido em tal ardente emoção
No sólo por una noche...
Não apenas por uma noite
Dame la eternidad y yo entregaré mi amor
Dá-me a eternidade e eu entregarei o meu amor
Dame tu sonrisa y seré tu esclavo con fervor
Dá-me teu sorriso e serei teu escravo com fervor

— Pronto! Maravilhoso! Fantástico. Por hoje, acredito que estamos prontos. Amanhã gravaremos os atos 2, 3 e 4 — Jane anunciou. — Não se esqueçam de que será em uma praia particular, então preciso que cheguem às cinco da manhã aqui, para o ônibus sair com todos.

Droga. Eu odiava acordar tão cedo, mas eram os ossos do ofício, certo?

Quando estava prestes a descer do tablado, uma mão segurou meu cotovelo.

— Não vá embora até que eu fale com você — Henry disse baixinho em um tom de comando que não admitia contestação.

Fiquei injuriada porque, primeiro: o que ele teria para falar comigo? Segundo: pela irritação óbvia que pude detectar em seu olhar, aquele pedido poderia ter a ver com algo errado que fiz durante a coreografia.

Saí rapidamente e entrei no camarim, aceitando a ajuda de Rosalinda e Serena para retirar o vestido e os arranjos que compuseram meu figurino.

Meu corpo estava suado, e tudo o que eu mais queria era um banho, mas sabia que seria impossível. Vesti as roupas com as quais cheguei, apenas optando por deixar o cabelo solto, e desci do trailer, porém quando estava quase virando a esquina que me levaria para a porta de saída, um chamado fez com que eu estacasse os passos.

— O senhor Cazadeval quer falar com a senhorita — o homem disse.

Eu estava em maus lençóis. Sabia que o cara era o Manda-Chuva ali. Se ele decidisse que não me queria mais no clipe, então eu seria cortada sem mais nenhuma palavra.

Resignei-me a seguir o guarda-costas — o que supus pelo tamanho —, e entrei no camarim chique e arejado de Henry Cazadeval, o mais distante de todos.

— Eu sabia que você tentaria sair pela tangente — ele disse sentado em uma poltrona de couro branco e bebendo uma taça de vinho tinto. — Previsível.

— Desculpe, senhor Cazadeval. Eu tenho um compromisso logo e... — tentei inventar uma desculpa, mas fui bruscamente interrompida.

— Não minta, querida. Você não teria como ter compromisso, porque umas das minhas exigências é que em dia de gravação a agenda de vocês esteja livre de qualquer programação, já que nunca sabemos se imprevistos acontecerão... — falou e bebericou o líquido carmesim. — Sente-se aqui. Por favor.

Sentei-me no local indicado e esperei.

— Gostei de ver que atende a ordens no palco com mais presteza do que atende fora dele — ele disse.

Senti o sangue ferver. Quem o cara pensava que era? Ah, sim. O dono da coisa toda ali.

— Sr. Cazadeval... eu...

— Vou direto ao ponto. Eu escolhi você. Portanto, Ayla, espero que atenda às minhas exigências, sempre e quando eu as fizer.

Arregalei os olhos, chocada.

— O-o quê?

— Isso o que ouviu. Eu a escolhi. Naquele show de merda do qual participa. No catálogo de ofertas de dançarinas para compor o clipe, bastou que eu a visse uma vez no palco para que decidisse que você seria a minha bailarina principal do vídeo. Então a oferta foi feita a você, portanto é de se esperar que se sinta privilegiada e honrada por isso...

A arrogância do homem estava sobrepujando qualquer admiração que eu pudesse já ter sentido.

— Senhor...

— Pare de me chamar de senhor! — gritou me fazendo pular na poltrona. — Desculpe, mas estou irritado.

— Eu sinto muito...

— Quero apenas que me diga que compreendeu.

— Compreendi que o senh... você me escolheu especificamente. E fico muito honrada. Muito obrigada, é uma chance única na minha carreira como dançarina, mas não compreendi o que quis dizer com o fato de que tenho que estar ao seu dispor — falei corajosamente.

Henry Cazadeval moveu-se para frente, colocou o cálice de vinho na mesa de centro e me encarou.

— Eu a escolhi, Ayla Marshall. Você é única. Tem uma presença que vi em poucas dançarinas e conheci várias em minha carreira — ele disse e lambeu o lábio inferior. Se era para deixar claro o sentido de "conhecer", creio que entendi bem o propósito. — Fiz questão que estivesse no meu clipe. Quero projetá-la para o mundo.

A arrogância do astro pop me deixou assombrada. Ali estava um exemplar de homem que realmente ia direto ao ponto. Ou não. Preferi fingir, no entanto, que não estava entendendo nada.

— Ahn, muito obrigada.

— Quero incluí-la em todos os meus shows e apresentações da turnê. Estamos programando algo grandioso para superar todo e qualquer patamar do show business.

Henry passou o dedo de leve pelo meu joelho e afastei-me de seu toque sutilmente.

— Creio que Claude passou *pra* você a etapa mais complexa de nossas gravações que se darão dentro de alguns dias.

— Sim, senh... Henry.

— O videoclipe será lançado dentro de dois ou três meses, o tempo que a equipe de pós-produção conseguir finalizar — disse e tomou mais um gole de seu cálice. — O quanto antes. Quero fazer um contrato de exclusividade com você, querida.

Okay. Eu odiava aquela palavra. Era extremamente limitante.

— Como assim um contrato de exclusividade?

— Você será única e exclusivamente minha, no sentido mais amplo da palavra — ele disse com um sorriso lupino.

— Senhor Cazadeval... não sei se estou entendendo aonde quer chegar.

— Querida, você é extremamente inteligente. Ao contrário de muitas desmioladas, se formou em Artes Cênicas e Dança, logo, consegue articular pensamentos coerentes para entender, sim, aonde quero chegar.

Tentei me levantar diante da afronta absurda, mas fui impedida pela mão em meu joelho.

— Você tem um contrato comigo. Chegou a ler as entrelinhas? As linhas miúdas ao final do contrato? Aquelas que dizem que não poderá, de forma alguma, desistir no meio do projeto, ante pena de multa exorbitante, na melhor das hipóteses, ou um processo por quebra de cláusula contratual, na pior?

Eu podia sentir o sangue rugindo em meus ouvidos. A arrogância extrema me fazia sentir o gosto da bile subindo queimando pelo esôfago, prestes a desembarcar diretamente sobre o colo do homem.

— O senhor me contratou para um trabalho, mas não me comprou. Não pode exigir direitos sobre mim — respondi com os dentes rilhando entre si.

Ele sorriu maliciosamente outra vez e entrecerrou os olhos.

— Não posso sobre a sua pessoa maravilhosamente esculpida, mas sobre seu domínio da arte da dança, sim. É o que diz o contrário. Não sou seu dono, mas sim do seu tempo. Ele, sim, me pertence.

Eu estava chocada. Não podia acreditar. Não era possível que tivesse sido tão burra a esse ponto. Meu cérebro corria desenfreado, tentando buscar na memória as palavras que compunham aquele contrato absurdo.

— Não leu isso, meu bem?

— Senhor Cazadeval... isso é... isso é de uma canalhice sem tamanho. Nunca vi algo assim. Fui contratada para o seu videoclipe...

— Sim. E até que ele fique devidamente pronto, você e sua imagem me pertencem. Digamos, Ayla, que para preservar o mistério da figura que vou projetar para o mundo. Da mulher misteriosa que vibrará nas telas e passará a ser o sonho de milhares de pessoas. Especialmente dos homens. Mas veja... que sorte. O único homem que tem acesso a você, total e completamente, sou eu.

Consegui ficar de pé e dar alguns passos para trás, chocada com o que estava ouvindo.

Henry levantou da poltrona e se aproximou de mim. Minhas costas depararam com a parede do camarim luxuoso.

— Você, Ayla, pode ter uma vida maravilhosa, minha querida. Pode ter tudo o que sempre sonhou. Pode chegar ao lugar onde sempre desejou ir. Basta agarrar a oportunidade que está diante de você.

Sacudi a cabeça em negativa.

— Eu não quero conquistar nada assim. Quero conquistar com minha arte... — afirmei, mais para mim mesma.

Estava sentindo o nó se formar na garganta. Queria chorar. Só não na frente dele.

— Leia o contrato, meu bem. Pelo prazo de três meses, você... me pertence.

Afastei meu rosto da mão que tentou acariciar minha pele.

— Não... não...

— Sim. Mas não tema. Não será da forma como está tão atemorizada. Não vou forçá-la a nada que não queira, querida. Ao final, você será aquela que implorará pelo meu toque. Então... é apenas uma questão de tempo.

— Não... — sussurrei.

— Esteja avisada. Cumpra seus horários e o contrato que assinou. O resto, conversaremos quando o tempo chegar.

Consegui me virar e abrir a porta do trailer, ouvindo o som da risada rouca de Henry Cazadeval às minhas costas.

Somente quando saí do estúdio e do portão que isolava o que achei ser um sonho, foi que dei vazão às lágrimas furtivas.

Olhei para o prédio atrás de mim e percebi que muitas vezes sonhos podem ser esfacelados com palavras. Eu já deveria estar acostumada...

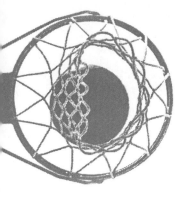

CAPÍTULO 4
Vic

❦ Amor puro ❦

O time vinha jogando uma excelente temporada. Embora estivéssemos em uma semana exaustiva, ainda assim, era confortador saber que tudo o que fazíamos como equipe era recompensado com o placar ao final. Nem sempre saíamos vitoriosos, claro, mas entendíamos que as vitórias e derrotas eram para todos. A forma de lidar com elas é que nos tornava verdadeiros campeões.

Estava chegando à casa de Mila, depois que ela havia me ligado mais cedo. Era o momento certo em que eu poderia dar-lhe uma prensa. No sentido de irmão mais velho averiguando fatos circunstanciais.

Já cheguei entrando porque eu tinha esse tipo de liberdade.

— Millie? Ethan?

Os gritos do moleque me indicaram que estava no banho. Subi a escada trotando os degraus de dois em dois e encontrei Mila ajoelhada no chão, tentando não parecer um rato molhado. Eu disse *tentando*.

— Olá.

Ela olhou por cima do ombro e foi o tempo de Ethan acertar-lhe o rosto com a esponja. Claro que o pilantra teve que começar a rir. E, sendo um parceiro, acompanhei meu afilhado no riso.

— Não tem a menor graça — Mila ralhou. — Ethan! Pare com isso!

Ela tentava brigar com ele e era fofa. Dava vontade de apertar as bochechas coradas pelo esforço, e ainda completar com o famoso Awww...

— Pare de brigar com meu garoto. Ele apenas quer te dar um banho. No mínimo está achando que você precisa lavar o cabelo, ou algo assim — brinquei e levei uma esponja na cabeça. — Ei!

— Não teve graça!

Ajoelhei ao lado dos dois e enfiei a mão na banheira pegando um pato de borracha.

— *Knéeec...* olha, Ethan! Esse pato não é engraçadão? Ele esguicha? — perguntei e mirei em Mila.

Gargalhei com os tapas que ela me deu da melhor forma que pôde, já que tentava conter Ethan, que resolveu participar ativamente da guerra de água.

— Seu idiota! Fica ensinando isso a ele!

— Millie, deixe de ser chata... Deixe o moleque curtir esse momento. Quando ele crescer não vai querer nem que você passe por perto do banheiro quando ele estiver dentro... — zoei.

— Cala a boca, Vic! — ela gritou mais nervosa a cada minuto.

— Okay, okay. Você já esfregou o moleque? Porque não vou lavar essa bunda fofa dele... — falei e fiz careta para Ethan que não entendeu nada, mas riu.

— Meu Deus, você é tão panaca.

— Eu sei. Mas você me ama tanto que já está chorando só em saber que vai me deixar.

Ao dizer aquilo, a feição de Mila realmente demonstrou que ela sentiria minha ausência tanto quanto eu sentiria a dela.

— Você bem que poderia aceitar a proposta do New York Knicks... — ela disse com um sorriso tímido.

— Boneca, primeiro... é preciso que haja uma oferta do Knicks; segundo, estou muito bem no Rockets — falei com pesar.

Muito da minha vida, desde o momento em que conheci Mila Carpenter, fiz baseado em planos paralelos onde sempre estaríamos juntos. Creio que criamos uma espécie de relação de codependência que muitos diriam ser até mesmo doentia, mas enfim...

O passado pertencia ao passado, isso era fato. Não havia como reescrever as linhas que já haviam ficado tortuosas poluindo uma belíssima narrativa de vida. O presente tinha esse nome exatamente por poder ser encarado como uma verdadeira dádiva de aproveitar o que você está vivendo naquele momento. Aproveitando as horas, minutos, segundos. Tudo o que formava o constante passar de um dia. Um após o outro. E o futuro... porra. O futuro, sempre tivemos a máxima mais do que absoluta de que esta fabulosa partícula do nosso tempo a Deus pertence e somente a Ele. Só Ele poderia atestar que as páginas em branco da vida que estávamos escrevendo teriam um final digno de filme. Seja ele de romance maravilhoso, drama ou terror.

Posso dizer que vivi o terror e o drama da perda no passado e quase a enfrentei no presente. Não queria ter que vislumbrá-la no futuro. E eu a via... não na pior forma. Mas no afastamento que era tão comum ao crescimento de dois adultos.

Eu e Mila já não éramos aqueles adolescentes que se uniram como ímãs para lutar sozinhos contra um mundo de solidão e tristeza. Cada um estava construindo seu caminho.

O meu sempre projetei ao lado do dela. Talvez fosse chegado o momento em que parássemos na grande encruzilhada da vida e cada um seguisse para um lado. Mas sabendo que em algum momento os caminhos podiam se encontrar novamente.

Pior... eu sentia medo de afundar na escuridão que muitas vezes desolava minha mente. Tinha pavor de me ver afundado em pesadelos recorrentes que mostravam que eu estava só. Sem mais ninguém ao meu lado.

Embora muitas pessoas vissem a capa do cara despachado e cheio de vida, eu poderia atestar não era o meu eu verdadeiro. Na verdade, a única pessoa que poderia atestar conhecer esse lado seria Mila. E mesmo com ela, eu levava a vida com leveza. Eram poucas as pessoas que conseguiam extrair de mim o riso ou a companhia.

Eu tinha, sim, os companheiros de equipe, mas nunca os convidei para minha casa. Nunca fiz questão de estreitar laços. Para mim, só havia Mila e Ethan. E o que eu podia vislumbrar agora era algo sombrio.

Um jato de água me tirou do devaneio.

— Ei!

— Foi o Ethan! — ela disse na maior cara de pau. E ainda teve a coragem de apontar o dedo para o guri que estava preocupado em mergulhar o pobre avião que tinha acabado de se envolver em um acidente aquático.

— Sabe, Millie... Acho que seu cabelo está precisando de uma hidratação — disse aquilo e peguei o pote de condicionador de Ethan e despejei em sua cabeça.

Ela apenas me olhou boquiaberta, sem acreditar no que eu havia feito.

Aproveitei o momento de choque e distração e arranquei Ethan da banheira, peguei a toalha em cima da pia e saí do banheiro sob xingamentos interessantes.

Eu e meu garotinho apenas rimos.

Depois que Mila se acalmou, claro que obrigatoriamente tendo que lavar o cabelo – que agora tinha um agradável cheirinho de bebê –, acabamos estatelados no sofá da casa dela, com Ethan roncando confortavelmente em cima de mim.

— Quer dizer que o casamento é iminente, é isso mesmo? — perguntei tentando não derrubar pipoca no meliante que tomou posse do meu colo.

— Sim.

— Adam St. James é rápido, não?

Mila ficou sem graça e apenas sacudiu a cabeça.

— Fizeram as pazes de maneira efetiva em Nova York. Ele te levou *pra* lá já com tudo esquematizado — falei com uma nota de irritação.

— Não foi assim, Vic. Simplesmente aconteceu.

Comi mais um punhado de pipoca antes de olhar para Mila que brincava com o rótulo da cerveja que bebia. Ou fingia que bebia.

— Me dá essa bebida aqui, garota.

— Por quê? É minha, oras.

— Você está arrancando a roupa dela, e nem está lhe dando a devida atenção, mulher.

Mila revirou os olhou antes de resmungar:

— Você é nojento, Vic. Por que tudo tem que assumir uma conotação pornográfica com você?

— Porque eu sou homem, boneca. Pelo amor de Deus. É só nisso que penso. E em quantas cestas de três posso fazer se treinar *pra* caralho.

Mila riu e me deu a garrafa de cerveja.

Bebi quase tudo de um gole.

— Você está feliz? — perguntei de pronto.

Ela olhou de lado e o sorriso gigantesco era o indicativo que me mostrava que, sim, a garota estava exultante.

— Sim. Posso dizer que estou arrependida por ter sido burra e estúpida... Veja o tanto de tempo perdido... — respondeu e inclinou a cabeça no encosto.

— Okay... Vou ser um cara bacana e dizer que muito do que aconteceu foi minha culpa também. Eu cheguei lá, quase como um Neandertal louco e te levei pelo cabelo... Embora você não fosse minha mulher e nem te arrastei pra minha caverna coisa nenhuma...

Mila me deu uma ombrada sutil.

— Sério. Eu fui arrogante e nem dei a oportunidade de você lutar suas próprias batalhas. Vesti minha armadura de Seya e fui à luta.

— Sério que você citou Cavaleiros do Zodíaco, Vic? — Mila perguntou rindo.

Caramba... Animes e mangás eram massa. E daí se eu curtia?

— Bem, eu gosto do cara. Ele é bacana e tem uma armadura muito show. Fora que acho que sou estiloso como ele...

— Não dava pra arranjar um herói de quadrinhos, um personagem épico de algum filme?

— Nope. Saint Seya. E, por favor, não profane os cavaleiros zombando... ou vou expor na internet a sua foto sentada estatelada no chão do banheiro com a seguinte legenda: "derrotada por um bebê em meu próprio lar..."

— Ai, meu Deus. Tenho medo do que Ethan pode aprender com você.

— Bom, agora não muito, com você mais distante...

— Ah, não, Vic... — Mila falou e os olhos começaram a lacrimejar.

— Ei... não falei pra você chorar...

— Mas quando penso nisso sinto vontade de chorar. Você estará aqui, Ayla na Califórnia... estamos todos afastados.

Ao ouvir o nome de Ayla senti meu corpo retesar. Será que nunca saberia lidar de maneira indiferente a ela? Porra, eu não a via há mais de um ano. Sabia esporadicamente de notícias, aqui ou acolá.

— Você sabe que sempre nos terá a um estalar de dedos.

— Vic...

— Humm?

— Você sabe que ela será minha madrinha ao seu lado, não é?

Eu temia aquela informação. Embora Mila ainda não estivesse falando sobre os planos evidentes do casamento, eu sabia que, uma hora ou outra, esses trâmites chegariam.

— Sério? Por quê? — perguntei brincando.

— Vic...

— Estou brincando, Millie. Eu sei, okay? Ela é sua amiga e pronto. Tenho que lidar com a merda que fiz anos atrás e com a vergonha que sinto disso. — Fechei os olhos tentando bloquear as memórias da minha ignorância.

— E por que não aproveita e resolve tudo de uma vez?

— Não sei até onde seria válido conversar com ela sobre isso, é algo que já está no passado e Ayla já deve ter esquecido — falei resoluto.

— Você está dizendo isso porque acredita nessa besteira ou está apenas com medo de assumir o seu erro?

Eu estava com medo. Porque minha atração por Ayla era algo que eu não conseguia controlar. Mas ela já deveria estar muito bem de vida, talvez casada, com três filhos e vivendo em uma casa com cerquinha branca.

Okay. Essa ideia foi meio tosca. Não combinava em nada com a Ayla exuberante que conheci e nem mesmo daria tempo de ela ter gerado três be-

APENAS um Jogo

33

bês. Mas que ela era um mulherão e não devia estar solteira, isso era um fato.

— Como eu disse... é melhor não remexer em coisas do passado.

— Você é um bobo. Pois vou dizer a ela para levar um acompanhante, já que você nem sequer vai fazer questão de ser um bom par ao lado da mesa de jantar.

Aquilo fez com que um frio no meu estômago se instalasse. Uma oportunidade de ficar ao lado dela durante o jantar de casamento? Talvez para corrigir o que destruí tanto tempo atrás? Para apagar a mágoa que infringi àqueles olhos tão expressivos? Para reaver a paz em minha consciência...

— Ela deve estar mesmo com alguém. Dificilmente não teria alguém para levar... — sondei de forma nem um pouco sutil.

Mila deu um sorriso perspicaz.

— Pelo que eu soube, ela terminou recentemente um relacionamento que nem era de verdade.

Fagulhas de informação. Interessante.

— Você vai querer levar alguém, Vic? — Mila investigou. Tão sutil quanto um hipopótamo.

— Até onde sei, não estou com ninguém em vista, boneca.

— Você vai me avisar se aparecer alguém?

— Yeap.

O assunto encerrou por ali, até o momento em que o celular de Mila tocou e, óbvio, somente pelo fato de ela se levantar e ir atender em outro cômodo, só poderia significar que era o magnífico Adam St. James. Sintam minha ironia, porque não sou de ficar babando ovo de macho. Tudo bem, o cara era bem legal com Mila, então merecia ser ovacionado vez ou outra.

Levantei-me do sofá com o molequinho adormecido no meu colo e o levei até o quarto todo decorado em motivos de bichinhos. Coisas que ele amava.

Quando nos mudamos para Houston, quase dois anos atrás, aquela foi a casa onde moramos assim que nos instalamos na cidade. Era maior e muito mais confortável para que Mila criasse um bebê. O bairro era agradável, a casa era geminada a outra, da Sra. Commbs, a velha enxerida. Porém a mulher ajudava Mila quando eu não podia estar, então só tinha a agradecer.

Depois de seis meses do nascimento de Ethan, Mila queria se mudar, alegando que precisava aprender a se cuidar sozinha, que não dava para ficar debaixo da minha asa para o resto da vida.

Eu entendia. Muitas vezes eu podia ser sufocante. Tinha medo desse traço da minha personalidade. Mila me entendia pelo passado conturbado e por saber de onde tudo se originou. Mas eu sabia que não dava para continuar daquela forma.

Então consegui convencê-la a continuar na casa quando me mudei para o *flat* em Midtown. Mila dizia que lá era meu abatedouro, mas nem era assim que a coisa funcionava. Levei pouquíssimas garotas até meu espaço pessoal. Porra. Nem consigo me lembrar de quando foi a última.

Abaixei e coloquei Ethan no berço, recobrindo seu corpinho com o cobertor felpudo que eu tinha comprado em Denver assim que soube que Mila estava grávida.

Dei-lhe um beijo na testa e saí silenciosamente do quarto.

O nó se formava com mais intensidade na garganta à medida que se aproximava a data de Mila partir com meu pequeno. Eu sentiria falta dos dois.

Eles eram minha família. Eram tudo o que havia me restado. Hoje não posso dizer onde estaria se Mila não tivesse aparecido na minha vida quando eu tinha 18 anos. A revolta já me corroía de maneira tão sorrateira e perturbadora que tudo o que mais queria era que a data em que poderia ir embora do lar adotivo em que morava chegasse logo para poder colocar o pé no mundo e sumir.

Eu vivia apenas pela bola de basquete que sustentava meu mundo enquanto ia à escola. Cada batida que reverberava no solo era como o pulsar do meu coração gritando o tanto que a vida era injusta. Cada cesta que se encaixava no aro de maneira perfeita era como se eu estivesse jogando na cara da vida todas as agruras que sentia dentro do peito. Como um artista revoltado que arremessa a tinta em uma tela em branco e dali forma arte. Eu arremessava a bola e quando ela descia pelo aro, era como se uma parte do que estava errado em mim... se acertasse.

Era louco pensar assim. Mas era o que me sustentava. Meu amor era dedicado a estes momentos. Somente a eles.

Até que Mila apareceu. No mesmo lar adotivo. Quando eu estava prestes a sumir no mundo, ela chegou como uma fresta de luz, trazendo aquelas pequenas partículas flutuantes que encaramos por horas, tentando detectar as nuances de cada uma...

Mila tinha 16 anos na época. Mas não foi a beleza singular que me atraiu. Foi o fato de ela ser exatamente como Kyara. Absolutamente igual. O sorriso. O olhar suave e os trejeitos. Cheguei a olhar uma foto de Kya quando tinha a mesma idade e senti o fio de esperança naquele momento.

Porque vi ali minha chance de me redimir ante a injustiça da vida. Vi a oportunidade de fazer diferente ante a *indiferença* com que passei a tratar o fato de Kya não se importar com ela mesma.

Meus planos desde sempre foram sumir do lar adotivo. Cheguei a contabilizar em um calendário, marcando os dias que faltavam para que pudesse desaparecer, inclusive, da cidade. Mas não pude. Mila Carpenter me chamou como uma mariposa é atraída pela chama de uma lamparina.

Morávamos em Tulsa, Oklahoma, onde nós dois nascemos. Os Weldon podiam até ser pais legais, mas o filho do casal, Weldon Junior, precisou levar alguns ajustes para que deixasse Mila em paz. Assim que meu tempo chegou, aluguei um apartamento próximo ao lar dos Weldon, pois dessa forma mantinha o olho-vivo no idiota e ainda protegia Mila, mesmo que não estivesse mais debaixo do mesmo teto.

Nossos planos sempre foram, assim que ela saísse, ao completar os dezoito e se formar no ensino médio, sair de Tulsa e ganhar o mundo. Não necessariamente no sentido literal. Os planos eram mais brandos. Porém queríamos ir o mais longe das fronteiras e foi o que fizemos. Pegamos um *Greyhound*, transporte menos confortável possível, e rumamos a Nova York.

Como enviei meus vídeos dos jogos de basquete, consegui entrar na faculdade com bolsa de estudos, assim como Mila se garantiu pelo excelente histórico escolar. Éramos uma dupla de garotos fodidos, porém sortudos.

Nós dois estabelecemos um estranho laço de irmandade desde o primeiro momento, exatamente como expliquei. Mila era minha redenção com Kyara. Eu era a salvação de Mila para a solidão em que ela vivia. Fomos a âncora, um do outro, nos momentos de maior tormenta.

Juntos tivemos tanta história que seria impossível expor todas. Miudezas que fizeram quem somos hoje. Dos arrependimentos que tenho, o maior foi o de ter interferido na história dela com Adam.

Mas como havíamos falado antes... O passado não se reescreve. Quis a sorte que os dois se reencontrassem e refizessem o laço que quase os levei a destruir.

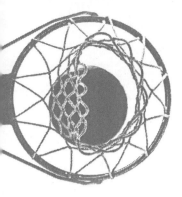

CAPÍTULO 5
Ayla

❧ Tormento sem fim ❧

O choro era uma constante na minha vida. E eu odiava aquela fraqueza. Eu não era aquela mulher. Nunca fui. Não conseguia entender por que estava aceitando tão facilmente a situação quando deveria lutar com todas as minhas forças para sair de onde estava. Meu empoderamento feminino tinha sido enterrado junto com os sonhos e esperanças que a dança sempre havia me trazido.

— Querida... — Claude passou a mão na minha cabeça enquanto me mantinha agachada escondida do restante da equipe, no canto do trailer.

Meus soluços eram sentidos. Dois meses já. O tormento já durava sessenta dias miseráveis que eu contabilizava num maldito calendário mental.

Senti a presença do coreógrafo ao meu lado. Os braços me envolvendo. Ele era o único que me entendia. O único a quem pude recorrer para me acudir na hora do desespero. Porém não pôde fazer absolutamente nada para me ajudar. Nada.

Eu estava presa a um contrato com Henry Cazadeval, como uma maldita escrava. Só não vinculada ao cunho sexual porque me mantinha em uma vigilância cerrada e fugia sempre de suas investidas.

Henry achava, realmente, que o fato de ser rico, famoso e adorado por quase todas as mulheres do mundo o tornava um presente mais do que fantástico à humanidade, quando não era. Aquele homem era escória. A mídia não mostrava sua feiura. Mostravam um homem elegante, sexy e mulherengo. Gentil, até. Fazia obras de caridade e ostentava seus feitos para que o vissem como algo que não era.

A equipe sabia o quão irascível ele poderia ser. As outras dançarinas fugiam dele, mas mais da metade já tinha cedido às suas investidas, sendo que muitas delas almejavam o sucesso espontâneo que o pulo à cama de Henry pudesse trazer. O que elas não esperavam era que ele as descartaria como um pedaço de papel usado assim que gozasse. Ou que ele sequer as fizesse gozar.

Macho egoísta.

— Não quero mais continuar... — choraminguei.

— Falta um mês, meu bem. Então tudo se acaba. Pense nisso — Claude tentou me incentivar.

Ergui a cabeça de onde estava escondida no vão dos braços e o olhei sem esperança alguma.

— Estou com medo de ele me ferrar, Claude — admiti a verdade.

— Isso não vai acontecer, lindinha. Nós vamos dar um jeito, tá? Agora vá lá. Chegou a hora de você fazer o aquático. Solte o que tem para fazer. Aproveite essa energia e deixe que ela sintetize nos movimentos lindos que vai impor.

A dança seria providencial. Eu poderia chorar e ninguém veria.

Claude se levantou e estendeu a mão para mim, me ajudando em seguida.

Limpei o rosto e parei quando ele me segurou e passou os dedos abaixo dos meus olhos.

— Essa maquiagem é divina. Nenhum borrão.

Sorri, mesmo sem querer.

O diretor de arte daquele número já estava a postos, bem como as equipes que eram necessárias.

— Ayla! Está pronta, querida? — Bas Fergunson perguntou assim que chegou ao meu lado.

— Tanto quanto poderia estar.

Subi na imensa plataforma que me levaria ao local ideal e aceitei a mão do técnico que me ofereceu ajuda para descer a escada até o tanque onde faria a dança performática.

Quando alcancei o platô para poder mergulhar, retirei o robe que cobria meu corpo. Apenas um collant com uma saia esvoaçante era meu traje. O cabelo estava solto e poderia atrapalhar um pouco, mas nos ensaios até então não tinha apresentado grandes conflitos.

— Tudo bem? — o técnico perguntou com gentileza.

— Sim.

— Podemos começar quando quiser, Ayla! — Bas gritou de cima.

Olhei ao redor e dei graças a Deus que Henry não estava ali. Ao menos isso. Eu poderia fazer as gravações da sequência da coreografia sem me sentir observada o tempo todo.

Mergulhei no tanque e nadei até o fundo, fazendo com que meu corpo se acostumasse à profundidade. Eu precisava desempenhar toda a performance ali, sem que meu corpo flutuasse em busca de ar.

O trabalho que fiz para apneia serviria para aquilo, afinal. Foram dias e dias exaustivos de treino específico para este fim. Os melhores profissionais estiveram envolvidos para me ajudar a aprimorar o número que fecharia o clipe de Henry Cazadeval.

Eu teria que fazer tudo sem o auxílio da música, mas na minha mente coloquei toda a angústia que estava sofrendo nos últimos tempos. O sentimento de me sentir afogada. Submersa em uma dor indissolúvel que ninguém parecia enxergar. Porque a água pode ser tão transparente quanto um cristal, parecer tão límpida e insípida, mas ainda assim, trazer um sabor amargo à boca. E era assim que eu me sentia em relação a Henry Cazadeval e ao contrato que me mantinha presa a ele.

Por fora ele parecia tão limpo e translúcido quanto a água que me guiava no empuxo perfeito dos meus passos. Mas por dentro... o sabor era amargo. Descia como fel.

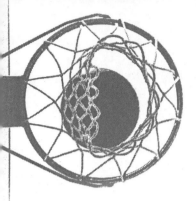

CAPÍTULO 6
Vic

∽♥ Desejo intenso ♥∽

Estiquei o corpo depois da última tacada. Estava perdendo feio na mesa de bilhar. Mark e eu formávamos uma dupla de merda. Danny e Chris riam por estarem arrancando dinheiro com facilidade.

Estávamos na casa de Kaleb Morrison, o cestinha da temporada. Até então, o único que tinha recebido um prêmio de MVP da liga de Basquete, antes que a temporada encerrasse. Não tínhamos muita pretensão de sair vitoriosos levando o título naquele ano, mas só de Kaleb estar ostentando o prêmio já nos deixava felizes. Mais ou menos. Claro que ficaríamos satisfeitos com o dinheiro bem-vindo da premiação em caso de uma vitória no campeonato.

O basquete estava aí para isso. Para vencermos ou perdermos. Era um fato. Eu ainda tinha que dar graças a Deus por nunca ter tido uma lesão grave em todos os jogos que já participei. Smith estava fora da temporada depois de romper o ligamento do deltoide. Teria que fazer uma cirurgia reconstrutiva no ombro.

— Cara, você é uma droga nesse jogo — ralhei com Mark.

— Olha quem fala! Você também não acertou uma caçapa, porra!

— Bom, a cesta que eu tenho o hábito de "encaçapar" bolas é bem maior — enfatizei as aspas.

— Caras... essa conversa pode assumir um cunho totalmente pornográfico, vocês têm noção disso? — Chris disse ao bater a última bola da mesa.

— Uau... É mesmo! — Mark respondeu rindo tanto que teve que se dobrar. — Mas essas eu encaçapo com maestria também.

Revirei os olhos porque quando eles começavam a falar merda era coisa para mais de um mês. Acabei pegando minha garrafa de cerveja e me afastei. Uma parte da equipe estava reunida na piscina, rodeada de mulheres seminuas, enquanto Kaleb e Jammal estavam sentados confortavelmente no sofá, fumando.

Você consegue atinar para o fato de dois atletas daquele porte e com a exigência que o corpo fazia deles, ainda se darem ao deleite e desplante de boicotarem seus pulmões? Sim. Eles pareciam não se importar com um futuro onde o fôlego estaria nos pés, enquanto o desempenho requerido para o esporte que praticavam deveria estar nas alturas.

Parei ao lado do sofá e percebi que a TV estava ligada em algum canal aleatório. TV de um milhão de polegadas, por sinal. Kaleb levava a sério essa coisa de manter uma tela de cinema em casa.

— E aí, Vic? Quando é sua viagem a Nova York? — Jammal perguntou.

— Daqui a duas semanas.

— Sua irmã ou amiga vai casar, é isso? — Kaleb perguntou erguendo o olhar para onde eu estava, mas voltando a zapear os canais.

— Sim. Minha amiga. Irmã, na verdade. Podemos nos tratar assim, com certeza. Mila é praticamente isso pra mim.

— E o cara é legal? — Jammal insistiu no assunto.

— Bom, ele a faz feliz, cara. Isso me basta.

— Puta que pariu! Eu não sou de assistir clipes musicais e nem curto música latina, especialmente desse Cazadeval, mas, cara... eu vou dizer que estou meio obcecado por essa em especial — Kaleb murmurou como se estivesse hipnotizado.

Jammal começou a rir e deu um tapa nas costas do amigo.

— De novo, Kal? É a quinta vez que você assiste essa merda, cara.

— É sério. Eu queria ter filhos com ela. Espera. Eu faria um milhão de filhos nela, cara. Sério — disse e até mesmo eu ri do disparate.

— Você já viu isso? O imbecil está apaixonado pela garota do clipe.

Olhei para a TV por desencargo de consciência.

— Caras, apenas olhem. E depois me digam se não tenho razão. Primeiro: a produção desse clipe foi excepcional. Soube que vai concorrer até mesmo ao VMA. Fora o Grammy que a música está concorrendo. Segundo: a coreografia é fantástica. Terceiro: o ritmo é meio que hipnotizante. E quarto... a garota. Porra...

Quando me concentrei, o trecho que estava mostrando trazia um grupo de mulheres dançando ao redor de uma única garota vestida em vermelho. O cabelo se agitava conforme a melodia com ritmo dançante e letra que embalava noites ardentes.

Na sequência, a mesma bailarina, eu supus, estava submersa em um imenso tanque de água, fazendo uma performance de cair o queixo.

— É sério! Veja o fôlego da garota... imagina do que ela é capaz fazendo outras coisas... — Jammal zombou.

Até então, eu estava completamente fascinado pela dança na água, pelos movimentos sinuosos, pela beleza singular que ela demonstrava. Era força e leveza ao mesmo tempo. O cabelo flutuava ao redor de seu rosto criando uma aura de mistério sobre sua identidade. Ela se assemelhava a uma verdadeira sereia, seduzindo somente com os movimentos de seu corpo perfeito. Sem nada mostrar, apenas sugerir.

Cada manobra que ela fazia na água me atraía para mais perto da TV, cativado pela beleza singular do que eu via. Era como se ela dançasse com uma paixão arrebatadora. Eu nem era dado a analisar absolutamente nada relativo a artes e essas merdas, mas podia dizer que realmente a dança da garota tinha um 'Q' de hipnótico.

Era difícil afastar os olhos. A atenção... e eu queria apenas ver seu rosto, então esperei pelo final do clipe, para que pudesse ter um vislumbre de quem figurava tamanha maestria.

Quando a câmera se aproximou e a bailarina fez um giro na água, subindo até a superfície, o zoom ficou basicamente evidente em seu corpo, subindo de maneira gradual, em câmera lenta, à medida que ela subia no imenso tanque. A expectativa não me preparou para o choque da descoberta.

A garota que dançava com tanto ardor e desenvoltura, com tamanha paixão e ferocidade, era ninguém mais ninguém menos que Ayla Marshall.

Porra...

E se antes a imagem dela queimava minha mente à simples menção de seu nome, agora sempre que eu fechasse os olhos, seria seu corpo subindo à superfície, gradativamente, que eu veria... queimando por trás das minhas pálpebras.

Agora entendia a obsessão de Kaleb pela garota que via no clipe. E podia atestar: ela era inesquecível de muitas formas. Mesmo que eu nunca a houvesse tocado, podia sentir meu corpo queimar em desejo e necessidade somente em imaginá-la sob mim.

Fechei os olhos.

Eu via água. E Ayla. Ela sempre estaria associada a este elemento para mim de agora em diante. Já não bastava sentir dificuldade para respirar quando ela estava ao redor. Agora também ansiaria por ela como um homem sedento por um copo de água no deserto.

Cheguei ao apartamento mais irritado do que o normal. A descoberta daquela tarde na casa de Kaleb não me trouxe nenhuma paz de espírito ao que antes já estava conturbado. Lembrei-me da conversa com Mila, me alertando que dentro de duas semanas veria Ayla novamente e só podia sentir a angústia me corroer. A fome. Necessidade fremente.

Meu telefone tocou e atendi sem nem ao menos olhar.

— *Vic? Oi, lindo. O que acha de sairmos hoje?* — A voz rouca me fez olhar para o visor na tentativa de identificar a mulher em questão. Sandy.

— Sandy, meu bem. Não vai dar hoje... acabei de chegar em casa. De um treino exaustivo — menti na caradura.

— *Ah, não, Vickie...* — *Vickie? Que porra era aquela?*

— Desculpa, Sandy. Outro dia.

Cortei o assunto e desliguei. Acho que o apelido me deixou mais puto do que eu já estava.

O quarto estava às escuras e nem me dei ao trabalho de acender as luzes. Fui arrancando a roupa de qualquer maneira. Assim que me enfiei embaixo do chuveiro coloquei na temperatura mais gelada. Quando as primeiras gotas alcançaram meu corpo, lembrei-me de Ayla e da dança subaquática tão sedutora. Desejei ser as moléculas que circundavam aquela pele delicada, formas perfeitas. As ondas suaves que acariciavam os fios sedosos de seu cabelo escuro.

Conferi se ainda tinha meu pau, porque parecia que estava muito poético para o meu gosto, e fiquei satisfeito por detectar sua presença. Bem como o pleno funcionamento, já que a lembrança da pessoa em questão fez com que o gigante adormecido despertasse. Sem perceber, recostei a testa ao mármore luxuoso do banheiro e deixei que minha imaginação ganhasse asas com a memória mais do que vívida de Ayla Marshall.

Meu sono foi interrompido pelo toque insistente do celular. Ainda tive um momento rápido para analisar que eu devia estar meio acordado, para ter sido despertado pelo telefone.

Abri os olhos de uma vez e estendi a mão para o lado, dando graças aos céus por estar sozinho, ou a pessoa que estivesse ao meu lado teria sido golpeada com meu braço. Consegui pegar o aparelho que tocava de maneira estridente e pensei por um instante ínfimo que deveria mudar o toque do celular.

Logo em seguida, a preocupação de que poderia ser Mila ou Ethan sobreveio à minha mente.

— Alô? — atendi e não consegui disfarçar que estava assustado.

Um momento de silêncio e uma respiração profunda.

— *Nuuuunca entendi o que eu fiz pra você, sabiiiaaa?* — A voz feminina estava nitidamente alterada pelo teor alcoólico.

Sentei-me na cama, passando a mão no rosto tentando acordar. Eu não ouvia aquela voz há muito tempo, mas podia dizer que estava sendo assombrado por ela ultimamente. Não a voz, a dona.

— Ayla... — falei baixinho.

— *O que eu fiiiiiz pra vo-você?*

Uma respiração profunda foi tudo o que consegui dar, antes de acender a luz do abajur ao lado. Se era para ter aquela conversa, eu precisava estar acordado. Embora não parecesse que ela estivesse.

— Você está bêbada — atestei o óbvio.

— *Eu só be-bebiii um pouquiiiinho. Só.* — Ela soluçou do outro lado. — *Só. Um. Pouquinho.*

— Não está em condições de falar com ninguém no telefone... como conseguiu o meu número, afinal? — perguntei com curiosidade.

— *Não te in-interessa...* — Soluçou novamente.

Ela não estava apta a conversar sobre assunto nenhum. Qualquer que fosse o teor acabaria se esquecendo no dia seguinte ou se arrependendo do que fosse dito. Era melhor que aquilo ficasse para quando nos encontrássemos.

— Vá dormir, Ayla.

— *Eu vooou. Vou mesmo. E não será com você...*

Ao dizer aquilo, ela desligou. A filha da puta desligou o telefone. Como se não tivesse acabado de me acordar às 2:45 da madrugada e aquilo não fosse nada demais.

Como se desejasse que eu soubesse que ela estaria sendo abraçada por outra pessoa o restante da noite. Ou que essa mesma pessoa a seguraria quando ela colocasse as tripas para fora, porque isso seria fatalmente o que aconteceria assim que despertasse.

A tela do celular me encarava, de forma acusadora, e nem sei por quanto tempo fiquei ali parado, sem saber ao certo o que fazer. Afastei os lençóis, e saí da cama, agora puto com a situação. Cheguei até a imensa janela do meu quarto que mostrava uma vista interessante de Houston. Passei as mãos pelo cabelo, exausto e sem conseguir detectar ao certo o que estava sentindo.

Eu vibrava com um turbilhão de sentimentos que me assolavam de uma só vez. Queria buscar o perdão de Ayla. Achava que tudo o que vinha acontecendo ao longo dos tempos eram sinais para que tudo se encaminhasse para este fim.

A possibilidade de um encontro em breve... Vê-la naquele clipe... Receber um chamado seu no meio da madrugada...

Eu precisava dar um encerramento àquela história. Talvez somente assim eu me sentisse livre outra vez.

Livre até mesmo para conseguir me estabelecer com alguém, deixando-me envolver em algum relacionamento onde não houvesse o fantasma de uma mulher que não pude ter pela estupidez dos meus atos e palavras.

Sim. Eu aproveitaria a chance no casamento de Mila e Adam e tentaria colocar um ponto final naquela história. Faria as pazes com a minha consciência, para que pudesse seguir a vida solitária que eu levava.

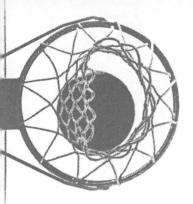

CAPÍTULO 7
Ayla

✧• Voltando a mim •✧

Estava contando nos dedos a data que cada vez mais se aproximava. O casamento de Mila seria dentro de alguns dias. Eu viajaria para Nova York amanhã, mais precisamente. Ficaria alguns dias com ela, resolveria pendências em Manhattan e poderia me deliciar com Ethan, que eu quase não tinha a boa graça de conviver.

Nossas vidas eram tão atropeladas que acabei ficando ausente. Meu contato com Mila era através de telefone ou Facetime. E naquele tempo todo eu nunca mais havia me encontrado com Vic. Não vou negar e dizer que nunca o tinha visto. Estaria mentindo. Eu assistia a alguns jogos de basquete, mais especificamente os que traziam partidas entre o Houston Rockets e outro time qualquer que eu nem me atentava. Meu foco ficava o tempo todo no ala do Rockets.

O contrato com Henry Cazadeval havia encerrado e, pela primeira vez durante todo o tempo em que corri atrás dos meus sonhos como dançarina, pensei seriamente em desistir e deixar tudo para trás. Eu me refugiaria em alguma vila costeira, venderia bugigangas em qualquer lojinha, desde que pudesse me ver livre das garras nefastas de Henry.

Quando as gravações do videoclipe encerraram, imaginei que poderia me recolher ao meu canto, mas me enganei. Ele estava falando sério quando disse que fazia questão de me isolar os três meses, mas o homem me manteve presa mais do que isso. No período de pós-produção, até que o clipe oficial foi lançado, fiquei proibida de voltar ao programa que participava antes, bem como a procurar qualquer outro trabalho. Tive que recusar todas as propostas que me foram oferecidas por outras produtoras ou agências.

Consultei tia Clare para saber se conseguiria algum advogado da área, mas o custo seria tão alto que não valeria a pena. Optei por atender o que as cláusulas exigiam, acompanhando Henry Cazadeval a todos os eventos que precediam seus shows, mas por uma espertaza do destino, consegui escapar da obrigatoriedade de fazer parte da turnê. Havia uma cláusula que vinha atrelada a um adendo contratual, mas dessa vez eu estava atenta.

— *Como assim você não poderá comparecer à turnê como a dançarina principal?* — *Henry gritou e evitei me encolher, para não dar a ele mais munição.*
— *Estou com uma lesão no ligamento cruzado anterior, Henry. O médico exigiu que eu fizesse fisioterapia e repouso de qualquer prática física para evitar uma cirurgia precoce* — *falei com tato.*
— *Lesão? Eu nunca soube de nada, Ayla. Claude nunca nos informou de nenhum problema. Você vem desempenhando as coreografias com perfeição. Não invente desculpas* — *Henry chegou perto o suficiente para me intimidar.*
Eu havia aprendido, porém, a não me deixar abater pela influência dele. Sabia que podia ser famoso, poderoso e ser dono do meu destino naquele instante, mas não era imune a escândalos. E ele não queria um na carreira.
Durante o período em que estávamos gravando intensamente, ele tentou mudar a abordagem arrogante que teve no início, usando de artifícios para me conquistar. Flores, bombons, joias. Roupas, sapatos. Toda sorte de presentes aparecia em qualquer lugar onde eu estivesse. Eu recusava todos. Mesmo que enfrentasse a fúria e irritação de Henry Cazadeval depois.
Percebi que ele tinha pavor de paparazzi. Provavelmente porque já havia se envolvido em um escândalo anos antes e não queria se ver no mesmo limbo social em que estivera.
— *Ayla* — *Henry disse com o nariz quase colado ao meu. Mantive o olhar firme.* — *Eu quero o relatório do médico.*
Sabia que ele pediria aquilo. Claude já havia providenciado com um amigo. O laudo atestava que meu LCA do joelho esquerdo estava em estado crítico devido desgaste. Em vias de um rompimento.
— *Trarei pra você amanhã ou posso enviar para o e-mail da sua assessora* — *falei, tentando não transparecer a ansiedade na voz.*
Ele segurou uma mecha do meu cabelo entre os dedos e cheirou. Evitei fazer a cara de asco que sempre fazia todas as vezes que tinha que ficar muito perto.
Nas festas que éramos obrigados a comparecer, era dado como certo que tínhamos um relacionamento. Foi orientado pela assessoria de imprensa que não negássemos para evitar a perseguição implacável da imprensa. De acordo com eles, se conservássemos

as notas das fofocas, eles se manteriam mais distantes, porque não teriam muito para reportar ou o que cavar para desmentir. Quando as pessoas negavam os rumores, os paparazzi caíam em cima porque queriam provar que estavam certos a todo o tempo e que, sim, o casal estava mantendo um romance tórrido às escondidas dos olhos do grande público. O primeiro que vazasse a nota confirmando levava uma bolada. A imprensa marrom era uma merda.

É claro que Henry se valeu disso e aproveitava os momentos para ficar perto demais, deixando claro que havia "algo" ali.

— Espero que não esteja me passando a perna, Ayla — ele disse e beijou minha bochecha. Afastei o rosto e ele segurou meu queixo com força. — Você sabe quais serão as consequências.

A multa contratual era tão absurda que seria melhor eu morrer e nascer de novo com outra identidade. O que me salvava era que, até então, o adendo não favorecia somente a ele. Havia um tópico que ele mesmo deixara passar.

— Sim, Sr. Cazadeval — falei para irritá-lo.

Henry apertou mais ainda meu queixo.

— Não me irrite, Ayla.

— Desculpe, Henry — cuspi entre os dentes.

Quando Henry saiu pude, enfim, respirar.

Eu fugiria covardemente. Claude sabia que eu não tinha lesão alguma e que estava apenas esperando a chance para escapar das garras de Henry Cazadeval.

Depois que o clipe veio à tona e saiu em todas as mídias possíveis, Henry viu-se obrigado a cumprir a agenda de shows à qual estava atrelado, e aí foi o momento em que a brecha contratual, associada à lesão imaginária me permitiu sair do jugo do homem.

Aquela foi uma proposta que trouxe uma renda líquida muito consistente às minhas finanças. Com o dinheiro do contrato pude concentrar o suficiente para pagar toda a ajuda que tia Clare havia fornecido ao longo dos anos, mas ela se recusou a aceitar. Mesmo com toda a insistência da minha parte. Então apliquei o dinheiro para que pudesse usá-lo no futuro.

Olhei para a mala aberta no meio da cama. Eu não levaria tantas coisas, mas a ideia era deixar a Califórnia. Isso era uma certeza. Abandonei o programa de TV, ou melhor, depois do trabalho com Henry, onde fui proibida de reassumir meu posto como dançarina do programa, acabei realmente perdendo minha vaga.

Estava aborrecida porque pequenas coisas que conquistei ao longo daquele ano eu teria que abandonar. Mas para quem tinha um estilo de vida itinerante como eu, aquilo era até mesmo habitual.

Eu funcionava como uma cigana. Ia e vinha conforme as correntes do vento. Porém, estava feliz em Cali. Morava em um bairro até mesmo confortável em Los Angeles e perto de absolutamente tudo o que precisava.

Não fazia a menor ideia de para onde seguiria dali em diante. Claude era o único que sabia dos meus planos. Terminei de colocar as roupas que levaria e guardei alguns pertences em uma caixa que mandaria entregar para a casa de Claude. Ele enviaria para mim assim que me instalasse em algum lugar.

Depois de guardar tudo e fechar a mala, suspirei audivelmente me preparando para a despedida mental do lugar. Vivi bons momentos naquele pequeno apartamento.

Peguei o celular e fechei os olhos com força. Ainda estava mortificada com o que fiz alguns dias atrás. Depois de um evento com Henry, onde tive que aguentar sua presença e toques constantes, registrados pelas máquinas fotográficas da imprensa do mundo todo, bebi além da conta no coquetel pós-evento. Henry ficou extremamente aborrecido com meu comportamento e acabou pedindo que Ivan, o guarda-costas que até era gente boa, me levasse para casa.

Não me contentando com a bebedeira do evento, ainda cheguei e tomei mais alguns goles da tequila envelhecida que achei dentro do armário. E o que fiz seria motivo de embaraço para o resto da vida.

Liguei para Vic. Completamente fora de mim e mais bêbada que um gambá. Não tenho tantas lembranças do que falei, mas no mínimo devo ter transparecido a amargura que sempre me acompanhou quando o assunto se relacionava a ele.

E isso era uma droga. Eu precisava me libertar de Victorio Marquezi. Precisava que o vírus com que ele havia infectado meu corpo, mesmo sem precisar me tocar em lugar algum, simplesmente tivesse uma cura. Precisava de um antídoto.

Aquilo me consumia aos poucos. Nem as melhores sessões de sexo suado do mundo conseguiram apagar a imagem de que Vic poderia ser O cara. O melhor sexo da minha vida. Sabe quando um assunto fica inacabado na sua mente, corpo e alma? Quando não assume uma definição certeira em seu coração? Era assim que me sentia com relação a Vic.

Eu o odiava com todas as minhas forças por ter me feito sentir uma pessoa sem valia alguma. Por ter me diminuído como mulher. Feito com que eu me sentisse uma vagabunda qualquer.

Mas eu amava o cuidado que ele tinha com Mila desde sempre. O carinho e a atenção única e exclusiva. Era como se orbitasse ao redor dela. E, por mais que muitas vezes eu me mordesse de um ciúme descabido, porque desejava aquilo para mim, ainda assim, eu achava a coisa mais linda do mundo de observar.

Criando coragem, plantei um sorriso no rosto e liguei para Mila. Não sabia se conseguiria admitir a loucura que fiz ao telefonar para Vic e esperava, de coração, que ele não contasse nada. Já podia imaginá-lo rindo da minha cara, zombando do papel de idiota que fiz. Aquilo foi o suficiente para me fazer sentir vontade de desistir de ir a Nova York. Porém, eu não era tão covarde a este ponto e também não abriria mão de assistir ao casamento da minha melhor amiga por conta de um medo infundado que sentia do panaca. Tudo bem... eu que havia sido a panaca naquela ocasião.

— Ayla? Até que enfim! Te liguei várias vezes esses dias e você não me deu sinal de vida! — Mila gritou do outro lado. Eu podia ouvir as risadinhas de Ethan. Um sorriso brotou nos meus lábios automaticamente.

— Me perdoe, Mills. Estava correndo com uma série de coisas, organizando umas pendências... — Preferi não falar nada sobre meus planos de sair sem rumo pelo país. — Mas agora estou aqui.

— Você vem amanhã mesmo, não é?

— Sim. Vou direto do JFK pra sua casa, nos Hamptons.

— Eu vou buscá-la — ela disse feliz.

— Claro que não, Mila. Eu sou acostumada a pegar o *Air Train* direto do aeroporto para a estação do metrô, esqueceu?

E era verdade. Aquele era um trajeto bem corriqueiro para mim. Como eu tinha o hábito de viajar com uma mala pequena, muitos nem mesmo imaginavam que eu estava chegando de viagens longas. Meus pertences eram concentrados a itens frugais. Apenas o necessário.

Dessa vez eu teria que levar um pouco mais do que estava habituada, mas nada que dificultasse meu trajeto.

— Em hipótese alguma, Ayla. Eu vou te buscar e não se fala mais nisso. Faço questão. Não nos vemos há tanto tempo — ela disse e deu um suspiro —, vai ser ótimo usar o trajeto para fofocar sobre a sua vida e as coisas interessantes.

Coisas interessantes... se ela soubesse de metade das coisas que enfrentei na vida nada glamorosa em que me enfiei... Mila correria para as montanhas.

— Mila...

— Ayla...

— Tudo bem. Mas só se isso não for te dar trabalho. Você deve estar tumultuada com os preparativos para o casamento — concluí.

E pensar no casamento de Mila me fez pensar no amigo dela que eu veria em breve...

— Nos vemos amanhã. Assim que estiver chegando ao terminal, eu te aviso. Você viaja por qual companhia mesmo? — perguntou.

— American Airlines.

— Ótimo. Já vou me situar para saber em qual ponto exato tenho que pegá-la.

— Você nem precisa estacionar ou ter trabalho, Mila. Basta me apanhar no desembarque, logo após o ponto de táxis e *shuttles*.

— Certo. Amanhã verei tudo isso. Estou ansiosa para revê-la!

— Eu também — admiti feliz.

Depois de encerrarmos a ligação, respirei audivelmente e fucei a galeria de imagens, me permitindo admirar algumas fotos de Vic Marquezi. Eu disse a mim mesma que só estava me preparando psicologicamente para vê-lo ao vivo e em cores, depois de tantos anos. Apenas isso. Nada mais.

Quando o avião tocou o solo, senti o coração na garganta. Não conseguia explicar o motivo do meu nervosismo, mas pisar o pé em Nova York, depois de tanto tempo, estava trazendo lembranças que eu havia tentando esquecer naqueles últimos anos. Fiz todo o percurso longo até a esteira de bagagens, apenas pensando na vida, no que faria dela dali em diante.

Sem pensar muito mais no assunto, saí para a área de desembarque e abaixei os óculos, bem como a cabeça, tentando evitar algum olhar direto. Eu duvidava que alguém me reconhecesse do clipe de Henry, ou de toda a matéria promocional espalhada pelo país, mas não tinha certeza se veria algum ônibus plotado com a minha cara, como ele fizera questão de fazer em Los Angeles. De qualquer forma, desde que tive que frequentar eventos ao lado de Cazadeval, passei a agir como se estivesse sendo caçada por *paparazzi* carniceiros que não se importam com a privacidade de ninguém.

Um homem alto, de cabelos grisalhos, com uma placa enorme, escrita com letras garrafais, "Ayla Marshall", chamou minha atenção. Por um momento louco pensei que pudesse ser alguém mandado por Henry, mas afastei o pensamento. Eu me aproximei devagar, olhei por baixo dos óculos de sol e pigarreei:

— É a mim que o senhor procura?

Ele me olhou imediatamente e afastou a placa.

— Srta. Ayla?

— Eu mesma.

— Sou o motorista da Sra. St. James, digo, Carpenter, futura Sra. St. James...

— Entendi — respondi com um sorriso.

— Ela teve um pequeno... contratempo. E vim buscá-la, em seu lugar.

Franzi o cenho e olhei para o celular, esperando encontrar uma mensagem de texto, mas não havia nada.

— Tudo bem. Eu agradeço. Falei que não precisavam ter este trabalho todo, pois eu poderia ter ido tranquilamente, por conta própria, mas...

— A Srta. Mila não aceitaria em hipótese alguma uma sugestão dessas — ele disse e pediu permissão para pegar a mala que eu ainda segurava pela alça.

— Okay... o motorista da Mila tem um nome, certo? — perguntei, brincando.

Ele pareceu ficar corado, antes de responder:

— Ah, sim. Mil perdões. Stan Kamarovic, senhora.

— Certo. A Mila o chama de Sr. Kamarovic ou apenas Stan?

Ele pigarreou e disse:

— Stan, senhora.

— Então você não se incomoda se eu também chamá-lo apenas de Stan, não é?

O tom rosado atingiu suas bochechas novamente.

— Não, senhora.

— Logo, eu também farei de questão que me chame apenas Ayla. Não de senhora. Por favor.

— Sim, senh... quer dizer... isso é meio difícil, senh...

Comecei a rir.

— Vamos treinar, Stan. O caminho até os Hamptons dura uma hora e meia, mais ou menos, certo?

Ele concordou. Acabou ficando assombrado quando viu que me sentei ao seu lado, no banco do passageiro, ao invés de me sentar atrás, como se eu fosse uma maldita madame.

— Sim. Com o trânsito bom.

— Ótimo... então teremos este tempo todo para conversar e deixar as formalidades de lado. — Virei de lado e estendi a mão, como se estivesse o cumprimentando pela primeira vez. — Oi, eu sou a Ayla. E você?

Ele hesitou por um instante apenas, antes de dar um sorriso e apertar minha mão de volta.

— Stan. É um prazer.

Os primeiros cinco minutos foram tranquilos e apenas em assuntos corriqueiros, com o intuito de se quebrar o gelo entre duas pessoas que nunca se viram e estavam tentando entabular uma conversa.

Até que meu celular tocou.

— Alô?

Fui idiota o suficiente para não olhar o número não identificado.

— Ayla! Eu quero que você me diga agora onde está! — O brado irritado do outro lado da linha foi alto o suficiente para que eu afastasse um pouco o aparelho do ouvido, a fim de que não perdesse a audição.

— Sr. Cazadeval, como tem passado? — desconversei.

— Não venha com gracinhas pra cima de mim, sua vadia! Eu quero saber onde você está nesse exato momento!

— Estou muito bem, obrigada. Agradeço sua preocupação, senhor.

Eu tentava disfarçar, mas sentia o coração martelando na minha caixa torácica.

— Ayla, quando eu colocar as mãos em você, tenha certeza de que haverá um sentimento que arderá no seu interior: você vai desejar nunca ter me desafiado. Vai sentir, verdadeiramente, o que acontece quando alguém tenta me passar a perna!

Respirei fundo antes de responder, de forma branda e educada:

— Não estou entendendo onde posso ter tentando passar a perna aqui, Sr. Cazadeval. Cumpri meu contrato pelo tempo estipulado, não burlei nenhuma regra. Absolutamente nenhuma das letras miúdas, como o senhor mesmo aludiu, então não sei onde está meu erro.

— Você inventou uma porra de uma lesão que não existe para não cumprir a agenda da turnê! — Por um momento meu coração foi à boca e voltou, imaginando que Claude pudesse ter me traído.

— Não inventei lesão alguma. Realmente estou de licença de qualquer prática esportiva. Fiz questão de anexar todos os documentos — falei. Sentia o medo rastejando para dentro.

— Eu vou descobrir a verdade. E se perceber que você e Claude, aquele rato filho da puta, me passaram a perna, preparem-se para nunca mais conseguirem olhar a luz do sol novamente — disse de forma ameaçadora.

APENAS um Jogo

Eu não sabia do que Henry Cazadeval era capaz, mas naquele momento, aquela ameaça foi bem eloquente e pareceu saída de algum filme *trash* de máfia latina. Ou seria Cartel?

— Acredito, Sr. Cazadeval, que nossos negócios se encerraram. Não consigo compreender a razão de o senhor ainda se manter aficionado por alguém que não quer mais fazer parte de sua trupe.

Ele xingou do outro lado, jogou coisas que se quebraram e meu coração palpitou um pouco mais.

— Eu nunca perco, sua vadia. Eu digo quando é a hora em que não quero mais alguma coisa. E eu decidi que você é minha.

— Nunca fui.

— Mas será. De todas as formas possíveis e inimagináveis. E vai se arrepender por toda essa desobediência e desacato de agora. Eu poderia ter te dado o mundo de bandeja. Fazê-la desfilar entre as riquezas mais impressionantes do planeta. Poderia torná-la mais conhecida do que sequer sonhou. Mas você tinha que dificultar e bancar a intocável, não é?

— Nem todas as mulheres sonham com isso, Sr. Cazadeval. — Eu estava começando a suar. Podia sentir que minha pressão arterial estava se deteriorando. Mesmo com o ar-condicionado do carro ligado, apertei o botão para abrir a janela com tanta ênfase e desespero, que Stan, ao meu lado, precisou correr em meu auxílio. — Nem todas querem ser posses de alguém. Ou objetos de uma obsessão.

— Você é meu objeto de obsessão. E será minha posse. E o fato de ter dificultado tanto fará minha vitória mais doce ainda. Eu serei aquele que estará rindo ao final, quando conseguir usufruir de todo o prazer que o seu corpo puder me dar.

Senti o arrepio percorrer minha pele. De maneira sinuosa e não da forma boa. Da maneira mais sombria e atroz. Até então achava que Henry Cazadeval tinha um ego do tamanho da galáxia, se achava o suprassumo do *show bussiness* e que todas as mulheres deveriam lhe render cultos de adoração. Ignorei todos os sinais óbvios de que homens rejeitados acabam adquirindo estranhos comportamentos para provarem a si mesmos que ninguém é capaz de derrotá-los em sua empreitada. De que ninguém poderá relegá-los a nada.

— Passar bem, Sr. Cazadeval. Espero não vê-lo nunca mais — falei e desliguei a ligação. Respirei fundo e criei coragem, depois de um minuto de silêncio, para olhar para Stan, que se mantinha estoicamente olhando a estrada à frente. — Me desculpe por isso.

Ele olhou para mim, e de volta para a estrada, pigarreando em seguida.

— Problemas?

— Pode-se dizer que sim.

— Um namorado?

Comecei a rir amargamente.

— Não. Longe disso. Vamos dizer que na cabeça dele, esse era o *status* do nosso relacionamento, mas na minha, éramos apenas um elo profissional. — Resolvi que precisava conversar com alguém. — Fiz um trabalho artístico para ele. Mas aparentemente, ele não entendeu que havia um limite.

Alguns segundos de silêncio se passaram, até que Stan falou outra vez:

— É complicado quando isso acontece.

— Sim.

— Isso significa que você está se refugiando por aqui?

Acabei me remexendo no assento, de forma incômoda.

— Mais ou menos. Vamos apenas dizer que deixei Los Angeles para trás, para que dessa forma, eu consiga evaporar.

— Mas ele não parece entender isso.

Dei de ombros.

O celular de Stan tocou naquele instante.

— Sim, Kirk. Já a apanhei no aeroporto. Okay. Você buscará o Sr. Marquezi. Compreendi. — Ao ouvir o nome de Vic, senti o arrepio, aquele sim, bom e delicioso, percorrer meu corpo. — Como eles estão? Tudo bem.

Franzi o cenho e senti a curiosidade aguçar. Quando ele encerrou a ligação, perguntei:

— Aconteceu alguma coisa?

Ele demorou um instante ínfimo para responder:

— Houve um pequeno acidente...

Sentei-me de lado no assento, olhando de forma angustiada para Stan.

— Acidente? Com quem? Oh, meu Deus! Com Mila? Por isso ela não veio? Oh, meu Deus! Que espécie de amiga sou eu?! Que nem ao menos o questionei sobre a razão de Mila não ter vindo?!

— Acalme-se, Ayla. Pelas informações, está tudo bem agora. Foi apenas um susto. Aterrador, mas um susto apenas.

— O que houve?

— Não sei detalhes. Acho melhor esperar para quando chegarmos ao destino termos os dados corretos e atualizados.

— Tudo bem. Oh, meu Deus! — Peguei o celular e liguei para Mila. Ela não atendeu. Tentei mais duas vezes e nada. — Aquela idiota não atende!

— Quem é a idiota? — perguntou sem saber.

— Mila! — gritei e, ante seu olhar espantado, me desculpei. — Perdão.

Não que minha amiga seja realmente uma idiota. É apenas uma forma carinhosa de chamá-la...

— Entendi.

Estava mais nervosa do que nunca. O pobre Stan devia estar arrependido de ter se prontificado a me dar uma carona, já que eu poderia fazer um estrago no estofado do carro, da forma como estava me remexendo.

— Você sabe algo mais? — insisti.

Ele me deu uma olhada de esguelha e um sorriso gentil.

— Não, senhora. Mas em breve estaremos em nosso destino, e saberemos tudo em detalhes.

Eu podia sentir que ele estava me escondendo algo. Roí algumas unhas, remexi no rádio, não me contentando com música alguma.

Chegamos à mansão dos St. James para encontrar um pandemônio instalado. Nem em meus piores pesadelos eu poderia imaginar que era aquilo que me aguardava.

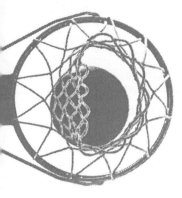

CAPÍTULO 8
Vic

❧♥ Solidão fugaz ♥❧

Estranhei imediatamente a mensagem de texto recebida, assim que religuei o aparelho celular.

> Estou aguardando na saída C. Desembarque. Range Rover preto, placa 5T JAM35, de Nova York.

Não havia combinado com ninguém de me apanhar no aeroporto. Eu mesmo informei a Mila que tentaria antecipar o voo, mas não era garantido. Eu me viraria para chegar aos Hamptons, sem problema algum. Exalei um suspiro forçado, sabendo que Mila poderia ser ansiosa e demonstrava aquilo tentando cuidar de pequenos detalhes como esse. Depois eu que era o controlador. Puff...

Após percorrer o longo caminho do terminal, parando apenas umas duas vezes quando fui reconhecido por torcedores fanáticos da NBA, consegui chegar até o local indicado na mensagem prévia.

O motorista de Adam St. James, Kirk alguma coisa, me aguardava com cara de poucos amigos.

Rejeitei a oferta para que ele pegasse minha mala de mão, e eu mesmo a ajeitei no banco do passageiro, sentando-me logo em seguida ao seu lado, na frente.

— Não queria dar todo esse trabalho. Falei pra Mila que não havia necessid...

— Aconteceu uma intercorrência que nos fez agir o mais rápido possível para aliviar as tensões e preocupações da senhora Mila, senhor Marquezi — ele esclareceu.

Senti meu corpo retesar no assento e o encarei.

— Que intercorrência?

— Um acidente hoje pela manhã.

— Acidente? Como assim, acidente? — Senti o coração na garganta, e imediatamente peguei o celular do meu bolso.

— Não o aconselho a telefonar neste instante — ele disse de modo sombrio. — Mas em breve estaremos em casa e o senhor poderá averiguar com seus próprios olhos.

— Averiguar com meus próprios olhos, o quê, porra? Me fala logo o que aconteceu! — Arrependimento varreu minha mente ao perceber que estava descarregando a frustração no cara que não tinha nada a ver.

— O pequeno Ethan teve um acidente, mas todos passam bem.

A informação era mais truncada do que mil nós celtas emaranhados. Como assim ele jogava aquela bomba e completava com "todos passam bem", como se fosse algo simples?

— Como assim? — gritei perdendo as estribeiras. — Desculpa, Kirk. É Kirk, certo? Desculpa, mas você não tem nada a ver com isso, aparentemente, é apenas o mensageiro e dizem que não devemos matar exatamente esse cara, mas está sendo difícil lidar com meu autocontrole, sendo que apenas recebi uma parcela de informação.

— Olha, Sr. Marquezi, hoje pela manhã, enquanto a Sra. Mila se preparava para vir ao JFK, buscar sua amiga — à simples menção dessa informação, meu coração deu um salto mais forte —, a Srta. Anne a abordou na porta da mansão St. James, nos Hamptons, levando o carro com o pequeno Ethan, já afivelado ao cinto.

— O quê? — Agora meu coração estava acelerado em uma corrida insana e desesperadora.

— Eu e o Sr. St. James saímos em perseguição ao carro da Srta. Anne, até que a frota policial nos alcançasse, mas o veículo em que eles estavam se envolveu em um acidente exatamente à nossa frente.

— Meu Deus, meu Deus, homem, o que é isso que você está me contando? Por que só estou sabendo dessa merda agora?

— Tentamos deixar tudo por baixo do radar, para que nada fosse veiculado, mas o importante é que o pequeno saiu apenas com arranhões e uma escoriação na cabeça. Eles vão passar a noite no hospital para serem mantidos em observação — completou.

— Espera... eles? Que eles? Mila estava no veículo que se acidentou?

— Não, senhor. Quando foi abordada, ela recebeu um forte golpe na cabeça, apresentando uma leve concussão. Os médicos preferiram mantê--la sob observação.

Eu sabia que aquela Anne McAllister era louca assim que a vi no hospital, em Houston. Os olhos da vadia não deixavam sombra de dúvidas de que ela seria capaz de qualquer coisa para não perder o homem que ela imaginava ser dela. Só nunca imaginei que fosse tão longe a ponto de colocar a vida de um bebê em risco. Quando eu colocasse minhas mãos nela, a mulher aprenderia que não deveria mexer com a minha família...

No momento em que o carro parou em frente à mansão, não perdi tempo com cortesias. Desci rapidamente, em busca de notícias. Embora eu ainda não estivesse plenamente satisfeito por Kirk não ter me levado diretamente ao hospital. Aparentemente, Adam St. James alegara que se muitas pessoas circulassem pelo local, aquilo chamaria a atenção da imprensa, o que atrairia o espalhafato que a família não queria ao redor.

A governanta abriu a porta para mim e me encaminhou para a sala de visitas, e senti o chão se mover de maneira súbita quando a vi de costas, admirando o imenso jardim dos fundos da mansão, que mostrava a suntuosidade do lugar, já que dali víamos a praia *quase* particular da família. Ao ouvir passos no aposento, ela se virou, e foi como se um soco atingisse meu plexo solar. Fiquei desnorteado por um instante. O fôlego ficou retido por uma fração de segundos até que consegui recuperá-lo, sem dar na cara que sua mera presença mexia comigo de uma maneira tão irrevogável.

— Srta. Marshall.

Nem sei bem por que preferi chamá-la de maneira mais formal. Talvez para mostrar a mim mesmo que eu tinha que me manter distante, para manter o muro que existia entre nós. Ou porque isso provava que eu e ela não tínhamos uma amizade estabelecida. Era mais fácil me manter distante assim...

— Sr. Marquezi — ela devolveu na mesma moeda. Os braços cruzados à frente dos seios faziam com que estes se projetassem no decote até mesmo singelo da blusa, o que chamou a atenção dos meus olhos.

Evitei o escrutínio que sabia estar fazendo de seu corpo e me sentei o mais distante possível.

— Você soube de alguma notícia?

— Adam teve a gentileza de ligar e disse que Mila está bem e Ethan também, apenas assustado. Dormirão no hospital apenas por precaução, mas saem de alta amanhã cedo — ela disse e sentou-se na poltrona de brocados verdes que ostentava a riqueza da família.

— Provavelmente é a mesma informação que tenho, mas ao menos você conseguiu contato com ele — constatei. Peguei meu celular e liguei para o número de Mila.

— Não adianta tentar ligar para ela. Sua bolsa com seus pertences ficou esquecida aqui na mansão — informou.

— Merda. — Eu teria que ligar para o idiota. E foi o que fiz.

— Alô?

— Como está Mila? Será que ela pode falar ao telefone? — perguntei, não me dando ao trabalho de me identificar ou ser polido.

— Como vai, Victorio?

— Não vou estender a cortesia de cumprimentos desnecessários, St. James, quando você bem sabe que estou com vontade de enfiar a mão na sua cara por não ter sequer me telefonado assim que tudo ocorreu — falei de pronto. Ignorei o bufo irritado de Ayla.

— E de que adiantaria? Você teria impedido algo?

— Não, mas poderia ter vindo mais cedo, poderia ficar com Mila no hospital.

— Mila é minha responsabilidade, Victorio, assim como meu filho. Tenho certeza que você quer apenas o melhor para eles, mas é chegado o momento de você abrir mão de todo esse controle que tenta exercer sobre suas vidas.

Senti o sangue ferver e procurei uma calma que deveria estar sentindo naquele momento. Ela não veio.

— Não estou tentando controlar suas vidas! Estou apenas preocupado porque não pude estar aqui quando precisaram de mim!

— Sim! Mas eu estou!

— Você pode ter entrado na vida de Mila, Adam, mas não será aquele que conseguirá me extirpar de seu convívio como se eu não devesse pertencer a este lugar. Ethan é meu afilhado.

— Ninguém quer tirá-lo de seu lugar. Mas é preciso que você entenda exatamente aonde pertence. Neste instante, eu sou aquele a quem Mila deve recorrer. Os braços de quem meu filho deve esperar o alento.

Minha vontade era quebrar o telefone. Passei a mão nervosamente pelo cabelo.

— Okay. Agora quero falar com ela.

— Ela está dormindo.

— Foda-se. — Podia jurar que ouvi a risada sarcástica do outro lado.

— Estou falando a verdade. Tiveram que administrar alguns tranquilizantes mais cedo e seu corpo ainda está reagindo ao efeito do choque sofrido.

— E Ethan?

— Está na Unidade de Terapia Intensiva, apenas por medida extrema de precaução.

Senti o sangue gelar.

— Se todos afirmam que não foi nada grave, por que a UTI?

— Como bem expliquei, medidas extremas que o poder dos St. James não encontra limites para explorar. Se lá é o lugar mais seguro para que seus sinais vitais sejam monitorados 24 horas por dia, então será lá que ficará.

Naquele momento eu era bem grato por todo aquele poderio da família de Adam St. James.

— Bem, dê notícias, por favor, se houver qualquer mudança.

— Com certeza. Meus pais logo estarão em casa, mas sintam-se à vontade, tanto você quanto a Srta. Marshall, por favor.

Olhei para a pessoa citada, objeto de desejo e perturbação dos meus sonhos mais recentes e observei sua fisionomia fechada para mim.

— O que foi? — Larguei o celular e nem me atentei se Adam já havia encerrado a ligação.

— Por que você tem que ser tão controlador assim? — perguntou com um esgar de irritação.

— Esse é o meu jeito, Ayla.

Era difícil explicar que situações que fugiam ao meu controle me deixavam vagar para um lugar sombrio na minha mente.

— É um jeito bem irritante, para ser sincera.

— Sinto muito se minhas atitudes a incomodam e, embora eu não deva dar satisfações sobre isso, saiba que acabo me exaltando quando fico irritado. Saber do que aconteceu com Mila e Ethan teve esse efeito — expliquei, mesmo que não quisesse dar o braço a torcer. — Só não compreendo a razão de isso te irritar...

Ela se levantou naquele instante, como se minhas palavras a houvessem ferido. Senti o nó se formar na garganta, sem entender a razão de não conseguir abrandar o tom sempre que ela estava em pauta. Eu não queria ser grosso em minhas palavras. Merda... eu era o errado ali, desde sempre...

Queria me manter distante, mas não necessariamente ser frio e desagradável. Pelo visto, a dualidade dos dois sentimentos estava colocando meu cérebro em curto-circuito.

— Bom, então fique com seu mau humor, ao invés de tentar ser gentil com o homem que está nos hospedando — disse e saiu marchando dali.

Recostei a cabeça no sofá, fechando os olhos, cansado de toda a confusão. A chegada, que imaginei ser pacata, acabou se transformando num tormento. Saber que Mila e Ethan estavam naquele hospital, enquanto eu me encontrava enclausurado aqui, com a pessoa que atormentava minha mente, era demais para minha cabeça. E eu mal havia pisado os pés nessa merda de cidade.

Os pais de Adam St. James acabaram se mostrando extremamente agradáveis. Companhias interessantes e nem um pouco soberbas, como pensei a princípio. Mesmo com toda a preocupação dos eventos do dia, pudemos apreciar um jantar farto, regado a um bom-papo, vinhos e assuntos concernentes ao casamento próximo. Nada foi falado sobre o episódio envolvendo Anne McAllister.

Resolvi que não deveria me envolver em assuntos que não me pertenciam, mas assim que Mila colocasse os pés naquela casa, eu buscaria informações circunstanciais para buscar justiça e segurança para minha amiga. Não deixaria que ficasse à mercê de uma louca psicopata.

Como o sono não viria tão cedo, dado meu estado de tensão, resolvi buscar o conforto da solidão na escuridão da noite, nos jardins da casa.

A imensa área levava à faixa de areia que mal permitia vislumbrar o mar à frente, apenas o som distinto das ondas se quebrando na praia. Decidi que me sentar diante da imensidão do oceano faria bem ao meu espírito conturbado.

Ignorei os bangalôs chiques que os St. James tinham construídos para o conforto de seus hóspedes e apenas me sentei na areia, observando o céu estrelado que se unia ao horizonte.

"É chegado o momento de você abrir mão de todo esse controle que tenta exercer sobre suas vidas."

Mal sabe ele que, ao não mostrar controle algum, ao não mostrar nenhum cuidado, tantos anos atrás, perdi a pessoa que mais me importava nessa vida.

"Não estou tentando controlar suas vidas! Estou apenas preocupado porque não pude estar aqui quando precisaram de mim!"

Kya precisou de mim. E não estive lá para ajudá-la. Quando cheguei, já era tarde demais. Não havia mais nada a ser feito. E mesmo que eu soubesse que era apenas um garoto, eu tinha plena consciência que se tivesse ficado atento, de olho, próximo, controlando os passos de Kya... possivelmente ela ainda poderia estar viva.

— Você realmente aprecia a solidão, não é?

Fechei os olhos e exalei com força, espantando as memórias ruins atreladas às novas, tentando conter a onda de irritação que me sobrevinha sempre que aquela mulher se acercava ao meu lado. Merda... eu sabia que era o único errado ali. Mas meu orgulho permitia que eu refizesse meus passos, tantos anos atrás, buscando um entendimento? Não. Ele não permitia.

Eu sabia que deveria me redimir, só não sabia que seria tão difícil executar meu plano.

— Acredito que dessa forma não agrido quem está ao redor. É por isso que estar só às vezes se mostra a melhor escolha — devolvi e me arrependi quase que em seguida.

Antes que eu pudesse me desculpar, ela se sentou ao meu lado. Aquilo me surpreendeu. Achei que fosse se indignar com minha total falta de educação e sair correndo para se refugiar longe de mim.

— Ficarei em silêncio. Você nem perceberá que estou ao seu lado — disse baixinho.

Era impossível. Uma tarefa hercúlea fingir que aquela mulher não estava ali, tão perto e, ao mesmo tempo, tão longe. Suas palavras continham uma gama de sentimentos que transpareciam a solidão que eu mesmo buscava, mas era como se houvesse algo mais, que eu não conseguia identificar.

Enquanto estávamos ali sentados, por meia hora, quarenta minutos, talvez, o celular que ela havia depositado na areia, ao meu lado, vibrou intermitentemente, ora com ligações, ora com mensagens. E ela seguia apenas olhando em frente, para o mar. Com os joelhos erguidos e os braços dobrados e o rosto apoiado sobre eles, Ayla mantinha uma pose tão indefesa que fazia com que eu sentisse vontade de enlaçar seu corpo com o meu, apenas na tentativa de lhe dar conforto. Pelo quê, eu não fazia ideia. Eu observava, de esguelha, o longo cabelo flutuando ao seu redor, como os fios de uma névoa que eu era capaz de tocar e capturar com meus dedos.

— Você já se sentiu tão perdido que não faz a menor ideia de para onde seguir? — perguntou em um determinado momento.

Não soube o que responder a princípio. Creio que quando ela estava quase desistindo de esperar por uma resposta minha, acabou se surpreendendo, virando aqueles olhos lindos e profundos que tinha, como se quisesse confirmar que era eu mesmo que estava lhe falando:

— Costumava me sentir assim. Até que conheci Mila. Ela deu sentido à existência que eu apenas deixava passar, como se fosse um passageiro dessa vida. Mas nem sempre o sentimento foi esse. Houve um tempo em que eu fazia questão de viver intensamente, em que era feliz, mesmo com o pouco. Então, aconteceu um hiato onde o sentimento do qual você fala era o que me guiava.

Seus olhos marejaram, mas não entendi a razão. Uma lágrima escorreu, sem controle. Contive o impulso de recolher a gota brilhante.

— Algum dia, espero me encontrar com o sentimento de pertencimento que você encontrou com Mila. — Ela olhou para frente e se levantou, de maneira abrupta, pegando o celular e me deixando para trás, sem mais nenhuma palavra.

Droga. O momento esteve ali, ao meu alcance, para que eu pudesse desfazer a merda que fiz tantos anos atrás com ela. Por que eu não conseguia simplesmente me abrir?

Recusei-me a olhar para a figura solitária que se retirava da praia deserta e escura. Continuei meu momento de contemplação, sabendo que havia acabado de mentir descaradamente para ela.

Encontrei-me, sim, em um momento de escuridão plena, quando a sorte me colocou Mila no caminho. Mas a mesma Mila, amiga e irmã de tantos anos, havia trazido consigo, na forma da amizade com aquela mulher, anos atrás, o sentimento de voltar a estar perdido.

Ansiando por ser encontrado. Pois eu sabia que estava à deriva.

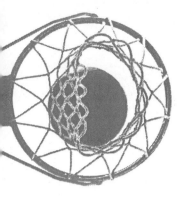

CAPÍTULO 9
Ayla

❧ VIVENDO EM SOMBRAS ❧

Fugi. Na maior covardia. Depois do que ele admitiu, não tive coragem de simplesmente abrir meu coração e apenas dizer que esperava que pudéssemos resolver uma pendência que estava engasgada em minha garganta há tanto tempo.

Ele amava Mila. De todo o coração. Minha amiga era mais do que abençoada por ter a devoção de Vic ao seu dispor e ter encontrado o amor incondicional de Adam.

Eu sonhava com algo assim para mim.

Depois que consegui me refugiar no meu quarto, deixei que algumas lágrimas caíssem, salgando o que a maresia já havia depositado no meu rosto. Ignorei todas as chamadas do meu celular. Eu sabia a quem pertenciam.

E quando disse a Vic que me sentia perdida era porque aquele sentimento me dominava de tal maneira que eu começava a me sentir sufocada. Como a bailarina que interpretei no clipe maldito. Eu podia sentir que estava submersa, tentando chegar à superfície, mas não tinha esperança de conquistar o fôlego necessário, então, estava preferindo me manter ali embaixo.

Perdida. Isolada. Sem ninguém. Na solidão de um momento onde ninguém poderia me ajudar, salvo eu mesma.

Afastei as lágrimas e decidi que Vic Marquezi não me quebraria de novo. Eu já havia chorado muitas lágrimas sem sentido por ele. Sem que o idiota nem mesmo soubesse. Ou merecesse.

Chega.

Eu lhe daria o tratamento frio e cortês com que sempre me tratou. Não tentaria mais ganhar sua simpatia, em hipótese alguma.

A imensa cama de dossel ao meu dispor era como um atrativo à parte, e acabei me rendendo ao cansaço e preocupações do dia, deitando-me entre os lençóis sedosos. Sem que eu pudesse ter controle algum, deixei que os sonhos atormentassem meus sentidos.

Suspirei quando pude sentir a mão calosa, de tantos anos de exercícios físicos intensos, deslizando pelo meu corpo. Meus dedos acompanharam o percurso, pedindo que ele seguisse em sua exploração.

Pude sentir o fôlego quente e o hálito mentolado diretamente sobre minha pele agora fria, exposta por eu ter afastado os lençóis. Eu queria tanto o toque dele, os beijos ardentes, os carinhos...

Revirei a cabeça, sentindo a barba por fazer arranhar a pele do meu pescoço e meu rosto, sorrindo diante da sensação.

Oh, céus... Vic.

Quando o corpo poderoso do homem que dominava meus sentidos ficou acima do meu, permiti que minha mente visualizasse o olhar de adoração daqueles olhos verde-claros que eu tanto admirava. O sorriso fácil que ele sempre dedicava àqueles que considerava seus amigos. Quando sua boca se aproximou da minha, senti o pulso errático do meu coração quase me mandar direto ao paraíso.

Vic.

No momento em que ergui os braços para enlaçar seu pescoço, a visão se dissipou, mostrando que eu estava apenas louca e possuída por uma obsessão por alguém que nunca olharia para mim da mesma forma que eu olhava para ele.

Condenei a mim mesma, porque eu falava e maldizia o sentimento torpe que Henry Cazadeval parecia alimentar em relação à minha pessoa, com toda a obsessão doentia, e parecia que eu estava fazendo o mesmo, em um nível muito mais saudável, porém tão esquisito quanto.

Sentei-me na cama e afastei os lençóis, irritada pela constatação de que eu não estava agindo tão diferente do meu algoz. E aquilo precisava mudar.

Meu olhar de adoração para Vic Marquezi precisava ser revertido para nada mais do que o olhar que eu dedicava a alguém que apenas frequentava o mesmo ambiente que eu e compartilhava uma amiga que tanto amávamos. Apenas isso.

No dia seguinte, depois de perceber que perdi a hora, acordei agitada e me vesti apressadamente, com um short qualquer e uma regata, já que estava disposta a correr na praia, antes que Mila e Ethan voltassem do hospital.

Desci no máximo de silêncio possível, rezando para que ninguém estivesse mais na área da cozinha ou mesa do café da manhã, de forma que eu pudesse escapulir sem dar grandes explicações.

A governanta, Marguerite, que nos recebeu no dia anterior, estava servindo um chá em xícaras posicionadas numa bandeja.

— Olá, bom dia, Srta. Marshall — cumprimentou com polidez.

— Ayla. Por favor.

A mulher sorriu brandamente.

— A família está no jardim degustando o café da manhã. A senhorita gostaria de se juntar a eles? — perguntou de forma polida.

— Ahn, Marguerite, eu... vou apenas tomar um suco e dar uma corrida na praia... se não tiver problema.

— Claro que não. Quer que eu faça algo natural?

— Não precisa. Eu posso tomar esse que já está aqui — disse e abri a geladeira, me servindo da jarra de suco de laranja. — Marguerite... há uma área por onde eu possa sair, sem que tenha que passar por onde a família St. James está tomando seu café da manhã? Eu não gostaria de atrapalhá-los.

— Ah, sim. A Srta. pode ir pelo lado da piscina. Lá à frente tem um pequeno portão que desemboca na escadaria que leva à praia. A área onde eles estão agora fica no canto oposto — ela informou, compreendendo que eu queria apenas sair dali.

— Você sabe se Mila chegará por agora?

— Parece que até a hora do almoço, graças a Deus, eles estarão aqui. Você tem tempo de sobra, querida.

Dei um beijo na bochecha de Marguerite, pegando-a de surpresa e saí em disparada da cozinha. Segui pela direção que ela havia me passado e consegui chegar sem demora à praia.

O ar puro da manhã preencheu meus sentidos e dei uma respiração profunda, parando onde estava para alongar os músculos, estendendo os braços para cima, com os olhos fechados, apenas absorvendo um pouco do calor do sol. Com um sorriso brando, preparei o iPod, e me pus a correr logo em seguida. Sem rumo.

Depois de cerca de quarenta minutos, quando estava voltando pelo caminho que já tinha feito, resolvi aliviar os passos da corrida acelerada que fiz e comecei uma caminhada leve para recuperar o fôlego.

Somente quando estava pensando se reconheceria a casa, já que havia me afastado muito, foi que notei a figura que vinha correndo à minha frente. Respirei fundo e resolvi que não me deixaria abalar pelo físico invejável e músculos bem-dispostos daquele homem. De forma alguma.

Ele notou minha presença e diminuiu a corrida até parar, bloqueando

APENAS um Jogo

67

meu caminho.

Eu tinha duas alternativas: ou ser uma tremenda vadia mal-educada, ou ser cortês e distante.

— Bom dia, Sr. Marquezi — cumprimentei com uma alegria fingida. — Tenha uma boa-corrida — disse e tentei passar por ele.

Vic deu um passo para o lado, entrando na minha frente, me impedindo de seguir.

— Você saiu cedo. Tem o hábito de correr logo de manhã, ou a intenção é evitar minha companhia? — perguntou intrigado. As ruguinhas nos cantos de seus olhos mostravam que ele parecia estar se divertindo.

Ops. Parece que fui pega no flagra. Não queria admitir que a presença dele me transformava em um ser abestalhado e balbuciante.

— Ahn, eu sempre aproveito quando estou à beira de uma praia maravilhosa, para poder me exercitar, Sr. Marquezi — respondi, tentando reconquistar a paz que havia adquirido nos minutos de corrida.

Um sorriso enviesado apareceu em seus lábios.

— Okay, esta foi a primeira resposta. E a segunda?

Respirei profundamente, buscando uma alternativa para responder de forma adequada.

— Não estou fugindo de você — menti descaradamente, na esperança de que ele não percebesse. A risada que deu em seguida provou que havia detectado minhas intenções.

— A impressão que passou é essa, sabe?

— Bom, posso apenas alegar que não tenho o hábito de me exercitar acompanhada por alguém logo cedo. Talvez seja pelo fato de não ser uma pessoa tão diurna. Com licença, Sr. Marquezi — pedi e tentei passar, inutilmente, outra vez.

Vic passou a mão pelo cabelo, afastando uma mecha que teimava em cobrir seus olhos. O vento era forte naquele horário, e não sei como estávamos aguentando ficar parados como duas estátuas, tentando entabular uma conversa que parecia não ir para lugar algum.

— Escuta, Ayla... não quero que fique um clima desconfortável entre nós, entende? Pensei que talvez pudéssemos acertar nossas diferenças.

Afastei o olhar de seu rosto e foquei no horizonte, vagueando pela paisagem que tinha à frente. Inspirei o ar e a maresia, fechando os olhos antes de voltar a atenção a Vic.

Mal sabia ele que 'acertar as diferenças' era tudo o que eu mais queria. Porém, não achava que seria assim tão simples.

— Também acredito que pelo bem de nossa amiga, poderíamos ao menos manter as aparências, Sr. Marquezi — falei num tom brando.

— Por que está me chamando de Sr. Marquezi? — Agora ele parecia enervado.

Soprei a franja que caiu no meu rosto.

— Esse não é o seu nome?

O olhar mortal que ele me lançou foi bastante eloquente.

— Ayla...

— Sr. Marquezi, ontem nos tratamos pelos nossos sobrenomes pomposos, assim que nos vimos. Imaginei que seria o *Modus Operandi*, já que não somos amigos, nem nada.

Ouvi o bufo irritado, seguido de uma risada. Aquilo me surpreendeu.

— Você é uma coisinha irritante, não é? — disse com um sorriso idiota no rosto.

— E você é um idiota arrogante!

Vic ergueu as mãos para o alto, como se estivesse se rendendo.

— Okay, okay... mas agora veja quem está irritada ao extremo... — brincou. — Não fui eu que acordei com a pá virada.

Revirei os olhos e decidi que não cairia em sua provocação.

— Eu não estou irritada — menti. — Ou ao menos, não estava — admiti.

Vic olhou para mim, com a cabeça inclinada, me encarando por um longo momento antes de falar:

— Será que eu consigo tirar o pior de você?

Senti o rosto esquentar, tamanho o meu embaraço. Para disfarçar o desconforto, soltei o cabelo e o amarrei de novo. O tempo todo, aqueles olhos claros acompanharam meus movimentos.

— Tudo bem, que tal começar de novo? — propôs e o olhei com desconfiança.

— Como assim? — questionei.

— Eu vou dar alguns passos para trás, e virei ao seu encontro de novo, casualmente. Daí podemos nos cumprimentar como dois cidadãos de bem — ele disse. — O que acha?

Mesmo sem querer, um sorriso teimou em se formar nos meus lábios. Quando percebi aquilo, vi que estava amolecendo ante o charme dele.

Ódio, Ayla. Você precisa sentir ódio sempre que o encontrar.

O lembrete do sentimento do passado trouxe um clarão à minha mente.

Enquanto eu ainda pensava, Vic tinha se afastado, e agora caminhava na minha direção, como se estivéssemos nos encontrando pela primeira vez no dia.

— Bom dia... como está o tempo? — perguntou, fingindo fazer *cooper* no lugar, à minha frente.

Comecei a rir de modo involuntário.

— O sol promete um dia ameno, com temperatura variável. A maresia pode ficar pegajosa e, se você não tiver passado protetor solar, se tornará um possível um caso de insolação — respondi.

— Uau... então minha corrida na praia terá que ser rápida.

— Creio que sim.

Como se nenhum dos dois tivesse mais nada a dizer, acabei pigarreando para voltar à realidade e me afastar dali. A presença dele era intensa demais para mim.

— Bom, se você me permite... vou voltar para esperar por Mila e Ethan — informei e olhei para outro lugar, que não os músculos salientes de seus braços.

— Eu vou fazer o percurso que você fez e também estarei de volta à casa para aguardá-los.

Vic continuou plantado à minha frente. Nenhum dos dois parecia querer se afastar dali.

— Então... ahn... tchau.

Não esperei sua resposta e passei por ele correndo em direção à mansão dos St. James. Parecia que nossa trégua da noite anterior não havia sido apenas um devaneio da minha imaginação. Ele realmente estava se parecendo cada vez mais ao amigo que Mila sempre fez questão de exaltar.

Um banho gelado seria necessário assim que eu pisasse os pés em casa, e mal sabia ele que aquele momento frugal de conversa branda levou a outro mais delirante em meus pensamentos.

Adam, Mila e Ethan chegaram pouco depois do meio-dia, e eu já não tinha unhas para estraçalhar.

Quando adentraram pela porta, corri para abraçar minha amiga, sabendo que nem poderia demonstrar tanta efusividade, por conta de sua aparência. Por mais que Adam tivesse afirmado que ela estava bem, Mila aparentava visivelmente o cansaço e o trauma ao qual fora submetida. Ela parecia abalada e com um imenso hematoma na testa, além de um galo protuberante. Mesmo assim, ela me deu um abraço que dizia, sem palavras, o quanto estava feliz em me ver.

— Que susto você me deu, sua vaca — falei baixinho em seu ouvido. A risada foi o suficiente para me provar que agora ela estava bem.

Observei, pelo canto do olho, Vic agarrado com Ethan, que o beijava e ria, mas quando seus olhinhos se encontraram com os meus, fizeram com que meu coração derretesse por completo.

— Ay-ay! — o pequeno gritou e esticou a mãozinha, agitando os dedos, como se me chamasse.

Soltei Mila e estiquei minha mão, para tocar os dedinhos, mas ele fez com que eu chegasse mais perto. A mão miúda agarrou um punhado do meu cabelo, me puxando diretamente para seus bracinhos, e, como ele estava aninhado no colo de Vic, acabei, de um modo estranho, emaranhada com o próprio objeto dos meus tormentos. Enquanto tentava me soltar dos dedos de Ethan, rindo, feliz pelo seu feito, virei a cabeça e esbarrei com o queixo de Vic. Por um momento congelamos. Nossas bocas ficaram a uma distância mínima, e um movimento brusco de Ethan...

— Ethan! — gritei assustada.

Ele puxou meu cabelo com mais firmeza e minha boca foi de encontro à de Vic. Aquele foi o momento mais constrangedor da minha vida. Estávamos congelados na posição. Os olhos de Vic estavam arregalados, assim como os meus. Ele se afastou bruscamente, como se tivesse levado um choque.

Fiz o mesmo, pouco me importando se perderia um chumaço de cabelo no processo.

— Ethan... solte a Ay-ay — Mila falou, tentando agir em meu socorro.

— Ay-ay... quero Ay-ay e Ti-ic! — Senti o rosto ficar quente. O de Vic ficou no mesmo tom. Às ameaças de lágrimas do pequeno, interrompi as tentativas de Mila de retirá-lo dos braços do padrinho, e soltar suas garras.

— Deixe, Mila. Vamos nos sentar juntos... não é, Vic?

Ele apenas acenou, concordando. Pude observar que engoliu em seco, como se estivesse nervoso.

Quando nos acomodamos no sofá, Ethan ficou entre nós, meio sentado no colo de Vic, e com uma mão agarrada ainda ao meu cabelo, me puxando em direção aos dois. Seria uma cena hilária, se não fosse tensa para meu corpo em frangalhos.

Mila sentou-se ao lado de Adam, que agora voltava com uma bandeja de chá, servindo primeiro à sua esposa. Ele depositou um comprimido na mão dela, dizendo em seguida:

— Você tentou disfarçar o caminho inteiro a dor de cabeça que está

APENAS um Jogo

71

sentindo, querida, então vamos já cuidar disso para evitar uma piora. Lembre-se do que o médico disse.

Ela apenas sorriu e aceitou o carinho que Adam lhe fez, sentando-se ao seu lado.

— Então... por onde vão começar? — perguntei sem pudor algum.

Ambos se entreolharam e apenas deram de ombros.

O relato foi devastador para Mila. Em alguns momentos ela precisou interromper o que falava para recuperar a compostura. E, por mais que víssemos que ela sentia a necessidade de contato com o pequeno Ethan, para se assegurar que tudo aquilo havia sido apenas um pesadelo que não voltaria mais, Vic não cedeu ante a própria necessidade de ter a certeza de que o afilhado estava bem, em seus braços.

Quando me virei para ver o bebê aninhado em seu colo, constatei que dormia placidamente, e ainda que meu pescoço estivesse me matando, dada a posição em que me encontrava, inclinada rumo ao ombro de Vic, eu apenas sorri para sua mãozinha preenchida com uma porção de fios do meu cabelo.

Nossos olhos se encontraram por um instante, e eu dei um sorriso constrangido. A surpresa que fez com que meu coração acelerasse se deu quando ele retribuiu. Havia um brilho de diversão em seus olhos que por um instante me fascinou.

Quando o casal se retirou da sala, levando o pequeno Ethan consigo, me permiti respirar ao estar livre do agarre de suas mãozinhas.

Mesmo que Vic tivesse aconselhado a amiga a protelar o casamento por mais alguns dias, percebi que a decisão de Mila estava mais do que tomada. Eles haviam apenas adiado a cerimônia para o dia seguinte, o que me deixava em um estado de nervos incontrolável, já que isso significava mais tempo sob o mesmo teto que Victorio Marquezi.

Eu podia sentir que minhas muralhas rachariam a qualquer momento. Pior do que isso. Eu temia implorar a ele, mesmo que apenas com o olhar, que me desse um pouco de seu tempo.

Ele havia falado sobre acertar as diferenças, mas estaria disposto a reconhecer que havia sido cruel em suas palavras, anos atrás?

Melhor... Vic ao menos se lembrava do episódio, ou fora apenas algo sem importância para ele?

Eu deveria ser mais adulta, esquecer o assunto. Por que ainda estava tão apegada a algo que poderia ser tão bobo, visto por outro ângulo? Era difícil admitir que aquele homem me fragilizava de tal forma que eu chegava a apagar a mulher forte que lutei para ser.

Eu não poderia viver baseada na expectativa do que alguém poderia ter ao meu respeito.

Depois de alguns minutos, onde cheguei a ouvir os ponteiros do antigo relógio que ficava acima da cornija da lareira, percebi que nenhum de nós dois falávamos nada. Era um silêncio constrangedor. Levantei do sofá e abracei meu corpo, tentando conquistar um pouco de calor. A presença dele tinha o poder de me desconcertar de tal forma que me sentia uma colegial ingênua que não sabia o que falar.

Eu sentia meu corpo tremer de uma forma inigualável. O breve contato de nossos lábios havia sido mais do que o suficiente para acender a fornalha que queimava em meu interior.

Senti a presença dele ao meu lado, olhando para a janela que dava vista ao imenso jardim.

— Vou me desculpar pela atitude de Ethan — sussurrou.

Olhei para o lado e senti uma ponta de esperança quando o vi sorrir. Mesmo que por um instante apenas, pude divisar o homem dócil por trás da fachada séria.

— Por quê?

— Por que ele acabou nos colocando em uma situação embaraçosa...

Meu Deus... eu queria dizer com todas as letras que não estava nem aí. Que eu queria era me manter daquele jeitinho, por tantas horas Ethan quisesse nos manter.

— Tudo bem... eu... ahn...

O toque do celular dele interrompeu aquele momento, e apenas pude sentir pesar quando ele se desculpou e se afastou dali para atender à ligação.

Sem pensar mais nada, decidi fugir dali antes que acabasse fazendo uma besteira, como me atirar em seus braços.

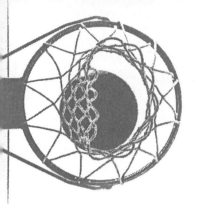

CAPÍTULO 10
Vic

❧• Beijos roubados •❧

Mas que droga! O pequeno pestinha simplesmente quase fez com que eu perdesse a fala e o rumo dos meus pensamentos na sala, além do foco e a habilidade de raciocínio naquele instante ínfimo quando os lábios sedosos de Ayla se chocaram aos meus. Quando o corpo dela esteve tão próximo que fui capaz de sentir o cheiro de seu perfume. Ou seria loção corporal? Parecia exalar do corpo inteiro.

Um corpo quente, bem proporcionado, que se encaixaria com perfeição ao meu.

Aquele simples toque de lábios foi mais do que o suficiente para me mostrar que enquanto eu não saciasse aquela sede, não tivesse a boca de Ayla à mercê da minha, possivelmente, aquela necessidade não se esvairia.

Pensei em sair para Manhattan e ver se encontrava algum dos meus amigos da NBA. Quem sabe ficar com alguma mulher que me fizesse esquecer aquela que dividia o mesmo teto comigo agora. Embora a mansão dos St. James fosse enorme, eu me sentia confinado a um espaço apertado, criando uma sensação de claustrofobia absurda, que fazia com que meus ossos doessem, porque não podia tocar em quem eu queria. Eu não podia ter a única coisa que quis possuir com tanto ardor por tanto tempo.

Ayla Marshall estava me consumido. Queimando meus circuitos internos. Eu podia atestar que parecia mais um adolescente possuído de hormônios loucos e compulsivos do que um cara adulto e bem-vivido, com uma larga escala de mulheres no repertório.

Meu celular tocou no momento exato em que cheguei ao seu lado na janela. Dei uma desculpa qualquer para atender à ligação, mas na verdade eu precisava era de um tempo a sós, já que me sentia perdido em meus pensamentos tumultuados. Ignorei a chamada, e me dirigi para o quarto.

O celular teve um destino ingrato, desde que o arremessei sobre a cama, mas o aparelho quicou e caiu do outro lado. Eu pouco me importava. Estava irritado, pois ainda não havia conseguido separar um tempo para conversar com ela e corrigir minhas merdas. Passei as mãos no cabelo, puxando-os até o ponto de sentir dor.

Bufei, revoltado comigo mesmo. Decidi que deveria procurá-la o quanto antes. Dessa vez, sem desculpas ou interrupções. Eu precisava me redimir, ante ela e minha própria consciência.

Quando alcancei o celular no chão, vi que Drake, assistente-técnico do Houston, havia me ligado. As mensagens logo depois indicaram que não era nada urgente, apenas uma averiguação de rotina.

Enviei algumas de volta, para que ele ficasse de sobreaviso que eu poderia ultrapassar um dia ou dois do prazo que havia requerido de pausa.

Enquanto vasculhava o Instagram, passando por fotos e perfis aleatórios, acabei deparando com o de Ayla. Tive dois segundos apenas para decidir se entrava em seu feed de notícias ou não. Observei a última foto postada. Cerca de três semanas atrás. Humm... ela não era tão obsessiva assim com a imagem, a ponto de atualizar todos os minutos do dia.

Meu dedo deslizava foto a foto, notando que julguei erroneamente o padrão de Ayla. Por saber que era tão voltada ao mundo artístico e da dança, supus que suas fotos seriam sempre sensuais e expondo o corpo fantástico que Deus havia lhe dado e que ela aparentemente cultivava com afinco. Ledo engano. As fotos eram de suas performances, espetáculos, alguns eventos aos quais comparecia, e muitos registros de momentos com um pequeno grupo de amigos. As que postava sozinha eram sempre mostrando o mínimo de si mesma, e muito mais da paisagem ou local onde estivesse. O que pude perceber é que, por mais que tentasse aparentar que vivia uma vida despojada de luxos e regalias, ainda assim, Ayla tinha um quê de sofisticação latente, mas, mesmo cercada de pessoas, parecia solitária. O sorriso nunca chegava aos olhos lindos que tinha.

Demorei um tempo apreciando uma imagem específica, onde ela estava abraçada aos joelhos, sentada nas areias de Venice Beach, refletindo a mesma postura da noite anterior. Os cabelos esvoaçantes lhe davam um ar de jovialidade única, mas o sorriso... era o sorriso que havia cativado meu olhar. Por mais que ela estivesse dispensando o sorriso à pessoa que havia capturado aquele momento, ainda assim, nunca contemplei um sorriso tão triste na minha vida. Era como se fosse resignado. E seus olhos contavam algo que eu queria descobrir.

Que segredos escondia Ayla Marshall, por trás daquela fachada de garota empoderada, moderna e livre?

A batida à porta acabou atraindo minha atenção daquele momento de devaneio. Fechei o aplicativo e larguei o celular.

APENAS um Jogo

— Entre! — gritei, já me sentando.

Mila veio de fininho, com um sorriso tímido no rosto.

— Oi...

— Oi, boneca. Por que está se esgueirando? Seu amante latino não pode saber que está aqui comigo? — brinquei.

Ela se sentou na cama, ao meu lado e me dispensou um tapa bem dado na coxa. Provavelmente sentiu mais dor do que eu. Esperei que coçasse a mão, mas Mila não deu o braço a torcer.

— Adam não é latino, ao contrário do seu sangue italiano, seu burro — retrucou a espertinha. Eu apenas lhe dediquei um sorriso enviesado e um dedo médio no ar.

— Então... qual é o problema?

— Percebi um clima tenso entre você e Ayla?

— Espera... isso é uma pergunta ou uma afirmação? Estou na dúvida agora... — Cocei a barba por fazer. Por um momento, pensei em até mesmo deixar que crescesse totalmente e tomasse conta do meu rosto. Desisti assim que percebi que a coceira seria insuportável.

— Vic, deixa de ser obtuso. Eu sei que algo está acontecendo.

— Algo? Acho que você está louca. A batida na sua cabeça foi mais intensa do que os médicos pensavam. Tem certeza de que te examinaram direito? — caçoei, mas sabendo que o que havia acontecido com ela tinha sido tão sério que não merecia que eu fosse leviano. — Okay, isso foi tosco. Ignore minha zoada. E não, não tem nada acontecendo.

— Achei que vocês conversariam...

— Sobre o quê?

— Victorio!

— Mila vanilla... O que tenho para conversar? — Passei a mão no cabelo, enfadado com o rumo da conversa. Eu sabia a que tipo de conversa Mila estava se referindo e, por mais que quisesse, ainda não havia conseguido agir.

— Achei que você quisesse colocar uma pedra no passado. Pedir perdão, talvez... se redimir.

Pensei bem antes de responder à minha amiga, brincando:

— Certas coisas devem permanecer no passado. São itens empoeirados que, quando remexidos, podem causar alguma espécie de reação alérgica — brinquei.

— Eu acho que você tem medo de ter um choque anafilático, isso sim.

— O quê? — Ri da piada de Mila.

— Isso o que você ouviu. Seu medo não está no fato de ter uma reação alérgica sutil, com espirros ou uma coceira que pode passar facilmente. Você tem medo de ter logo é uma reação sistêmica tão intensa, daquelas que pode te deixar incapacitado.

— Sério... essa sua analogia foi muito louca.

— Você sabe que tenho razão, Vic. Está com medo da Ayla mexer contigo, mais do que já mexeu.

Acabei me remexendo na cama, inquieto com o rumo da conversa.

— Pode ser. — Eu não queria admitir que já estava mais do que mexido. — E você tem razão... preciso fazer isso até para ter paz comigo mesmo.

— Viu? Eu te conheço tão bem, Victorio. E estou surpresa por vê-lo rendido a um medo idiota.

— Oh, uau. Minha amiga levou uma pancada na cabeça e ficou toda filosófica, é isso?

— Aprendi com um amigo que amo de paixão, que, em certos momentos, devemos nos arriscar, avançar na partida, chegar ao final dos quartos de tempo.

Ela praticamente tinha acertado a minha cara com as intenções que meu cérebro estava articulando. Eu a abracei depois daquela referência ao meu mundo esportivo.

— Você sabe que te amo de um tanto sem limites, não é?

— Sei. E a mulher que receber esse amor de você será a mais sortuda do planeta.

Naquele momento, Ayla passou no corredor e nos viu abraçados. Nossos olhares se cruzaram rapidamente, mas antes que eu pudesse chamá-la, ela fugiu como se o rabo estivesse em chamas.

Depois do jantar, mais uma vez fui buscar paz e sossego na praia deserta e entregue ao breu da noite. Ao chegar, um sorriso deslizou pelo meu rosto quando detectei a figura solitária sentada na areia.

Agora eu fui aquele que chegou importunando um momento de meditação sob o céu estrelado e parei ao lado dela. Não me sentei. Pelo contrário. Fiquei de pé, olhando à frente, no horizonte. Eu sabia que havia criado um imenso precipício entre nós dois. Por nunca ter agido no passado, da maneira correta e usual, convidando-a para sair, como qualquer cara interessado em uma garota faria. Queria saber se ela me convidaria a lhe fazer companhia. Precisava entender quais pensamentos a atormentavam em relação à minha pessoa. Eu sabia quais eram os meus... mas e os dela?

Não demorou muito tempo e ela se levantou, pronta para sair. Não deixei que escapasse com tanta facilidade.

— Por que não conseguimos ficar no mesmo lugar e agir como dois adultos que gostariam de estabelecer uma conversa?

— Porque talvez não tenhamos muito que conversar. Nenhuma afinidade, interesses... impressões — ela disse e abaixou a cabeça. — Já sei a opinião que tem a meu respeito, seja no passado ou agora.

Um nó se formou na garganta, e senti dificuldade, por um instante, em respirar com regularidade. Como assim, ela sabia minha opinião? Eu não acreditava que Mila pudesse ter lhe contado alguma coisa... ou poderia?

— Ayla...

Ela virou-se para sair, mas consegui segurá-la pelo cotovelo.

— Com licença. Estou de saída.

Só naquele momento foi que reparei que ela usava um vestido leve, e estava maquiada, como se realmente estivesse vestida para uma balada.

— Você... vai sair?

— Sim. Como o casamento só acontecerá amanhã no fim do dia, não vejo problema em aproveitar a madrugada.

Meu cérebro computou a informação de que iria "aproveitar a madrugada". Que porra era aquela? Ela pretendia ficar fora a noite inteira? Com quem?

Merda! Enquanto eu martelava as dúvidas na mente, ela havia escapulido. E logo depois, pensei comigo mesmo... eu não tinha nada a ver com a vida dela. Se queria sair para as baladas que tanto amava, se pegar com todos os caras de Nova York, que fizesse aquilo. Eu não estava nem aí. Ela era livre, não era?

Chutei a areia. Puto pra caralho agora. Estava com raiva por estar sentindo raiva, sem entender a razão da minha irritação. Era como gastar energia com alguém que não merecia esse gasto de emoções. Assim que o pensamento bateu na minha mente, me arrependi, porque foi assim que tudo começou.

Sentei-me na areia, agarrando uma porção entre os dedos e arremessando longe. Eu deveria aprender a lidar com meus erros, com os vacilos dados que haviam me trazido até o presente momento.

Talvez, se eu não tivesse sido tão imbecil, minha história com Ayla fosse diferente. Não que precisasse haver, necessariamente, algo físico, embora meu corpo ansiasse por aquilo. Mas ao menos uma amizade compartilhada poderia ter existido.

Porém deixei-me guiar por sentimentos mesquinhos e, anos atrás, o rumo de todos os acontecimentos, e que agora se refletiam na incapacidade de troca de palavras polidas entre nós dois, simplesmente havia definido tudo.

Acabei deixando meu corpo desabar na areia. Encarei o céu estrelado por um tempo indeterminado.

Olhei para o lado e, por um instante ínfimo, desejei que Ayla estivesse ali para compartilhar da beleza que eu tinha diante dos meus olhos. Mas o espaço estava vazio.

Só o que eu podia ouvir era o ruído das ondas do mar, e, lá no fundo, as batidas aceleradas do meu coração, que rugia em descompasso com o sentimento de ciúmes ardentes que me consumia.

— Foda-se! — Levantei e sacudi a areia da roupa, olhando meu estado geral.

Corri pelo jardim que fazia ligação à praia, passei pela cozinha e, em seguida, pela sala. Subi as escadas de dois em dois degraus, torcendo para que nem Adam ou nem Mila estivessem no meu caminho. Bati à porta e não recebi resposta. Resolvi ser um pouco invasivo e entrei no quarto. Estava escuro. Apenas uma sombra do perfume de Ayla pairava no ar.

Um ruído de carro chamou minha atenção e olhei pela janela.

Ayla se encaminhava para o veículo estacionado à frente. Eu estava torcendo para que fosse algum carro de aplicativo, então abri a janela de supetão e gritei seu nome:

— Ayla!

Ela olhou para cima e vi o semblante confuso. Sinalizei para que me esperasse um segundo.

Desci as escadas correndo, conferindo se minha carteira ainda estava no bolso da calça cargo que eu usava. Merda. Eu não estava arrumado para uma saída decente, mas joguei tudo para o alto.

Quando abri a porta da mansão e corri ao seu encontro, vendo que ela ainda me aguardava com uma fisionomia assombrada – provavelmente pelo meu rompante –, desacelerei para não atropelá-la no processo.

— O que houve? — ela perguntou.

Apoiei as mãos nos joelhos, tentando recuperar o fôlego, percebendo que bastavam dois dias sem treino e meu estado físico se deteriorava. Ou então era a simples presença de Ayla Marshall.

— Seria muito abuso eu pedir para te acompanhar? — falei de uma vez.

Os olhos de Ayla se arregalaram de tal forma que temi que pulassem fora das órbitas.

— O... o quê?

— Você vai sair, não é?

O motorista buzinou sem paciência e Ayla se virou ao mesmo tempo em que eu, sinalizando, gritei sem pudor algum:

— Espera um pouco, cara!

Voltei o olhar para Ayla, que me encarava boquiaberta.

— Posso ir com você para onde vai?

— Ahn... claro.

O tom dela foi meio incerto, mas não desisti do meu intuito.

Eu queria ter um tempo ao lado dela, tentar conversar, e precisava admitir que os ciúmes foram um motivador importante em querer acompanhá-la, mas, se ela dissesse que não me queria ali, tudo bem. Eu poderia ficar com a consciência tranquila de que ao menos havia tentado.

— Obrigado. Vamos? — Coloquei a mão em seu braço para guiá-la até o veículo.

Quando nos ajeitamos, tentei iniciar a conversa, sem dar na cara que estava curioso para saber aonde ela ia.

— Então... qual é o nosso destino? — perguntei e tamborilei os dedos em minhas coxas.

— Um pub novo em Manhattan. É de um casal de amigos que conheci na Broadway. Eles desistiram da carreira artística e resolveram abrir o local...

Percebi que ela estava nervosa. Colocava uma mecha de seu cabelo o tempo todo atrás da orelha, respirava em um ritmo curto, passava as mãos pela barra do vestido. Um sorriso brotou em meu rosto. Então ela não era tão indiferente a mim como gostaria de deixar transparecer.

— Bacana. Espero não ter atrapalhado seus planos... ou um encontro — sondei. Com a sutileza de um dromedário.

Mesmo com o carro às escuras pude notar que seu rosto estava vermelho. O brilho no olhar de Ayla era diferente do daquela manhã.

— Não. Tudo bem.

Deixei que o silêncio preenchesse o ar ao nosso redor, apreciando pela janela do carro, a paisagem de concreto que começava a surgir adiante.

Eu esperava que a decisão de acompanhá-la aquela noite rendesse ao menos uma conversa civilizada entre nós dois.

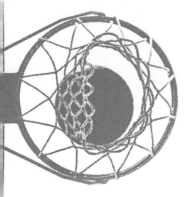

CAPÍTULO 11
Ayla

✧ Sensações efêmeras ✧

Meu coração retumbava no peito. Eu temia até mesmo que meu 'companheiro' ao lado pudesse ser capaz de perceber ou ouvir as batidas aceleradas e intensas. Minhas têmporas pulsavam e a sensação era a mesma que eu tinha antes de uma apresentação.

Eu não fazia ideia de onde colocar as mãos. Sentia o olhar dele esporadicamente e às vezes lhe dedicava um sorriso constrangido, mas ainda parecia ter a língua presa para conversar tranquilamente.

Eu queria me espancar. Se pudesse, eu mesma me estapeava, chutava e amordaçava, para evitar falar merda.

Eu sabia que tinha reagido de maneira exagerada pela manhã, na praia.

Meu Deus... por que eu não conseguia vencer meu próprio medo em relação a este homem?

— É aqui, moça. Se puder avaliar a corrida, eu ficarei grato — o motorista disse e se virou para trás para confirmar se eu tinha ouvido alguma coisa.

— Claro, pode deixar — respondi e saí do carro, já me encontrando com Vic do lado de fora.

— Ahn, este é o pub — falei o óbvio e pigarreei logo depois. — Quero dizer, não é nenhum lugar chique, nem nada... é apenas um lugar aconchegante pra quem aprecia cerveja preta.

Vic riu e colocou as mãos dentro dos bolsos. A cabeça inclinou para um lado e o olhar que me lançou pareceu contemplativo por um instante.

— Um bom lugar para passar um tempo, ao invés de ficar assistindo TV na mansão dos St. James.

Dei uma risada sutil e acenei com a cabeça para entrarmos.

Cruzar a porta era como ser transportado para um mundo antigo associado ao toque do moderno. O pub era decorado à moda irlandesa, com todas as referências à cultura do país.

O balcão central era um atrativo com as imensas torneiras de cervejas artesanais. É claro que as comuns eram servidas ao lado de toda uma sorte de bebidas alcoólicas.

Céus. Era óbvio que ali era um antro alcóolico. Era um bar, caramba. Percebi que a presença de Vic às minhas costas estava me fazendo divagar sem rumo.

Avistei Cedric e Alana logo adiante, conversando animadamente com outros frequentadores do lugar.

Alana ergueu os olhos e veio ao meu encontro.

— Ah, meu Deus! Não acredito que você realmente conseguiu tirar um tempinho na sua agenda corrida e vir aqui! — exclamou e me abraçou apertado.

— Falei que faria de tudo para vir, não falei?

— Estou tão feliz!

Alana era calorosa e adorável. O cabelo ruivo combinava totalmente com a pele clara e os magníficos olhos azuis. O namorado, Cedric, não ficava atrás. Era um gigante de mais de 1,95m de altura, com olhos mais azuis do que os da mulher. Os cabelos pretos e cortados em um moicano o transformavam numa espécie aterradora e que impunha respeito somente com o visual.

Nós nos conhecemos em um musical da Broadway, dois anos atrás. Alana era atriz coadjuvante, dançava alguns números comigo, e Cedric era da parte da equipe de cenografia. Ele montava tudo ao redor. Salvou Alana quando ela quase despencou de uma escada, durante um ensaio. Típica cena de filme de amor, altamente romântico. E provou para mim que este sentimento nobre bate à porta das maneiras mais hilárias possíveis. Mais até... o namoro dos dois me mostrou que o amor pode ser duradouro.

Cedric largou os amigos com os quais trocava algumas piadas e veio ao nosso encontro.

— Alana, este é um amigo, Vic — apresentei e senti o rosto corar. Não sabia se podíamos dizer que éramos amigos, mas ao menos quis supor que sim.

— Muito prazer — ela respondeu com um sorriso. — Este é meu noivo, Cedric.

Minha boca se abriu ante o choque. Os dois estavam noivos?

— Noivo? — gritei extasiada, interrompendo os cumprimentos. — Desculpa... me empolguei.

Alana não cabia em si de excitação. Em um gesto dramático, estendeu a mão e piscou como uma donzela envergonhada. Levei um segundo para entender que ela estava me mostrando a aliança.

Peguei sua mão e fingi avaliar a complexidade do diamante que ela ostentava. Nós duas começamos a rir, sendo seguidas por Cedric.

Vic apenas deu um sorriso e acenou com a cabeça.

— É um prazer conhecê-los. Este lugar é incrível — elogiou. Pareceu que realmente estava sendo verdadeiro.

— Ei... você não é o jogador do Houston? — Cedric perguntou com os olhos entrecerrados.

Vic se mexeu desconfortável ao meu lado, e olhou ao redor, desconfiado.

— Sim.

— Cara, curti pra caramba os jogos de classificação. E fiquei empolgado com a posição que vocês alcançaram na conferência da Costa Oeste.

Vic deu uma risada e agradeceu, parecendo constrangido.

— Valeu, cara.

— Jura, Ayla? O Vic Marquezi? — Alana cochichou no meu ouvido, longe dos rapazes.

Vic e Cedric agora estavam em uma conversa animada, um pouco mais distantes.

— Ele mesmo.

— Me conte tudo! — Alana me puxou para o balcão e nos sentamos para um momento de fofocas femininas. — Você me contou uma vez que tinha uma queda por ele. — Acenando para o bartender, ela pediu: — Sean, dois shots de tequila.

Revirei os olhos para minha amiga.

— Tequila, Alana? E desde quando eu sou fã de tequila?

— Desde o momento em que você precisa abrir o bico e contar os detalhes. Lembra aquela festa em que você bebeu e acabou revelando todos os segredos do seu coração? No dia seguinte você admitiu que a bebida faz isso com você — disse e gargalhou.

Acabei me rendendo àquele instante em que o reencontro me trazia um pouco de alegria e cedi aos apelos para acompanhá-la nas doses. Eu ficava um pouco temerosa em beber, pois nunca sabia o que poderia sair da minha boca.

Estávamos conversando por mais de quinze minutos, quando o bartender colocou mais duas doses à nossa frente.

— Ahn, obrigada, mas eu não pedi outra — falei rapidamente. Alana já tomava a dela e olhava ao redor.

— Aquele cara ali está oferecendo a você.

Alana me deu uma piscadela e fez com que eu olhasse para a direção que o bartender, Sean, havia apontando.

Um homem loiro, com o cabelo penteado em um estilo *fashion,* acenou do outro lado, erguendo sua própria dose. Eu não era muito fã de frequentar barzinhos por essa razão. Sempre estávamos sujeitas a receber ofertas "gentis" de cavalheiros que nos pagavam uma dose ou outra. O jogo da paquera se iniciava ali e dependia da vontade da mulher em questão ceder às investidas sutis ou não. Tive experiências nem tão sutis assim, logo... eu evitava a todo custo dar falsas esperanças a qualquer aproximação.

— Uhhh... acredito que o gesto do cavalheiro não tenha caído bem para seu amigo — Alana falou rindo.

Franzi a sobrancelha, sem entender ao que ela se referia.

— O quê?

Alana apontou com discrição com sua dose de tequila, em direção ao lugar onde Vic e Cedric conversavam.

Quando olhei rapidamente, notei que Vic tinha o cenho fechado, como se estivesse irritado.

— O que foi? — insisti.

— Ah, pelo amor de Deus, Ayla. Você não percebeu que o cara está caidinho por você? — zombou.

— O quê? Você está falando de quem, Alana? Está louca?

— Do seu amigo, óbvio. O seu Vic. Do meu Cedric é que não poderia ser. — Alana me deu uma ombrada nem tão delicada. — O cara está muito na sua, querida.

Comecei a rir. Eu tomei as duas doses de bebida e, ao que parecia, o álcool havia subido à cabeça de Alana. Ou à minha, já que estava confusa com suas palavras.

— Alana, você não sabe de nada... Vic e eu praticamente somos incapazes de ficar no mesmo lugar sem um querer arrancar o cabelo do outro.

— Ayla, Ayla... Não sei por que você gostaria de arrancar o cabelo daquele cara, mas uma coisa eu te garanto... o que ele quer arrancar de você são suas roupas... — disse rindo.

Eu me recusei a olhar na direção dele outra vez. Mesmo que as palavras de Alana tenham acelerado meu coração, porque eu me perguntava se elas tinham algum fundo de verdade, mas eu não queria ser aquela a dar bandeira para algo que poderia ser totalmente infundado.

Bem... Alana estava certa. Alguém queria arrancar as roupas de alguém. Eu. Se eu pudesse, pulava em cima de Vic e o lambia todo. Mas, quando o pensamento passava pela minha mente, a lembrança de suas palavras ferinas vinha como uma avalanche e isso aplacava um pouco do meu desejo.

— Olha... eu sei que vocês tiveram algo no passado, mas...

Ergui a mão, interrompendo seu discurso.

— Alana, nós nunca tivemos nada. Na-da.

Ela abanou o ar com uma mão, como se minhas palavras fossem meras moscas indesejáveis.

— Não tiveram nada por causa de uma infelicidade e um mal-entendido ridículo.

— Ridículo? — Agora eu estava revoltada. — Ele diz que sou uma vagabunda a um cara da faculdade e isso é ridículo aos seus olhos?

— Calma, Ayla. O que digo é que... você deveria ter tirado essa história a limpo, okay? Na mesma hora. Ter dado com a garrafa de cerveja na cabeça dele, perguntado que porra era aquela que ele estava falando e tal. Mas foi isso o que fez? Não. Você ficou amargando uma mágoa eterna por conta das palavras que ele disse.

— Que o idiota disse, né? Ele foi um completo idiota. Sem nem ao menos me conhecer direito, simplesmente me julgou da forma que quis. Numa postura totalmente machista e tudo mais.

— Ayla... sei lá. Deve ter havido uma explicação.

Eu sabia que naquela época houve, realmente. Pelo menos, de acordo com o que Mila havia me contado. No entanto, a teimosia em mim não me permitia arrefecer os sentimentos de irritação e mágoa, sempre que o assunto vinha à tona.

— Alana — respirei fundo e afastei uma mecha de cabelo do rosto —, isso agora é passado. Deixe quieto. — Acenei para o bartender. Agora eu queria uma dose a mais. Ou duas. Ou três.

— Querida... pelos olhos atentos dele, isso não parece passado.

Olhei de rabo de olho e vi que ele me encarava. Mesmo percebendo que eu o havia flagrado, não afastou o olhar. Rendida pela força daqueles olhos magnéticos, acabei virando o rosto para o outro lado, sentindo o calor tomar conta do meu corpo inteiro.

— Ele está te encarando desde o momento em que nos sentamos aqui, e mais... — ela abaixou e cochichou ao meu lado: — Desde a hora em que os caras do outro lado começaram a disputar sua atenção, decidindo com Sean quem pagaria uma bebida a você, ele não tira o olho daqui.

Tive que rir com o desatino de Alana, mais uma vez.

— Você é o quê? Uma espécie de observadora do comportamento humano aqui?

Ela me deu um tapinha nas costas.

— Meu bem, eu fico neste bar quase que os sete dias da semana, de seis às duas. Acredite em mim quando digo que conheço as sutilezas de paqueras intensas.

Antes que eu pudesse retrucar, fomos abordadas pelo homem que havia pago uma bebida minutos antes.

— Oi, garotas — cumprimentou e deu um sorriso gentil.

— Olá — Alana respondeu e piscou para mim.

— Estão se divertindo?

Oh, merda. O cara não sabia como puxar um assunto de maneira mais interessante.

Eu apenas assenti com a cabeça, enquanto Alana dava um sorriso mostrando todos os dentes. Seu olhar tinha um quê de desafio que eu não compreendi até ser tarde demais.

— Bastante... mas minha amiga aqui vem tão pouco a Nova York e nem sequer sabe o que anda perdendo... como este pub maravilhoso — brincou.

— Sério? Você não é daqui? — perguntou e se sentou ao meu lado na banqueta.

— Não. Mas morei um bom tempo por essas bandas. Minha amiga aqui — retruquei sua fala — é que está fazendo marketing para o próprio estabelecimento.

— Uau. Então você é a noiva do grande Cedric? — o cara perguntou.

— Eu mesma. Logo... acompanhei a bebida que você tão gentilmente ofereceu, mas eu poderia ter bebido de graça — disse e sacudiu os ombros.
— Desculpa.

O rapaz riu e pude observar pela primeira vez que ele tinha covinhas adoráveis.

— Bom, é sempre um prazer pagar uma dose a duas damas lindas — argumentou. — Aliás, eu sou o Hank.

— Hank... que prazer. Eu sou Alana e essa aqui é minha amiga Ayla.

O tal Hank desviou totalmente a atenção para mim.

— Sabe que tenho a impressão de conhecê-la de algum lugar... — disse e me analisou com os olhos entrecerrados.

Antes que eu pudesse responder, Alana fez o que eu temia.

— Sim! Possivelmente você conhece esta mulher linda do novo video-clipe do Henry Cazadeval! Ela tem, inclusive, ônibus plotados passeando por toda Manhattan. — Virou para mim e completou: — Ayla, acredita que vi sua foto num ônibus de *city tour*?

Custou muito conter a vontade de revirar os olhos diante do que minha amiga tentava fazer. Ela estava empenhada em fazer o cara ficar por ali no momento azaração, quando tudo o que eu mais queria era que ele se afastasse.

— Minha nossa... é mesmo. É você a dançarina espetacular das águas!

Senti o rosto corar e apenas assenti, completamente sem graça com a situação.

— Acho que sim.

— Foi maravilhoso assistir ao clipe — ele disse. — Surpreendente.

— Sério? Por que ficou surpreso? — perguntei com curiosidade.

— O fôlego, a dança em si. Tudo era bastante hipnótico, se quer saber a verdade. Mas o grau de dificuldade que você deve ter encontrado para fazer aquela dança é algo admirável. Ficou impecável... meus parabéns.

O sorriso dele e os elogios não pareciam de simples bajulação. Foram sinceros até. Aquilo fez com que eu rompesse o muro que havia erguido ao meu redor ante sua aproximação.

— Muito obrigada.

— Vou deixar vocês aqui um pouquinho. Acho que Cedric precisa de mim — Alana disse com um sorriso ridículo que não escondia em nada suas intenções.

Quando ela se afastou, olhei para a direção em que seguia e pude ver Vic bebendo sua cerveja do gargalo e me olhando por cima, com atenção. Engoli em seco diante a intensidade de seu olhar.

— Então... Ayla. Pretende ficar quanto tempo por aqui na cidade? — Hank perguntou com sutileza.

— Ahn, não sei bem ainda. Vim para o casamento de uma amiga, mas depois... só Deus sabe — respondi com sinceridade.

— Bom, espero que possamos nos encontrar mais uma vez...

Meu Deus. Era abertamente uma cantada para mostrar suas reais intenções. Aquele cara fazia questão de deixar claro que seu desejo, naquele instante, era sair daquele bar na minha companhia.

Eu sentia vontade? Não. Nem mesmo diante da beleza que ele apresentava tão ostensivamente. Em um dado momento, Hank chegou perto o suficiente para que eu conseguisse perceber que era cheiroso como aparentava ser.

Quando estávamos rindo de alguma coisa aleatória, senti um calor súbito às minhas costas, associado a um calafrio inoportuno. Eu só reagia assim a apenas uma determinada pessoa: Vic.

— Ayla, você está planejando ficar por mais tempo aqui? — perguntou e percebi que seu olhar não se afastava de Hank.

Olhei de um para o outro, tentando detectar se havia algum reconhecimento por parte de Hank, chegando à conclusão de quem era Vic.

— Ahn... eu... — Não soube o que responder.

Ele estendeu a mão e se apresentou ao meu companheiro de doses, sem nenhum pudor.

— Victorio.

— Ahn, eu sou Hank — ele disse e parecia incerto em como agir.

Como ele não acrescentou mais nada, imaginei que não fosse muito de esportes. Desde o momento em que Vic havia colocado os pés naquele pub, inúmeras pessoas o abordaram pedindo fotos ou autógrafos. Inclusive as poucas mulheres do local.

Vic virou-se completamente para mim, ignorando Hank de forma descarada.

— Bom, eu estou indo embora. Acho que já tive minha cota de bebidas por hoje — disse e o olhar era intenso.

— Ahn, eu acho que vou também. Estou um pouco cansada de toda a tensão dos últimos acontecimentos.

Desci da banqueta e Hank segurou minha mão.

— Será demais pedir seu número de telefone para checar se precisa de companhia enquanto está na cidade? — perguntou esperançoso.

Eu poderia negar, mas não via maldade ou mal algum em ceder a informação. Não significava que eu aceitaria, nem nada disso.

— Claro. — Retirei o telefone da bolsa e entreguei para que ele registrasse seu número. Ele ligou imediatamente para o aparelho dele, para confirmar os dados. Muitos caras faziam isso para se certificarem de que o número informado não era o errado. Acreditem... mulheres podem ser ardilosas quando querem enrolar alguém ou fugir do assédio indesejado.

Antes que eu pudesse me despedir de Hank e, finalmente, sair dali, Alana veio com um sorriso resplandecente no rosto. Se eu a conhecesse bem, podia jurar que estava aprontando alguma.

— Ah, não... vocês não podem ir agora... Cedric sempre solta a tradicional música irlandesa exatamente nesse horário... e reza que a lenda que aqueles que a dançarem, conquistarão seus desejos mais secretos... — disse e piscou.

Cedric chegou ao lado e assegurou:

— É verdade... você não faria essa desfeita conosco, não é, Ayla?

Estava boquiaberta pelo esquema engendrado que Alana tecera. Uma música melodiosa ecoou ao redor, no canto afastado do bar, onde um pequeno palco estava montado. Quatro casais já estavam se embalando ao som da canção.

— Alana...

Vic me interrompeu naquele instante e segurou minha mão, dizendo:

— Não faremos essa desfeita. Você vem? — perguntou olhando em meus olhos.

Durante todo aquele momento, Hank estivera ao redor, e, mesmo sem jeito, despedi-me dele, dando de ombros, sabendo que Vic me observava com atenção.

Alana bateu palmas e Vic me guiou até o local indicado, puxando meu corpo contra o seu, com gentileza.

A proximidade, no entanto, era demais para meus sentidos. Eu podia sentir que estava respirando com dificuldade.

Vic posicionou minha mão direita sobre seu ombro esquerdo e segurou a outra, com carinho. O tempo inteiro eu sentia os olhos claros atentos às minhas reações.

— Achei que quisesse ir embora — falei baixinho, evitando erguer a cabeça.

— E realmente queria... mas seus amigos foram tão gentis que não arrancaria nenhum pedaço postergar nossa saída por um instante.

O ritmo da música era lento e viciante, e a tequila ingerida antes acabou fazendo com que meu corpo ficasse lânguido, inclinando-se contra o dele.

— Ayla... — Senti o sopro exalado de sua boca, direto contra meu cabelo.

— Humm...

— Você não faz ideia do tanto que gostaria de ter a chance de refazer meus passos, anos atrás...

Meu rosto, agora comprimido em seu tórax, absorvia o som vibrante que reverberava dali. Refazer passos? Do que ele estava falando?

— Tenho tantas palavras das quais me arrependo de ter dito... E... isso martiriza minha mente desde sempre...

— O... o quê? — tentei perguntar, mas sentia a leseira do álcool se instalando cada vez mais.

Quando ergui a cabeça e o encarei, pude ver a intensidade com que me devolvia o olhar.

— Sinto que lhe devo desculpas...

— Pelo quê? Percebeu que sempre está pedindo desculpas ao meu redor? — Franzi a sobrancelha, confusa.

Um sorriso enviesado surgiu em seus lábios.

— Talvez porque eu seja o babaca que sempre pensou...

— Eu nunca pensei isso...

Outro sorriso perspicaz brilhou em seu rosto.

Okay... talvez eu tenha pensado... por muito tempo. E, claro, babaca era um elogio perto de todas as outras alcunhas com as quais o chamei, sempre que pensava nele.

— Vamos lá, Ayla... sei que nunca podíamos ficar no mesmo espaço antes, sem que você saísse irritada. Mas creio que mereci cada uma de suas palavras rancorosas naquela época... Mesmo agora...

Vic parecia estar querendo se desculpar de verdade. Seria pelo que ha-

APENAS um Jogo

89

via acontecido tanto tempo atrás? Mas ele nunca soube que ouvi cada uma de suas palavras, não é? Teria Mila contado para ele?

— Eu...

— Não estou conseguindo encontrar um meio-termo para me desculpar com você, Ayla. Anos atrás eu...

O som de risadas e gritos de euforia interrompeu nosso momento por breves segundos.

Ele fechou os olhos e disse em um sussurro:

— Eu disse coisas das quais me arrependo até hoje, porque nunca externaram a verdade do meu coração.

A música parou e nós dois interrompemos os passos cadenciados.

— Sim?

— Eu queria... queria chegar até você, mas não fui homem o suficiente e...

Oh, meu Deus... ele estava falando da festa, tantos anos atrás.

— Proferi palavras contra você que nunca deveriam ter saído da minha boca. E isso me atormentou de tal modo que... passei a me corroer em culpa.

Quando eu ia dizer que sabia do que ele estava falando, uma turba de frequentadores do pub entrou fazendo tumulto e quebrando a magia do momento.

— Acho melhor irmos embora — ele disse, afastando-se de mim.

Senti sua ausência quase que de imediato.

— É... claro.

Despedimo-nos de Alana e Cedric, depois de levar alguns minutos para chegarmos até eles. Vic se mantinha a frente do meu corpo, me protegendo dos homenzarrões que faziam espalhafato no bar. Sua mão sempre buscava a mim, por trás, para se assegurar de que eu o seguia de perto.

— Até logo, querida — Alana disse e me puxou para cochichar no meu ouvido: — Espero que tenha aproveitado esse homem fervendo de irritação e o colocado contra a parede! A noite não precisa acabar aqui.

Dei um sorriso irônico para minha amiga e apenas disse:

— Pare de ler livros românticos, Alana. Nem tudo na vida são flores e melodias de amor.

— Basta você acreditar e isso acontecerá na sua vida. Deixe de ser cética.

Tive que rir com a reprimenda. Ela acreditava mesmo nisso. Até onde eu sabia, era o que tinha vivido com Cedric, então esperava que todos tivessem a boa-sorte.

Depois de todas as despedidas, Vic e eu saímos do estabelecimento, e só então me lembrei de que não havíamos solicitado o Uber lá dentro, primeiro.

— Quer dar uma volta? — Vic perguntou e, ante meu silêncio e questionamento estampado no rosto, completou: — Estou querendo queimar um pouco do álcool consumido.

Sorri e acenei afirmativamente. Seria bom para esfriar meu sangue que fervilhava por ele, por conta daquela dança a dois.

— Claro. Por que não?

Caminhamos por alguns quarteirões, evitando os esbarrões dos transeuntes que pareciam estar fazendo o mesmo que nós: indo ou vindo para um momento de diversão.

Nova York era uma cidade que nunca parava. Nunca dormia. A qualquer hora do dia, as ruas eram abarrotadas de pessoas em busca de suas próprias conquistas, vivendo suas vidas.

Um dos maiores hábitos, quando morava ali, era me sentar em alguns dos bancos do Central Park, ou do Washington Park, nas mesas dispostas na Times Square, e apenas observar as pessoas que passavam sem parar.

Eu gostava de imaginar como era a vida daquela pessoa. De onde tinha vindo, para onde estava indo. Cidadãos do mundo, do subúrbio, da metrópole mais cosmopolita de todas. Gostava de observar as fisionomias de cada um. Se estavam com pressa, com raiva, chateados, felizes.

Era um passatempo que me tirava um pouco da solidão que passei a vivenciar desde que larguei minha família.

Eu nunca mais havia falado com meus pais ou irmãos. Não por vontade própria. Até cheguei a entrar em contato em um Natal muitos anos atrás, mas aparentemente meus pais riscaram minha existência do mapa. Eu fui cortada de suas vidas.

Nem podia reclamar, já que teoricamente foi isso o que fiz quando saí de casa. Bem, a ideia era abandonar os ideais que eles queriam impor à minha vida, as regras absurdas e cheias de moralismos. Nunca pretendi extirpá-los do meu coração, mas aquilo havia sido exatamente o que fizeram. Fiquei apenas com tia Clare para me dar um pouco do elo familiar que eu cria que todos deveriam ter.

Vic atraiu minha atenção em um determinado momento quando me puxou para perto, com sua mão firmemente segura em meu braço, no intuito de me afastar de um homem que seguia apressado pela calçada.

— Desculpa — disse quando me soltou. — Achei que o cara ia jogar você longe, com a pressa que seguia.

Ele olhou para trás, confirmando que o homem estava longe agora.

— Obrigada. — Olhei para ele e dei um sorriso. — Está aí uma das coisas que não sinto falta em Nova York: os inúmeros esbarrões de tanta gente apressada.

Vic riu baixinho.

APENAS um Jogo

91

— Eu vivo em Houston e não posso dizer que alguns centros urbanos não sejam tão tumultuados, mas como em Nova York é realmente difícil de se ver.

— Em Los Angeles também. Bom, isso se você pretender frequentar os locais mais visitados por turistas e afins.

Vic seguia muito próximo a mim, com as mãos nos bolsos da calça. O olhar contemplativo para frente, associado a um sorriso fugaz, o deixavam mais lindo ainda.

— Tem morado há muito tempo ali? — Olhou para mim enquanto questionava.

— Desde que arranjei uma vaga num programa de auditório, sim. Logo que me formei na NYU, fui direto pra lá, depois de vários testes e audições — respondi.

— Tem sido satisfatório?

Olhei para ele sem entender bem a pergunta.

— Como assim?

— Viver da dança, de lugar em lugar... sem nunca parar por muito tempo.

Quase estaquei meus passos, querendo revidar o que ele afirmava.

— Eu acabei de admitir que estava em Los Angeles há um tempo, como posso estar vivendo de lugar em lugar assim?

— Ora, Ayla... até mesmo na faculdade você levava uma vida itinerante. Aqui, ali. Eu mais sabia de notícias suas quando estava longe, do que perto de Mila, por exemplo.

Aquela afirmação me trouxe duas sensações naquele momento: emoção, por imaginá-lo perguntando por mim; irritação, por pensar que ele estivesse, mais uma vez, julgando o estilo de vida que adotei. E isso porque eu pensava que estávamos, finalmente, seguindo um rumo bacana nas conversas...

— Eu ia atrás de oportunidades. Apenas isso.

— Então... valeu a pena? Seguir por cada oportunidade dessa, sem nunca fincar raízes?

Naquele ponto eu parei. Ele me afastou de uma pessoa que vinha logo atrás de nós e quase esbarrou em mim devido minha parada súbita. Vic me guiou para um canto do quarteirão, à frente de uma das muitas vitrines de lojinhas de souvenires.

— Não é o mesmo com você? Também não tem seguido uma vida itinerante, de um lugar ao outro, atrás do seu sonho como jogador? — perguntei.

— É diferente, Ayla. — Ele afastou o olhar de mim. — Estou buscando, através de um esporte que tanto amo, um futuro. Isso começou na faculdade e apenas seguiu seu curso.

Coloquei as mãos nos quadris e o encarei.

— E o que isso tem de diferente entre nossas vidas, Vic? Por algum acaso não estamos fazendo o mesmo?

— Desculpa... eu apenas... não consigo me expressar.

— Depende do que está querendo dizer. Você acha que a carreira que escolhi é inferior à sua, é isso? A dança é algo tão superficial que não poderia ser comparada ao esporte que você abraçou?

— Não são carreiras iguais, Ayla, mas não foi isso o que quis dizer... — Passou a mão pelo cabelo, como se estivesse exasperado.

— São exatamente a mesma coisa! — disse um pouco exaltada. Como atraímos a atenção, acabei baixando o tom de voz. — Eu me profissionalizei em dança. Sou uma dançarina. Você se profissionalizou como atleta. É um jogador de basquete. Ah, mas espera... esse nem mesmo foi o curso no qual se formou na universidade, não é mesmo? E olha que coincidência... o meu sim! Eu sou formada em Artes Cênicas e Dança. Tenho um diploma que me capacita para isso!

Vic estava irritado agora.

— Não foi o que quis dizer — repetiu.

— Foi sim! Você tem o conceito machista, como tantos outros homens que já conheci e até mesmo mulheres, que acreditam que só porque uso meu corpo em movimento, seguindo através de melodias e afins, estou em alguma espécie de prostituição social!

— Meu Deus, Ayla! Eu não falei nada disso!

Peguei o telefone e acionei o aplicativo de transporte que pudesse me levar para casa.

Observei o ponto que o motorista que havia respondido à chamada tinha me orientado a aguardar e me afastei, sendo seguida por Vic.

— Ei, aonde pensa que vai?

— Para casa.

— Eu vou com você — informou e continuou me seguindo.

Minha vontade era mandar que ele desse em um jeito, por conta própria, para voltar para os Hamptons, mas achei que seria infantilidade demais, já que estávamos no mesmo lugar.

À medida que eu caminhava apressadamente para seguir até o local, ouvi piadinhas ao redor.

— *Gostosa! Que delícia, vem aqui comigo!*

— Cala a boca, porra! — Vic gritou e continuou vindo ao meu alcance.

O fusion preto parou no ponto indicado e abri a porta, vendo que Vic não tinha pegado a deixa me permitindo seguir sozinha, em paz.

Levou menos de um minuto de silêncio para que dissesse:

— Ayla, eu sinto muito. — Passou a mão pelo cabelo, frustrado. — Não tive a intenção de fazer julgamento algum...

— Tudo bem, Vic. Já enfrentei tipos como você que se julgam superiores porque têm profissões "muito mais dignas" — enfatizei com as aspas —, mas saiba de uma coisa: o mundo é feito de diversidade. A dança é um exemplo vivo disso. Tudo na arte. As pessoas tendem a desmerecer artistas por acharem que estão fazendo algo supérfluo quando poderiam estar 'trabalhando' como outras pessoas. Poderíamos ser professoras, secretárias, engenheiras, médicas... tantas outras coisas, certo? Mas escolhemos um mundo artístico regado de preconceitos, porque acreditamos que não nos encaixamos nos padrões da sociedade — desabafei. — Eu sou assim. Vivo em busca do meu sonho, que não se resume a um escritório onde eu tenha que trabalhar das nove às cinco, mas saiba que o que eu faço, ou fiz, naquele clipe, por exemplo, exige habilidades que muitas pessoas passariam anos para tentar adquirir ou que talvez nunca tenham.

Eu estava possessa. Defendi minha carreira e só depois de despejar a última sentença foi que pensei: será que eu estava afirmando aquilo tudo para mim mesma? Será que, no fundo, eu me julgava inferior e coabitava com um sentimento de desmerecimento, por conta do julgamento de outras pessoas ao redor?

Foda-se. Eu sabia o que tinha passado e tudo o que precisava fazer para conseguir dar cabo de coreografias com extremo grau de dificuldade. Coisas que são inimagináveis para alguns.

Depois do meu discurso acalorado, seguimos em um silêncio constrangedor até chegarmos de volta aos Hamptons.

Despedi-me do motorista, pedindo desculpas por qualquer coisa, e saí em disparada pela porta da frente. Uma coisa boa de se morar em um bairro riquíssimo e luxuoso era o fato de poderem manter as portas destrancadas.

Senti o tempo todo Vic atrás de mim, a uma distância razoável, mas ainda assim perceptível. No mesmo compasso que subi as escadas, ele também o fez. E, quando eu estava entrando em meu quarto, ele me chamou:

— Ayla...

Parei sem olhar para ele, apenas esperando suas próximas palavras:

— Me perdoe.

Era engraçado, mas achei que aquelas duas palavrinhas queriam dizer muito mais do que eu supunha. Elas pareciam exprimir um sentimento que nos devastava por anos. O rancor. O momento em que dancei em seus braços, naquele pub enfumaçado, parecia perfeito e um sonho que se realizava. Anos alimentando um sentimento de mágoa por ele, e bastava apenas que suas palavras chegassem com a verdade de seu coração... e eu estaria entregue.

Mas aquele momento parecia distante agora. Fruto da minha imaginação. Dele se seguiu as palavras acaloradas nas ruas de Nova York e foi como se voltássemos à estaca zero. Um pensando o pior do outro. E apenas um desejo oculto fervilhando por dentro.

Apenas sacudi a cabeça e entrei no quarto às escuras. Recostei-me à porta e deixei que o corpo escorregasse pela superfície de madeira, até me sentar no chão.

Lágrimas não eram bem-vindas naquele momento, mas percebi que, mais uma vez, deixei que as palavras de Vic, agora ditas diretamente a mim, e não às minhas costas, me afetassem de tal modo que tudo o que eu podia pensar era em me esconder e lamber minhas feridas.

Droga. Uma lágrima teimosa escorreu e só percebi sua presença inoportuna quando senti o sabor salgado em meus lábios.

Somada a essa, outras vieram completar a coreografia, uma atrás da outra... deslizando suavemente e lavando os sentimentos tumultuados que agora aceleravam meu coração.

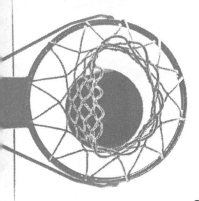

CAPÍTULO 12
Vic

～♥ Sonhos conturbados ♥～

Merda. Eu era um idiota. Precisava receber um diploma que me certificasse dessa característica marcante, pelo jeito.

Depois que voltei para o quarto, e resisti à vontade de esmurrar a parede, por conta da forma como a noite desandou, apenas me permiti sentar à cama, me rendendo ao momento ao qual me habituei a fazer todas as noites, como um maldito perseguidor: assisti ao clipe viciante que Ayla estrelava, do cantor hispânico idiota.

Eu queria tanto poder elogiar sua performance. Dizer que admirava o que ela tinha feito. Mas não encontrava as palavras corretas para me expressar. Acabava me sentindo um parvo ante o talento que eu podia perceber tão nitidamente, e não falava nada.

Por um momento louco, naquele bar, senti que podia acertar os ponteiros com o destino e me desculpar por palavras que eu nem tinha certeza de que ela soubesse. Palavras ocultas até então. Por breves segundos tive a impressão de que ela esperava essa minha atitude, com uma sede tremenda.

Não obstante ter tido o momento quebrado de forma abrupta, ainda se seguiu minha incapacidade de enaltecer seu talento. Agora, sim, tive a certeza de que quando não conseguia agir como um cara normal, demonstrando a admiração pelo que ela havia feito, eu acabava caindo no erro de usar palavras que poderiam ser mal interpretadas.

Exatamente como foram. Onde eu estava com a cabeça ao afirmar que ela levava uma vida errante e sem raízes? Eu também não fiz aquilo, como ela mesmo alegou? Até me centrar em Houston, por conta do *draft*, realmente eu havia levado uma vida cigana, sem fincar o pé em algo mais sólido. E mais até. Se outro time fizesse uma proposta mais vantajosa e tentadora, será que eu não ficaria balançado a aceitar?

Eu me formei na Universidade de Denver, no curso de administração, apenas para cumprir um protocolo e poder dizer que tinha uma profissão, ou até mesmo exercê-la, caso não conseguisse um lugar ao sol na NBA, ou em caso de uma lesão súbita durante a carreira esportiva.

Muitos atletas focavam na ilusão de serem imortais, mas estávamos longe disso. Um passo em falso e toda a carreira poderia deslizar pelo ralo, e se não tivéssemos um plano B, ficaríamos como? Sem nada.

Atletas espertos não gastavam todo o seu salário de contratação e patrocínios em festas, carros e mansões. Ou mulheres. Atletas espertos investiam cada centavo em algo que pudesse lhes garantir um futuro e uma boa-aposentadoria.

Joguei o celular para longe e me deitei, cobrindo o rosto com as mãos.

— Pooorra! — bufei para mim mesmo.

Eu havia visto na chance de sair com Ayla, para onde quer ela estivesse indo, um meio de tentar conversar como dois adultos normais fariam. E por pouco, não consegui o que vinha buscando há tempos: redenção.

No entanto, acabei cedendo ao sentimento mais torpe possível, depois de apenas alguns minutos naquele pub. Enquanto Cedric, o dono, me enchia de perguntas a respeito do campeonato nacional, eu apenas a observava ao longe, sentada com a amiga, mas percebendo que atraía a atenção de cada macho que passava por ali ou que resolvera se plantar no balcão de bebidas.

Vi o momento exato em que o idiota loiro se aproximou, puxando conversa, com um sorriso cheio de dentes tão brancos que era capaz que se estivéssemos numa boate com luz negra, ele seria a atração do lugar.

No instante em que consegui me desvencilhar de Cedric, e cheguei ao seu lado, alegando que viria embora, mas torcendo para que ela pegasse a deixa e resolvesse vir comigo, fomos direcionados a dançar ali mesmo. Eu estava cansado, irritado. Não, minto. Eu estava puto de ver o jogo da paquera se desenrolando à minha frente, atestando que eu havia sido um incompetente em fazer isso com Ayla, da maneira mais simples possível, tantos anos atrás. Então vi a chance de mostrar àquele almofadinha que a mulher não estava livre.

E vejam só... eu não tinha nenhum direito sobre Ayla. Nada. Eu não poderia ter me guiado por instintos primitivos e deixado que a raiva e os ciúmes assumissem e tomassem o lugar do comportamento racional.

Aproveitei o momento em que seu corpo colidiu com o meu para absorver seu cheiro e me impregnar com ele. Dali, tentei dar início ao processo de perdão pelas merdas faladas anos atrás.

Tudo seguia tão bem... Mas, no meu mundo, perfeição sempre vinha atrelada com um momento de tensão. Haja visto os segundos finais, quando estamos jogando uma partida vital e o placar está empatado. A vitória, quando conquistada dessa forma apertada, sempre vinha com um sabor mais doce.

Perdida a oportunidade de finalmente limpar minha consciência, ainda

tive que ser um idiota total e abordar um assunto que parecia ser espinhoso, como se mostrara.

O fim da noite foi encerrado com meu humor despencando a um nível sombrio. Eu não era tão rabugento no meu normal, mas agora parecia estar curtindo esta característica da minha personalidade.

Sempre que esbarrava em Mila, ela me perguntava se eu estava bem. Era óbvio que a resposta era positiva e o mais efusiva possível. Até então, eu possivelmente estava respondendo apenas pensando nos jogos que viriam e na perspectiva de jogar pelo meu time, o desafio de vencer cada equipe que aparecesse à frente. Nem estava pensando no cansaço que me sobreviria, já que a escala de partidas seria bem mais acirrada em breve. Pausas não estavam na agenda, mas tudo bem. Eu havia escolhido aquilo para mim. E é como diz o ditado tão célebre: sem dor, não há resultados. Eu gosto mais da interpretação simplista que diz: nada se conquista sem esforço.

Agora me parecia tão óbvio que Mila andava sondando se eu estava bem por estar perto de Ayla... E não... aparentemente eu não estava.

Recostei a cabeça no travesseiro e fechei os olhos. Deixei que minha mente vagasse para algum lugar onde eu pudesse apenas descansar das preocupações que me assolavam. Acabei me vendo chegando a um enorme tanque de reservatório, com uma água límpida e translúcida. As paredes de vidro do tanque o tornavam parecido a um imenso aquário. E foi naquele momento, quando olhei para toda a extensão do lugar, que me dei conta de que uma figura solitária vinha nadando ao longe.

Nadou até chegar à minha frente, na parede de vidro. O movimento de colocar a mão apoiada foi reflexivo. Ela depositou a direita, enquanto a minha esquerda encontrou simetria. Meus dedos eram muito maiores, e sua pele, mais clara ainda, por conta da água, fazia com que ela não parecesse real.

Como se movida por um empuxo brutal, o corpo de Ayla movimentou-se ao ritmo da água, dançando em um compasso hipnotizante e mágico. O corpo se movia como o de uma bailarina, associando movimentos inigualáveis, que, somados à expressão de seu rosto, traziam toda a dramaticidade do que ela queria representar: que estava presa embaixo da água. Submersa em emoções conflitantes, tão perto e tão distante.

Minha mão nunca abandonou o vidro, como se eu tentasse alcançá-la de alguma forma. Sempre que tentava dançar em minha direção, como se pedisse minha ajuda, algo a puxava para trás, impedindo-a de chegar até mim.

Até que, num último momento, onde meu próprio fôlego se perdeu, Ayla pareceu desistir da luta que travava para chegar até mim ou à superfície, que eu insistia em mostrar, desesperado, com meu olhar.

Eu podia sentir as lágrimas descendo pelo meu rosto, quando seu corpo, sem vida, simplesmente se entregou ao suave deslizar da água, sendo depositado de maneira plácida, no fundo do tanque. Eu batia as mãos em punhos, em total agonia, tentando de alguma forma fazer com que ela acordasse, despertasse da letargia em que estava submersa. Queria que abrisse os olhos e subisse até a superfície. Olhei para todos os lados e não conseguia enxergar uma maneira de subir e entrar no tanque para retirá-la dali.

Uma bola de basquete, que fazia parte de mim, como uma extensão do meu braço, estava ao lado, largada em um canto. Corri para pegá-la e, sem nem ao menos pensar no que fazia, joguei contra o vidro, uma, duas, três vezes. Até que a rachadura foi se formando. Sabia que quando se partisse, eu estaria em risco, mas para mim pouco importava. Só precisava retirá-la dali. Mais um golpe da bola pesada e o vidro se quebrou por completo. Encolhi o corpo no canto, protegendo-me dos cacos e da água que agora jorrava sem controle, como uma cachoeira enlouquecida. Quando o tanque estava quase vazio, consegui atravessar e peguei o corpo desfalecido em meus braços.

Depositei Ayla em um canto, ainda inconsciente, sem mostrar sinais da vida que antes exalava. Levei meus lábios aos dela, disposto a dar o ar que eu tinha para que ela pudesse resgatar o que necessitava para sobreviver.

Segurei sua nuca e, quando minha boca se aninhou à dela, com fome, acordei sobressaltado na cama. Encharcado de suor, buscando o ar para respirar, como se estivesse sem fôlego e submerso por mais minutos do que poderia suportar.

Eu podia sentir meu coração acelerado.

Porra. Aquele clipe fodido tinha literalmente... *fodido* a minha cabeça.

Passei a mão pelo cabelo e tentei me acalmar.

Havia sido apenas um sonho.

Um sonho belo e aterrador, em igual medida, mas que serviu para me mostrar que o simples pensamento de Ayla não existir no mesmo universo que o meu... era tão devastador que fez com que uma lágrima do caralho teimasse em querer sair do meu olho.

Culpei algum processo alérgico. Era isso. Talvez a areia da praia. Ou a fumaça dos inúmeros cigarros naquele pub abafado. Eu podia estar com alguma espécie de alergia ocular. Isso explicaria aquele estranho sintoma.

Deitei na cama e esperei que a manhã viesse me brindar logo. Dessa forma eu poderia cumprir o protocolo, casar minha amiga e me afastar.

Isso se a teoria do sonho não se revelasse tão real e dolorosa quanto me pareceu.

Merda.

APENAS *um Jogo*

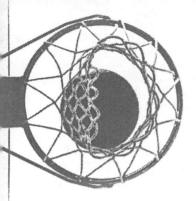

CAPÍTULO 13
Ayla

⤳ Coração a mil ⤴

Acordei tão cedo quanto o sol que nascia de forma resplandecente. A janela do meu quarto era voltada para o mar, e ver aquele espetáculo da natureza, logo cedo, deveria ser considerado um presente. Mesmo que eu não fosse nem um pouco diurna. Na verdade, meu humor tendia a ser péssimo, recluso, porém o dia era especial. Nada deveria estragar o sentimento que imperava ali naquele lugar.

Resolvendo sair um pouco do quarto, mas percebendo que a casa silenciosa ainda mostrava que seus ocupantes estavam todos entregues ao sono, me encaminhei para a saída dos fundos, que cruzava o imenso jardim, bem como a área isolada da piscina. Tudo estava devidamente decorado para o evento que aconteceria logo mais. As cadeiras, o altar. Apenas as flores estariam dispostas mais tarde para parecem frescas e não perderem o viço. De acordo com as palavras de Catherine St. James, a mãe de Adam, apenas a cerimônia se realizaria ali, no jardim, mas estava tão bem-decorado que poderia ser o palco de todo o evento. Não me chocou nem um pouco, dado o tamanho da mansão dos St. James, que houvesse um salão de baile, como nas antigas casas vitorianas. Era quase como ler um romance de época, com a diferença de que as luzes que brilhariam dos candelabros usavam eletricidade, ao invés das velas relatadas nos livros.

Puxei o suéter fino que estava usando para ganhar um pouco mais de calor, afastei os fios do cabelo que teimavam em chicotear meu rosto e fiquei parada, contemplando o horizonte, pensando que minha vida era uma incógnita, a partir do momento em que a cerimônia acabasse.

Para onde eu iria? Será que deveria ficar ali, em Nova York, e tentar uma chance em algum musical da Broadway? Eu poderia tentar acionar alguns contatos da época da faculdade e ver se havia alguma vaga disponível.

— Mila sempre me disse que você odiava acordar muito cedo. — A voz ao meu lado trouxe arrepios indiscretos pelo corpo.

Quer dizer que minha amiga falava sobre meus hábitos, e mais... quer dizer que ele se lembrava disso?

Sacudi a cabeça, escondendo o sorriso que resolvera dar as caras.

— Pode-se dizer que o sentimento ainda é o mesmo — revelei. — Mas quem, em sã consciência, ao se deparar com um momento tão deslumbrante assim, mesmo que tão cedo, não aproveitaria?

— Somente alguém cego para a beleza à frente.

Só então, depois de dizer isso, foi que olhei para Vic. E não deveria ter feito isso, porque ele não encarava o horizonte como eu, observando o sol nascer com tamanha majestade.

Ele olhava para mim. E era como se estivesse desnudando minha alma. Aqueles olhos claros, a fisionomia tão centrada e séria, diziam muito mais do que suas palavras jamais ousaram dizer: ele estava arrependido.

Será possível que eu estivesse lendo errado? Que aquele era um desejo tão ardente do meu coração que eu mesma estava fantasiando o momento em que ele visse que nunca dedicava palavras bacanas para mim, e sempre vinha com julgamentos torpes?

A certeza veio a seguir.

— Me perdoe por ontem à noite, Ayla. Acabei me enrolando nas palavras e não consegui expressar o que queria. — Vic olhou à frente, agora, e passou as mãos fortes pelo cabelo. — De certa forma, acredito que tenho vivido uma vida similar e nem mesmo fui capaz de enxergar as semelhanças.

— Tudo bem — respondi baixinho.

— Não sei o que acontece comigo todas as vezes em que tento entabular uma conversa fácil com você — admitiu. Vic puxou o ar tão profundamente que pareceu que o meu, ao redor, havia diminuído. Ou poderia ser porque eu sempre encontrava dificuldade em respirar direito perto dele. — Simplesmente deixo de ser o cara agradável, com brincadeiras sempre prontas e acabo me enrolando tentando passar um ar diferente.

— Uau.

— Isso mesmo. Uau. É difícil admitir que você tem esse efeito sobre mim — disse com um sorriso enviesado.

— Quero dizer... eu não fazia ideia que congelava as pessoas — tentei brincar.

— Vamos dizer que você exerce um magnetismo interessante que acaba desequilibrando os desavisados ao seu redor.

— Poxa... isso é triste então — falei baixinho.

— Por quê? — Agora sua atenção estava toda concentrada em mim e o tal desequilíbrio que ele havia falado... parecia fazer algum efeito sobre as minhas pernas.

APENAS um Jogo

101

— Se eu acabo trazendo essa série de reações às pessoas que se aproximam, temo que minha vida será solitária. — *Mais do que já é.* O pensamento atormentou um pouco a felicidade que eu estava sentindo.

— Basta apenas que algumas pessoas aprendam a lidar com isso e se preparem para o impacto. — Olhei para ele e detectei o sorriso e o brilho no olhar. Aquilo me desestabilizou mais do que suas palavras enigmáticas.

— Você acha?

— Yeap.

A magia do momento pareceu perdurar por alguns segundos, antes que Vic a quebrasse.

— Foi um prazer conversar contigo tão cedo, mesmo que Mila tenha dito que você mais se parece a uma leoa com um espinho na pata — disse.

— Ela não disse isso! — retruquei chocada. Só depois percebi que ele estava me zoando.

Vic foi se afastando de costas, com os dois indicadores apontados para mim.

— Ela disse. E revelou muito mais coisas surpreendentes ao seu respeito, Ayla Marshall.

Com aquilo, Vic se afastou com um sorriso sacana naqueles lábios tentadores.

Eu fiquei como uma truta, com a boca escancarada, sem acreditar que Mila houvesse delatado tanta coisa sobre mim.

Será? E o que mais seria isso que minha amiga não pudera manter para si? Será que o pedido de desculpas de ontem tinha algo a ver com as confidências que fiz a ela? Embora ele não tenha tocado no assunto de novo, eu achava que as palavras de ontem poderiam estar associadas... Mas eu não teria coragem de tentar fazê-lo voltar ao tópico da questão.

Depois de me certificar de que Vic havia sumido de vista, corri de volta para casa, disposta a investigar o que a língua grande havia soltado.

Ao entrar na cozinha, acabei deparando com aquela energia vibrante que circulava ao redor de famílias à beira de um grande evento. Minha família nunca foi desse tipo. O estilo conservador sempre reinava e o ambiente frio e inóspito fazia com que qualquer evento se tornasse um enfado ou martírio. Tudo o que fazíamos podia ser encarado como pecado, então éramos guiados a agir conforme o padrão. Crianças quietas, com as mãos unidas em cima do colo. Cabeça baixa, se algum adulto falasse ao redor. E a cereja do bolo: mulheres não se manifestavam na presença dos homens, em hipótese alguma. Apenas a presença da minha tia Clare, quando ela ainda fazia parte da nossa vila Amish, ou quando podia participar, trazia esperança ao meu coração – de que o dia não estava de todo perdido.

Encontrei Mila e Ethan à mesa do café da manhã, rindo e se divertindo como nunca. Lembrei-me de que no dia anterior, para o cochilo que ele gostava de fazer à tarde, eu que coloquei o pequenino para dormir, contando uma história qualquer de um coelho dançarino que queria ser rei. Inventei uma boa-parte do enredo. Ethan adorou. Dormiu quase que imediatamente.

— Ay-ay! — gritou feliz e estendeu os bracinhos.

Eu beijei sua cabecinha, não o retirando da cadeirinha que eu sabia ser sua prisão domiciliar – e que ele pedia libertação –, mas pelo olhar de Mila, se eu tomasse a frente e desse uma de Joana D'Arc e arrancasse o pequeno dali, provavelmente seria queimada na boca do fogão.

— Meu biscoitinho! Você dormiu bem? Hein?

— *Xiiim*!

Eu amava aquele garoto. Amava fazer as ligações de Facetime com Mila, pois dessa forma eu podia estar perto dele, mesmo estando longe.

Sentei-me ao seu lado e roubei um pedacinho de pão, mergulhando no mingau dele, para mostrar o quanto era gostoso.

— Huuum... que delícia!

Ele pareceu fascinado pelo alimento e resolveu comer com mais afinco. Pisquei para Mila, que apenas me dedicou um sorriso sagaz.

— Está preparada? — perguntei. O assunto discutido com Vic, à beira da praia, poderia ser abordado enquanto ela se arrumava para o grande evento.

— Sim. Daqui a pouco iremos ao salão. Você também vai, não é?

— Claro. Vai rolar sessão de massagens e essas coisas?

Mila riu e sacudiu a cabeça.

— De acordo com a minha futura sogra, sim. Para que minha pele esteja resplandecente... — caçoou.

— Awww... que coisa mais de princesinha, Mila. Bem digno do seu nome.

— Ah, cala a boca.

Quando descobri a primeira vez, que o nome de Mila, na verdade era Princess Mila, quase fiz xixi na roupa de tanto rir. Somente depois de perceber que ela estava vermelha como um pimentão, e que não estava rindo como eu, é que me dei conta de que era verdade, e não uma zoação.

Saímos da mansão dos St. James um pouco mais de trinta minutos depois do café da manhã. A mãe de Adam havia prometido um dia de princesa à nora e ela estava falando sério.

Fomos a um Spa chiquérrimo localizado ali mesmo, na costa dos Hamptons, e nos hospedamos em uma suíte digna de contos de fadas.

Nem preciso dizer que usufruí com louvor de todo o luxo ao qual Mila estava sendo brindada. De certa forma, o fato de eu estar junto fez com que a noiva se sentisse mais à vontade ao aceitar toda aquela ostentação de riqueza que a família do futuro marido tinha.

A vida dela seria naquele estilo, dali para frente. Ela teria que se acostumar. Conhecendo minha amiga, eu sabia que teria um longo caminho para se adaptar.

Estávamos preparadas para sair dali já prontas para o momento do casamento, que se realizaria na mansão dos St. James, logo mais.

Para combinar com o vestido de Mila, escolhi para mim um estilo de tule, na cor azul-turquesa, com o corpete marcado ao corpo, mas era a saia vaporosa que me deixava com vontade de rodopiar como uma menina travessa pelo salão.

Mila estava linda, em seu vestido em um tom bege, chique, adornado com pedrarias finas entremeadas com os detalhes rendados – clássico e delicado. Exatamente como ela. A escolha não poderia ser mais perfeita.

Estávamos aguardando o carro da família, com um sorriso estampado, e eu podia ver que minha amiga estava emocionada.

— Você está linda, Millie. — Passei a mão delicadamente pelo seu rosto. — Nem pense em chorar, ou vai estragar esse trabalho lindo de maquiagem.

Ela riu, afastando as lágrimas sorrateiras.

— É por isso que escolhi uma linha toda à prova d'água, sua boba.

— Isso é ótimo, mas na hora de retirar a make, você sentirá um pouco de arrependimento — disse e comecei a rir.

— Droga. Não tinha pensado nisso.

— Relaxa... coloquei um demaquilante poderoso no seu nécessaire.

— Vamos, queridas. Kirk já nos aguarda — a Sra. St. James disse, com um sorriso feliz.

Chegamos à mansão e fomos encaminhadas ao quarto de hóspedes no piso inferior, de onde Mila sairia de braços dados com Vic.

Somente em pensar nele fez com que meu estômago se remexesse, inquieto. O sorriso que me dera e suas palavras ainda queimavam meu cérebro.

Entrei no quarto, seguida da sogra de Mila, agora com o pequeno Ethan no colo, que fez questão de esticar os bracinhos e dizer para sua mãe:

— Mama! Boiiita.

— Owww... você acha, meu amor? — Ela beijou a ponta do narizinho de Ethan, não deixando de lhe fazer um carinho nos cabelos.

O pequeno estava adorável em um terno miniatura. A cópia do pai.

— Ayla, querida. Você poderia averiguar como estão as coisas? — Catherine St. James perguntou.

Acenei afirmativamente e saí do quarto, tentando descobrir se algum empregado da casa poderia me dar informações mais precisas.

Cheguei perto da área onde o casamento se realizaria. Mais à frente, eu podia ver Adam e Vic conversando, em certo clima de camaradagem. Pelo que pude entender da conversa dos dois, o noivo estava mais nervoso do que queria admitir.

Olhando um pouco mais além, vi que os convidados todos já aguardavam e que o celebrante também se encontrava no lugar. Voltei a passos rápidos para o quarto.

— Okay. O juiz já está a postos. Adam bebeu dois litros d'água, então Vic está meio que apostando que ele vai precisar parar a cerimônia no meio para ir ao banheiro — eu disse e comecei a rir.

— Estou nervosa — Mila admitiu.

— Não sei por quê. Você já é a dona daquele cara lá. Isso agora é só uma oficialização da coisa toda — emendei.

— Tá. Preciso respirar fundo. Vic já está pronto?

— Sim. Está aí fora, te esperando — concluí, já que ouvi o som da batida na porta e a voz de barítono alertando que estava à espera do lado de fora.

Quando Catherine St. James abriu a porta, pude ouvir Vic dizer com a voz emocionada:

— Meu Deus, você está linda.

Fechei os olhos. Eu sonhava que algum dia aquela frase fosse direcionada para mim.

Seria pedir muito? Aparentemente, sim.

Saí logo atrás dos dois, já posicionados para seguirem em direção ao pequeno altar. Respirei fundo e esperei que meu coração se acalmasse. Mila havia invertido a ordem da entrada da madrinha, sendo que só eu representava o lado dela; Vic, que seria meu par no altar, estava fazendo as vezes do homem que a conduziria ao altar.

O tempo inteiro, precisei disfarçar o encantamento que sentia somente em observá-lo. Eu estava muito ferrada.

APENAS um Jogo

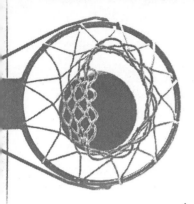

CAPÍTULO 14
Vic

❧• Agarrando um futuro •❧

A festa prosseguia a pleno vapor, depois de uma cerimônia linda e emocionante realizada no jardim belíssimo dos St. James. E por mais que eu soubesse que fui estoico durante aquele tempo em que levou para que o casamento por fim se concretizasse, evitando deslizar meus olhos pela figura que consumia meus pensamentos, agora poderia admitir que apenas a observava de longe. Vamos dizer que eu estava tentando encontrar o equilíbrio que a acusei de me tirar, sempre que me aproximava. A noite anterior fora apenas um alerta para provar a mim mesmo que estar próximo dela poderia me afetar de uma forma irrevogável. Porém aquela manhã até que eu havia me saído bem, não é mesmo?

O vestido vaporoso que usava era totalmente diferente dos estilos sempre mais sensuais com os quais eu a via desfilando no *campus*, na época da faculdade. Ou mesmo com o estilo que aparentemente ela havia adotado. Para dizer a verdade, ela parecia uma princesa saída de um conto de fadas qualquer, ou até mesmo daquele maldito clipe no qual usava um vestido vermelho, com o objetivo claro de hipnotizar e possuir todo homem que colocasse os olhos sobre ela. Ayla Marshall mexia com a minha cabeça como nenhuma outra mulher já tinha feito. E, como já dito anteriormente, eu era bem experiente nesse quesito, tendo saído do lar adotivo onde morava, muito cedo, para uma vida onde a busca por regalias e prazeres fáceis era uma alternativa viável para contornar a solidão.

Beberiquei o vinho tinto que havia retirado da bandeja do garçom, mas o que eu desejava mesmo era um bom e velho uísque. Ou talvez uma vodca. Pura. Sem gelo. A bebida mais forte possível, capaz de entorpecer os sentidos e me deixar isolado num canto do salão onde a recepção de casamento da minha amiga, minha irmã, Mila, estava acontecendo. Talvez daquela forma, eu me impedisse de fazer uma besteira... como ir atrás dela em definitivo. E implorar o perdão que eu sabia que nem ao menos merecia.

Aqueles dias passados ao seu lado, mesmo que ocasionalmente, me colocaram à disposição de concretizar este feito, mas fui mais covarde do que imaginei que fosse. Ensaiei o assunto ontem à noite, quando a tive em meus braços, mas acredito que meu cérebro tenha ficado tão anuviado com esse feito, que acabei não concretizando meus planos. E depois, a discussão que se seguiu anulou totalmente qualquer tentativa que eu tivesse de me redimir. Poderia ter aproveitado e retornado à questão esta manhã, mas temi que o assunto acabasse descambando para outro lado e que o humor de ambos acabasse sendo afetado no dia tão especial de nossa amiga em comum.

O som de seu riso atraiu meu olhar e a observei por cima da borda da taça. Meu Deus... ela era linda. De tirar o fôlego. A leve semelhança com a atriz Gal Gadot, com todo aquele porte de amazona *sexy*, me tirava do eixo, e puta que pariu... Só o que eu queria era me jogar aos seus pés e me declarar um fiel seguidor. Àquele pensamento, olhei para a taça na minha mão e ergui uma sobrancelha, meio assombrado. Talvez eu estivesse mais bêbado do que pensava.

Estava chateado por vê-la, mais uma vez, rodeada de homens que babavam sem pudor algum por ela. Era óbvio que eu me incluía nesse mesmo grupo, mas postei-me à distância, e o babaca que agora dançava com ela estava muito perto. Perto demais. Como eu estive. Uma das mãos do cara oscilava perigosamente próximo ao traseiro bem-delineado de Ayla, mesmo que o vestido não o marcasse. Mas porra... eu sabia quais contornos aquele corpo feminino tinha, com a oportunidade que me foi apresentada, mas meus dedos ardiam para conseguir, de alguma forma, conferir se toda aquela pele era tão macia ao toque quanto eu supunha. O que tive por aqueles breves minutos não foi o suficiente para aplacar a ânsia que me queimava por dentro.

No entanto, ao invés de me arriscar, mais uma vez, a chamá-la para dançar, eu simplesmente fiquei imóvel como uma maldita estátua, apenas a seguindo com os olhos, como um cachorro carente. E aquilo que me irritava a um nível profundo. Porque eu via que a covardia havia me dominado por completo.

Resolvi que precisava de ar puro. Se eu fosse um fumante, a desculpa perfeita para sair do salão seria aquela, mas nem isso eu poderia alegar, então, tive que reunir a masculinidade em mim e assumir que eu precisava, sim, de ar fresco, para tentar afastar a névoa onde me enfiei. Embora minutos antes fosse o estado em que eu mais queria estar. O tempo que passamos sentados ao jantar não pôde ser aproveitado com nenhuma espécie de conversa mais íntima, visto que tínhamos companhia, e Ayla parecia atrair a atenção para si como um maldito ímã.

A varanda toda iluminada era um espetáculo à parte. Decorada com inúmeros arranjos de flores, cada um mais belo que o outro, obra da glamorosa Sra. Catherine St. James, havia se transformado em um local que irradiava o luxo e pompa sutil que a família quisera dar ao único filho. Por mais que não tenha sido nada grandioso, a pedido dos noivos, ainda assim fora um evento singular. A forma como ela recebia minha amiga de braços abertos, bem como Ethan, também fora mais do que motivo suficiente para eu admitir que Mila estava, finalmente, em um bom lar. Reunida com uma família que a amaria até os confins da terra.

O espaço estava abarrotado de casais dançando agarrados, embalados pela melodia que o DJ emplacava, criando uma aura intimista com as luzes que piscavam no meio do salão. Afastei-me de todos e consegui chegar às portas duplas da varanda, respirando o ar fresco que tanto ansiava. Coloquei a taça no parapeito, observando a bela vista do oceano, porém, sem nada ver. Se descesse as escadas, estaria no belo jardim da mansão e ainda poderia escapulir para a saída que eu sabia que me levaria à praia. Nem bem se passaram dois minutos, quando senti a presença dela atrás de mim.

E não sei dizer a razão, até hoje, de como conseguia detectar sua presença. Se era alguma espécie de sentido aranha, que sempre me alertava do perigo de ter aquela mulher ali tão próxima do meu coração. Ela já fazia uma bagunça com meus sentimentos há anos, sem esforço algum, e sem fazer ideia. E pior... dedicando-me um ódio do qual eu era merecedor.

— Acho que esse é um excelente momento para colocarmos alguns pingos nos *is*, você não acha? — ela disse.

Respirei profundamente antes de me virar e encarar aqueles olhos magníficos que me hipnotizavam, desde o momento em que coloquei os meus nela, pela primeira vez.

— Não acho que agora seja um bom momento. — O rosto dela transpareceu o choque ante minhas palavras. — Eu estou irritado pra cacete e confesso... que quando estou assim, meu temperamento de merda assume o controle e falo coisas que não devia e das quais acabo me arrependendo depois — admiti.

Merda. Acredito que transpareci o ciúme que me consumia.

E parecia apenas um jogo de egos e um duelo de emoções poderosas, porque ela fazia o mesmo. Era como se não pudéssemos coexistir no mesmo ambiente.

Ela inclinou a cabeça de lado, entrecerrou os olhos e me encarou com atenção, como se estivesse me estudando com bastante acuidade.

— Tsc, tsc, tsc... Você parece sofrer de bipolaridade, sabia? Uma hora é quente e receptivo, na outra, volta a ser frio e cheio de marra. Quando acho que podemos conversar, para colocar as diferenças de lado, você consegue estragar tudo com a sua arrogância, agindo da mesma forma que anos atrás — zombou.

— Provavelmente. Eu sou um babaca e assumo. — Porra. Quase dei um murro na minha boca por ter falado aquilo.

Eu estava puto e com ciúmes de vê-la cercada por tantos homens e sempre com aquele sorriso que mostrava uma covinha linda, e não queria, mais uma vez, descontar nela. Estava irritado pela noite anterior, por ela ter dado o número do telefone para aquele babaca do pub. Pelos desencontros de nossas vontades e desejos.

Ayla se virou de costas e começou a se afastar, resmungando alguma coisa, num *mix* de filho da puta-vagabundo-do-caralho, mas não lhe dei mais tempo.

Já havia dado daquela merda. Estendi a mão e toquei as pontas de seus dedos, com suavidade, até segurar sua mão. Ela parou, ainda de costas e percebi que respirava erraticamente.

— Não há desculpa para o meu comportamento vil, salvo dizer que você consegue fazer com que eu perca a razão, Ayla — admiti. Quando se virou, sua boca estava aberta, em choque.

Não perdi tempo. Com um braço enlacei seu corpo enquanto minha outra mão a segurava pela nuca, trazendo sua boca contra a minha, num beijo tão desejado, tão sonhado, que pensei, por um instante, ter visto fogos de artifício.

Os lábios eram tão macios e vorazes quanto os meus eram bruscos e sedentos. Foram anos de uma longa espera. Dias de angústia por querer algo que eu me achava indigno de tocar. Aquele leve toque, gerado por Ethan, dias atrás, não havia sido o suficiente. Apenas havia acendido o pavio, que queimava há tempos... os breves momentos passados ao lado dela, nestes dias, não foram o bastante para aplacar o desejo que sempre senti ao seu redor. O contato suave contra seu corpo, na noite anterior, não extinguira o fogo que ardia no meu.

Eu podia sentir os meus batimentos em uníssono com os dela. Podia sentir os arrepios de sua pele. A respiração resfolegante, tanto quanto a minha. Como se estivéssemos em uma maratona para ver quem era aquele que desistiria primeiro, ou sufocaria tamanha a intensidade em que estávamos envolvidos.

O som da música ao longe era como o som que ouvimos quando estamos embaixo d'água. Para mim, naquele momento, só havia Ayla e eu. Por um momento louco, pensei que pudesse estar no sonho aterrador onde Ayla estava submersa no tanque d'água, mas a sensação de seus lábios contra os meus me provou que era real o que eu sentia. Não era fruto de imaginação alguma.

Nem posso dizer quanto tempo se passou, só sei que depois de alguns minutos, nossas bocas se desconectaram e nossos olhares entraram em foco, mesmo que os dela estivessem lânguidos, talvez refletindo os meus. Bom, os meus poderiam estar refletindo uma fome um pouco mais primal. De levá-la para o meu covil, para ficar trancafiado com ela por vários dias, tirando o atraso de anos de um desejo ardente que nunca arrefeceu.

— Uau... — foi o que ela disse com a voz rouca e sedutora. — Quando você resolve decidir a coisa, você leva a sério, né?

— Eu cansei de esperar. E você?

— Eu ainda estou esperando você se desculpar — ela disse, sem retirar os braços ao redor do meu pescoço. Os meus a envolviam firmemente.

Naquele momento percebi que, sim, ela se referia tanto ao que acontecera tanto tempo atrás, quanto às minhas atitudes atuais.

Resolvi que aquele era um momento excelente, como outro qualquer. E que a oportunidade era como um pássaro topetudo, porém, careca. Se você não o agarrasse pelo topete, quando ele voasse de frente, depois que passasse, não adiantava tentar, pois não havia nada em que se agarrar.

— Me perdoe, Ayla. Por tudo. Se Mila e Adam tiveram a chance de refazer suas vidas depois de um mal-entendido, eu espero que possamos ter a chance de refazer o trajeto da nossa história, com as merdas que fiz no passado — falei com paixão. — Nenhuma daquelas palavras deveria ter sido dita por mim. Eu me senti sujo por tê-las proferido em um instante de puro egoísmo masculino, porque o que eu mais queria para mim, naquele momento, era você, mas não tive coragem suficiente para me aproximar. Você era bonita demais... gostosa demais... você era... muito... entende?

Ayla continuava me olhando com atenção.

— Eu vou perdoar você, Vic. Porque são anos de frustração sexual, e uma raiva curtida contra o que você fez, cujo motivo eu nem entendia, mas que foi esclarecido pela Mila. Então... como sou uma pessoa muito magnânima, vou te perdoar. E também... porque você beija bem demais — ela disse e rimos do momento. — E você é... Bonito demais... gostoso demais... você é... e continua sendo... *muito*. Mas eu sou gulosa. E vou abocanhar a fatia inteira que você quiser me oferecer. — Deu uma piscada *sexy* e beijei-a novamente.

Sabe quando um peso é retirado das suas costas e você sente o alívio imediato? Foi assim que me senti naquele instante. O jugo da minha atitude impensada havia sido extraído. Embora as palavras de Ayla tenham trazido algo pelo qual eu deveria trabalhar: redenção completa. Eu precisava entender o que ela tinha ouvido, quais os sentimentos que geraram nela, para que pudesse me desculpar pelo tempo que fosse.

Passei as mãos pelas costas nuas, expostas pelo decote generoso do vestido, tentando acalmar meus ânimos, falando para mim mesmo, e para o meu corpo desobediente, que a espera valeria a pena, pois teria o doce sabor da saudade e do desejo reprimido. Creio que ficamos em um silêncio confortável por mais alguns minutos, até que a pergunta de Ayla arrancou uma risada minha que há muito tempo eu não ouvia.

— O que você me diz do processo de seleção para líderes de torcida dos *Houston Rockets*? É difícil?

Eu a abracei com tanta intensidade que temi lesionar algumas costelas dela, mas finalizei com um beijo longo, cheio de promessas.

Mila havia conquistado seu final feliz. Parecia que eu havia acabado de receber o meu também. Ou ao menos assim achei.

Mal sabia que nem tudo na vida vem assim com tanta facilidade e com um "final feliz" escrito em letras garrafais e neon.

Nem bem sei quanto tempo ficamos só os dois, abraçados e trocando beijos ardentes na sacada da família St. James. O que eu poderia afirmar é que meus pensamentos eram impuros e o que eu gostaria de fazer com Ayla, agora que a tinha ao alcance de minhas mãos, não era nem um pouco apropriado para o local onde estávamos.

Cheguei a pensar em sugerir que fugíssemos para um dos quartos – tanto fazia se o meu ou o dela –, e esquecêssemos da festa que acontecia. O grande problema seria se Mila nos procurasse por alguma razão.

Percorri a pele de seus ombros com um dedo apenas, como se estivesse pincelando uma obra de arte. O arrepio em resposta foi mais do que o suficiente para me fazer chegar mais perto e cochichar em seu ouvido, mordendo o lóbulo logo em seguida:

— O que acha de sairmos daqui?

Ela mostrava em seus olhos toda a paixão recém-despertada. Um sorriso enviesado surgiu nos lábios que agora não conservavam nenhum resquício de batom.

— E para onde iríamos, Sr. Marquezi? Não está pensando em se trancar em um dos quartos, ignorando o evento ao qual fomos convidados e somos os padrinhos, não é?

Como eu estava apoiado nos balaústres da sacada, abri as pernas e a encaixei no espaço que se mostrou perfeito para o que eu tinha em mente.

— Perdemos um tempo precioso em todos esses dias, você não acha? — perguntei.

Ela passou um dedo com suavidade pelo meu rosto, como se o estivesse decorando em sua mente.

— Percebeu que até que chegássemos a esse momento nós enfrentamos nossos próprios conflitos e preconceitos pessoais?

Ayla enlaçou meu pescoço e a aproximação foi muito intensa, mostrando claramente que eu não tinha como esconder a prova inequívoca da minha excitação. Para completar o quadro, ela lambeu o lábio inferior e inclinou a cabeça, apenas analisando minhas reações. Eu jurava que um suor escorria da minha testa e poderia ser facilmente detectado se ela concentrasse em seguir a gota que queria descer escorrendo pelo pescoço.

— Como eu disse a você mais cedo... e falhei em demonstrar nesses dias passados aqui, só o que posso afirmar é que você exerce um estranho efeito sobre mim. — Beijei o queixo impertinente que se mantinha erguido. — Você me desequilibra, me faz perder a razão... Você me faz sentir coisas que não posso classificar.

— E eu me sinto uma menina perto de você.

Não. Ela não era nenhuma menina. Era toda mulher e tinha um poder impressionante que parecia desconhecer.

— Não acha que estamos indo rápido demais? — perguntou incerta.

Minhas mãos percorreram as curvas sinuosas de seu corpo sem o menor pudor.

— Acho que demoramos mais do que gostaríamos. Você é capaz de lidar com uma espera? Porque, se for... posso dizer que tentarei seguir seu ritmo, mas vejo o relógio correndo contra o tempo. E tempo é uma coisa que perdemos desde o momento em que nos conhecemos. — Abracei seu corpo com mais ênfase. Eu não fazia ideia de quando ela voltaria à sua realidade, mas a minha estava bem próxima. — Eu quero você neste instante... tanto... que chega a doer. Mas posso tomar algumas doses de uísque para tentar arrefecer meu desejo.

Ela me encarou por um tempo, como se estivesse pensando. Mordeu o lábio inferior e afastou o olhar para o horizonte.

— Eu quero você da mesma forma, Vic. Mas tenho medo das consequências do que fizermos...

— Que consequências? Somos solteiros e desimpedidos. A não ser que você tenha outra pessoa... — perguntei e senti o sangue gelar. — Você tem?

— Não! — ela negou rápido. Aquilo pelo menos me confortou. — Mas há coisas que você desconhece que podem complicar mais ainda o que já nasceu complicado.

Eu entendia o que ela queria dizer. Nosso relacionamento nunca foi fácil. Na verdade, foi inexistente, evitado pelos dois lados, desde que agi como um filho da puta naquela festa. Antes disso até. Eu a via, a desejava, mas não tive coragem de abordá-la na época, e agora eu me perguntava o que havia me segurado por tanto tempo.

Tê-la daquele jeito em meus braços parecia tão irreal que eu temia estar sonhando acordado. Aspirei o cheiro de seu perfume para me certificar de que não estava sendo induzido por uma fantasia que se desfaria num abrir e piscar de olhos.

— Nunca pudemos ter um relacionamento, e sabe Deus por qual razão — ela admitiu.

— Eu assumo a culpa disso. Fui um babaca total, porque não soube como agir na época. A propósito... o que você sabe disso?

Ayla entrecerrou os olhos e me dedicou um sorriso irônico.

— Sobre o que falou naquela festa no *campus*?

Acenei com a cabeça, sentindo a vergonha varrer meu rosto.

— Bom, eu o ouvi, não é?

Eu não tinha onde enfiar a cara. A lembrança de minhas palavras veio com força total.

— Você expeliu seu julgamento de uma forma tão real que cheguei a assumir que era tudo verdade. Que eu não tinha valia alguma.

— Não, Ayla... Eu fui um estúpido. Agi sem pensar... quis afastar o babaca que...

Ela colocou um dedo sobre meus lábios.

— Eu sei. Durante muito tempo amarguei a certeza de que era aquilo mesmo que você pensava de mim. Que sentia um ódio gratuito somente por eu existir. — Tentei falar de novo, mas ela me impediu. — Somente quando Mila contou a razão de você ter dito tudo aquilo foi que senti um pouco mais de paz. Eu me resignei a admirá-lo, sem deixar o rancor tomar tanta conta de mim, mas confesso que foi bem difícil. Eu o via... e as lembranças daquela noite chegavam junto.

APENAS *um Jogo*

113

Recostei a testa à dela. Meu ar parecia ter sido sugado dos pulmões.

— Porra... eu sinto muito... sinto mesmo. Assumo minha atitude como o maior babaca da história. Olhando por outro ângulo, pareceu como se eu fosse um garoto que não podia ter a menina que lhe chamava atenção, mas também não aceitava que nenhum outro tivesse chance... — Merda. O que me diferenciava de um psicopata obcecado? O pensamento disso trouxe um gosto amargo à minha boca.

— Olha... a culpa não foi somente sua. Quer dizer, foi, a partir do momento que resolveu me julgar pelo meu jeito de ser. Mas vou assumir minha parcela no assunto, porque eu poderia ter agido de outra forma.

Ela olhou para longe, como se estivesse pensando no que dizer.

— Como? — perguntei sem entender.

— Vivemos em um mundo moderno. Eu poderia ter deixado claro que estava disponível e a fim de você, assim que nos conhecemos. Mesmo que fosse apenas algo físico e pudesse ter sido passageiro, eu poderia ter demonstrado que não era a mulher fácil à qual você me acusou, fazendo-o enxergar que eu queria somente uma pessoa. E que essa pessoa era você. E pior... quando ouvi tudo o que disse a Fabian, eu poderia ter reagido da maneira esperada: confrontado você para saber o porquê...

Daquela vez, eu cobri sua boca com meu indicador, para silenciá-la em suas palavras. Eu fui o cretino, não ela.

— Espero ter a oportunidade de me redimir de cada palavra proferida, Ayla. Só o que peço é uma chance de recomeçar e fazer tudo diferente — eu disse em um tom que apelava para a esperança de sua aceitação.

O sorriso meigo que surgiu em seus lábios foi o que me levou a agir como um idiota desesperado e apaixonado. Afastei-a do meu corpo, sentindo sua ausência imediatamente, e estendi minha mão. Ela me olhou sem entender nada.

— Oi, tudo bem? Eu me chamo Vic, e sou amigo de Mila Carpenter. Acredito que vocês duas se conhecem e fazem algumas matérias juntas, não é mesmo?

Ayla demonstrou a compreensão com o sorriso mais lindo que eu já havia visto. O brilho no olhar mostrava que embarcaria na brincadeira que propus.

— Eu sou a Ayla. E sim, curso duas matérias com ela, mas vejo que ela tem bom-gosto para os amigos que escolhe.

Foi a minha vez de sorrir.

— Na verdade, nós dividimos o apartamento. Nos conhecemos muito antes de entrar na universidade. Mila é praticamente uma irmã para mim.

— Ah, que sorte a dela.

— Ter a mim como irmão? — questionei e puxei-a para os meus braços. A brincadeira tinha um limite de distanciamento.

— Não. Como amigo.

— Posso oferecer o mesmo a você, quer dizer... com exceção da referência a ter você como irmã... — completei.

— Por quê?

— Porque um irmão não poderia desejar a irmã da forma como a desejo neste instante.

Ayla enlaçou meu pescoço e beijou cada lado do meu rosto, seguido do queixo e por fim, a boca.

— Estou sendo muito rápida e afobada se disser que também o desejo como qualquer coisa, menos um irmão? — confessou e rimos juntos.

— Não... você pode querer tudo... Garanto que serei grato em oferecer o que quiser aceitar.

Ela deitou a cabeça no meu ombro, escondendo o sorriso e abafando as risadas que agora tomavam conta de nosso jogo de conquista.

— Seria assim que começaríamos uma história? — Ayla perguntou.

— Possivelmente. Um encontro fortuito pela cafeteria, lembra? Ou na biblioteca, sei lá.

— Ou na praia... — Ela riu. — Já não praticamos essa técnica de apresentação relâmpago um dia desses? — perguntou.

— É mesmo. Estou ficando velho em minhas abordagens — brinquei. Mudando o tom para a seriedade que queria imprimir no momento, completei: — Já que não podemos reverter o passado, uma alternativa seria agir de forma diferente no presente e, quem sabe, nos divertir no futuro? — argumentei. — Eu sei... parece uma frase de efeito, mas simboliza bem o que quero agora.

— E o que seria isso?

— Você. Na minha cama.

Ela ofegou, fazendo com que meu corpo reagisse mais intensamente. Eu a beijei novamente, mostrando que não estava mais brincando. Eu a queria. O tempo de espera havia sido longo demais. A frustração por não ter sido capaz de agir diferente no passado ainda amargava, e agora, a angústia da expectativa do porvir estava me matando.

— Estou sendo impulsivo?

Ayla negou com a cabeça antes de responder:

— Eu vou com você, Vic. Somente porque acredito em segundas oportunidades e pode ser que essa seja a que eu estava esperando há tanto tempo.

Puxei-a para o interior do salão, em busca de Mila, para deixarmos

APENAS um Jogo

115

claro que agora que ela estava entregue ao seu amado, havia chegado o momento de corrigir o passado.

Eu precisava reescrever a história de nós dois.

— Okay, como assim, vocês dois estão indo embora juntos? — Mila perguntou, desconfiada. — Até ontem à noite, vocês pareciam que nem mesmo podiam ficar no mesmo ambiente. — Ela cruzou os braços em uma atitude beligerante.

Fui o primeiro a me manifestar, já que notei Ayla vermelha como um tomate maduro.

— Bom, digamos que... colocamos alguns pingos nos *is,* e pretendemos colocar outras coisas em... outros lugares.

O suspiro de assombro de Ayla foi o suficiente para fazer com que eu me arrependesse do que falei, pensando que poderia ter ultrapassado o limite, mas quando vi que segurava o riso, acabei não aguentando o meu.

— Vocês estão me zoando? — Mila perguntou irritada.

— Não. É sério. Nós... ahn... iniciamos uma conversa amigável — Ayla disse, gesticulando —, e vamos finalizar em algum lugar... mais sossegado.

— Bem sossegado — completei.

Minha ideia era tirar aquela mulher dali e levá-la realmente para um lugar onde pudéssemos conversar. Pouco, claro. Eu também não poderia ser um hipócrita imbecil e dizer que não tinha a intenção de entrar em suas saias volumosas. Melhor... Arrancar aquele vestido inteiro e contemplar o que havia por baixo. Deslizar as mãos pela pele suave e acetinada...

— Vic? Oi? Você está aqui ou viajou para algum lugar distante? — Mila perguntou com um sorrisinho de escárnio.

— Estou bem aqui.

Virei de lado, tentando puxar o terno, de forma que camuflasse um pouco o motivo do meu desconforto súbito. Seria de bom-tom que eu não pensasse no que queria fazer com Ayla, ou poderia ser preso por atentado violento ao pudor.

— Mila, nós só vamos conversar. Relaxa — Ayla tentou esclarecer.

Meu pescoço virou de modo tão brusco que pensei ter ouvido um *crack,* e ao mesmo tempo em que arqueei uma sobrancelha, em uma pergunta muda, ainda fiz questão de demonstrar com meu olhar que havia uma promessa de retaliação por aquela tentativa de banalizar o que faríamos daqui a pouco.

— Bom, vocês prometendo que não vão se matar e que amanhã não verei nenhuma notícia escabrosa de um corpo abandonado em algum lugar, com um bilhete de zombaria...

— Você consegue ser bem dramática quando quer, Mila — Ayla zombou. —Acha que se eu matasse o seu amigo, deixaria um bilhete?

Aquilo me levou a olhar de volta para aquela mulher magnífica. Ela não tinha medo de falar o que se passava em sua mente, enquanto eu, ao contrário, simplesmente falava nos momentos errados, especialmente quando ela estava em pauta ou no mesmo ambiente.

Peguei sua mão e beijei o rosto de Mila, me despedindo, sem demonstrar a pressa que estava em sair dali.

— Nos vemos o mais tardar possível.

E foi assim que simplesmente saí dali, levando pela mão a garota que assombrava meus sonhos e acendia meus desejos. Nossos dedos se entrelaçaram, numa tentativa de eu transmitir calor à frieza de sua pele.

Saí da mansão dos St. James, onde a cerimônia se realizou, com Ayla a tiracolo. Entramos no Uber que identifiquei assim que colocamos os pés na calçada.

— Para onde estamos indo? — ela perguntou nervosa.

— Para Manhattan. Onde tudo começou.

Não dei mais detalhes. No endereço de destino solicitado no aplicativo, coloquei que o motorista nos deixasse no The Marlton Hotel, que ficava nas cercanias da NYU. Aquela área era conhecida por todos nós, e posso dizer que tive uma fantasia louca, certa vez, ao chegar ao apartamento e encontrar Ayla esparramada no sofá – em um de seus tantos momentos quando pedia abrigo esporádico –, de levá-la até um dos quartos elegantes desse hotel e colocá-la contra a parede. Ou a porta. Ou o balcão do banheiro. Tanto faz.

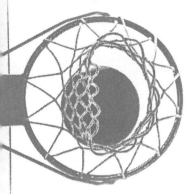

CAPÍTULO 15
Ayla

☙❤ Rendição febril ❤☙

Eu tinha certeza que estava falhando em demonstrar uma segurança que não sentia mais. No momento da festa, quando nos beijamos, senti pela primeira vez, em muito tempo, uma fagulha da antiga Ayla, que vivia despreocupada e sem medo de sua própria sombra. A brincadeira despretensiosa que ele havia proposto me levara ao passado, onde meus anseios eram tão simples e regados à paixão que ele me despertava.

Agora, depois que a adrenalina dos beijos trocados parecia haver passado, eu sentia as mãos tremendo miseravelmente, enquanto o Uber nos levava ao lugar que Vic mantinha em sigilo.

Senti a mão firme e quente, com calos nas pontas dos dedos, segurando as minhas no colo.

— Por que está nervosa? Se tiver desistido, basta dizer — Vic sussurrou no silêncio do carro.

Olhei para ele tão rápido que uma parte do cabelo solto atuou como um chicote contra a pele do meu rosto.

— Não... não é isso... — tentei explicar. — Eu... eu... ahn... estou nervosa.

— Ayla Marshall? Nervosa? — ele caçoou. — A mesma Ayla que deixava a todos sem fala com um simples piscar de olhos? Uma palavra proferida apenas? A mesma que tem a capacidade de me deixar em frangalhos?

Vic entrelaçou os dedos fortes aos meus, muito mais delicados.

— Essa Ayla... — engoli em seco — já quase não existe mais, Vic.

Ele colocou um braço sobre meus ombros, me puxando para o calor de seu corpo.

— Por quê, princesa?

Eu odiava apelidos carinhosos. Muitas vezes eles demonstravam, sim, carinho, mas também, descaso, como se a pessoa não se interessasse em dizer o nome da pessoa que estava ao lado.

— Princesa? — Um sorriso cínico pairou nos meus lábios.

Vic sorriu de volta, da forma mais safada que um homem poderia fazer. Aquilo só meio que confirmava minha teoria.

— Vai me dizer que não gosta de demonstrações de afeto?

Bufei de maneira nem um pouco elegante.

— Não sei se apelidos genéricos podem ser considerados "demonstrações de afeto" — rebati. — Eles são... genéricos. E não me entenda mal... não estou querendo nenhuma espécie de tratamento exclusivo ou preferencial.

— Okay, entendi. Você não curte apelidos. — Passou a mão no cabelo. Senti a falta de seus dedos enredados aos meus, quase que de imediato. — Veja... eu chamo Mila de "boneca", desde sempre. Não é algo premeditado. Simplesmente acontece. E é minha forma de afeto. Ela é minha boneca.

Aquilo me levou a pensar... será que eu poderia ser... "sua princesa"? Não. Claro que não. De forma alguma. Eu não acreditava em contos de fadas e nem mesmo nas princesas que precisavam de um príncipe encantado para salvá-las. Talvez fosse fruto dos anos vividos em que eu mesma lutava minhas batalhas e salvava a mim mesma. Era claro que havia surgido um dragão filho da puta recentemente, mas pensei comigo que já que não teria forças para lutar contra ele sozinha, então eu seria da equipe das princesas que fogem para a floresta mais longínqua. E me esconderia em algum casebre abandonado até ser encontrada por um... príncipe? Um caçador sexy, talvez? Afastei os pensamentos loucos.

— Sinto muito se pareci rude. Estou nervosa. Nunca estivemos tanto tempo sozinhos, sem que um quisesse matar o outro. Com exceção dos momentos passados no jardim. Ou quando dançamos no pub... Acho que perdi o costume. — Vic sorriu e passou a mão no meu rosto. O polegar percorreu a extensão do meu lábio inferior.

Não sei se foi impressão minha, ou desejei aquilo, mas acho que ele até mesmo gemeu daquele jeito sexy, com a voz rouca. Parecia um gemido dolorido, porém. E eu era aquela que queria aliviar seu desconforto.

Quando o veículo parou em frente a um hotel chique que ficava entre a Quinta e Sexta Avenida, e era ponto de passagem para muitos estudantes da NYU, senti o coração pulsar mais forte.

Descemos na noite fria de Nova York, com Vic segurando minha mão de maneira confiante. Antes de entrarmos pelas portas, estaquei o passo, fazendo com que Vic quase perdesse o equilíbrio por um instante nas escadas.

— O que estamos fazendo aqui?

— O que você acha? — rebateu com um sorriso sem-vergonha.

— Vic! — Eu não estava ultrajada por ele pressupor que iríamos para a cama. Aquilo era o que eu queria também. — Este hotel é caríssimo! Achei que iríamos a algum bistrô... não sei...

— Você acha que num bistrô eu poderia fazer tudo o que tenho sonhado em fazer com você desde que a conheci, Ayla? Você acha que uma conversa, um drinque, um beijo... seriam o suficiente para aplacar o desejo que arde aqui dentro? — perguntou e me puxou contra seu corpo. Eu podia sentir a evidência do exato desejo que ele falava. Bom, se ele colocasse a mão por dentro do meu vestido, possivelmente atestaria o mesmo.

— Mas... um hotel como esse?

— Eu fantasiei uma vez em trazê-la aqui — admitiu e passou as mãos nas minhas costas. Vic me puxou para o canto da parede, para que um casal pudesse entrar. Recebemos uma olhada enviesada, mas resolvemos ignorar por completo. — Eu sei que pode parecer meio pervertido, mas é um fato. Sonhei em trancá-la em um dos quartos e passar um dia inteiro, como aqueles artistas que tiveram experiências surreais entre estas paredes.

— As experiências deles não eram relacionadas a produções culturais ou algo assim? — zombei e ganhei um beijo na ponta do nariz. — Não acho que eles tenham se engalfinhado no que quer que tenha sido a fantasia que teve comigo...

— Quem sabe? Enquanto escreviam uma poesia aqui, um livro acolá, uma música de vanguarda... quem sabe? Tudo pode ter acontecido. Venha comigo, Ayla.

Apenas acenei e Vic me puxou para dentro.

Chegamos à recepção e a atendente nos recebeu com um sorriso cordial.

— Boa noite, gostaria de saber se você tem um quarto disponível na cobertura? — Vic perguntou e tentei disfarçar meu assombro.

— Ahn, deixe-me ver... — A mulher checou o sistema em seu computador e em menos de vinte segundos nos respondeu: — Sim. A cobertura 705 está livre. Para quantas diárias?

— Uma, mas dependendo dos compromissos que tenho aqui, pode ser que eu precise esticar para mais uma — ele disse com um tom de voz que denotava autoridade. Eu queria rir, mas contive o impulso.

— Claro. Identidade, por favor.

Ele retirou a carteira do bolso e entregou o documento de motorista. Naquele momento percebi que não havia um documento sequer comigo.

— Vic... — sussurrei, tentando falar discretamente.

— Humm?

— Não trouxe minha carteira — falei baixinho. Era uma droga, mas eu estava apenas com meu celular devidamente instalado na *clutch* que combinava com o vestido. Isso e um batom. Quem colocaria a carteira de identidade na bolsa quando o casamento seria realizado no mesmo lugar em que estava hospedada?

— Pra quê? Sou eu que estou bancando... — Piscou em zombaria. Ele parecia um empresário levando uma garota de luxo para uma noite de prazer. Comecei a rir.

— Deixa de ser bobo. Estou falando porque meus documentos não estão comigo.

— Não tem problema. Você está comigo. Vai ser questão de um minuto ou menos para ela articular meu nome, se for uma amante de esportes — sussurrou, mas com a arrogância usual. Revirei os olhos.

— Victorio Marquezi. O jogador da NBA? — a recepcionista perguntou e arregalou os olhos.

Vic olhou para mim, satisfeito e piscou, antes de dedicar um sorriso arrasa-quarteirão para a moça.

Porco arrogante.

— O próprio, meu bem. — E lá estava. O apelido genérico dedicado à classe feminina.

— É uma honra tê-lo em nosso hotel.

— Obrigado. Sempre aspirei me hospedar aqui — ele disse e olhou em volta. — Eu e minha noiva estamos ansiosos em conhecer as instalações.

Quase me engasguei com a própria saliva. Noiva? *Ele disse noiva?*

— Claro, senhor. Aqui está o cartão do seu quarto. As informações estão todas contidas no panfleto de boas-vindas que fica em cima do bar. Sua cobertura consta com dois quartos, perfeito para acomodar o senhor e sua acompanhante com conforto.

— Não vamos precisar do outro quarto, mas obrigado de toda forma — ele disse, quase me fazendo desmaiar de constrangimento.

— Claro. — A mulher estava vermelha como a cor do uniforme que usava. — O café da manhã pode ser solicitado para ser entregue em seu quarto, sem que tenham que se deslocar dali até o restaurante.

— Maravilha. Obrigado — Vic se abaixou e olhou a plaquinha que ficava acima do coração da mulher —, Stacy. — Piscou e saiu me puxando pela mão. Eu estava tão chocada que mal conseguia me mover.

Quando entramos no elevador, deixei que o torpor me abandonasse.

— Por que você disse aquelas coisas para a mulher? — quase gritei. Espera. Gritei.

— Para a Stacy?

— Quem é Stacy? — perguntei de supetão.

— A recepcionista.

— Meu Deus! Não me importa o nome dela!

APENAS um Jogo

121

— Ah, que deselegante, Ayla. E a falta de cordialidade com a classe trabalhadora que nos atende com tanto primor? — brincou e tentou me imprensar na parede. Coloquei as mãos em seu peito para impedi-lo de me beijar.

O elevador sinalizou nosso andar e Vic, mais uma vez, saiu me puxando, como se eu fosse uma criança birrenta.

— Por que disse que eu era sua noiva? — perguntei exasperada.

— Você gostaria que ela pensasse que você é um caso de uma noite, uma garota qualquer? Uma *groupie* da NBA?

Okay. Ele tinha um ponto válido. De certa forma eu estava até admirada por ele ter pensado na minha "honra", embora não precisasse de ninguém para me defender. Oh, merda. A quem eu queria enganar? Eu não me preocupava com o que os outros pensavam de mim, na maioria das vezes. Porém, quando o assunto era Vic, ainda havia uma ferida que precisava, definitivamente, cicatrizar.

— Oh.

Chegamos à porta do quarto 705. Vic me apoiou contra a porta, antes de acionar o cartão de abertura, e encostou o nariz rente ao meu.

— Quanto a dizer que não precisava do outro quarto anexo — lambeu os lábios, enquanto seus olhos se desviavam para a minha boca —, não fui nada mais do que honesto em poupar o trabalho da camareira, que nem precisará trocar a roupa de cama e afins. Você dorme na minha cama hoje, Ayla. *Capisce?*

Apenas acenei com a cabeça, não por causa da demanda, mas porque aquele era o desejo que me corroía desde sempre.

Eu queria estar nos braços de Victorio Marquezi há tanto tempo, e somente a perspectiva de isso se realizar, fazia meus joelhos tremerem como geleia.

Lambi meu lábio inferior, tentando aliviar o primeiro sintoma da minha ansiedade.

A porta se abriu com tanta rapidez que quase caí para trás, sendo impedida em minha queda apenas pelos seus braços fortes.

Ele não hesitou em fechar a porta do quarto com o pé. Não se importou em acender as luzes. Não se importou com mais nada.

No momento em que nossos lábios se tocaram, outra vez, tudo deixou de ter importância. A não ser... nós dois.

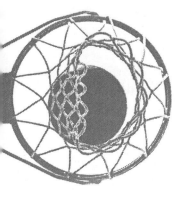

CAPÍTULO 16
Vic

∾♥ Química perfeita ♥∾

Quando a língua rosada deslizou naquele lábio cheio e sedutor, meu autocontrole foi para o espaço sideral. Minha mente explodiu e perdi a noção das coisas. Só sei que abri a porta, consegui evitar que Ayla caísse para trás, já que eu mesmo a havia imprensado contra a maldita estrutura de madeira, e a agarrei para entrar no covil escuro.

E digo covil no sentido de que eu estava me sentido um maldito animal regido pelo mais puro instinto primal. Eu era o predador. Ela era minha caça. O termo escuro vai ficar por conta do fato de que nem me preocupei em acender as luzes. Porra. Eu queria vê-la às claras. Talvez naquele primeiro momento eu tivesse que ser rápido, depois eu poderia recuperar a finesse e ter tempo para acender um abajur, oferecer uma água ou ver se no tal bar bem-abastecido do quarto tinha alguma bebida bacana.

O gemido de Ayla serviu como a fagulha necessária para colocar meu pavio em chamas.

Minhas mãos ganharam vida própria, arrancando os tecidos que obstruíam o acesso à pele que eu tanto queria tocar.

— Desculpa, desculpa... não vou conseguir esperar — falei entre sussurros e mordidas que eu dava em seu pescoço. *Porra, Vic! Controle-se, homem!*

Meu lado racional duelava com o animal que levava a melhor na disputa. Ayla não ajudou em nada quando respondeu, com a voz rouca:

— Okay...

Ah, minha nossa. Um som de tecido rasgado reverberou no quarto.

— Espera... deixa que eu tiro — ela disse rindo.

Enquanto minhas mãos soltaram o corpo voluptuoso – não por vontade própria –, decidi arrancar o terno, camisa, gravata, calças. Meias. Por favor, as meias tinham que sair. Um dos meus sapatos foi arremessado longe com meu próprio calcanhar.

Quando Ayla soltou o vestido e o mesmo desabou no chão, aos seus pés, numa massa furiosa de tecido disforme, seu corpo ganhou contornos irresistíveis, de dar água na boca, ante a penumbra do quarto. Apenas a cortina da janela principal do quarto estava aberta, permitindo que a claridade da lua invadisse o aposento, trazendo um brilho distinto ao corpo magnífico da mulher que eu tinha à frente. Não dava para ver tudo o que eu queria, mas teria que bastar por agora.

Peguei-a no colo, para que se desenrolasse da bagunça farfalhante aos seus pés, e apenas os sapatos ficaram. Eu mesmo me desfiz de um deles, quando espalmei seu traseiro, trazendo seu corpo para moldar-se à minha cintura. Girei uma mão para trás e arranquei o outro salto assassino que ela usava. Podiam ser *sexy* pra caralho, mas eu queria aquela mulher completamente nua, com nada entre nós. O que me deixava pronto para eliminar a lingerie branca que ela usava.

Ayla deslizou o nariz pela curva do meu ombro, fazendo com que meu corpo inteiro retesasse.

— Sério. A pergunta vai ser bem tosca e sem noção, mas é válida. Parede ou cama?

Ela começou a rir e senti a vibração contra a minha pele.

— Quer tirar par ou ímpar logo agora? — zoou.

— Porra. Cama. Parede depois. Vamos testar os ângulos.

Aquela primeira vez não nos deixaria com tempo para preliminares, como eu havia dito. Era muito tempo guardando aquela angústia e sede por possuir.

Antes que eu mesmo pudesse acionar o fecho do sutiã, Ayla colocou a mão para trás e o soltou, quase fazendo com que eu perdesse o fôlego.

Restou-me apreciar os seios gloriosos que cabiam nas palmas das minhas mãos. Nem pequenos nem grandes. Na medida certa. Proporcionais ao corpo perfeito dela.

— Porra, Ayla... se eu me desculpar de novo, vou ser um idiota?

— Por quê?

— Porque preciso estar dentro de você. Agora. Como se esse fosse o único caminho para eu respirar no momento.

Ela começou a rir.

— E eu preciso que você faça exatamente isso. E rápido...

Não me fiz de rogado. Arranquei a calcinha que combinava com o sutiã, tirei a boxer que ainda segurava o monstro que queria possuí-la sem pudor algum, e digamos que... o agasalhei, para sua melhor comodidade, embora eu tivesse certeza que se não tivesse nada entre nós seria como adentrar os portais do paraíso.

Em apenas uma estocada, fiz-me presente naquele corpo que me consumia. O gemido de Ayla me perseguiria por todos os meus dias, enquanto eu vivesse. Suas paredes internas me apertavam, dando-me boas-vindas, como se eu fosse, bem, eu não, meu pau, fosse um visitante ilustre, há muito esperado e que ele merecesse ser agraciado.

Pooooorraaaaaa...

Nossas bocas se encontraram sem controle. Acabaram-se as coreografias labiais que fazem dos beijos lentos dignos de serem filmados e usados em *gifs* ou imagens de internet. Não. Era um beijo sem sentido. Acho que meus dentes se chocaram com os dela em algum momento. Nossas línguas disputavam quem deveria estar na boca de quem. A respiração estava sendo laboriosa, como se não tivéssemos fôlego, mas como se aquele fosse o único modo de respirar.

Enquanto isso, meu corpo se chocava ao dela. Arremetia em impulsos intensos e desconexos. Nada ritmado. Droga... Eu não conseguia me concentrar. Era apenas... Ayla. O nome dela era como um mantra na minha mente. Tipo... Ayla está em você, você está em Ayla. São dois. Em apenas um. Agindo como se o mundo fosse acabar amanhã e só restasse o hoje para degustar de todo o prazer que o sexo poderia trazer.

Senti que o orgasmo se aproximava, da mesma forma que pude notar as unhas, ainda que curtas, cravando na pele dos meus ombros. Aquilo pareceu ser um catalisador para que meu corpo se tornasse mais errático ainda.

— Vic! Ahhh... eu... não aguento... — Ayla se lamuriou, quase como se estivesse em agonia.

Eu não queria perguntar se ela estava perto. Eu sabia que sim, mas queria que fosse ela a que alcançasse o nirvana primeiro e me buscasse na espiral de sensações.

O gemido longo, seguido de um grito reprimido, com a boca sexy pressionada contra meu ombro, me mostrou mais do que claramente que ela havia se entregado ao prazer por completo.

Então... eu podia me jogar do despenhadeiro com gosto. Deixei que a onda vertiginosa englobasse meu corpo num torvelinho de puro prazer e rosnei... caramba... eu meio que rosnei como o animal assumido que sou, com a boca pressionada contra a curva do pescoço delicado.

Meu corpo convulsionou por vontade própria mais duas, três vezes, apenas para garantir que nenhum resquício de vida sobrasse.

— Não sinto minhas pernas. Espera. Não sinto meu corpo — emendei.

Ayla apenas riu baixinho e fungou. Aquilo foi o suficiente para que eu erguesse a cabeça do local confortável onde estava, mesmo que sentisse o peso de uma tonelada.

— O que foi? Eu machuquei você? — perguntei preocupado. Quando tentei me desengatar de seu corpo, ela se agarrou com mais força, não permitindo que eu me movesse.

— Não — falou baixinho.

— Você está chorando?

— Não — repetiu.

Olhei para seu rosto, vasculhando as emoções que ela demonstrava tão abertamente, mesmo que o quarto estivesse imerso na escuridão.

— Estou vendo o brilho de uma lágrima aqui — falei e peguei a pequena infratora deslizando pelo seu rosto —, veja... — coloquei o dedo na minha boca, sentindo o gosto salgado — e é salgadinha, como uma boa lágrima deve ser. Então, não minta pra mim.

Ela passou a mão no meu rosto, como se estivesse memorizando os detalhes.

— Apenas foi... surreal.

— Surreal? — Não sei se apenas essa palavra seria o suficiente para descrever o melhor sexo da minha vida, e acho que meu lado egocêntrico queria se sentir prestigiado por ela sentir-se da mesma forma que eu. — Só surreal?

— Foi lindo. Muito mais do que eu esperava.

Tendo dito aquilo, apoiei os antebraços na cama, ao lado de sua cabeça, percebendo que ainda estava descarregando todos os meus quase 90 quilos de músculos em cima dela, como um peso morto.

— Tudo aquilo que estiver passando pela sua cabeça, que significar o momento compartilhado... é recíproco — eu disse e beijei sua boca. Apenas um toque. Suave. Depois outro, mais longo e demorado. Até que a ponta de sua língua veio de encontro à minha e me permiti beijá-la de fato.

E foi intenso.

Esqueça o fato de que havíamos acabado de ter um orgasmo alucinante de perder os sentidos. Ou que ainda estávamos congelados na mesma posição, ou seja... eu ainda estava dentro de seu corpo aveludado. Meu corpo começou a responder ao estímulo outra vez. E me lembrei que deveria trocar o preservativo, e logo, para evitar um pequeno conflito, era melhor que houvesse uma pausa no momento e um play logo após a troca do utensílio.

— Eu vou... ahn... apenas me livrar disso aqui primeiro — falei sem graça, mas o sorriso dela foi o suficiente para me provar que ela entendia.

Quando saí de seu corpo senti a ausência de imediato. Saí da cama e chutei o criado-mudo, já que tinha me esquecido de ligar o abajur. Cacete.

Tentei ligar a luz do banheiro, mas nada aconteceu. Que merda era aquela?

— Droga.

— O que foi?

— A luz não acende. Não acredito que de todos os quartos, eu tinha que pegar o com defeito — resmunguei.

O som do riso de Ayla atraiu minha atenção. Caminhei de volta até a cama e encarei sua sombra no escuro. Eu nem me importava se estava nu.

— O que foi? — repeti, totalmente confuso.

— Você inseriu o cartão magnético no dispositivo do quarto? Aquele que faz com que todo o sistema elétrico funcione mediante à sua colocação?

Oh. Merda. Na pressa em entrar no maldito quarto e arrancar as roupas de Ayla, eu me esqueci.

— Não percebeu o quarto quente? — ela perguntou.

Agora que tocou no assunto, reparei no detalhe. A temperatura não estava desagradável, mas podia melhorar.

— Achei que éramos nós dois pegando fogo e fervendo os lençóis — caçoei.

— Nope. Era o ar-condicionado que não estava funcionando mesmo — retrucou e deitou-se de lado na cama, como uma ninfa beijada pela luz da lua. Uau. Eu estava bem poético. — Embora nós tenhamos fervido o colchão, com certeza.

Abaixei para procurar o cartão e me encaminhei para o local exato onde o infeliz deveria estar. Voltei com um sorriso satisfeito no rosto, já que as luzes todas se acenderam e agora eu tinha uma muito nua e bem visível Ayla esparramada no colchão.

Depois de resolver o assunto rapidamente no banheiro, voltei e engatinhei acima de seu corpo. O sorriso de deleite em seu rosto era tudo o que eu precisava.

— Agora... me diga — beijei o vale entre seus seios —, onde estávamos mesmo?

Sim. Aquela noite seria longa. Eu previa que a conversa, eventualmente, aconteceria depois de duas ou três vezes que eu conseguisse transformar o corpo de Ayla em um mingau mais do que satisfeito.

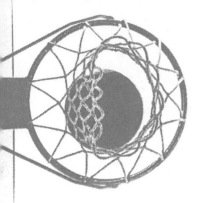

CAPÍTULO 17
Ayla

୨୧• Ao sabor do vento •୨୧

Espreguicei o corpo exaurido assim que abri os olhos pela manhã. A letargia deliciosa resultante de uma noite de sexo havia me deixado em um estado torporoso. Talvez como nos sentimos quando uma boa dose de vinho cria a sonolência necessária para que a mente descanse.

Eu estava me sentindo descansada. Renovada e pronta para virar de lado e olhar para o homem que me fazia companhia. E foi o que fiz. Virei-me em sua direção e apoiei a cabeça em um braço dobrado. Deixei que as lembranças do que passei ali trouxessem um sorriso satisfeito e cheio de promessas.

Com meu dedo indicador, percorri as linhas suaves de seu rosto. Como o toque de uma pluma. Vic nem ao menos se mexeu. Provavelmente estava se sentindo tão esgotado de suas energias sexuais quanto eu.

Pincelei a curva de sua mandíbula forte, a ponte do nariz tão perfeito e afilado. Percorri com a unha os pelos de sua barba por fazer. Quando estava passando próximo ao contorno de seus lábios, os cílios tremularam e os olhos claros mais lindos que já vi me encararam de volta. Ainda estavam enevoados do sono, mas quando se focaram, pude detectar a mesma paixão compartilhada de horas antes.

O braço forte enlaçou minha cintura, puxando-me em sua direção. Um sorriso deliciado enfeitava o rosto que segundos antes eu apenas admirava.

— Bom dia, princesa. — E lá estava o apelido que fez com que meu órgão batesse mais rápido, mesmo que a irritação quisesse tomar lugar.

— Bom dia, Vic — enfatizei o nome.

Ele deu uma risada espontânea, como se tivesse percebido minha intenção. Eu queria que soubesse que, na minha mente, havia a plena certeza de que era ele, Victorio, que estava diante de mim. Não um "gostoso", "gato", "lindo", como tantos desses apelidos sugeriam. Era apenas meu Vic.

Quando a noção do pronome possessivo chegou ao meu entendimento, quase me retraí. Vic não era meu. Não no sentido pleno da palavra. Mas naquele momento, sim. Ele estava em minha posse.

E já que estávamos acordados, nada mais justo do que usufruir. Eu não fazia ideia de quanto tempo ainda tínhamos para desfrutar daquela paz, sem ninguém ao redor, mas queria aproveitar o presente. Não precisava pensar no futuro agora, porque eu ainda sentia medo a cada passo dado.

Vic me posicionou abaixo de seu corpo quente e forte, atraindo minha atenção para seus olhos penetrantes.

— Vou reformular — disse e beijou o canto da minha boca. — Bom dia, Ayla. Você dormiu bem? Porque eu dormi como há muito tempo não fazia.

Enlacei o pescoço e dei-lhe um sorriso nada puro.

— Dormi muito bem. Tive uma dose quase letal de sonífero — brinquei.

O som de sua risada encantou meus ouvidos e acelerou meu coração.

— Isso significa que, se repetirmos a dose, neste instante, você vai dormir outra vez?

— Humm, não. Acredito que agora seria uma dose necessária para despertar.

Ele não se fez de rogado e brindou meu corpo com os beijos mais ardentes que já recebi. Percebi que Vic tinha um poder estranho sobre mim: ele quase me fazia desfalecer de prazer. E quão irônico era aquilo... Eu queria permanecer desperta para armazenar em minha memória todos os segundos vividos ao lado, mas mal conseguia abrir os olhos e articular palavras coerentes.

— Oh... — sussurrei ante o ataque brutal de sua boca. — Não aguento mais... eu... eu...

— Shhhh... aguente firme. Dessa vez vamos chegar ao nirvana juntos — falou enquanto marcava o ritmo de seus movimentos.

Quando finalmente acordamos outra vez, já passava das nove horas da manhã. Levantei-me e Vic já não estava mais no quarto. Por um instante, meu coração falhou uma batida e um medo antigo se instalou. Será que ele havia finalmente comprovado suas palavras a meu respeito e, depois que conseguiu o que queria, foi embora? Expulsei o pensamento sem sentido.

Antes de me levantar, alcancei a bolsa com o celular dentro. Resolvi checar se tinha mensagens, ou até mesmo uma ligação de Mila para saber se estávamos bem. Duas mensagens de texto de Claude e uma de Henry me fizeram gelar os ossos.

APENAS um Jogo

129

> Querida, o cerco está se apertando e Henry anda pressionando muito para saber se sua lesão é verdadeira. Eu sei que quer se manter afastada, mas que tal postar alguma foto em sua rede social, usando uma espécie de imobilização? Ou você pode usar do recurso de uma legenda bem dramática, uma carinha tristonha... o que acha? Ass. Claude, seu gato querido com mechas californianas.

Comecei a rir, mesmo que o tom de suas palavras tenha me deixado preocupada.

> Ayla, aparentemente Henry vai acionar algum adendo no seu contrato antigo, mesmo que ele já tenha dado o prazo. Pelo que entendi, ele vai se valer de alguma cláusula inicial para fazer uma modificação e garantir que você não se veja livre tão cedo. Aconselho você a procurar um advogado que possa dar uma analisada no seu caso. Te amo, querida. Estou com saudades. Ass. Claude, o coreógrafo mais sexy de todos os tempos.

Roí a unha do polegar, lendo e relendo a mensagem várias vezes. Meu medo não era infundado, afinal. Henry Cazadeval não tinha intenção de me deixar em paz, mesmo que o contrato já não estivesse em voga.

Criando coragem para ler sua mensagem, respirei fundo antes de abrir. Ainda bem que eu havia instalado o recurso no WhatsApp que me permitia ler as mensagens sem ser detectada pela sinalização azul logo ao lado da caixa de texto.

> Ayla... acredito que você não tem levado a sério as promessas que te fiz recentemente. Não faço ideia de onde esteja, mas é fácil procurar por você neste país tão imenso. Acho que você desconhece o poder que o dinheiro tem, assim como as conexões que uma pessoa influente como eu possui. Não tenho tido notícias suas e ainda estou averiguando com o médico que lhe deu um atestado, para me certificar de que não esteja me ludibriando. Não sei se sabe que homens latinos podem ser bem insistentes quando se veem diante de um desafio. E você é o meu. Além disso, não poderia deixar que uma vagabunda qualquer levasse a melhor sobre mim.

Um arrepio intenso percorreu meu corpo, trazendo um medo indesejado ao momento de euforia que eu tinha vivido naquele quarto.

O sinalizador de mensagens de voz indicava que havia uma recente na caixa-postal. Sentindo um desconforto maior do que a última mensagem havia me deixado, acionei o celular para ouvir o que quer que fosse.

> Como eu te disse... o dinheiro tem suas vantagens quando estão associadas ao poder que ele nos dá. Bastou molhar a mão do médico que você e Claude usaram para me enganar, para confirmar o que eu já sabia: você não tem lesão nenhuma. Mas vou deixar o aviso, Ayla Marshall... você pode se esconder onde for... em algum momento você vai derrapar e vou descobrir tudo o que preciso, bem como seu paradeiro. E não haverá medo de escândalo que me impedirá de acabar com você. Esconda-se, garotinha. A caça ao rato só começou. Há muito tempo eu não me sentia tão empolgado com uma caçada.

Por um momento louco senti o desejo intenso de voltar à Califórnia para acabar com toda aquela loucura. Eu o procuraria e pediria desculpas por tê-lo tentado enganar. Talvez daquela forma ele não se vingasse de Claude, que havia apenas me ajudado. Senti as lágrimas se formando e funguei com força para tentar contê-las, mas foi inútil. A força do meu medo acabou dominando minhas reações.

Depois de um tempo, bati em meu próprio rosto, xingando-me mentalmente por ceder às ameaças invisíveis do homem que nem ao menos estava ali próximo. Entrei no banheiro elegante e dei um jeito no meu aspecto. Quando voltei ao quarto, observei o vestido abandonado no chão. Eu faria a caminhada da vergonha, saindo do hotel com um vestido de festa, e isso somente caracterizava o que eu havia sido: uma isca fácil.

Quando estava com o tecido nas mãos, pensando em uma maneira de disfarçá-lo, a porta do quarto se abriu. Levei um segundo para perceber que era Vic, e que trazia uma sacola nas mãos.

— Bom dia. Dessa vez de verdade, já que está de pé — falou e chegou perto o suficiente para me dar um beijo.

Ele usava apenas a camisa branca da noite anterior, com alguns botões abertos. A calça marcava as pernas musculosas que fizeram morada no meio das minhas.

— Como imaginei que não gostaria de sair vestida com o mesmo vestido elegante com o qual entrou, fui a um mercado próximo e consegui esse agasalho e uma calça de moletom — falou e deu de ombros. — Desculpa, foi o máximo que consegui aqui perto. Não queria deixá-la só por muito mais tempo.

Larguei o vestido no chão e enlacei seu pescoço. Nem me atentei para o fato de que estava usando somente calcinha e sutiã.

— Uau... tudo isso é emoção por um traje mais cômodo?

— Não — respondi com a voz abafada no vão de seu pescoço. — É mais porque você pensou nisso e eu achei que tivesse ido embora, mas me enganei.

Vic afastou minha cabeça de onde eu estava apoiada e me olhou atentamente.

— Por que eu teria ido embora?

— Não sei. Apenas passou na minha mente.

Ele agora aparentava estar irritado.

— Olha, não vou dizer que nunca tive uma mulher por uma noite e que no dia seguinte fui embora, deixando-a para trás, mas sempre prezei pelo cavalheirismo de ao menos me despedir. E mais — me abraçou com força —, você não se encaixa na categoria de uma mulher aleatória. Mesmo que não tenhamos tido uma história entre nós dois antes, ainda assim, você é amiga de Mila, e compartilhamos isso. Eu nunca te sacanearia dessa forma.

— Mas isso não o impediu de despejar aquelas palavras contra mim anos atrás — atestei o óbvio. Vic fechou os olhos por um momento e suspirou.

— E está aí algo do qual me arrependerei pelo resto da vida, Ayla. Agi no impulso e dominado por um sentimento que nunca havia sido despertado em mim: o ciúme. Como eu disse antes: eu não sabia como chegar em você e não conseguia lidar com a ideia de alguém fazer isso na minha frente e ainda mais motivado por algo tão torpe quanto uma aposta.

Então agora era o momento *meeesmo* de colocar os pingos nos *is* e deixar essa história morrer e ser enterrada.

— Você nunca demonstrou interesse algum em mim, Vic.

— Porque sei disfarçar muito bem. Mas naquela noite, no grêmio, eu não consegui pensar em nada melhor para impedir Fabian de se aproximar de você.

— Suas palavras me feriram de tal forma que algo dentro de mim se quebrou ali — admiti, olhando para baixo. Não poderia encarar aqueles olhos atormentados agora.

— Me perdoe, Ayla. Pedirei perdão por quanto tempo você quiser. Eu preciso disso para ficar em paz comigo mesmo. Minha intenção nunca foi feri-la, já que não fazia ideia de que poderia ouvir. — O rosto de Vic estava mostrando a devastação pela constatação do que aquelas palavras haviam feito comigo. — Me perdoe.

— Já o perdoei.

— Mas não esqueceu...

— Vou esquecer, ainda mais porque você admitiu seu erro e a motivação que o levou a isso. Só peço que nunca mais julgue alguém baseado na dedução do que você supõe. Seja por uma roupa, jeito de ser ou sei lá mais o quê.

Vic me pegou em seu colo, levando-me até a poltrona do canto. Ele sentou confortavelmente, me ajeitando acima de seu corpo.

— Aprendi minha lição ali. Não posso prometer-lhe que nunca vou feri-la com minhas palavras impensadas outra vez, mas posso garantir que machucar você nunca será intencional.

Aquela demanda tinha um quê de promessas num futuro que eu mesma não conseguia vislumbrar. Resolvi abordar logo as dúvidas que me atormentavam.

— Quando você fala assim... dá a impressão que o que tivemos não foi um caso de uma noite apenas — falei baixinho.

A mão de Vic segurou meu rosto, para que eu o olhasse com atenção.

— Não foi um caso de uma noite, Ayla. Eu a desejo há tanto tempo que não acho que uma noite seja suficiente para requerer tudo o que quero de você. E não estou falando apenas de desejo físico. Esse eu poderia saciar a qualquer momento, mas falo da intenção de conhecê-la de verdade.

— Como... num relacionamento? — perguntei em dúvida.

— Sim. E vem cá — ele me ajeitou em seu colo —, você falou a sério sobre o plano de ir para Houston comigo, ou aquilo foi apenas uma brincadeira?

Levei um tempo para me recordar das exatas palavras que disse na noite anterior.

"O que você me diz do processo de seleção para líderes de torcida do Houston Rockets? É difícil?"

— Você diz quando perguntei sobre a possibilidade de tentar uma vaga como líder de torcida?

— Sim — disse e retorceu os lábios. — Não é lá uma coisa que vá me encher de emoção, se você conquistar um posto como *cheerleader*, mas para tê-la ao meu lado, posso aprender a controlar meu ciúme.

Sorri e beijei o queixo marcado para apaziguar sua tensão.

— Você sabe que é um trabalho como outro qualquer, não é?

Ele deu de ombros.

— Vic, é apenas dança. Como num espetáculo.

— Eu sei, mas as líderes de torcidas estrelam toda fantasia de qualquer cara na face da Terra.

— Mas eu ficarei satisfeita se estrelar apenas as suas — sussurrei antes de morder seu lábio inferior.

O beijo ardente despertou a ânsia que sempre nos consumiu ao longo dos anos, bem como afastou os temores que eu mesma havia alimentado com minha insegurança.

— Então estamos combinados. Você vai comigo para o Texas e se instala ali, que tal? — Vic disse com convicção.

Pensei nas palavras de Henry Cazadeval e na caçada humana que ele havia declarado. Possivelmente minha melhor alternativa para ficar fora do alcance do idiota arrogante seria escolher uma cidadezinha de interior, onde eu seria uma completa desconhecida tentando ganhar a vida honestamente. Houston era um grande centro, não ficava muito nos circuitos de Henry, mas ainda assim, poderia ser um bom lugar para tentar recomeçar. Eu só não tinha certeza se o trabalho como líder de torcida seria tão longe dos holofotes como eu queria e deveria ficar.

Eu também não fazia ideia de como era o custo de vida na cidade, mas o dinheiro que poupei daria para cobrir algum gasto além.

Sem nem ao menos pensar muito, acabei me rendendo ao medo que me consumia e à esperança de que talvez tivesse alguma chance de ser feliz, mesmo que diante das tormentas emocionais que eu vinha enfrentando. Eu só não sabia se seria justo usar essa alternativa como recurso. Não sem expor todo o problema para Vic. Será que de alguma forma eu o estava usando?

Resolvi que pensaria naquilo depois, e, provavelmente, mais tarde, acabasse abrindo o jogo. Ou, se eu percebesse que meus medos eram infundados, poderia enterrar toda a história e deixá-la no passado.

— Combinado, cowboy — caçoei imitando um belo sotaque texano.

— Quem está usando apelidos agora, hein?

Terminamos o momento aos risos. Mesmo que meu coração estivesse pulsando com fúria pela nova perspectiva do que estava por vir.

Depois de me vestir com as roupas que Vic havia comprado, deparei-me com a mesa de café da manhã preparada na sala contígua.

— Uau... onde conseguiu tudo isso? — Sentei-me à sua frente, notando que estava concentrado em ler o jornal.

— Há certas vantagens em solicitar a cobertura. O café da manhã é servido aqui mesmo. Podemos nos sentir VIPs. — Piscou e deu um gole em seu café.

Comi o que estava sendo oferecido, percebendo que realmente sentia fome além da conta. Lembrei-me que havia tido minha última refeição no jantar de casamento de Mila. Ao erguer os olhos do prato, encontrei o olhar fixo de Vic.

— Hum, o que foi? — perguntei assim que consegui engolir o bocado que tinha acabado de mastigar.

— Você estava com fome e sequer me avisou?

Dei um sorriso e limpei os lábios com o guardanapo de pano.

— Digamos que estava concentrada em outra coisa. Comer era supérfluo.

Vic riu e roubou um pedaço do *croissant* que eu degustava.

— Eu poderia dizer, certamente, que fome nem mesmo me passou pela cabeça.

Vic terminou de tomar o café e levantou-se para espreguiçar.

— Muito bem, vamos ao que nos interessa.

Parei a xícara a caminho da boca.

— Mila e Adam devem sair de lua de mel em breve. Eu sugiro que tentemos pegá-los a tempo para nos despedir, mas, em caso de não conseguirmos, aproveitamos a ida aos Hamptons para recolher nossas bagagens.

— Hummm... certo.

— Em seguida, podemos decidir o que fazer.

— Decidir o quê?

Vic pegou minha mão e me ajudou a levantar da cadeira, enlaçando, em seguida, meu corpo com seus braços fortes.

— Podemos comprar uma passagem para Houston ainda hoje, ou se não houver um voo, podemos voltar pra cá. O que acha?

Beijei o queixo de Vic e concordei totalmente com seu plano.

— Tudo bem...

— Então vamos lá, Ayla Marshall. Acho que devemos tentar mostrar à Mila que não nos matamos... a não ser que você queira dividir com ela a experiência de que quase morreu nos meus braços, tamanho o prazer que te proporcionei.

Comecei a rir e escondi o rosto no peito musculoso.

— Você é modesto, não?

— Não, sou apenas autoconsciente do meu poder devastador. É diferente. — Ele me beijou longamente. — Além disso, quem estava gemendo algo como "oh, Vic, eu não aguento... acho que vou morrer", hein?

Dei um tapa bem dado em seu ombro.

— Não poderia ter sido a vizinha do quarto ao lado? — zombei.

— Naaaan... Tenho certeza que era você quando estava abaixo de mim. Ou será que foi quando esteve acima? — falou e olhou para o teto, como se estivesse pensando. Estapeei o abusado outra vez. — Ai! Estou brincando!

Ao som dos nossos risos, recolhemos as parcas coisas que havíamos trazido. Embolei o vestido e coloquei na sacola da loja de onde Vic comprara as peças que agora eu usava.

APENAS um Jogo

135

Descemos e passamos pelo saguão sem que ele fizesse o *check-out*.

— Você não tem que passar pela recepção?

— Já passei mais cedo, assim que voltei da rua.

O Uber solicitado já nos aguardava e Vic abriu a porta para que eu entrasse. Tão cavalheiro... Cheguei a suspirar, pois acho que nunca tinha me relacionado com nenhum homem que fizera esse gesto.

O tempo inteiro em que estivemos no carro, Vic segurava minha mão, enquanto com a outra mexia em seu celular. O que achei mais peculiar foi o fato de ele ter se desculpado por ter que conferir alguns detalhes. Era como se achasse que eu ficaria aborrecida por não estar recebendo a devida atenção. Eu já havia me acostumado a isso. Digo, sair e ter os amigos à volta mais focados em seus celulares e redes sociais do que numa conversa agradável. O mundo girava em torno dessa máxima. O que mais víamos eram casais sentados em restaurantes e cada qual cuidando de seus próprios assuntos, sem nem ao menos conversarem entre si.

Não sabia se estava me recusando a viver essa realidade de sempre estar com o celular em mãos, por meramente discordar da modernização da sociedade e alienação social, ou se por conta da perseguição implacável de Henry Cazadeval. Eu poderia admitir com sinceridade que o estava ignorando por completo, mas temia a represália que poderia vir da minha atitude.

— Ohhh... preciso tirar foto disso — Vic alardeou e deu um riso ao meu lado, chamando minha atenção.

— O quê? — perguntei, vendo que ele estava focado em algo do lado de fora.

— Não é todo dia que estamos com a pessoa daquele *plotter* bacana, bem ao lado.

Olhei para onde apontava a câmera do celular e senti meu rosto aquecer. A lateral inteira de um ônibus apresentava uma foto minha submersa em uma pose insinuante clicada durante a coreografia.

O motorista do Uber olhou pelo retrovisor e disse:

— É você ali, moça?

Eu estava tão sem graça em admitir que Vic teve que vir em meu socorro.

— É ela mesma. Aquele espetáculo de performance foi feito por essa sua passageira aqui — disse com orgulho.

Escondi o rosto entre minhas mãos.

— Assisti ao clipe de Henry e achei fascinante este trecho, dona.

— Obrigada — agradeci baixinho.

— Deve ter sido difícil fazer aquilo tudo, né?

Ele nem fazia ideia. Mas eu não falava do processo ao qual tive que me dedicar, e sim ao período e ao regime de medo e pânico ao qual fui submetida pelo crivo e assédio de Henry Cazadeval.

Vic colocou o braço sobre meus ombros e mostrou a foto registrada em seu aparelho.

— Olha! Ficou ótimo. Agora vamos tirar uma selfie para eu poder registrar esse seu rosto vermelho de puro embaraço. — Riu e posicionou a câmera.

Meu sorriso, embora ainda constrangido, foi espontâneo, porque era ele que estava ali ao lado.

— Pronto. Fascinante — disse e beijou a ponta do meu nariz. — Linda e estonteante. Sabe que levei um choque quanto percebi que era você naquele clipe?

— Sério? Não sabia que era dado a ritmos latinos, Vic... — brinquei.

— E não sou, mas estava na casa de um amigo e ele só falava da tal música e do clipe. Quando prestei atenção, vi que era você. Foi como um puta soco no plexo solar.

Virei de lado para olhá-lo com mais afinco.

— Jura?

— Sim. Desde o primeiro momento em que a vi, essa sempre foi a sensação que sentia.

Eu não podia expor quais os sentimentos ele sempre me despertou. Estávamos dentro de um veículo, sem nenhuma privacidade. Além do mais, eu não achava que Vic ficaria emocionado com a intensidade do que sempre senti.

Era estranho pensar que ao colocar os olhos nele, desde o primeiro instante, senti como se ele fosse o cara certo para mim, para me proteger e me fazer voar, exatamente como sempre imaginei que faria. Comprovar isso anos depois dava apenas o sabor da vitória em perceber que meus instintos estavam certos o tempo inteiro. Era uma pena que nosso tempo foi fragmentado por eventualidades que saíram do nosso controle.

Eu esperava que conseguíssemos vencer as adversidades que eu podia sentir em meu âmago. Olhar para o ônibus plotado, que seguia na faixa ao lado, no engarrafamento monstruoso em que estávamos, fez com que um arrepio nem um pouco agradável deslizasse pelo meu corpo.

Eu tinha certeza de que Henry Cazadeval não esqueceria a afronta que infringi a ele. E podia dizer, lá no fundo, que sabia que ele agora me via como um desafio. E provar a supremacia que levava sobre mim era o que mais o motivava.

Só esperava que eu não estivesse fazendo nada de errado, ao tentar me proteger atrás do escudo que Vic oferecia.

APENAS um Jogo

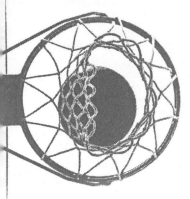

CAPÍTULO 18
Vic

⊱♥ Toque sutil ♥⊰

Não conseguimos pegar Mila e Adam a tempo, apenas o pequeno Ethan que permaneceria com os avós até que fossem ao encontro dos dois pombinhos.

Quando chegamos à mansão, nos dirigimos imediatamente para nossos respectivos quartos, na correria em arrumar a bagagem escassa que cada um havia trazido.

Apesar da insistência dos St. James, para que permanecêssemos na mansão por mais um dia, resolvi que era melhor dar prosseguimento aos planos que haviam mudado.

Não tinha a intenção de voltar a Houston acompanhado, mas havia acontecido e estava grato. Nem em meus mais nebulosos e fantasiosos sonhos eu podia imaginar que minha companhia seria Ayla Marshall.

Nós nos encontramos no saguão e ela estava com Ethan no colo, dando-lhe beijinhos na curva do pescoço.

— Ay-ay vai sentir sua falta, meu lindinho. Mas prometo não demorar a vê-lo outra vez — prometeu.

— Tem certeza de que precisa ir, querida? — Catherine St. James perguntou e pensei em interromper logo, para evitar que Ayla desistisse de ir comigo.

— Sim. Mas agradeço imensamente o convite e a hospitalidade.

— Sempre que quiser, esta casa estará disponível para vocês.

— Obrigado, Sra. St. James — agradeci dessa vez. — Ficamos honrados com a acolhida e com a forma como tudo foi organizado para Mila.

— Mila agora é minha filha. Então posso dizer que minha família cresceu e estamos muito felizes com isso. Kirk os levará ao aeroporto, e não aceito não como resposta — disse e pegou Ethan do colo de Ayla para me entregá-lo.

— Tudo bem, obrigado. — Levantei meu afilhado e o joguei para o alto algumas vezes até que o riso cessasse. — Ethan, você promete se comportar com a vovó, não é? Ou não ensino o basquete que já sinto ser sua paixão...

— Tiiiii-ic!

Eu amava aquele garoto. E despedir-me dele sempre era um tormento, mas teria que ser feito mais cedo ou mais tarde.

Depois que o devolvi para a avó, nos dirigimos para a saída, onde avistamos o carro de Adam St. James já a postos. Despedi-me da família que agora, querendo ou não, faria parte da minha vida, de alguma forma, e levei Ayla pela mão.

— Uau, estamos nos acostumando com trajetos em carros, por longos percursos, não é mesmo? — brinquei ao afivelar o cinto de segurança. Dessa vez fiz questão de ir com ela no banco de trás, ao invés de fazer companhia a Kirk, na frente.

— Sim — respondeu com um sorriso.

Mantivemos uma conversa tranquila até o aeroporto. Eu já havia me adiantado e comprado a passagem de Ayla, sendo que consegui trocar meu voo para o mesmo.

O que não me passou despercebido foi a quantidade de vezes que senti o telefone celular dela vibrar na bolsa que estava posicionada entre nós.

— Ayla — pigarreei para ganhar coragem —, por que você nunca atende ao celular?

Não era a primeira vez que eu a via fazendo isso. Naquele dia na praia isso também aconteceu e no Uber, mais cedo, embora ela achasse que eu não perceberia.

O tempo inteiro em que estive atento aos compromissos que respondia no meu próprio telefone, eu podia sentir o dela vibrar insistentemente.

Algo me dizia que Ayla estava escondendo alguma coisa, mas não achava que poderia forçá-la a compartilhar. Ela precisava dividir seus problemas se assim quisesse.

Um dos fatores que notei era que ela nunca forçava um assunto, preferindo manter-se calada. Bastou minhas poucas palavras de explicação sobre o que aconteceu no passado, para que ela entendesse o sentido real de tudo e não forçasse mais nenhuma resposta.

Eu admirava essa discrição, porque não sabia o que faria se ela me perguntasse algo da minha vida antes de conhecê-la. Certos segredos deveriam ser mantidos guardados.

— Ayla? — Percebi que ela ainda não havia me respondido.

— Não é nada. Apenas essas ligações de *telemarketing* — desconversou.

Eu não acreditava que fosse apenas isso, mas não seria intrusivo. Ela precisava sentir o desejo de compartilhar, sem que fosse eu a induzi-la a isso. Já bastava que pensasse que eu era controlador ao extremo.

— Tudo bem — falei e acariciei sua mão. Percebi que estava mais gelada que o normal. — Você está bem?

— Sim. Claro. Por quê?

— Suas mãos estão frias. Parece estar nervosa com algo.

— É impressão sua. A temperatura do meu corpo é um pouco desregulada — brincou e sorriu em seguida.

— Certo.

— Você chegou a conferir os horários dos voos? — perguntou, mas eu sabia que era uma forma de mudar o assunto por completo.

— Sim. E já até mesmo me adiantei, comprando a passagem.

Ela se virou de pronto para mim.

— Vic! Eu deveria comprar, não você!

— Oookaaay... não vejo a diferença, Ayla.

— Há uma enorme que não percebeu: eu não vou ficar sendo um caso de caridade — bufou e soprou a franja, irritada.

— E quem disse que o fato de eu comprar uma passagem pra você a torna um caso de caridade? Você não sabe receber favores ou mesmo presentes? — perguntei e agora eu estava começando a me irritar. Se bem que deveria agradecer por perceber que ela não era do tipo de mulher que esperava tudo de mão beijada ou que me via apenas como uma fonte para seus gastos e regalias.

— Eu sei que uma passagem de última hora é caro, Vic. Eu poderia comprar, já que me enfiei nessa empreitada com você.

— E daí? Que seja caro, o que for... eu fiz porque quis e não porque você me pediu — falei e era melhor não comentar que a passagem era de primeira classe. Bom, eu não conseguiria acomodar minhas pernas nas poltronas normais, e ter um pouco de dinheiro, por conta do basquete, tornava certos luxos muito mais fáceis.

— Droga... — resmungou baixinho.

Puxei-a para o calor dos meus braços, fazendo com que deitasse a cabeça no meu ombro e me olhasse diretamente.

— Prometo tentar não controlar tudo ao meu redor, ou mesmo o que estiver concernente a você, mas apenas me permita ser seu amigo nesse momento, pode ser? Esse é um item tão frugal que não faz diferença alguma para mim.

Ficamos nos encarando por longos segundos até que ela respondeu:

— Okay.

Beijei sua boca macia, sem muita empolgação, porque sabia que bas-

140　　　　　　　　　　　　　　　　　　　M.S. FAYES

tava um toque sutil para que eu entrasse em combustão, e no carro dos St. James, com Kirk servindo como testemunha do meu arroubo, era meio difícil conter as chamas.

Sua recusa óbvia em aceitar pequenos favores poderia ser um indicativo de que eu teria um pouco de trabalho para convencê-la a ficar comigo em meu *flat*.

E sim, eu sabia que estava acelerando o ritmo e atropelando as coisas, pois havíamos acabado de nos conectar. Quem, em sã consciência, chama alguém para dividir o apartamento quando acabou de iniciar um relacionamento? Um dos fatores que nem tínhamos conversado abertamente ainda era quanto à exclusividade. Eu a queria como minha namorada. E só minha, de mais ninguém. Já tinha que aceitar dividi-la com o mundo; a imagem que ela projetava através de seu corpo e sua dança, mas sabia que não poderia compartilhá-la com outra pessoa. Será que ela desejaria o mesmo que eu? Será que eu estava indo rápido demais, com muita sede ao pote?

— Ayla...

— Hum?

— Assim que chegarmos a Houston, precisamos acertar alguns detalhes, mas já te adianto que, para mim, estamos em um relacionamento sério, portanto, pode mudar o seu status nas redes sociais — brinquei para aliviar a ruga entre suas sobrancelhas.

Ela riu e me deu um beijo singelo.

— Andou me monitorando?

Senti meu rosto ficar vermelho.

— Humm... não necessariamente.

Ela riu e abracei-a com mais força. Aspirei o aroma maravilhoso que exalava e mergulhei a cabeça na curva suave de seu pescoço. Depositei um beijo em seu ombro que prometia algo mais... tão logo estivéssemos a sós outra vez.

No aeroporto, depois de nos despedirmos de Kirk, caminhamos de mãos dadas até o balcão da companhia aérea. Estava na fila quando alguém gritou:

— Marquezi!!!

Olhei para trás e vi uma moça correndo em minha direção, usando minha camisa do time. Duas amigas vinham atrás.

Ela nos alcançou e deu alguns pulinhos de emoção, sendo apenas observada por Ayla.

— Você pode tirar uma foto com a gente? — perguntou emocionada.

— Ahn, claro. — Ajeitei-me entre as moças e esperei o clique. — Pronto. Ficou boa?

Ela olhou e sorriu abertamente.

— Siiim! Muito obrigada!

Logo em seguida nos deixaram, como se não tivessem feito um alarde na fila de embarque. E aquilo atraiu a atenção de outros passageiros que estavam aguardando.

Dali virou um festival de autógrafos e fotos, e sempre que conseguia, olhava para Ayla, que mantinha um sorriso estoico no rosto. Ela parecia estar se divertindo com meu desconforto. Se eu não estivesse acompanhado, nem teria me atentado para o fato do assédio ser tão intenso, mas com a companhia dela ali, percebi que Ayla teria que lidar com aquele lado da minha carreira e eu esperava, com sinceridade, que a resolução de ficar comigo fosse muito mais forte que qualquer dúvida.

Quando chegamos ao balcão, finalmente, fizemos todo o procedimento de *check-in* e somente naquele momento me toquei de um detalhe importante. Enquanto estávamos caminhando para a área de segurança do aeroporto, perguntei:

— Ayla, onde está o resto de suas coisas?

Aquela simples pergunta fez com que seu corpo ficasse rígido. A linguagem corporal dela era tão óbvia que somente um cego não enxergaria.

— Ahn, eu vou me acomodar primeiro em Houston e depois Claude, um amigo, enviará minhas coisas da Califórnia — respondeu, evitando meu olhar inquisitivo.

— Eu nem mesmo cheguei a perguntar antes... Você ficaria em Nova York, ou tencionava voltar a Los Angeles?

Ela parecia estar desconfortável. Eu queria entender o porquê.

— Na verdade, não. Depois do casamento de Mila, eu pensaria o que fazer. Pensei em tentar um trabalho com um antigo diretor da Broadway, que conheci na época da faculdade.

Ela estava sem rumo, era isso? Era como se estivesse fugindo de alguma coisa. Ou alguém. Aquela percepção fez com que meu sangue gelasse por alguns segundos.

— Você sabe que pode confiar em mim, certo? — Queria que ela tivesse certeza de que poderia contar comigo para qualquer coisa.

— Eu sei. E fico muito grata por isso.

Diante de suas palavras, decidi não forçar a barra para arrancar mais informações.

Quando fomos chamados para entrar na aeronave antes dos outros passageiros, Ayla me olhou assombrada. Dei apenas de ombros antes de responder:

— As regalias que um atleta gostoso e talentoso tem, não é?

Ela riu enquanto eu guardava sua bolsa no bagageiro superior e se acomodou na poltrona espaçosa que nos diferenciava do restante dos mortais que estariam naquele voo.

Cerca de três horas e meia depois, chegamos ao Aeroporto Internacional George Bush, em Houston. Estávamos uma hora à frente de Nova York, e ela provavelmente estranharia o clima sempre mais quente do Texas, mas eu esperava que sua experiência com o calor abrasador da Califórnia tornasse essa adaptação mais fácil. Quando nos mudamos anos atrás para cá, Mila passou um mau bocado, mas alegava que os desconfortos por conta do clima eram mais intensificados por causa da gravidez.

Depois de pegarmos nossas bagagens e nos desviarmos de alguns fãs que estavam à espreita, consegui nos colocar, mais uma vez, em um táxi, dessa vez rumo ao meu apartamento.

Agora era a hora em que poderíamos conversar abertamente sobre os planos dali para frente. Porém, era melhor que estivéssemos em território onde eu dominava. Bom, pegou um pouco mal dizer isso, mas o domínio ao que falo se deve ao fato de ali eu poder seduzir minha garota para não deixar margem de dúvidas de quais eram minhas intenções.

Minhas armas de sedução estavam prontas para um ataque frontal e eu não deixaria que qualquer sombra de desconfiança se enfiasse em minhas pretensões. Eu a queria comigo. E este era um fato.

APENAS um Jogo

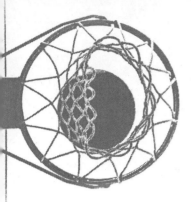

CAPÍTULO 19
Vic

❧ Doce alento ❧

Abri a porta do *flat* e gesticulei com a cabeça para que seguisse à minha frente. Levei as duas malas de mão e fechei a porta.

Ayla caminhou pelo apartamento amplo e espaçoso, indo parar diante das janelas imensas que davam vista para uma área de Midtown. Embora o complexo de apartamentos onde eu morava fosse rodeado de outros prédios, ainda assim, me sentia privilegiado com o que podia ver todos os dias da minha janela. Houston exalava vida pulsante. Seus complexos anéis viários a transformavam em uma cidade quase futurista, daquela região onde estávamos.

— É lindo! Confesso que nunca tive curiosidade para visitar Houston antes, mas me surpreendi. — Virou em minha direção e deu o sorriso que tanto passei a apreciar.

— Também acho, mas pode ficar um pouco desgastante no verão — admiti.

Ayla deu de ombros, como se não se importasse o mínimo com isso.

— Sente-se aqui. Vamos conversar — chamei-a para o imenso sofá do qual me orgulhava.

Ela assim o fez, sentando-se um pouco distante.

— Por que está tão longe?

— Porque sei que se você me tocar, vou esquecer qualquer coisa que tenhamos para conversar — admitiu sem vergonha alguma.

Aquilo era um fato. Se eu a tocasse, o que estava contido durante todo o dia acabaria eclodindo nas nossas caras. Ela era viciante.

— Bom, então vamos combinar de acertar uns pontos imprescindíveis e depois você pode esquecer qualquer outra coisa que queira conversar, tudo bem? — Pisquei e esperei o sorriso que viria.

— Sim.

— Vou dizer logo de cara, porque não sou de ficar enrolando. — Passei a mão no cabelo, tentando arranjar coragem. — Gostaria que você ficasse aqui comigo.

Os olhos dela se arregalaram tal qual imaginei.

— O quê? Como assim?!

— Ayla, seu nível de esperteza é muito maior que isso... Vamos lá — acenei em sua direção —, você sabe o que meu convite significa.

— Você está me chamando para... morar com você?

— Exatamente isso. Você não precisaria se preocupar com um lugar para se alojar, ou procurar no meio dessa cidade inóspita.

— Espera... calma. Isso é muito rápido. — Colocou a mão na testa. — E intenso. Quando perguntei sobre a vaga no Houston Rockets, até falei sério, mas não era pra você tomar isso como uma responsabilidade de, inclusive, me dar abrigo.

Ela podia ser bem obtusa quando queria.

— Eu não estou apenas te dando abrigo... Garanto que vou usufruir de sua companhia o tanto quanto puder. Ambos sairemos ganhando desse arranjo. — Pisquei.

— Mas... você não acha que nosso envolvimento recente... poderia ser um empecilho? Você mal me conhece...

— Conheço de ouvir falar, de tanto que Mila sempre falou de você. Conheço fisicamente — lambi os lábios —, o que já sustenta o fato de que nossa química sobrepuja qualquer dificuldade.

— Mas um relacionamento não se baseia somente nisso... Se lembra de que, até poucos dias, mal podíamos ficar no mesmo ambiente?

— Claro que não, mas é assim que vamos nos conhecer. Você pode se considerar uma companheira de quarto. Como nos antigos alojamentos da Universidade. Dividi o apartamento com Mila e a experiência foi ótima. E quanto aos dias passados... Sim, eu me recordo. Mas culpo minha incompetência e o temor que você me infringia.

Ela se rendeu às minhas palavras e me dedicou um sorriso fofo.

— Mas aparentemente você não tinha um lance físico com Mila, Vic. É tão diferente...

Franzi o cenho ante suas palavras "aparentemente não tinha um lance físico" com Mila. Será que ela pensava que nós dois já havíamos tido alguma coisa?

— O que tem de diferente? Eu posso garantir que saberei respeitar seu período do mês, compreenderei seus momentos de silêncio, bem como uma possível bagunça. Se você for dessas, claro. Não sei se tem algum TOC e mania de limpeza — caçoei —, mas posso relevar.

— Não tenho, mas...

— Mas nada... — Ajoelhei-me à frente dela agora. — Olha, você fica aqui e testamos as águas. Seremos companheiros de quarto que se... pegam. Essa é uma boa definição.

— Você é tão bobo. — Riu e cobriu o rosto com as mãos.

— Eu sei. Mas pense... estamos poupando tempo. Além do dinheiro, claro. Porém, no quesito tempo, se você morasse em outro lugar, quando quiséssemos nos encontrar teríamos que fazer toda uma logística. Aqui é bem mais simples... basta que um olhe para o outro. — Pensando dessa forma eu estava agindo de uma maneira bem egoísta mesmo.

— Vic...

— Eu poderia propor que você fique no quarto de hóspedes, se isso a fizer mais confortável. Porém assumo que gostaria de tê-la na minha cama, todos os dias e noites.

Ayla exalou um suspiro e em seguida deu um sorriso espontâneo. Aquele sorriso, sim, chegou aos seus olhos.

— Você promete que me falará se esse arranjo já não estiver dando certo?

— Prometo. Mas... já adianto a você: estamos juntos. Rotule nossa relação da forma que quiser, mas quero que saiba que seremos exclusivos, okay? — Voltei àquele tópico para ela saber que eu não a trataria como mais uma. Ela era especial.

Ela deu um sorriso de lado antes de responder:

— Essa cláusula de exclusividade pode ser muito mais limitante pra você do que para mim. Você teria que abrir mão das fãs que pulam à sua frente e pedem que assine seus peitos e outras partes...

Comecei a rir e passei as mãos pelas coxas suaves, que haviam se afastado, dando-me abrigo entre elas.

— Garanto que a única pessoa que tenho interesse em autografar todas as partes do corpo é você.

Com aquela admissão, ela enlaçou meu pescoço e me puxou para um beijo escaldante. Posicionei meu corpo sobre o dela, muito menor, e a deitei no sofá. Aquele seria um momento excelente para mostrar a comodidade de dividirmos o mesmo lugar. Poderíamos testar todas as superfícies do apartamento e escolher depois a preferida. Ou no plural, porque eu tinha certeza de que com Ayla Marshall, todos os lugares seriam inesquecíveis e recheados de puro prazer.

O celular de Ayla vibrou na mesa de cabeceira. Ela estava dormindo esparramada sobre meu peito, e precisei apenas esticar o braço para pegar o aparelho.

O visor mostrava um número não identificado. E desse mesmo número havia mais de vinte ligações. O que fez com que eu franzisse o cenho. Abortei a ideia de liberar a tela para tentar ver as mensagens recebidas. Eu sabia que minha consciência não permitiria aquilo, bem como isso poderia abalar a confiança dela em mim. Era invadir muito sua privacidade. Nos últimos tempos o que aprendi foi a dosar o desejo compulsivo de sempre controlar tudo ao meu redor.

Fiz isso com Mila e me arrependo amargamente. Por conta dos meus atos ela ficou afastada de Adam St. James, quando poderia ter se resolvido com uma simples conversa. Ancorei-me no fato de Mila ser insegura e confiar mais nos meus instintos do que outra coisa, e acabei conduzindo sua vida para uma teia de enganos e mal-entendidos. Quis o destino que Adam aterrissasse sua bunda em Houston e a encontrasse, depois de tanto tempo. Mas e se isso nunca tivesse acontecido?

Bom, eu não poderia apagar o que fiz, porém poderia corrigir para não repetir os mesmos feitos. Talvez esse meu defeito adquirido seja uma das muitas razões de nunca ter me envolvido mais seriamente com uma mulher. E Ayla veio para quebrar esse paradigma que eu mesmo instaurei na minha vida.

Seu corpo quente moveu-se acima do meu e senti o hemisfério sul querendo se manifestar. Coloquei o celular de volta no criado-mudo e abracei-a, depositando um beijo em sua testa. O rosto dela ficava perfeitamente encaixado no vão do meu pescoço. Um sentimento intenso aqueceu meu coração, mas nem eu mesmo poderia nominá-lo para identificar com exatidão.

Resolvi fechar os olhos e me deixar guiar para o sono necessário. Eu sabia que nos próximos dias os treinos seriam bem intensos, já que a temporada de jogos se iniciaria em breve, então como já estava me energizando com altas doses de sexo suado com Ayla, agora restava cuidar para que não ficasse esgotado e refletisse em minha forma de jogar.

Ao acordar, na manhã seguinte, notei a ausência ao meu lado. Sentei-me na cama, arremessando o cobertor para o chão, sem o menor cuidado. Meu interesse estava em encontrá-la.

Segui o cheiro de café e um sorriso imediatamente assentou nos meus lábios. Ayla estava cozinhando alguma coisa que cheirava muito bem, usando seus fones de ouvido, sem nem ao menos perceber minha presença na cozinha.

— Está aí uma cena que já coloca meu dia em alta — disse e continuei recostado no batente da porta.

Ela se virou assustada, retirando os fones e devolvendo o sorriso para mim.

— Esse comentário poderia ser considerado machista por muita gente — retrucou e ergueu a espátula na minha direção. — Por acaso é alguma insinuação de que o lugar das mulheres é na cozinha?

Comecei a rir e fui ao seu encontro, enlaçando o corpo coberto apenas por um short curto e uma camiseta regata preta.

— O comentário foi totalmente para a sua presença logo cedo, usando essas roupas sexy e ao alcance das minhas mãos. — Espalmei a perfeição de sua bunda para atestar minhas palavras. — O café da manhã foi só um bônus, e já adianto... Você não tem que fazer isso por mim.

Ayla largou a espátula na bancada e enlaçou meu pescoço, depositando um beijo suave, mas ainda assim quente, na minha garganta. Quem diria que aquela área seria tão erógena, não é? Porém percebi que, com ela, qualquer lugar que tocasse poderia se transformar em um ponto-gatilho para ativar meus desejos.

— Eu fiz porque senti vontade, não como uma obrigação, e acho que também é o mínimo que posso fazer para agradecer pela cortesia de me hospedar aqui.

Olhei com afinco para a mulher que havia colocado meu mundo de ponta-cabeça em questão de dias. Espera... anos. Ela sempre esteve ali presente, no meu subconsciente, mexendo com uma parte minha que eu não dava atenção. E não... não me refiro àquela parte anatômica, e sim à área dedicada a sentimentos conturbados em relação a alguém. Eu sentia desejo, frustração e culpa. E mais desejo. E agora que havia provado que provavelmente nunca me cansaria daquela mulher, o desejo só fez aumentar, progredindo para um sentimento de proteção e cuidado. E algo mais que nem eu sabia identificar.

— Ayla, não quero que você sinta que tem alguma dívida comigo ou que seja necessário qualquer tipo de retribuição. — Meu tom de voz era sério, porque queria que ela internalizasse aquilo.

— Eu sei, mas pelo menos não me sentirei uma sanguessuga usufruindo de todo esse luxo, sem contribuir em nada. Nós sequer conversamos sobre a possibilidade de até mesmo ajudá-lo nas contas.

Abaixei a cabeça para evitar que ela visse meu sorriso e, ao erguer para respondê-la, tentei ser o mais sério possível.

— Eu não quero desmerecer seu esforço e empenho em tentar ser uma companheira de quarto perfeita, dividindo contas e tudo mais, porém eu garanto que com o que ganho do Houston Rockets, seria uma afronta se eu permitisse isso.

Ela tentou sair do meu abraço, mas não a soltei.

— Não estou falando para te chatear. É apenas a atestação de um fato. Este apartamento é meu, logo, não pago aluguel. Meus gastos são mínimos perto do montante que recebo por temporada de jogos.

Ela parecia envergonhada agora.

— Ayla, olhe pra mim — pedi com gentileza.

Assim que ergueu os olhos, dei-lhe um beijo suave na boca.

— Não foi minha intenção deixá-la constrangida, mas me deixe ser aquele que vai te ajudar. Essa é uma das formas.

— Vic, eu não quero me sentir inútil e abusando de você.

Aquela atitude mostrava muito de seu caráter. Outra mulher em seu lugar, possivelmente estaria com estrelas nos olhos, já pensando em qual o próximo item a ser adquirido.

No passado tive uma ou outra garota que considerava amigas com benefícios. Para mim, o ganho era em relação ao sexo fácil e sem compromisso. Para elas, era na quantidade de presentes que podiam receber. Indiretas, diretas, muitas vezes elas deixavam bem claro onde seus interesses residiam. Não poderiam dizer que não usufruíam de um bom-momento entre os lençóis, mas a maioria das garotas se mostrava fascinada pelo meu poder aquisitivo. Entre meus amigos de basquete, apelidamos essas mulheres como Marias-cestinha, e normalmente esse termo era para aquelas que sempre nos levavam a uma recidiva na hora de foder. As *groupies* do esporte eram inofensivas perto destas. Mark certa vez quase se viu enredado por uma que alegou estar grávida dele.

— Garanto que não é isto o que está fazendo, e mais certo ainda... pode ser que você me acuse de estar abusando de você — admiti e ganhei um sorriso em resposta.

— Tudo bem. De toda forma, vamos considerar como se estivéssemos em um período de estágio probatório, okay?

— Okay... agora... me diga o que estava cozinhando que atualmente parece estar frio naquela panela?

Ayla saltou do meu braço como se fosse uma mola e correu para checar a situação.

— Ah, não! Droga. A omelete estava tão perfeita — resmungou baixinho.

Abracei seu corpo por trás e espiei por cima do ombro.

— Eu posso comer fria do jeito que está. Sem problema algum.

Ela virou o rosto para o lado, o suficiente para que eu pudesse sapecar um beijo naquela boca tentadora.

— Sabe que acredito que você é do estilo de caras que poderiam comer vidro?!

— É bem possível.

Levou pouco mais de quinze minutos para que finalizássemos aquele momento matinal.

— O que você programou para fazer hoje? — sondei.

— Então... estava pensando em conferir como funciona a seletiva para ingressar na equipe. Ou, se não tiver possibilidade, vou tentar ver se acho algum emprego dando aulas de dança.

A ideia de tê-la como líder de torcida não me agradava muito, mas não somente pelos ciúmes que isso poderia me gerar, e sim porque eu sabia que Ayla tinha talento de sobra para conquistar um lugar muito mais apropriado para o que fazia com tanta maestria.

— Quer que eu averigue isso pra você? Posso sondar com a equipe de organização.

— Você faria isso por mim?

Peguei sua mão por cima da mesa e disse simplesmente:

— Por você eu faria qualquer coisa...

Ayla sorriu e aquilo aqueceu meu peito.

— Obrigada, Vic.

Dali foi apenas um segundo até que eu me arrumasse para seguir para o ginásio, a fim de treinar. Mark já havia me mandado mensagens, alegando que o treinador McCarter estava insistindo em perguntar se eu havia retornado. Tínhamos jogo dentro de cinco dias, então era necessário que intensificasse os treinos e captasse a ideia dos passes e arranjos que ele havia organizado.

Encontrei-a recostada no sofá, assistindo a um programa de TV aleatório. Enjaulei seu corpo com o meu e dei-lhe um beijo singelo no início e intenso ao final, demonstrando que queria que ela ficasse com a memória do que aquilo prometia para mais tarde, enquanto eu poderia levar comigo o sabor de sua boca.

— Qualquer coisa que precisar, basta enviar uma mensagem. Assim que eu visualizar, te ligo de volta.

— Tudo bem. Bom treino! — falou ao se erguer do sofá e seguir ao meu lado até a porta do apartamento.

— Eu poderia ficar muito mal-acostumado com esse tratamento tão cordial. Você fazendo o café da manhã, me trazendo até a saída... só vai faltar eu chegar em casa mais tarde e gritar: "querida, cheguei!" — falei rindo.

— Bom, para que você já esteja avisado... Eu odeio, com muita força, quando alguém me chama de querida. São pouquíssimas as ocasiões em que o cumprimento realmente tem o significado carinhoso.

— Você e seu rancor com os pobres cumprimentos amorosos. — Balancei a cabeça como se estivesse decepcionado. — Já entendi que não gosta mesmo. Estou me policiando para não apanhar de você.

Acenei um tchau e segui até a garagem para pegar meu carro e voltar ao batente.

A parte boa seria que eu chegaria em casa destruído de um treino intenso e teria alguém com quem conversar e desabafar. Além de tentar conquistar uma massagem, antes de encerrar a noite da melhor forma possível.

Aquele pensamento me trouxe um sorriso ao rosto, bem como a certeza de que eu estava vivendo uma vida solitária, e nem ao menos imaginava.

Perceber isso foi tão aterrador, porque com ele veio a noção de que Ayla Marshall poderia me tornar dependente de sua presença. Em apenas um dia na minha casa, eu já a queria para a vida inteira.

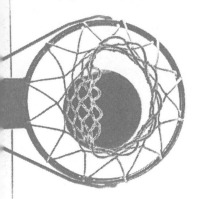

CAPÍTULO 20
Ayla

⁕• Nova vida •⁕

O dia correu com tamanha rapidez que nem ao menos percebi o tempo passar. Depois de Vic sair, voltei para um momento de ócio e continuei assistindo à TV, mas logo percebi que não prestava atenção a nada do que estava sendo transmitido. Resolvi perambular pelo apartamento, observando pequenos detalhes que poderiam me trazer mais informações a respeito do homem que me fez amargar um estranho caso de rancor, ódio e excitação, na mesma medida.

Vic não tinha tantas fotos espalhadas pelo lugar, mas as que vi aqueceram meu coração. Ele e Mila no antigo apartamento de Nova York; os dois ao lado de um Ethan recém-nascido; outra com Vic segurando Ethan nos ombros. A última foto era surpreendente: uma criança ao lado de uma moça linda e com sorriso gentil. Lembrei-me de Mila falando algo sobre a irmã dele, alegando que havia uma história por trás de todo o comportamento possessivo que demonstrava, mas da mesma forma que ela ventilou o assunto, também disse que era Vic quem deveria compartilhar aquela parte de sua vida.

O escritório era impecável, com uma mesa de mogno e um computador de última geração em cima. Alguns livros estavam dispostos em uma estante elegante que fazia jogo com a mesa.

Por mais que fosse solteiro, Vic parecia ser organizado em tudo. Suas roupas estavam alinhadas no *closet*, e somente naquele momento me dei conta de que havia um espaço disponível no canto. Um *post-it* anexado à parede dizia:

> *Embora não saiba se vai optar por um quarto só seu, deixei aqui um lugar reservado para que organize suas roupas.*
> *Att., Vic*

Aquele gesto fez com que eu suspirasse de puro enlevo, sorrindo como uma boba pela consideração demonstrada.

Era estranho que me sentisse daquele modo. Não estava em sua casa nem bem por 24 horas e já me sentia mais acolhida do que senti quase que minha vida inteira.

Eu tinha medo de sonhar mais alto, de ansiar por algo desconhecido em um futuro incerto, porque aprendi amargamente que sonhos podem ser esfacelados de uma hora para a outra.

Eu estava vivendo aquilo. Lembrar de Henry Cazadeval trazia um gosto agridoce na boca. Da mesma forma que vivenciei uma das maiores chances na carreira, também experimentei a acidez do que havia por trás. A podridão humana que permeava as decisões daqueles que detinham o poder e o dinheiro.

Talvez fosse essa uma das razões que me deixava tão insegura quanto a aceitar ficar ali, no luxo, com Vic, sem que eu nada pudesse fazer em retorno. Ficar à mercê de uma pessoa era um passo arriscado. Eu não podia me tornar tão dependente de sua boa-vontade, logo, precisava ter um plano de ação para o caso de nosso relacionamento não vingar.

E se Vic enjoasse de mim? O que aconteceria? Eu não teria um lugar fixo para me instalar. Ficaria perdida como todas as vezes em que tive que sair de um lugar para o outro, me mudando como uma cigana trocando de acampamento.

Aquele pensamento fez com que eu refletisse não somente em já me preparar para qualquer eventualidade, mas também para o fato de que eu não poderia viver com medo, já que sempre fui destemida em todas as minhas ações. Eu não era a princesa que precisava de um resgate. Não era a mocinha que dependia dos outros. Eu era destemida, corajosa e ousada.

A ausência da coragem só foi detectada quando percebi que não sabia lidar com a influência funesta de Henry Cazadeval, e isto me tornou a covarde de merda que se viu obrigada a fugir. Porém, em contrapartida, notei que, talvez, outra mulher, em meu lugar, teria cedido ante as ameaças do astro, ou ante suas investidas óbvias de me colocar como mais uma de sua lista. Não que eu esteja generalizando.

Não. Aquilo eu não permiti. Então eu aceitava dividir o posto de destemida *versus* covarde fugitiva, já que lidei da melhor forma possível com a situação.

Meu telefone não parava de trazer alertas cada vez mais ameaçadores de Henry e agora de um de seus advogados. A insistência dele em me acossar trazia certo receio ao meu coração, mas eu não permitiria me entregar ao medo, deixando-o me corroer por dentro e limitando minhas ações. Eu já havia fugido do lugar onde tinha me encontrado há tanto tempo. Abandonado minhas coisas e lembranças de um momento único na minha vida.

Eu não poderia permitir que Henry dominasse o curso do meu destino. Estava na hora de refazer meus caminhos, trilhar novas etapas e conquistar o que sempre sonhei.

Só não imaginava que Vic estaria neste bolo. Nunca pensei, honestamente, que estaria em seus braços e que um entendimento mútuo seria instalado, como se nunca houvesse existido um rancor pendente.

Depois de vadiar por mais algum tempo, resolvi fazer alguma pesquisa na *internet*. Descobri que o período de audições para ingressar no time de líderes de torcida já havia passado há muito tempo. Aquilo trouxe um desânimo imenso, pois me faria ter que pensar em uma alternativa. Por um instante, o pensamento de que agi impulsivamente sobrecarregou minha mente. Espera. Eu agi no impulso mesmo. Isso é um fato. Porém nunca fui dada a me arrepender das decisões tomadas. Minha filosofia de vida era baseada na simples resolução de que eu preferia me arrepender das coisas que fiz, do que das que deixei de fazer por medo ou qualquer coisa. É claro que isso não serve para pular de uma ponte ou algo assim só para testar se é perigoso ou não, deixando para se arrepender quando se arrebentar lá embaixo. Existe certo rigor nas escolhas do que fazer. Critérios de quais coisas valem a pena a tentativa de erro e acerto.

Minha pesquisa na *internet* acabou me levando aos sites de empregos. Direcionei as buscas para as áreas de atuação e resolvi conferir se alguma academia ou escola de dança estava precisando de um professor. Seria uma boa alternativa. Printei a tela em um Centro de Dança em Uptown, que parecia estar contratando professores de balé moderno. Conferi no relógio e vi que ainda daria tempo de chegar à academia para uma possível entrevista. O Uber ficaria um pouco caro, mas compensaria se eu descobrisse as possibilidades de transporte alternativo.

Corri para o quarto e me arrumei em tempo recorde. Coloquei uma roupa leve, já que deveria me acostumar com o clima mais ameno do Texas. Peguei apenas um casaco leve, pois pelas informações de alguns blogs, o tempo costumava esfriar à noite, sem nenhum aviso.

Em menos de quarenta minutos cheguei ao Centro de Dança. Naquele horário só havia aulas para balé adulto, mas pelas fotos nas paredes eu poderia dizer que era uma academia que se dedicava ao ensino de crianças desde a mais tenra idade. Um sorriso aflorou no meu rosto, ao me lembrar da minha infância e a vontade que eu sentia de poder frequentar aulas de balé, mas sem nunca poder.

— Pois não? — Uma garota de cabelo colorido, devidamente organizado em dois coques no alto da cabeça, me abordou no balcão. — Posso ajudar?

— Oi... eu vi um anúncio na *internet*, de que vocês estão em busca de algum professor de dança moderna. Gostaria de saber se a vaga já foi preenchida. — Estava nervosa. Esperava que ninguém tivesse se antecipado a mim.

— Ah, que maravilha! Colocamos o anúncio ontem! — ela disse eufórica. — Venha, venha! Vou levá-la à sala da Sra. Butchard. Ela é a dona do lugar.

Segui a garota que mais parecia uma pilha *Rayovac* ambulante e não pude deixar de sorrir ante sua empolgação.

A sala da diretora, dona do lugar, era no final do corredor, depois que passamos por seis estúdios imensos, três de cada lado.

A garota bateu à porta e olhou para trás, sorrindo.

— Meu nome é Sabrina, a propósito. — Ela se virou e abriu a porta sem esperar resposta. — Senhora Butchard, temos uma candidata ao posto de professora de contemporânea!

A mulher atrás da mesa era elegante, porém miúda, ainda que tivesse a estrutura óssea de uma bailarina de anos. Ela devia ter em torno de uns 50, pelos meus cálculos.

— Oh, olá. Seja bem-vinda, querida. Sente-se. — Indicou a cadeira e fiz o que me foi pedido.

A garota, Sabrina, me deu um tapinha no ombro, uma piscada e disse, antes de sair:

— Boa sorte!

Voltei a atenção para a dona do lugar e pigarreei para exigir que minha voz saísse com clareza:

— Eu me chamo Ayla. Ayla Marshall. Vi o anúncio esta tarde mesmo e resolvi arriscar. Acabei de me mudar para Houston, não conheço absolutamente nada da cidade, e estou em busca de um trabalho na minha área.

A mulher colocou os óculos na ponta do nariz e pegou um papel, anotando alguma coisa. Contive a curiosidade para averiguar o que poderia ser.

— Muito bem, presumo então, Srta. Marshall, que tenha experiência em ensino de dança moderna — disse em um tom que não negava sua autoridade.

— Na verdade, Sra. Butchard, não tenho experiência alguma em sala de aula. — A mulher arregalou os olhos em espanto. Só não sabia dizer se pela minha sinceridade ou audácia em estar no seu estabelecimento sem um currículo adequado. — Mas sou formada em Artes Cênicas e Dança, pela Universidade de Nova York, e galguei toda a minha prática em dança

APENAS *um Jogo*

155

moderna, trabalhando exatamente em performances artísticas que exigiam meu máximo comprometimento. Integrei alguns programas de auditório, bem como... — engoli em seco por ter que usar aquela carta na manga — participei do clipe mais recente de um cantor latino, expondo toda a paixão que tenho pela dança contemporânea.

Ela arregalou os olhos outra vez e mostrou-se interessada.

— Humm... Um clipe? Espera... cantor latino? Você estaria, por acaso, falando sobre o vídeo da música "Passion", de Henry Cazadeval?

Mais uma vez engoli o nó formado na garganta.

— Sim, senhora.

— Meu Deus! Aquele clipe é um hino aos movimentos acrobáticos e sedutores da dança moderna! O número aquático é simplesmente hipnotizante! — exclamou empolgada.

A Sra. Butchard quase reproduziu o nível de excitação de Sabrina *Rayovac*. A mulher me surpreendeu ao se virar bruscamente para o computador que ficava na mesa ao lado, digitando alguma coisa no browser.

Acabei dando de cara com meu próprio rosto, no momento exato em que desempenhava a dança no fundo do tanque d'água.

— Menina, isso aqui é maravilhoso! Que fantástico poder conhecer a garota que trouxe tal brilhantismo à arte da dança moderna. Sua performance traz vida nos atos e em cada movimento sinuoso que você executa utilizando o auxílio da água. É algo sobrenatural, quase. — Um sorriso de orelha a orelha ilustrava o rosto dela. O meu devia estar vermelho de embaraço. — Vejo o que a arte cênica trouxe de incremento a cada passo, pois seu rosto nos conta uma história. É fascinante.

— Obrigada — agradeci constrangida.

Ela olhou para mim com bastante atenção. Senti como se estivesse sendo esmiuçada sob a lente de um microscópio. Sem avisar, a Sra. Butchard recostou-se à cadeira de espaldar alto e apoiou as mãos no tampo da mesa.

— Você deve se orgulhar profundamente do que fez, menina.

— Ah, sim, senhora. Foi um trabalho engrandecedor. — Mal sabia ela que os bastidores foram infernais, e que cada expressão que transparecia no meu rosto era o meu modo de interpretar com verdadeira "paixão" o ódio que sentia por dentro, o sofrimento que me corroía.

— Olha, normalmente não contrato ninguém se essa pessoa não tiver nenhuma experiência em sala de aula, mas seu talento sobrepuja qualquer exigência minha — disse com um sorriso. — Acredito que me beneficiarei, bem como os alunos, ao terem uma professora que tente lhes transmitir a paixão avassaladora pela arte da dança.

— Humm... pretendo honrar a confiança depositada, Sra. Butchard. Só peço que minha identidade fique em sigilo, se não for nenhum problema — pedi com um pouco de vergonha.

Eu temia que a dona da academia acabasse querendo vangloriar-se e valorizar sua academia ao informar aos alunos que a professora era alguém que havia participado do clipe que ganhou o Grammy e ainda estava destacado como um dos mais visualizados do YouTube, dos últimos tempos.

— Claro, querida. Entendo perfeitamente. Imagino que deva ter existido certo assédio — deduziu, mas sem imaginar quem havia sido meu maior assediador.

— Algo assim — admiti.

— Ótimo. Manteremos isso entre nós. E você controla a turma. Se algum dos alunos a reconhecer, imponha suas próprias regras — informou. — Pois bem, você acha que conseguiria iniciar as aulas na semana que vem?

— Sim, claro. Qual o horário que a senhora precisa que eu esteja aqui?

Ela conferiu uma agenda e disse que a turma de balé moderno aconteceria duas vezes na semana, como previsto, com data de início a partir da próxima semana. Eles realmente estavam esperançosos de que conseguiriam um professor prontamente, já que a turma estava formada.

— Às terças e quintas, cinco da tarde, com uma hora e meia de duração. Seu salário fica sendo acordado nesse valor inicial, cem dólares a aula, mas se a turma se ampliar, podemos dar uma gratificação. — A mulher preenchia os papéis ao mesmo tempo em que me passava todas as informações. — Isso parece bom pra você?

— Sim, senhora.

— Não precisa me chamar de senhora, meu bem. Me chame de Janey, ou simplesmente, Jan. — Piscou de um jeito matreiro e perspicaz.

— Okay, Jan — testei o apelido na minha boca.

Saí dali com o espírito mais leve e com a sensação vitoriosa de que, sim, meu futuro estava apenas começando.

Olhei para o céu agora noturno e sorri, apenas esperando pelo Uber que me levaria de volta para o lugar que eu teria que aprender a chamar de... casa.

APENAS um Jogo

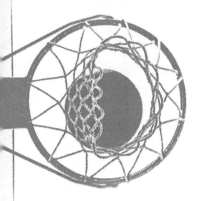

CAPÍTULO 21
Vic

❦ Sentimento certo ❦

Treinar estava sendo impossível. Não diante da expectativa de voltar para casa logo. Droga. Eu precisava focar no jogo, e confesso que estava perdido em pensamentos conturbados. Nunca imaginei que minha vida fosse dar uma guinada tão intensa.

Para quem não imaginava que algum dia conseguiria resolver as diferenças com Ayla Marshall, o evento de Mila e Adam veio bem a calhar, isso é fato.

— Yo, Vic! — Uma bola voou na minha direção, porém consegui apará-la a tempo. — Você *tá* voando em qual galáxia, mano? — Mark zombou e o riso dos companheiros o seguiu.

Apenas revirei os olhos e joguei a bola na direção de seus países baixos. Quem sabe eu o pegasse distraído e acabasse deixando o imbecil gemendo no chão, pedindo misericórdia pelo futuro sem filhos.

— Cala a boca, Mark. Deixa nosso mano se divertir com as nuvens de algodão dele — Jammal completou.

— Por que vocês não vão encher o saco de outra pessoa? — devolvi as gentilezas.

Os risos foram mais intensos.

O treinador McCarter chegou ao meu lado e me deu um tapinha no ombro.

— Isso é inveja, filho. Deixe esses cabeças de vento pra lá. — Virou para falar apenas para mim: — Roberta está à sua espera na minha sala. Por sorte, ela tinha reunião com o comitê de eventos beneficentes, e acabou dando um pulo aqui hoje.

Não era incomum que as *cheerleaders* do Rockets treinassem no Toyota Center, a arena pertencente ao clube, mas com a temporada de jogos se afunilando cada vez mais, era mais usual que elas se concentrassem nos treinos na academia onde malhavam. O técnico não gostava de reunir as garotas do Houston Rockets Power Dancers no mesmo espaço que os jogadores... e a razão era bem óbvia. Precisávamos nos concentrar. Elas meio que traziam desconcentração total. Eu ainda podia alegar que nunca tinha me enrolado entre os lençóis com nenhuma das garotas, mas Kaleb e outros caras já haviam passado o rodo geral. Vamos dizer que as meninas eram bem empenhadas em levantar a moral do time.

Cocei o pescoço sentindo o desconforto se instalar. Minha regra rígida de não misturar trabalho e prazer, ou seja, no mesmo ambiente, seria fatalmente burlada. Se Ayla conseguisse de alguma forma uma vaga no *squad*, ela estaria em todos os jogos do Rockets em casa, e eu teria que torcer para Kaleb não virar sua atenção ao foco de sua adoração por conta do clipe que ela estrelara. Na verdade, eu esperava que ele já tivesse vencido aquela paixonite.

— Obrigado, treinador. Agradeço por tê-la avisado que eu precisava falar com ela.

— Vá logo e depois pode ir embora. Vou dispensar o pessoal, porque daqui cinco dias começa o pancadão.

Era verdade. Jogos intensos e com intervalos curtos entre si. Vinte e cinco no total. Apenas doze deles seriam em casa. E, por incrível que pareça, eu já estava sentindo falta de Ayla, antes mesmo de sair para os confrontos externos.

Bati à porta do treinador e entrei, deparando com Roberta Yew, mais conhecida como Rob, a gerente e principal coreógrafa das Power Dancers. Eu já a havia conhecido em um evento beneficente no ano passado e podia atestar que era uma mulher bonita, simpática e que passava confiança a todos, especialmente ao seu grupo de garotas. Ela as comandava como um general, fazendo questão de assegurar que fossem tratadas com respeito, sendo vistas como profissionais da dança, não o que a sociedade gostava de taxar quando se tratava das líderes de torcidas.

É automático que todos pensem que as moças são volúveis e permissivas, que levam uma vida regada a sexo e putaria. Roberta até mesmo se envolveu em uma briga intensa com um jogador que teve o passe comprado para o Cavaliers, exatamente porque ele tratava as garotas como vagabundas. O que ela queria garantir é que todos as vissem como parte da equipe, tendo o intuito claro de representar a bandeira dos Rockets, animando a torcida e fazendo com que todos se sentissem parte do espetáculo.

Eu tinha que tirar o chapéu, porque algumas performances eram assombrosas. Claro que isso eu só conseguia ver quando um dos idiotas da minha equipe fazia questão de assanhar a todos no corredor de concentração momentos antes de entrar em quadra. É bem provável que agora eu teria um interesse mais evidente em acompanhar os números de dança. Desde que Ayla conseguisse uma oportunidade. Honestamente, eu estava dividido entre querê-la ali ou não.

— Olá, Rob, como vai?

Ela virou a cabeça para trás, largando a revista que lia com bastante atenção. Levantou-se de um salto e me cumprimentou com um abraço.

— Vic. Há quanto tempo, hein? Soube que estava viajando... — falou com um sorriso largo.

— Sim. Fui ao casamento de uma amiga em Nova York.

Rob me chamou para sentar no sofá, de modo que a conversa não ficasse tão formal à mesa. Acabamos meio que de frente a frente.

— McCarter disse que você tinha um pedido especial a me fazer. O que seria? Estou até curiosa... Por favor, se for um encontro, vou ficar chateada, Vic. Você chegou tarde, pois agora estou casada — brincou.

Tive que rir de suas palavras que acabaram trazendo certa leveza ao assunto que eu queria abordar. Eu não era dado a usar meus recursos ou influência para conseguir algo, mas por Ayla eu jogaria aqueles princípios no ralo.

— Rob — cocei a cabeça, sentindo certo desconforto —, eu sei que a temporada de audições acabou no verão passado, e sei que as meninas vêm fazendo um período intenso de treinos para suprir a demanda de jogos, o que valorizo imensamente. — Vi que ela deu um sorriso satisfeito. — Porém gostaria de saber se existe a possibilidade de você abrir uma exceção para que uma... ah, amiga, integre o time — disse e me senti um cafajeste do caralho. *Já de cara negando que Ayla é a namorada? Sério, Vic?* Meu subconsciente me deu uma bronca fenomenal.

— Espera. Você tem uma amiga em potencial que tem interesse em entrar no *squad*? — A sobrancelha estava erguida em uma curva acentuada.

— Sim. Mas veja... Ayla tem um talento absurdo. Ela é uma dançarina surpreendente e exala isso pelos poros. A experiência dela com dança é bem impactante. Pode agregar bastante ao grupo — continuei. Decidi que usaria a carta na manga. — Ela participou do aclamado clipe daquele cantor latino, Henry alguma coisa.

— Henry Cazadeval? — perguntou com assombro.

— Esse mesmo.

— O último clipe? Que tem uma dançarina espanhola que depois faz a vez de sereia performática? — Um sorriso tomou meu rosto naquele instante.

— Exatamente.

— Você está falando de Ayla Marshall então?

Franzi o cenho ante a óbvia constatação de que ela sabia até mesmo o nome de Ayla.

— Sim...

— Minha nossa! Ela é praticamente uma celebridade. Ainda mais porque esteve desfilando com Henry Cazadeval para cima e para baixo — disse empolgada, mas o sorriso me pareceu irônico.

Aquela informação trouxe um gosto amargo à minha boca, mas eu não tinha direito de exigir nada. Ayla teve um passado antes de mim, assim como eu. Porém, era irritante saber que outro homem havia compartilhado o que agora eu considerava como sendo meu.

Porra. Lá estava eu sendo ultrapossessivo de novo. Foda-se. Estava tentando mudar, mas aquela era a primeira vez que eu me envolvia seriamente com uma mulher. E fui bem claro quanto a isso. Os anos de desejo reprimido por Ayla me fizeram ansioso por torná-la minha quando, e se, finalmente eu tivesse a chance de pedir perdão pelo que fiz. A chance apareceu. E eu a agarrei com todos os meus dedos. E dentes. E porque não dizer com a boca, não é mesmo?

Percebi que meus pensamentos devanearam e poderiam me colocar em uma situação de risco – sempre que a imagem de Ayla invadia meus pensamentos –, e resolvi voltar ao tema proposto.

— Quanto a isso estou por fora, Rob, mas que ela tem um talento fora do comum, isso é fato.

Roberta me olhou atentamente, como se estivesse analisando minha alma.

— Você tem alguma coisa com ela, Vic? — perguntou de pronto.

Oh, merda. E agora? Eu poderia fazer a vez de que éramos apenas amigos e dividíamos o apartamento. Ou poderia assumi-la logo como minha garota. Qualquer uma das alternativas eu sabia que me traria algum tipo de merda futura.

— Sim, Rob. Ahn, estamos meio que juntos — assumi, coçando a nuca, totalmente desconfortável. — Porém não queria que isso fosse usado como uma bandeira ou algo assim. Ayla veio para Houston como uma forma de reconstruirmos o relacionamento que deixamos pendente e sei que ela ficaria satisfeita fazendo algo que ama.

A mulher sorriu como se entendesse perfeitamente do que eu falava.

— Entendo. Bom, você sabe que o processo de audições, com as seletivas e eliminatórias é bem tumultuado e cheio de regras, certo? Ano passado tivemos cerca de 250 inscritas para apenas 4 vagas. É disputado e consta até mesmo com uma auditoria do clube para confirmar se não haverá fraude ou qualquer coisa.

Concordei com a cabeça. Não imaginava que fosse tão burocrático, mas o treinador sempre nos disse que as seletivas das Power Dancers pareciam dia de pré-jogo.

— Compreendo, Rob. E sei que o que estou pedindo é totalmente antiético e...

Ela ergueu a mão para me impedir de continuar o discurso.

— Calma lá. Eu disse que há regras, mas não disse que não pode haver exceções. Claro que na lista de candidatas, as classificadas ficam na espera de que, se alguma líder tiver alguma lesão incapacitante, elas sejam chamadas. — Rob acenou como se isso fosse supérfluo. — O que diferencia toda a situação aqui é que sua Ayla carrega um diferencial: ela já vem com uma bagagem interessante que apenas agrega ao esquadrão, e isso pode nos trazer benefícios.

— Então ela está apta a tentar entrar no time? — perguntei esperançoso.

— Isso não significa que ela não terá que fazer o mesmo processo de testes eliminatórios que todas fizeram. Ayla passará por uma bancada composta por membros do RPD, para avaliar presença de palco, desenvoltura, carisma... essas coisas. O que duvido que ela falhe — afirmou com um sorriso. — Não preciso temer a parte artística da coreografia que será proposta porque, bem... ela é... ela, certo? Uma mulher que executou aquela performance maravilhosa em Passion não poderia nos decepcionar de forma alguma.

— Claro. Isso é justo.

— Não sei se ela estaria pronta para o próximo jogo em casa, mas podemos tentar. Você acha que ela pode ir à academia onde treinamos, amanhã cedo? Se a resposta for positiva, já posso agendar para o dia seguinte todos os testes com a equipe que julgará adequadamente para seu processo de inserção ao *squad*.

Acredito que Ayla ficaria satisfeita com as boas-novas. O que me tornava ansioso em voltar para casa para poder compartilhar as informações.

— Se você puder me dar o seu número, já envio uma resposta hoje mesmo, assim que chegar em casa e falar com ela — assegurei sem perceber que Rob me encarava.

— Então vocês estão mais do que namorando? Estão vivendo juntos? — questionou com curiosidade.

— Ahn, sim.

— Nada como representar o time com amor e paixão, sendo que pode ter em casa um dos jogadores mais bem-conceituados e desejados, não é? — Piscou e deu um sorriso de lado. Roberta parecia estar me paquerando, mas de maneira inocente.

— Se você diz...

— Ah, para, Vic. Eu penso diferente em alguns aspectos só: se o relacionamento vai bem, Ayla sempre terá um motivo para torcer por cada jogo em que você estrelar. Se a coisa fracassar, aí pode ser uma merda. Para os dois. Como ficaria a convivência, entende? Você estaria apto a coabitar a mesma quadra com uma pessoa que já foi importante, mas agora não é mais?

As dúvidas de Roberta nunca tinham entrado na minha mente. E a única razão era porque eu não pensava em um futuro desolador onde não tivesse mais Ayla ao meu lado. Na verdade, eu vivia pelo presente. Sempre fui assim. Apreciava o que a vida me oferecia no agora, aquilo que eu podia tocar no momento. O dia do amanhã é incerto. Desconhecido. Por que eu deveria me preocupar com algo que não tenho como prever? Essa é a razão de tantas pessoas carregarem dentro de si as ansiedades que as debilitam.

Claro que eu sabia que o futuro deveria ser programado. Não era disso que eu estava falando. Por exemplo: eu aplicava meu dinheiro e o investia da forma adequada para que estivesse resguardado mais à frente, no caso de uma lesão, de ser demitido do time. Se havia uma coisa que todo jogador deveria ter certeza é disso: nada é garantido no mundo do esporte. Hoje você pode estar bem, jogando maravilhosamente, em sua melhor forma física. Amanhã, você pode apresentar uma lesão debilitante que te coloca no banco. E quem senta no banco cai no esquecimento. E na NBA as coisas funcionam assim: se você não está rendendo em quadra, então... adeus.

É uma realidade triste, mas verdadeira.

O que eu não fazia mais, em hipótese alguma, era pensar em desgraças futuras. Eu não previ isso com Kyara. Eu tinha a mente inocente, mesmo que o alerta estivesse ali o tempo todo. Então, me tornei psicótico com Mila, e quase fodi com tudo na vida dela. Projetei a desgraça que "poderia" acontecer em seu relacionamento com Adam. E deu no que deu.

Desde que os dois se reconciliaram, resolvi resgatar aquela parte minha há muito tempo esquecida. A parte que tentava aproveitar as boas coisas que a vida ofertava, sem pensar no pior. Então, não. Eu não pensava em um término com Ayla. Minha meta era viver com ela, um dia de cada vez. Aprender a cada novo despertar, conquistá-la a cada novo adormecer.

— O futuro a Deus pertence, Rob. Gosto de pensar que se algo de bom está em nossas mãos é porque Ele nos deu para cuidar. Então... estou fazendo de tudo para zelar por aquilo que me foi dado depois de uma longa espera — disse e dessa vez, *eu* pisquei para afirmar minhas palavras.

Roberta riu e bateu palmas, dando-me um abraço em seguida. Nós nos despedimos em alguns minutos, com a promessa de que eu lhe enviaria uma mensagem logo mais, avisando se Ayla poderia encontrá-la amanhã.

Saí da arena com o coração mais leve, porém ao mesmo tempo carregado de preocupação.

Eu realmente esperava que as palavras fatalistas de Roberta Yew não significassem nada. E desejava que as minhas indicassem o que todos diziam: se desejamos apenas coisas positivas, nada de ruim poderia nos acontecer.

Cheguei em casa pouco depois da hora do *rush*, louco para encontrar com Ayla e aliviar um pouco da tensão nos músculos. Nem precisei avançar muito além do *foyer* do *flat* para ter certeza de que ela não estava em casa. O apartamento encontrava-se às escuras, iluminado apenas pelas luzes externas da cidade, que brilhavam pela imensa janela da sala.

Peguei o celular e conferi se havia alguma mensagem. Nenhuma. Conhecendo Ayla, e sabendo que tinha um espírito independente e destemido, era bem capaz que tivesse saído pela cidade para desbravar sua nova morada.

Sacudi a cabeça e dei um sorriso, decidindo tomar um banho para expurgar o cheiro e cansaço de todo o treino. Retirei a roupa suada e arremessei no chão do banheiro, entrando no boxe todo revestido em azulejos pretos.

Bastou que a água começasse a cair e inclinei a cabeça para baixo, perdido em memórias que eu queria esquecer.

Deitei na cama, emburrado, porque não queria dormir tão cedo.

— Você precisa dormir, Vic. Assim ficará descansado para sua prova. — Kyara me deu um beijo na testa. Poxa, eu já estava grande, mas ela insistia em fazer isso quase toda noite.

— Eu não estou preocupado com o amanhã, Kya. Eu sei que vou dormir e abrir os olhos. Daí vou levantar da cama e escovar os dentes, comer os ovos mexidos que você faz e ir para a escola. Lá, vou me sentar atrás de Jeffrey Burdens, e na frente de Bree

Summers. Um dos dois vai me pedir cola, mas vou negar. Porque sou chato assim... — O som do riso cristalino da minha irmã fez com que eu mesmo risse.

— *O amanhã nunca deve ser levado como algo banal, Victorio. Nós não sabemos o que virá.*

— *Você tá dizendo que tenho que me preocupar com ele? Com o dia do amanhã?* — perguntei com uma sobrancelha erguida.

Kyara passou a mão no meu cabelo e deu um sorriso meigo. Pegou a cruz que levava no pescoço e deu um beijo reverente.

— *Não, Vic. A própria Bíblia nos diz que não devemos estar ansiosos pelo que comemos, bebemos ou vestimos. Se Deus supre as aves do céu, se ele orna os lírios do campo, por que não cuidaria tão bem de nós?*

— *Mas então o que você quer dizer, ué?*

— *Que você deve apreciar o presente. Dormir e agradecer pelo dia. E apenas aguardar que o dia seguinte seja melhor do que o que acabou de passar. Viver todos os eventos da sua vida com gratidão no coração, por poder estar usufruindo disso. Entende?*

— *Sim.*

— *Eu te amo. Está aí uma coisa que você pode ter certeza de que não mudará amanhã* — disse e beijou minha testa mais uma vez.

Enlacei o pescoço da minha irmã e a abracei com força.

— *Eu te amo também, Kya.*

Dois dias depois, Kya estava morta no chão da sala da nossa casa.

— Vic? — O grito acompanhado da batida à porta me tirou do transe momentâneo.

Ergui o rosto tão rápido que esqueci completamente do jato do chuveiro, e acabei sendo sufocado pela água abundante. Depois de me afastar, passando a mão para tentar resgatar o fôlego, resmunguei:

— Droga!

— O quê? — Ayla ainda estava aguardando do lado de fora.

— Desculpa, não foi com você! — gritei.

— Está tudo bem? — perguntou para confirmar.

Não. Não estava tudo bem. Eu odiava me ver submerso nas lembranças da infância e no que havia perdido. Detestava perceber que nunca mais teria a doçura e amor de Kyara, que me confortava com suas palavras brandas.

Deixei o boxe e enrolei a toalha na cintura, saindo descalço do banheiro. Deparei com Ayla bem à frente, com um olhar preocupado, preparando-se para bater outra vez à porta.

Não pensei duas vezes. Segurei o punho formado e a puxei em minha direção. O som do pequeno "humpf" foi o suficiente para atiçar minhas terminações nervosas. Naquele momento, tudo o que eu precisava era desanuviar minha mente. Esquecer as memórias sombrias que sempre sobrevinham às boas. Lembrar de Kyara deveria me trazer conforto, mas o que aconteceu com ela depois era o que me jogava em um mar de autocomiseração implacável.

— Vic? — Ayla tentou articular algo, quando minha boca se afastou por um instante da sua.

— Eu só preciso de você — respondi à medida que a guiava para a cama.

Ao compreender meu estado de aflição, ela enlaçou meu pescoço e devolveu com igual paixão o beijo tão necessário. Nossas línguas disputavam quem deveria se sobrepor à outra, quem deveria acariciar a cavidade sedosa da boca de quem.

Minhas mãos ganharam vida própria e arrancaram a roupa que ela vestia. Um tecido leve que não teve a menor sorte ante o arroubo que me acometeu. Ouvi o rasgo e computei mentalmente que deveria pagar mais uma vestimenta para ela. Eu pagaria quantas fossem necessárias. Desde que ela me permitisse extravasar a paixão desenfreada que me despertava.

Ayla, em algum momento, arrancou a toalha que eu ainda mantinha presa aos quadris, preenchendo sua mão com a prova viva de que meu desejo por ela era tão pungente quanto o que vibrava pedindo para ser acariciado.

Não fui capaz de segurar o gemido, mesmo com os lábios ainda unidos aos dela. Agora nós dois éramos um conjunto de membros emaranhados no colchão, em busca da melhor posição para um encaixe perfeito.

— Ayla... — Era só o que eu sabia dizer. Seu nome atuando como um mantra para garantir que ela estava ali ao meu alcance.

O que mais me admirava era a capacidade que ela tinha de compreender meu desejo com apenas um olhar. Provavelmente o meu devia estar transparecendo o estado conturbado em que eu me encontrava. Havia em mim uma necessidade de controle absurda, como se daquela forma eu conseguisse resgatar o sentido de tudo aquilo que perdi. Eu podia estar tentando mudar essa característica da minha personalidade fora do quarto, mas na cama, era eu quem precisava comandar o ato. Aí, sim, entrava em ação meu lado totalmente dominador.

Virei o corpo de Ayla de barriga para baixo, estendendo seus braços à frente, depositando mordidas ora suaves, ora mais ardentes em seu pescoço. Com a outra mão alcancei o criado-mudo para pegar o preservativo.

— Não se mexa — ordenei entre os dentes. Estava sendo difícil conter a onda de luxúria que o corpo de Ayla despertava no meu, mas eu precisava das duas mãos para conseguir colocar a porra do látex.

Depois de concluído, inclinei o corpo contra o dela, preenchendo e sendo envolvido pelo calor que só ela gerava.

— Ah, drogaaa... — Não consegui conter a linguagem. Mordi a curva do pescoço e do ombro, lambendo logo em seguida para aliviar o ardor.

— Vic! — clamou, provavelmente pedindo que eu me movesse.

Estávamos encaixados apenas. Era como se eu precisasse me assegurar de que ela estava onde deveria estar. Que seja abaixo, acima, tanto faz. O importante era que eu estivesse em seu interior.

Meus movimentos entraram num ritmo lento, acompanhando cada gemido que ela proferia.

— O que você quer, Ayla? — perguntei em seu ouvido. Logo depois dei uma mordida suave.

— O que quer fazer? — retrucou em resposta.

Ela não deveria ter perguntado isso. Um sorriso maldoso chegou aos meus lábios naquele instante.

— Quero tudo o que você puder me dar. Quero te foder a noite inteira, até que amanhã seja impossível se esquecer de mim, de quem esteve dentro de você — rosnei, arremetendo mais forte.

— Aaaah... Vic... — ela gemia de acordo com o ritmo dos meus quadris se chocando aos dela. — Eu não vou... não vou aguentar...

— Vai, sim... vai aguentar tudo o que tenho pra te dar — garanti.

Sem que ela esperasse, saí de seu interior e a virei de frente para mim, voltando a me encaixar entre suas pernas. O latejar intenso ao penetrá-la outra vez apenas me mostrou que ela estava mais perto do que eu imaginava.

— Não goze ainda — mandei, mordendo seu queixo.

— Não é como se eu conseguisse parar, Victorio! — gritou desesperada.

Comecei a rir e segurei seu cabelo, puxando sua boca para mim. A contestação tão veemente fez com que eu me sentisse mais empenhado em levá-la ao limite.

As estocadas do meu corpo se igualaram às que minha língua fazia em sua boca. E o gemido de Ayla, que vibrava a cada investida, fez com que o meu clímax se aproximasse ao dela.

— Agora, Ayla. Agora!

Com a boca colada à lateral de seu pescoço, abafei o grito que quase soltei e abandonei meu corpo à doce letargia de um sexo intenso e sem sentido.

APENAS um Jogo

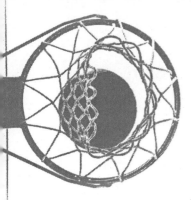

CAPÍTULO 22
Ayla

✤ Sonhando acordada ✤

Vic ainda estava esparramado acima de mim, respirando pesadamente como se tivesse escalado uma montanha em uma altitude mortal. A quem eu queria enganar? Eu estava tentando recuperar o fôlego da mesma maneira.

Quando cheguei em casa mais tarde do que pretendia, já que queria ter arrumado alguma coisa para jantarmos, percebi que ele havia chegado, pois sua bolsa de treino estava ao lado do sofá. Procurei por Vic no quarto e ouvi o som do chuveiro ligado, batendo à porta, sem querer invadir sua privacidade ao entrar sem ser chamada.

É claro que havia passado pela minha cabeça entrar naquele boxe e oferecer minha companhia para ensaboar suas costas, lavar todas as partes pertinentes, quem sabe até mesmo com a minha língua.

Não imaginei, porém, que um Vic completamente aéreo e atormentado, inicialmente, fosse sair do banheiro cheio de vapor. Quando nossos olhares se cruzaram foi como se Vic tivesse assumido outra identidade, transformando-se em um animal selvagem, com um desejo primal e reconhecível: possuir.

Deixei que pegasse e obtivesse tudo o que queria. Tudo o que parecia precisar. E mais um pouco. E eu dei e continuaria lhe dando de bom grado mesmo. Eu era honesta o suficiente para admitir que meu lado independente se curvava ante o desejo intenso que sentia por Victorio Marquezi. Nunca dependi de um homem para viver. Mas estava à mercê dos sentimentos intensos que ele me despertava. E eu precisava ser corajosa para lidar com isso.

Meu lado temeroso e fajuto aflorou com Henry Cazadeval. Ele me mostrou que eu não era tudo aquilo que sempre pensei de mim mesma. Porém não desisti e ainda consegui sair do imbróglio em que me enfiei, não consegui?

Muitas mulheres independentes como eu poderiam apontar o dedo na minha cara e dizer que agora eu estava vivendo sob a asa de um homem, e é até mesmo um pensamento a se considerar, mas o que eu devo mesmo da minha vida à qualquer pessoa? Nada. Não devo nada a ninguém. E não é como se eu tivesse sido uma aproveitadora nata, que chegou com o propósito de usufruir tudo o que a riqueza de Vic pode oferecer.

Naquele relacionamento eu estava recebendo tanto quanto estava dando. Ao menos no critério de prazer, carinho e companheirismo. A parte do prazer poderia ser citada duas vezes, porque Vic estava fazendo com que meu corpo fossse dominado unicamente por emoções tão intensas que transcendem a matéria. Uma experiência quase de Nirvana. E eu alcancei o meu com ele apenas.

Passei as mãos pelos ombros fortes e ouvi o resmungo ronronado no meu ouvido. Aquilo foi o suficiente para me fazer aflorar um sorriso, bem como sentir calafrios pelo baixo ventre, detectando que Vic ainda estava dentro de mim. Não mais tão rígido, mas ainda grande o suficiente para que quando saísse eu praticamente sentisse o vazio imediato.

Meus dedos massagearam seu cabelo, e o abracei mais apertado, à medida que percebia que ele estava entregue em meus braços. Era louco perceber que eu sentia a necessidade dele tanto quanto ele havia demonstrado antes? Perceber essa ânsia me colocava em uma posição estranha, porque me provava o quão patética fui esses anos todos. Desejando um homem que eu mesma havia permitido me ferir. Talvez se eu tivesse enfrentado Vic naquela noite, na festa, as coisas poderiam ter sido diferentes.

Senti uma lágrima escorregando devagar, sem que tivesse noção que a havia produzido. A percepção de que eu era apaixonada por Victorio bateu tão forte quanto uma martelada no peito.

Sim. Eu o amava. Desde quando? Não faço ideia, mas sabia que o sentimento sempre esteve lá me atormentando. E talvez tenha sido por essa razão que nunca consegui me livrar da lembrança dele. Nunca consegui substituí-lo com os outros homens a quem tentei entregar meu corpo e coração.

No casamento de Mila achei que se nos entregássemos a uma noite de paixão, provavelmente eu conseguiria tirá-lo da cabeça, da minha pele. Conseguiria me livrar da obsessão de tê-lo desejado por tanto tempo sem nunca poder tocá-lo. Achei que um toque seria o suficiente. Que um beijo curaria e apagaria a brasa que me incendiava todas as vezes em que pensava nele. Naqueles lábios, olhos claros, de uma cor tão única que você nunca saberia classificar como verde ou azul, cabelo sexy e bagunçado, como se tivesse acabado de acordar de uma noite selvagem.

Agora eu podia dizer que, pelo menos por enquanto, ele era meu.

— Vic?

— Humm...

— Acho que preciso me levantar.

Ele demorou a responder. Muito menos se dignou a erguer a cabeça.

— Acha ou realmente precisa?

Comecei a rir.

— Você vai discutir os verbos agora? É sério?

— Aqui está tão gostoso... Tive um treino fodido. Cheguei esgotado. Agora tenho uma garota gostosa deitada debaixo de mim, como se fosse um imenso travesseiro aconchegante — falou e riu baixinho. A vibração trouxe arrepios à minha pele.

— Você comeu alguma coisa? — perguntei enquanto passava as mãos pelos músculos tensos de suas costas. Resolvi não me aventurar por sua bunda rígida, ou correria o risco de estalar a fogueira outra vez.

— Humm... agora que você falou, meu estômago resolveu se manifestar. Por que fez isso? Por quê? — Fingiu sofrer em agonia.

Bati no ombro forte sinalizando para sair de cima de mim, e ele prontamente me atendeu. Vic se esparramou na cama, entregue à preguiça, cobriu os olhos com um braço, pouco se importando com sua nudez. Dei um beijo em sua boca antes de pular da cama e correr para o banheiro, a fim de tomar uma ducha rápida.

Depois de vestir a calcinha e colocar um vestido soltinho, fui direto para a cozinha, vendo que ele já se encontrava no banheiro.

Procurei na geladeira para conferir se havia algo mais prático e rápido de cozinhar e encontrei vários vasilhames com legumes congelados. Separei alguns e coloquei numa panela com água para aquecer. Na despensa, peguei um pacote de macarrão de fácil cozimento. Havia até mesmo um enlatado de feijões para chilli. Eu podia não ser uma *chef de cuisine* digna de prêmios, mas sabia me virar bem na hora de preparar pratos rápidos e ainda assim saborosos.

Depois de quinze minutos Vic deu o ar da graça. Olhei por cima do ombro e não consegui esconder o sorriso. Ele havia tomado outro banho, mas ainda conservava o ar preguiçoso de quem tinha acabado de dormir. No caso, acabado de ter uma boa-rodada de sexo.

Vic chegou ao meu lado, mexendo na alça do vestido e depositando beijos suaves na minha nuca e ombros.

— Não comece o que não vai poder terminar... — brinquei.

— E por que eu não poderia terminar? Veja esse balcão de mármore Carrara fantástico. A resistência dele é ótima, segundo informações do vendedor. A ilha ali do meio também apresenta uma superfície lisa e sólida o suficiente para que eu a coloque na posição mais adequada... basta você escolher — sussurrou no meu ouvido. Engoli em seco, não conseguindo esconder os arrepios que percorreram minha pele. Vic notou na hora. Sua risada rouca só fez aumentar a vibração no meu hemisfério sul.

Sem que eu esperasse ele ficou às minhas costas, e recostou meu corpo totalmente ao dele.

— Vic... — implorei.

— Eu só quero averiguar uma coisa — garantiu.

Vic arrastou a barba por fazer contra a pele do meu pescoço, depositando um beijo abaixo do lóbulo da orelha, sussurrando logo em seguida:

— Os arrepios que vejo aqui são de excitação ou frio? — brincou. Os dedos percorreram a extensão dos meus braços, em uma carícia suave.

Deixei a cabeça tombar contra seu ombro e nem precisei articular resposta alguma. Ele sabia que não eram de frio.

— Okay, vou deixá-la quieta. Por agora. — Deu um beijo e uma mordida no meu ombro. Acho que ele tinha alguma tara vampírica. — Precisa de alguma ajuda?

— Apenas pique aquelas cebolas, por favor.

— Jura? Não dizem que cebolas nos fazem chorar?

Comecei a rir de sua cara de desgosto.

— Aw, Victorio... Pense nisso como exercer um pouco o seu lado dramático.

Ele bufou e pegou uma cebola da bancada, assim como a faca ao lado. Começou a arrancar a pele primeiro e depois a cortar em pedaços desordenados. Toda hora que olhava para o lado, eu o via limpando os olhos com o ombro.

— Está emocionado?

— Sim... sua presença ao meu lado enche meus olhos d'água — devolveu minha provocação. Não contive o riso que borbulhou na minha garganta. — Pare de rir, espertinha. Estou aqui sofrendo.

— Certo. Desculpe. Vou consolá-lo depois, pode ser?

Vic me olhou, inclinando a cabeça, com um sorriso sagaz.

— Aí, sim. Poderia picar mil cebolas se este for o consolo.

— Bobo.

Depois de trinta minutos a comida estava sendo servida no balcão central da imensa cozinha.

— Meu Deus... o que é isto? Eu morri e fui para o céu? — Vic perguntou com a boca cheia.

Senti o rosto ficar vermelho de vergonha.

— Não quero me gabar, mas além de não passar fome, ainda consigo comer bem.

— Eu percebi. Isso está maravilhoso. Muito obrigado — agradeceu com sinceridade. — Mas por favor, como disse antes, não quero que se sinta na obrigação de fazer nada disso, okay?

— Já acordamos isso, Vic. Farei somente quando eu estiver a fim, tudo bem?

— Esqueci de avisá-la que uma vez por semana vem uma senhora aqui fazer a faxina. Normalmente ela deixa alguns pratos bacanas para um cara solteiro poder sobreviver sem que seja à base de iFood.

— Tudo bem. — Não queria entrar naquele embate outra vez.

Continuamos comendo em silêncio até que falou:

— Ah, Ayla... tenho uma novidade pra você — disse ao recostar-se contra a cadeira, empurrando o prato. Em sua mão ele segurava a garrafa de cerveja. — Acredito que vá gostar.

— Humm... me conte então. Também tenho uma novidade. — Ignorei o cenho franzido.

— Conversei com Roberta Yew hoje, antes de voltar pra casa — disse, mas enruguei as sobrancelhas e provavelmente ele percebeu que eu não fazia a mínima ideia de quem era a mulher. — Ah, claro. A explicação está na minha mente, mas você não é obrigada a saber. — Riu e colocou a cerveja na mesa. — Roberta é a coreógrafa e diretora do grupo Power Dancers, o grupo de *cheerleaders* do Houston Rockets.

Arregalei os olhos. Ele disse que acionaria seus contatos, mas não imaginei que seria no dia seguinte à minha chegada à cidade.

— Uau. Sério?

— Sim. Não sei se você chegou a pesquisar algo, mas o período de inscrição para as audições e testes aconteceu no meio do ano passado.

Acredito que consegui disfarçar bem a decepção. Até mesmo cheguei a esboçar um sorriso plácido.

— Porém... pedi educadamente que Roberta te desse uma oportunidade de fazer um teste para tentar ingressar no time — completou.

Eu estava com a taça de vinho a caminho da boca. Parei no exato momento, com medo de tentar beber de qualquer modo e acabar engasgando.

— Sé-sério?

— Hum-hum.

Saí do meu lugar e corri em sua direção, pegando-o de surpresa ao sentar em seu colo, enlaçando seu pescoço em um aperto firme.

— Ah, minha nossa! Jura?

— Yeap. Fiquei até mesmo de informá-la se você poderá comparecer à academia onde elas treinam, amanhã cedo. Acredito que ela será a melhor pessoa a te passar todas as informações — Vic disse e comecei a beijá-lo por todo o rosto. Ele apenas ria, tentando continuar a contar as novidades.

— Okay, vejo que ficou bastante excitada.

— Muito!

— Deixe-me averiguar... — A mão boba deslizou pela minha pele nua. Bati sem dó nenhuma para interromper a exploração.

— Espera! Me conta mais!

— Então... pelo que entendi você será submetida a alguns testes, entrevista, algo assim. Acredito que as mesmas etapas que as outras candidatas, só que sem a presença de adversárias. — Deu um sorrisinho enviesado.

— Vic... como pode ter sido assim tão fácil? — perguntei desconfiada.

— Bom, tirando o fato de eu ser um jogador muito bem-quisto do time, além de gostoso, gentil e com uma boa fama, pode ser que a sua identidade tenha sido um grande influenciador na decisão de Roberta.

Aquilo fez com que algo acendesse em meu interior. Eu só não sabia identificar o quê. Medo, talvez? Como o que senti na entrevista do Centro de Dança, pela manhã? Não sei. Pode ser que tenha algo a ver com o fato de que eu não conseguia me enxergar como a celebridade que eles me viam, e parecia que todos que me identificavam do clipe de Henry me colocavam de imediato em um posto de elevada categoria. De alguma forma, eu me sentia suja e recebendo a admiração de maneira injusta, já que foi um trabalho onde não encontrei o menor prazer em desempenhar. Era um reconhecimento do qual não me orgulhava por causa de tudo o que envolveu.

— Sério?

— Sim. Parece que ela é uma grande admiradora de *Passion*, é essa a música, certo? — perguntou. — Escuta... se eu pedir pra você dançar pra mim, completamente sem roupa, você faria isso? — O sorriso em seu rosto era tão safado que tudo o que eu podia fazer era rir. Escondi o rosto em seu pescoço para tentar me controlar. — Ei! Estou falando sério!

— Vic! Deixa de ser tarado!

— Mulher, pensa! Você executa aquele mesmo passo sedutor e olhar sexy de "quero arrancar suas roupas agora". A diferença é que você já estará bem à vontade — beijou meu pescoço —, daí eu, como um cavalheiro, vou atender ao seu pedido e ceder ao seu desejo.

— Você vai dançar comigo? — debochei.

— Não. Vou tirar minha roupa e me esfregar em você, pra ver se a fricção gera faíscas. Vai ser o auge de *la passion*...

Eu ri tanto que quase caí de seu colo. Seus braços fortes é que contiveram minha queda livre.

APENAS *um Jogo*

173

Naquele momento, Vic se levantou da cadeira, me levando junto. Dei um grito achando que ia cair no chão, mas disparei a rir quando percebi que ele estava me levando como se eu fosse uma bola de futebol americano, abaixo do braço.

— Ai, meu Deus! Eu vou vomitar!

— Não faça isso. Vamos apenas chegar até aquele sofá.

Vic se sentou e me ajeitou escarranchada em seu colo.

— Tem muito espaço ao lado, sabia?

— Tem mesmo, não é? Mas veja como aqui é confortável.

— Para mim, né? Porque para você existe um peso extra... — falei.

Vic apenas sacudiu a cabeça, em descrença, com um sorriso mais indecente ainda e o olhar aquecido.

— Ah, Ayla. Você tem que tomar cuidado com as coisas que fala... Veja bem: esta posição é perfeita para um encaixe onde uma parte do meu corpo consegue algo que só o seu pode me dar — disse e me puxou para um beijo. O gosto da cerveja misturou-se ao vinho que ainda exalava do meu hálito.

— Humm... não tinha pensado nisso.

— Pois é. A única coisa que me impede de estar enterrado em você, nesse instante, é o fato de que estamos com estas roupas idiotas. As mãos de Vic abarcaram meu rosto e me puxaram para um beijo delicado. — Você ficou feliz com a novidade? Posso confirmar sua presença amanhã?

— Sim!!! Ah, e tenho uma coisa pra contar também... — Vic franziu as sobrancelhas.

— É mesmo?

— Pesquisei hoje mais cedo algumas academias que estivessem em busca de professores de dança. Acabei encontrando uma bem interessante que está contratando alguém ligado à dança moderna. — Passei as mãos no cabelo dele. — Daí vi que tinha tempo hábil e dei um pulo até lá. E adivinha? Fui contratada!

Vic retesou o corpo por um instante, mas o suficiente para eu notar.

— O que foi? — perguntei sem entender.

— Nada. Estou apenas assombrado. Você acabou de chegar e já saiu sem rumo pela cidade, em busca de emprego, como se estivesse desesperada. Você está pensando em sair daqui?

Agora foi a minha vez de enrijecer o corpo.

— O quê? Não, Vic. Vamos por partes: eu não saí sem rumo. Descobri o endereço, pesquisei como chegar e solicitei um Uber. E sim, procurei por um emprego, não por estar desesperada, mas porque odeio o ócio.

Meu corpo precisa estar em constante movimento. Tenho a necessidade de saber que estou fazendo algo de útil com meu tempo. E já no primeiro dia aqui, no seu apartamento, me vi olhando para o nada, andando de um lado ao outro.

Tentei sair de seu colo, mas os braços fortes me seguraram com firmeza.

— Calma, calma. Vamos esclarecer alguns pontos aqui. Primeiro: você mora aqui, então quero que sinta como se fosse sua casa também. Não tem essa de "no seu apartamento". Quero que tenha a liberdade de trazer suas coisas pra cá, decorar do jeito que sentir vontade — falou e passou a mão delicadamente pelo meu rosto. — Só não pendure unicórnios nas paredes. Acho que seria demais para a minha masculinidade e quando eu for receber algum amigo do time, acabarei sendo zoado até o próximo século.

Cobri o rosto com as mãos para esconder o riso.

— Não quero que fique se sentindo ociosa; preciso que entenda que o que falei não foi com essa intenção. Na verdade, não foi nem mesmo com a intenção de querer controlar seus passos. Você é livre para ir e vir, mas seria bem bacana se me avisasse no caso de rolar algum atraso, só para que eu não me preocupe à toa. — Vic colocou as duas mãos outra vez no meu rosto, fazendo um casulo e garantindo que eu o olhasse com atenção. — Outra coisa: falei mais como uma forma de admirar sua garra. É isso, mas se dei a entender outra coisa, peço perdão.

Apoiei minhas mãos sobre a dele e recostei a testa contra a sua.

— Eu que peço desculpas. E preciso ser honesta. Uma das razões de procurar um emprego era, sim, para tentar garantir que se algo acontecesse e de repente me visse sem um lugar para ficar, eu pudesse ter recursos e não me ver completamente sem eira nem beira.

Aquilo fez com que Vic praticamente resfolegasse, como se precisasse recuperar a compostura.

— Eita... que espécie de cara você pensa que sou? Que a convida para morar aqui e simplesmente, por alguma razão, a coloca na rua? — Vi que em seu olhar agora brilhava uma mágoa que eu havia colocado lá.

— Não é nesse sentido que falei. Pensei mais como se não déssemos certo, de alguma maneira...

Ele colocou a mão delicadamente na minha boca.

— Sssshhh. Não diga isso... Quem, em sã consciência, entra num relacionamento já pensando no rompimento iminente? A meta não seria começar o lance devagar e seguir um dia de cada vez?

Enlacei o pescoço forte e o beijei antes de falar:

— Você tem que entender que não sou acostumada a namoros, e não

APENAS um Jogo

175

entendo muitas vezes como funcionam. O pouco que tive de experiência foi apenas amigos de foda.

Vic cobriu minha boca outra vez.

— Nenhum cara gosta de ouvir sua garota falando dos homens do passado.

— Nem foram tantos assim — brinquei.

— Não interessa. Eu sei que você teve um passado, assim como eu, mas gosto de pensar que tudo isso fica para trás quando estamos em algo novo.

— Vic... você nunca... ahn... nunca teve nada com Mila? — perguntei o que sempre tive interesse em saber.

Ele começou a rir como se a pergunta tivesse sido hilária.

— Não. E acredite, ouço esse mesmo questionamento há anos. Entre mim e Mila nunca houve nada. Sempre fomos irmãos. Seria incestuoso pra caralho pegar a própria irmã — zombou.

Bati em seu ombro e tentei sair de seu colo outra vez, mas fui impedida.

— Você está ótima onde está.

— Não entendo por que está achando absurdo. Não é como se vocês fossem irmãos de sangue. — Naquele momento sua fisionomia ficou sombria.

— É verdade. Mas o que conta é o sentimento real. Para haver paixão entre um casal, tem que haver uma faísca inicial que venha de um sentimento regido por luxúria. Não carinho e amor fraterno. E sempre foi isso o que senti por Mila. Nós temos, sim, uma história de longa data. Algo construído por um passado em comum.

Não quis ser intrusiva e perguntar sobre o assunto. Quando ele quisesse me contar, me contaria.

— Desculpa. Eu confesso que sempre senti ciúmes de vocês dois. Achava que você era apaixonado pela Mila e não admitia. E me sentia a pior das amigas, porque... porque eu sentia uma puta inveja. Muitas vezes quis estar no lugar dela.

Vic me enjaulou em seus braços, fazendo com que nossos corpos agora ficassem mais encaixados. O calor que senti foi imediato.

— Você não deveria ter sentido ciúmes ou desejado estar onde Mila estava, porque se fosse o caso, nunca estaria desse jeito cômodo como está agora — brincou e beijou a lateral do meu pescoço. Sua boca foi trilhando um caminho curto, com beijos lânguidos e demorados, até alcançar minha boca.

E, dessa forma, a conversa estava encerrada, porque senti a resposta imediata de seu corpo logo abaixo do meu.

— Você acha que deu tempo de digerir a comida? — perguntou e comecei a rir.

— Acho que sim — sussurrei. E dessa vez, *eu* fui aquela que mordeu sua pele e lambeu logo depois.

Aquilo foi o suficiente para que Vic se levantasse do sofá, comigo acoplada ao seu corpo, e nos guiasse até o quarto, para mais uma sessão caliente.

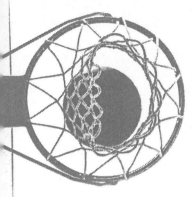

CAPÍTULO 23
Vic

❦ Cada vez mais perto ❦

— Você entendeu? — perguntei pela enésima vez. — Me ligue assim que terminar aqui e venho te buscar.

— Entendi. Mas... você não tem treino? — Ayla estava em dúvida.

— Agora pela manhã teremos apenas treino de condicionamento. O jogo de aquecimento será no fim da tarde. Como teremos o horário do almoço livre, acredito que dê tempo de sairmos para algum lugar juntos.

Eu não podia crer que Roberta solicitaria a presença de Ayla por mais do que três horas naquela manhã. Eu a estava deixando às oito, então o intervalo de tempo até o almoço era extenso.

— Tudo bem. Se você tem certeza de que não vai te atrapalhar em nada, mas se houver qualquer mudança, não hesite em me dizer, tá? Eu volto para casa numa boa.

Ayla havia me informado que as aulas que começaria a ministrar teriam início na próxima semana, e que estava ansiosa para saber se realmente conseguiria a vaga com as *cheerleaders*, porque dessa forma ela teria que equilibrar seus horários e ver se algum se chocaria.

— Tenho certeza. Boa sorte. Como vocês dizem no mundo artístico?

Ela me deu um sorriso antes de responder:

— Quebre a perna.

— Deus me livre. — Fiz o sinal da cruz brincando. — Não me deseje isso, mulher.

— Bobo. Você tem que me dizer isso, cabeçudo.

— Eu sei. Mas e se eu não quiser dizer essa frase sórdida? Sei lá... fico pensando em você, com a perna quebrada, acamada... à mercê da minha pessoa... Hummm...

— Vic! — Começou a rir e tive que puxá-la para um beijo ardente. Agarrei sua nuca e devastei a boca apetitosa com a minha.

— Que tal se eu criar uma nova frase? Algo como: arrase geral? Ou, sacuda esse quadril *sexy*?

178 M.S. FAYES

— Pense em alguma coisa bem legal e original que seja algo só nosso.
— Okay.

Ela acenou um tchauzinho e saiu do carro, atravessando o estacionamento correndo para dentro do prédio.

Respirei fundo e exalei o ar, esperando que ela conseguisse se realizar em sua nova jornada.

Cheguei ao Toyota Center mais cedo do que a maioria dos caras, e me dirigi direto para o anexo da academia. O treinador físico e personal da equipe já estava ali, anotando em sua prancheta as diretrizes para cada atleta.

— Ei, Cabot. Bom dia. Como estão a esposa e o bebê? — perguntei enquanto atirava a sacola no banco lateral para poder pegar os fones de ouvido.

— Estão ótimos. Samuel está crescendo a olhos vistos.

— Maravilha, bro. E aí, quem já está morrendo com seu programa de treinos?

Ele riu e pegou uma bola de basquete no cesto do canto.

— Jammal está morrendo na esteira. Resultado de uma noite de bebedeira, como sempre. Já falei pra ele que se não der um tempo, quando chegar no pancadão de jogos, o corpo não vai aguentar.

— Para de falar mal de mim, Cabot! Eu tirei os fones de ouvido e tô ligado na fofoca! — Jammal gritou do outro lado.

Cabot ignorou o idiota e me entregou a bola.

— Vá fazer o treino com a bola na esteira, Vic. Você, Jammal e Danny podem coreografar um passo bem bonito e sincronizado — zombou.

— Acho que alguém não está dormindo bem à noite, hein? — provoquei.

— Só se for porque estou traçando minha esposa, idiota. Samuel já dorme a noite inteira, graças a Deus.

Caminhei até a esteira do meio, com Cabot ao lado.

— Depois que os três bonitos terminarem, sendo que Vic vai fazer apenas dez minutos porque está em boa forma e não bebe como um gambá, cada um vai seguir direto para as mesas de levantamento de peso. Sem choro e lamentações, beleza?

— Sim, mamãe — respondi.

Subi na esteira designada depois de cumprimentar os dois palhaços que já suavam em bicas e estava preparando para acionar os comandos da esteira, quando Cabot mesmo cuidou do assunto.

— Deixa eu adiantar isso aqui. O tempo urge, meu amigo. O jogo contra o Atlanta Hawks é daqui a três dias.

— Valeu, cara.

Comecei a rotina de exercícios à qual estava acostumado, seguindo a caminhada da esteira e movimentando o corpo lado a lado, com a bola firmada entre os dedos. Muitos que olhassem de fora poderiam pensar que era um exercício tranquilo, mas se enganavam quando tentavam executar por conta própria. O trabalho exigido tinha a ver com estar equilibrado no tempo e espaço, e quando a velocidade da esteira começava a aumentar, o que todos podiam esperar era um bando de atletas lutando para permanecer de pé.

— Ei, Vic — Jammal resfolegou ao lado —, o que você esteve fofocando com a Roberta Yew ontem?

Olhei de soslaio e não consegui esconder um sorriso. Jammal e Kaleb eram os piores naquela equipe quando se tratava de fofocas da vida alheia. Eles queriam estar informados de tudo, porque acreditavam que informação era poder.

— Mano, você estava ouvindo atrás das portas? — zombei.

— Porra, não deu nem tempo de pensar nisso. O treinador liberou a galera, mas mandou todo mundo assinar uma parada na sala de conferências.

— Que sorte pra mim, então — provoquei.

— Deixa de ser mané. Fala logo.

— Por que essa curiosidade? Não tem nada a ver com você, cara.

Ele deu de ombros e perdeu o passo do exercício.

— Estou de olho em uma líder de torcida. Queria saber se você está azarando também.

Daquela vez quem quase perdeu o passo fui eu.

— E desde quando vocês já me viram traçando as dançarinas? — Aquele pequeno comentário acendeu a fagulha da culpa, já que, sim, eu estaria entrando no grupo dos jogadores que passavam o rodo nas meninas, muito em breve. Espera. No singular. Eu estaria pegando UMA líder.

— Eu estava apenas conversando com a chefona, bro.

— Ufa. Não cobice a gata alheia, Vic. Preciso exercer toda a minha histamina e faço isso dentro do circuito do basquete mesmo. Ou *groupies*, ou dançarinas gostosas cheias de amor pra dar.

Senti o ódio fervilhando por dentro, como um vulcão pedindo para entrar em erupção.

— Você deveria respeitar um pouco mais as mulheres, Jam.

Ele pulou nas barras laterais da esteira e estacou o exercício.

— O quê? O que está acontecendo com você, mano? Virou monge? Espera... trocou de time? Nada contra, mas daí a se estressar com os irmãos...

— Não é nada disso. Só estou falando para você maneirar a forma como fala das garotas. Essas, em especial. Estão vinculadas ao time, representando a equipe. É o trabalho delas. Já parou para pensar que se você planta um conflito ali dentro, entre as próprias líderes, isso pode prejudicá-las? — alertei.

— Ele está certo, Jammal — Danny entrou no assunto. Já estava fora, enxugando o suor da testa. — Lembra do caso da garota que acabou se atracando com outra, porque estava com ciúmes do Jimmy?

Danny trouxe à memória o episódio épico em que tivemos que acudir a briga no intervalo de um jogo contra o Clevelands, no ano passado. As duas garotas se engalfinharam na frente dos vestiários. Tudo porque Jimmy não conteve as mãos bobas e resolveu agarrar a bunda de uma delas – a que ele estava pegando no momento –, no exato instante em que a garota despachada na semana anterior entrava.

— Porra, é mesmo.

— E o que resultou disso, você se lembra? — perguntei.

— As garotas foram expulsas da equipe — ele falou cabisbaixo. — Droga, vocês sabem como amolecer o pau de um cara, hein?

— Mano, não enfie a palavra pau relacionada com alguma coisa que fizemos, seu merda — falei e quase arremessei a bola na cabeça desgrenhada.

— Concordo com o Vic. Eu não quero ter nada a ver com o estado do seu bagulho — Danny completou.

Acabamos rindo por um momento.

— Escuta, só o que estamos dizendo é que você pode maneirar. Até mesmo como uma lição de vida. Um manual de "como tratar as mulheres" — argumentei. — E digo por experiência própria. Não medi as palavras que usei uma vez, ao me referir a uma mulher, e amarguei alguns anos de culpa e arrependimento.

— Huuum... Nosso Vic sofreu por amor? — Danny zombou do outro lado.

A palavra amor trouxe um gosto agridoce à minha boca.

— Não foi um caso de am... — Percebi que não conseguia negar com veemência. — Foi uma paixão louca que tive na faculdade. Rolou um mal-entendido, por conta de palavras que usei e por ter sido um covarde de merda.

— Uau. Vic abrindo seus sentimentos dessa forma. Que fofo! —

APENAS um Jogo

181

Jammal me deu um tapa tão forte no ombro que quase perdi o ritmo da esteira indo despencar no chão.

— Droga, esqueci o balde de pipoca *light* para comer enquanto escuto o resto da história... — Danny resmungou.

— Que história? — desconversei.

— A da gata da faculdade, das palavras imbecis que você disse e dos anos de bebida alcóolica para lidar com o fato de não ter transado com a mina por conta da sua boca grande — Jammal completou sem filtro.

— Vocês estão querendo que eu conte o que aconteceu depois? — zombei com escárnio.

— Exatamente. Tem algo aí. Você não parece mais amargar culpa alguma. Parece estar bem feliz, para dizer a verdade. O Mark deve saber de algo.

Naquele instante o referido entrou saltitando pela porta, com cara de quem tinha perdido a hora.

— Yo, Mark! Chega aqui antes que o Cabot chegue com o chicote no seu lombo! — Jammal gritou.

Como um cordeirinho obediente, o idiota veio e ainda teve o desplante de manter um sorriso besta no rosto.

— O que está acontecendo? Só vejo o Vic malhando. As duas donzelas estão livres por quê?

— Já terminamos, cara. Chegamos muito mais cedo que o Vic, okay? Hoje quem está comandando aqui nesse ginásio somos nós. — Jammal bateu um *high five* com Danny, como se os dois fossem adolescentes em pleno ensino médio. Risque isso. Colegial. Nem nível para a entrada da maturidade juvenil eles tinham.

Revirei os olhos e apenas bufei, deixando que Mark percebesse a zoeira.

— Estão querendo fofocar da vida alheia.

— Nan... o Vic é que está todo filosófico, quase um Dr. Phil, cheio de palavras doces e tal. Mas estamos achando que ele está com alguma mulher escondida debaixo do calção — Jammal prosseguiu com a intriga.

Enquanto houvesse vida naquele corpo, ele continuaria a perseguir as informações como se fosse um cão obcecado pelo osso.

— Vaza daí, Danny. Eu vou assumir a esteira agora e arrancar as informações do Vic — Mark provocou.

— Está com pouca sorte, amigo — falei, acionando o comando de pausa da máquina —, porque meu tempo aqui já está encerrado.

— Droga.

Saímos de perto das esteiras, rindo, seguindo direto para as pranchas de levantamento de peso. Cabot orientou mais uma série de exercícios, o que nos colocou em modo "suor intenso" por quase uma hora.

A última parte foi feita com a bola, onde cada um precisava se equilibrar de costas com a argola do peso sobre o abdômen. Parecia supersimples, mas somente quem executava é que sabia o grau de dificuldade empregado para não se esborrachar no chão.

Após vinte minutos, Cabot resolveu dar um tempo para o meu corpo combalido.

— Chega, Vic. Vá fazer o alongamento agora e depois tome uma ducha. Você está seguindo com a capacidade atlética ótima em comparação ao mês passado — afirmou.

— Valeu, cara.

Saí dali e fiz a pausa necessária para organizar os grupos musculares maltratados de volta ao equilíbrio. Tínhamos uma teoria de que Cabot sonhava em ser preparador físico de um time de futebol americano, já que ele estava convencido de que queria construir atletas cheios de músculos potentes. E nós do basquete somos muito mais constituídos de massa magra e agilidade, do que força em si. Um atleta dotado de muitos músculos não teria a mesma facilidade de impulsão para uma enterrada na cesta de basquete. Isso era fato.

Somente depois do banho é que conferi se havia alguma mensagem de Ayla. Um sorriso aflorou imediatamente ao ler:

> Acho que estou em 79% do caminho de conseguir pertencer à mesma quadra que você, quando houver jogo do Rockets.

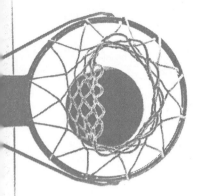

CAPÍTULO 24

Ayla

❦• Corpos sedentos •❧

No momento em que entrei no prédio que abrigava a academia chique onde a equipe de *cheerleaders* do Rockets treinava, senti a vibração contagiante do lugar. Embora fosse um complexo misto, com vários escritórios e lojas, a maioria das pessoas que circulavam por ali estavam vestidas com destino certo: a academia Body Fact.

Assim que cheguei ao último andar, onde a rede funcionava, dirigi-me à recepção.

— Olá, você poderia me informar se é por aqui que a equipe de líderes do Rockets faz...

Antes que eu terminasse a frase, fui interrompida por uma mulher ao lado:

— Ayla Marshall, acertei? — perguntou.

Olhei para a interlocutora e deduzi que estivesse ligada ao grupo, ou que talvez até mesmo fosse a pessoa a quem eu deveria me dirigir.

— Sim.

Ela estendeu a mão e me dirigiu um sorriso brando.

— Roberta Yew. Victorio me falou de você. Fico feliz que tenha podido se reunir a nós hoje — disse.

— Eu que agradeço, Sra. Yew.

— Ah, não, por favor, não! Não me chame de senhora! — Começou a rir.

Ela foi me guiando pela ampla academia, onde nos desviamos dos inúmeros aparelhos e fluxo de pessoas malhando em busca do corpo perfeito.

— Apenas me chame de Rob. Assim nos entenderemos melhor. Posso chamá-la de Ayla?

— Claro.

Chegamos a uma ala onde imensos estúdios de dança estavam alinhados e isolavam-se do público por vidros transparentes. No último em que entramos, uma equipe de oito mulheres fazia aquecimento em tapetes de ioga.

— Gente! Quero que todas deem as boas-vindas a Ayla Marshall.

Existe uma expectativa de que ela seja nossa décima segunda integrante, e para isso preciso apenas da atenção de vocês. — Roberta bateu palmas para que todas se concentrassem nela.

Fiquei um pouco mais para trás, com os braços cruzados à frente. O sentimento de constrangimento acabou me sobressaltando, porque eu sabia que todas elas haviam entrado de maneira justa. Eu, por outro lado, estaria entrando através de conexões.

— Somos um grupo coeso e que preza pelo bem-estar do convívio entre todas. Por muito menos, já me desfiz de integrantes que não se dispuseram a cooperar em algo tão simples. Aqui na RPD não existe um intuito pleno de democracia, onde vocês tomam decisões, mas valorizamos, sim, as opiniões de todas — Roberta falava enquanto andava à frente, de um lado ao outro. — Não haverá um poder de voto entre vocês, se acham isso legal ou não. Se a possível entrada de Ayla será válida ou não. Não quero que se sintam injustiçadas ou que levantem bandeiras da discórdia, iniciando burburinhos inadequados que poderiam denegrir o time.

Ela estava dando voz aos meus medos. Engoli em seco.

— Ayla será avaliada por membros da banca julgadora apenas no critério de aptidões necessárias. Mas não passará pelo crivo de vocês, entenderam? Recebendo aprovação do conselho, ela integrará a equipe e quero que todas a recebam de braços abertos. Independente da forma como ela entrou. Fui clara?

Uma integrante ergueu o braço, pedindo a palavra.

— Mas se isso chegar de alguma forma à mídia, não seria um escândalo? Todos poderiam alegar que o processo de seleção acontece por fraude.

Roberta apenas lhe deu um olhar astuto antes de responder:

— Se isso chegar à mídia, Kayla, já saberemos de onde poderá ter saído a informação, não é mesmo?

A garota se assustou, porque Roberta deixou explícito em suas palavras o que era para ser apenas um aviso.

— Mulheres coabitam num mesmo lugar e tendem a criar intrigas entre si por motivos desnecessários. Este poderia ser um deles. Como já sou precavida, joguei a bomba logo em vocês. Não gosto de fofocas, odeio intrigas e qualquer sentimento que seja dominado por inveja, rancor ou vitimização aleatória. Mesmo sendo a diretora do grupo, ainda assim, submeterei a candidata em questão a efetivar todas as provas pelas quais vocês passaram, para que receba a classificação adequada. A única diferença é que ela não terá uma concorrente. Quem decidiu atender a este pedido fui eu.

Todas me olharam com diferentes expressões. Algumas com curiosidade, outras com receio. Duas com desconfiança.

— Eu poderia chegar aqui e simplesmente colocá-la da forma que eu quisesse, mas não agi assim. Poderia chegar e não dar ouvidos a nenhum dos "pensamentos" futuros de vocês, mas optei por me adiantar. Quero apenas saber se todas entenderam? Ayla Marshall, sendo devidamente aprovada em todos os quesitos, deverá ser recebida como nossa irmã de *squad*, okay?

As garotas acenaram afirmativamente e algumas verbalizaram que estava tudo bem, mas ainda assim me senti desconfortável. Queria ganhar o respeito delas com meu carisma e sinceridade, não por conta da ameaça da chefona que as regia.

De todo jeito, eu estava grata. A vida me oferecia uma oportunidade em poder fazer algo que eu amava.

As mulheres se levantaram e vieram me cumprimentar.

— Espero que você consiga — uma delas disse. — Meu nome é Adrienne, a propósito. Estas são Helena, Andrea, Marie, Kamille, Chalece e Thariny.

— Prazer — respondi e apertei sua mão.

De uma a uma, fui meio que "inserida" ao meio.

— Ayla hoje vai participar do treino experimental — Roberta anunciou. — Será até uma forma de testarmos o conjunto em equipe. — Ela piscou em minha direção.

Fiquei sem saber o que fazer, já que não esperava aquilo. Havia levado minhas roupas de balé, apenas para o caso de uma audição surpresa, mas não imaginava que Roberta fosse me jogar no fogo assim tão rápido.

Quando todas estavam dispersas, ela chegou ao meu lado.

— Vá trocar de roupa, garota. Mostre a genialidade que existe dentro de você.

— Mas...

— Nada de "mas". Depois da aula, nós nos sentaremos e marcaremos os testes de proficiência. Apenas um meio burocrático. Porém, se eu der o respaldo de que você está apta desde já, seu teste de fogo pode começar já no primeiro jogo do Rockets em casa, dentro de três dias.

— Mas por quê?

— Porque eu acredito em você, garota.

Com aquilo dito, ela se afastou e Adrienne acenou para que eu a seguisse até o vestiário ao lado.

— Coloque sua roupa, rápido!

Fiz o que me foi solicitado e dentro de cinco minutos estava de volta ao estúdio, com todas as garotas em posição.

Roberta estava à frente, já devidamente paramentada em seu traje de treino. Pelo que entendi, ela apenas orientava as coreografias, mas não entrava mais em quadra na formação da equipe.

— Muito bem! Vamos lá. Vou mostrar os passos devagar, permitindo que dessa forma Ayla tenha contato com o que estamos lidando aqui. É *country music* eletrônico na mais alta concepção, com a medida exata de sensualidade que todas precisam demonstrar. Queremos torcer pelo time, mas queremos que os torcedores se lembrem do porquê cada jogo do Houston Rockets é imperdível, okay?

— Okay! — todas gritaram, em uníssono.

Os próximos vinte minutos foram marcados com passos atropelados – por mim –, risos e a sensação de que eu tinha um desafio à frente. Porém meu nome era Ayla Marshall, aquela que nunca desistia diante de um obstáculo. Venci o maior deles recentemente, logo, aquele ali seria fichinha.

Uma hora e quinze minutos depois, desabei o corpo no tatame, com um imenso sorriso. Fechei os olhos e coloquei o braço sobre o rosto, tentando recuperar o fôlego.

— Você foi ótima, Ayla — Lydia falou ainda de pé, tomando um gole de seu Gatorade.

— Obrigada.

— É sério. Nunca alguém pegou uma coreografia de primeira e conseguiu acompanhar o ritmo — Andrea garantiu. — Você simplesmente ar-ra-sou!

— Desse jeito, já pode entrar na quadra tranquilamente e sem medo — Adrienne completou.

Outras garotas participaram da sessão ovação, mas não permiti que aquilo me subisse à cabeça. Sentei e olhei para todas que estavam ao meu redor, sentindo-me tão sincera em minhas palavras quanto poderia transparecer:

— Muito obrigada, garotas. Vocês me devolveram a alegria imensa de dançar outra vez.

Depois que consegui reunir forças para me levantar, fui ao encontro de Roberta, que conversava com outra dançarina num canto.

Ela notou minha presença de imediato.

— Ah, querida. Venha aqui. Já acionei o conselho que fará sua avaliação, enviei alguns vídeos, inclusive, da sua performance aqui hoje. Todos gostariam de saber se amanhã à tarde você estaria disponível a comparecer ao ginásio anexo do Toyota Center.

— A arena do Rockets? — perguntei para confirmar.

— Sim. Normalmente não nos dirigimos até lá em dias de pré-jogo, mas eles querem avaliar sua adequação na quadra. O anexo é um ginásio menor, onde muitas vezes fazemos nossos treinos de aquecimento no dia do jogo, então, você já terá um contato mais efetivo com o mundo do basquete.

— Tudo bem.

— Ahn, eles perguntaram se você se incomoda de fazer o circuito de desfile de biquíni. É uma etapa das provas eliminatórias.

Oh, merda. Acho que tinha me esquecido daquele detalhe.

— Ah, não. Tudo bem.

Ela bateu a mão no meu ombro com gentileza.

— Não se preocupe, okay? Estarei lá o tempo todo com você — garantiu.

— Certo. Obrigada. Você ainda precisa de mim aqui?

— Não. E, mais uma vez, meus parabéns. Você foi além do que eu imaginava. — Roberta cochichou no meu ouvido: — 79% aceita.

Depois de me despedir de todas, enviei uma mensagem para Vic, e fui trocar a roupa suada que agora eu tinha orgulho em ostentar.

Sim... meus dias de angústia por dançar sem prazer haviam acabado.

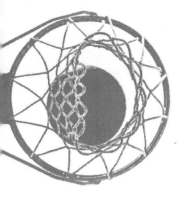

CAPÍTULO 25
Vic

❧ Sempre em movimento ❧

— Sua avaliação será amanhã, então? — perguntei enquanto jogava as roupas sujas na máquina de lavar. Ayla estava sentada em cima da secadora, balançando as pernas.

— Sim. Às duas. No ginásio de vocês.

Olhei surpreso para ela.

— O quê? Como assim?

Em dias de pré-jogo o treinador e a equipe técnica eram bem rigorosos quanto à presença de outras pessoas no lugar.

— No anexo, acho. Não entendi a dinâmica, mas eles querem avaliar meu desempenho no ambiente ao qual teoricamente eu deveria estar inserida. Fiquei chocada que não teremos pompons para abanar — caçoou.

Dei um sorriso e fechei a tampa, acionando o dispositivo. Em seguida parei em frente de Ayla e enlacei seu corpo, carregando-a dali.

Coloquei-a sentada no balcão da cozinha enquanto ia em busca de algo para comer.

— Eu vou mais cedo para a Arena, mas posso voltar e te buscar aqui — propus.

Ayla inclinou a cabeça e apoiou o corpo nos braços estendidos atrás de si.

— Não precisa, Vic. Estou tentando me familiarizar com o sistema de transporte da cidade — brincou.

Segurei a ponta de seu nariz delicado entre meu polegar e o indicador, fazendo questão de me inclinar contra seu corpo, para morder o lábio inferior cheio.

— Mas se eu posso facilitar sua vida, por que criar caso?

Ela enlaçou meu pescoço e devolveu a mordida carinhosa, dessa vez no meu queixo. Foi bom ter evitado minha boca. Eu não sabia se acabaria a atacando ali mesmo, em cima do balcão.

— Por que se preocupar com algo tão banal? Uma hora você terá que aprender que vou para algum rumo completamente fora do seu caminho.

Aquelas palavras estavam relacionadas a trajetos no trânsito da cidade, mas as levei como algo fatalista. Eu não a queria fora do meu caminho.

— Ayla...

— Humm?

Coloquei uma colherada de sorvete em sua boca antes de me servir.

— Você sente como se nos conhecêssemos há mais tempo do que isto? — Sinalizei com a colher entre nossos corpos.

Ela deu um sorriso cativante e lambeu os lábios.

— Mas nós não nos conhecemos há mais de dois anos?

— Não nesse sentido... Eu conheci a Ayla, a pessoa, apenas por fora. Agora a conheço por dentro. Mas se parar para pensarmos... É muito pouco tempo para que essa conexão seja assim tão rápida, não é?

O sorriso de Ayla foi se desmanchando pouco a pouco... O brilho nos olhos lindos, esmaecendo. Um ar tristonho cobriu suas feições. Não entendi o que havia originado a mudança de seu humor tão rápido.

Ela abaixou o rosto e suspirou, como se estivesse resignada com algo.

— O que houve? — perguntei. Em instantes ela ergueu o olhar para mim.

— Nada.

— Como assim, nada? Você estava sorridente em um momento e de repente... tudo acabou? Foi algo que eu disse?

— Não. Talvez tenha sido apenas a percepção da verdade em suas palavras, só.

— Como assim?

Ela pulou para fora do balcão, afastando-se até a geladeira, para pegar um copo d'água.

— É tudo muito cedo, não é? Essa era minha grande preocupação. Estamos há o quê... três, quatro dias juntos, efetivamente?

Acabei surpreendido ao perceber que ela interpretou minhas palavras de outra forma. Embora, se eu analisasse com afinco, veria que o que falei poderia ser interpretado daquela maneira. Eu era um idiota completo.

Retirei o copo de sua mão e a abracei com força.

— Não foi nesse sentido que quis dizer, Ayla. Não como algo ruim, ou precipitado. Nem ao menos com qualquer fagulha de medo ou qualquer merda que você possa ter identificado nas entrelinhas. — Ergui seu rosto para que me olhasse com atenção. — Eu quis dizer sobre a intensidade. É algo único pra mim. Podemos estar somente há alguns dias juntos, mas para mim parece como se estivéssemos há muito mais tempo. Encontrei em você a facilidade de convivência que só encontrava com Mila, e mesmo assim era num nível diferente.

Aquela verdade era incontestável. Com Mila eu tinha o amor fraternal e a amizade para toda a hora. Com Ayla eu tinha a química intensa que funcionava como uma pólvora acesa, mas sentia a tranquilidade de um lar. Coisa que só achei com Mila Carpenter.

— Você trouxe a certeza de que venho levando uma vida solitária, quando na verdade eu nunca fui moldado a ser um homem só. Finquei minhas certezas de que era isso o que eu queria. Sem laços. Sem nada. Mas percebi que gosto de ter alguém ao redor.

Ela sorriu enviesado.

— Não é só por que funcionamos muito bem na cama?

— Esse fator ajuda muito... Mas há algo mais que ainda é inexplicável para mim — admiti.

Ayla segurou meu rosto entre suas mãos delicadas e beijou minha boca com ternura.

— Juntos podemos descobrir então, não é?

— O quê?

— O que precisa ser explicado. — Ela me beijou outra vez. — Você também fez com que minha vida cigana perdesse o sentido, Vic. Em poucos dias, conseguiu o que ninguém mais fez...

— E o que foi? — perguntei, enlaçando seu corpo e puxando-a contra o meu.

— Me fez sentir a necessidade de você, como preciso do ar para respirar. Isso, sim, é intenso. E me assusta pra caralho. — Ayla deitou a cabeça no meu ombro e colocou a mão em meu coração. — Mas sabe o quê?

— Humm?

— Decidi que se tiver apenas o hoje para viver, gostaria de aproveitar o dia ao seu lado.

Suas palavras nobres aqueceram meu coração, mas não trouxeram a tranquilidade que eu precisava.

Eu não queria apenas o hoje. Eu queria a porra do amanhã. E do depois. E depois.

No meio da madrugada, senti a ausência dela ao meu lado. Passei a mão no rosto, tentando recobrar os sentidos e afastei os lençóis. Ela não estava no banheiro, pois a luz encontrava-se desligada.

A figura solitária estava encolhida no canto da sala, recostada contra a imensa janela que ia do teto ao chão.

— Ayla?

Ela virou a cabeça devagar e vislumbrei o brilho de uma lágrima.

Sentei à sua frente, pouco me importando se o chão era duro, se estava frio contra meu corpo quente. Puxei-a contra mim, também não preocupado em lhe dar espaço pessoal, mas em me fazer presente para conter o pranto silencioso que a atormentava.

— O que houve? — Beijei o topo de sua cabeça assim que a acomodei nos meus braços. — Aconteceu alguma coisa?

Ela negou com veemência, mas ainda assim se encolheu contra mim, buscando o consolo para aquilo que a afligia.

Afaguei suas costas, em uma carícia contínua, como se tentasse lhe trazer calor e aplacar os calafrios que podia perceber.

— Ei, você está me preocupando — sussurrei.

— Não é... nada. Acho que apenas tive um... um sonho ruim.

— Por que não me acordou?

Ela mergulhou o rosto contra a curva do meu pescoço e o hálito quente trouxe arrepios ao meu corpo.

— Porque não queria perturbá-lo. E sei que amanhã você acorda cedo também.

Puxei seu rosto para o meu alcance, de modo que pudesse olhar diretamente em seus olhos. Ainda estavam marejados e ver aquilo me condoeu de tal forma que, no impulso, beijei sua boca com volúpia, mesmo que estivesse empenhado em apenas consolá-la.

A mão trêmula de Ayla dedilhou a pele do meu tórax, atraindo minha atenção. Mordi seu lábio inferior com um pouco mais de força, arrancando um gemido combinado, tanto meu quanto dela.

— Eu não me importo de ser acordado em momento algum por você. Por qualquer motivo. Seja um súbito desejo de espirrar e precisar de companhia para que alguém te deseje saúde, seja para coçar suas costas, pegar um copo d'água, atender a um desejo ardente de sexo intenso — passei a mão pelo seu corpo enquanto falava —, ou para lhe dar conforto logo após um sonho ruim. Se a quis ao meu lado na cama, é porque é ali que você pertence.

Ayla riu baixinho e fechou os olhos em seguida.

— Está tudo bem agora, Vic.

— Quer compartilhar a angústia? — perguntei.

— Não. Já passou. — Ayla beijou minha boca com paixão. — Mas obrigada mesmo assim.

Levantei do chão, agradecendo ao intenso treino físico que me permitiu esculpir músculos o suficiente para ter a capacidade de levá-la junto, ainda no colo. O gritinho de susto trouxe um sorriso ao meu rosto, porque ela nunca deixava de demonstrar assombro quando eu a surpreendia.

Depositei seu corpo delicado na cama, acomodando-me logo atrás, abraçando-a apertado, ignorando por completo o filho da puta que agora clamava por atenção dentro da minha boxer. Não se tratava de mim – ou dele – naquele momento. Tratava-se dela. Apenas de Ayla.

Não era seu corpo que eu queria afagar. Era seu coração.

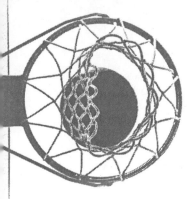

CAPÍTULO 26
Vic

◈♥ Sentindo as batidas ♥◈

Os dias que antecederam ao jogo foram até mesmo tranquilos, visto que eu e Ayla estávamos nos acomodando em uma rotina diferente para ambos. Percebi que adorava deixá-la na academia onde treinava, dando sempre um jeito de escapulir para almoçarmos juntos. Quando chegávamos em casa, estávamos esgotados, mas não o suficiente para que não incendiássemos superfícies e aposentos diferentes no *flat*.

O dia em que Ayla esteve no prédio anexo para fazer seus testes acabou trazendo uma breve tensão entre nós dois. Vou admitir que culpa de um ciúme desmedido da minha parte. O problema é que eu não sabia que nas audições para dançarinas havia a necessidade de desfile em trajes sumários. Olhando em retrospectiva, até refleti que, em um concurso onde várias candidatas estivessem disputando uma quantidade limitada de vagas, a necessidade de avaliar as formas físicas se tornava um parâmetro importante. Porém, na minha cabeça, se Ayla já estava praticamente dentro do esquema, e não disputava com niguém, salvo apenas cumprindo um protocolo, qual era a necessidade de ela ficar quase quinze minutos em um biquíni, na frente da comissão que a avaliava?

E digo isso porque entrei sorrateiramente no ginásio no exato momento em que um dos jurados, um panaca que fiz questão de descobrir o nome depois, tecia elogios ao corpo da minha namorada. De onde eu estava, podia divisar o desconforto dela, mesmo que soubesse disfarçar como ninguém. Detectei apenas pelo forma como se balançava suavemente de um pé para o outro.

No instante em que saiu de lá, puxei-a para o calor dos meus braços, levando-a diretamente para uma sala fechada próxima aos vestiários.

— Ei! — gritou assustada.

Só quando me identificou é que se acalmou. Até então estava lutando como uma tigresa. Comecei a rir.

— Calma, sou eu! — falei, rindo de seu pânico.

— Vic! Que susto você me deu — queixou e recostou a testa no meu peito, tentando recobrar o fôlego. — Você escapou de levar uma joelhada nas bolas...

— Ouch! Senti a dor só em imaginar.

Ayla começou a rir e ergueu-se na ponta dos pés para me dar um beijo.

— Ninguém te avisou que aqui dentro não faz sol e nem tem piscina? — debochei.

— Hum?

Olhei a extensão de seu corpo, apreciando os seios macios que quase saltavam da parte de cima da roupa de banho.

— Ah... por causa do biquíni? — Concordei e ergui uma sobrancelha em uma careta. — Seu bobo. É a prova física, por assim dizer... onde eles avaliam as curvas femininas e essas coisas.

— Hum, entendi isso. Aquele jurado ficou bem fascinado com o que viu...

Ayla escondeu o rosto em meu tórax, rindo sem controle.

— Você acha? — caçoou.

— Não tem graça, Ayla.

— É que você fica tão bonitinho quando está com ciúme.

Belisquei a bunda apetitosa que estava ao alcance das minhas mãos e mordi o lábio cheio que ainda se mantinha em um sorriso de zombaria.

— E então... passou em tudo?

— O que você acha? — perguntou com uma sobrancelha arqueada.

— Que pergunta ridícula a minha... É óbvio que minha garota passou em tudo.

— Sim! E adivinha! É provável que eu estreie no jogo depois de amanhã.

— Tão rápido assim? — Eu estava tenso. Não podia negar. Porém, não conseguia identificar qual era o motivo exato do meu desconforto.

— Já estou com a coreografia aqui — bateu o dedo na têmpora —, e agora basta ensaiar. Roberta disse que já providenciou as medidas para o uniforme.

— Ah... você vai fazer um número exclusivo para mim, no nosso quarto? — Enlacei seu corpo, escorregando as mãos pelas curvas sinuosas. Não consegui me conter e a beijei com sofreguidão.

Quando nos desgrudamos, Ayla estava um pouco afogueada.

— Para você... tudo.

Bati em seu traseiro e sinalizei para que déssemos o fora dali antes que fôssemos descobertos.

— Eu ainda tenho treino a tarde inteira. Qual são seus planos? — averiguei.

— Vamos ensaiar exaustivamente hoje. Não quero decepcionar sua amiga, e nem mesmo você — disse, caminhando ao meu lado.

Segurei sua mão, fazendo com que estacasse o passo e me olhasse com atenção.

— Você nunca poderia me decepcionar. Se há uma pessoa nesse mundo que é capaz de arrasar naquela quadra, é você — falei com sinceridade.

Ayla olhou para todos os lados, conferindo se havia alguém à vista. Duas pessoas estavam se encaminhando para a saída, e ela apenas esperou, colocando uma mecha atrás da orelha. Assim que sumiram de vista, ela enlaçou meu pescoço e sapecou um beijo rápido na minha boca. Confesso que foi um esforço hercúleo me conter para não aprofundar a intensidade ali mesmo, imprensando-a na parede mais próxima.

— Obrigada!

O agradecimento era tão evidente em seus olhos que eu me perguntava se Ayla não recebia o reconhecimento adequado. Talvez de sua família... Ela nunca havia falado abertamente sobre eles, nem mesmo Mila deixara escapar algo. Bom, eu também guardava segredos e não tinha vontade de falar a respeito. Provavelmente, quando fosse a hora certa, cada um se sentiria mais à vontade para tirar os esqueletos do armário.

Depois de nos despedirmos, cada um seguiu seu rumo. E assim os dias seguintes foram similares. Ela treinava e ensaiava, enquanto eu me preparava para o jogo contra o Hawks.

Quando o grande dia chegou, fiz a mesma rotina à qual estava acostumado para dias de jogos. Acordei cedo e tomei a vitamina que a equipe de nutrição enviava, dediquei alguns minutos a uma concentração necessária e voltei ao quarto. Como eu tinha despertado por volta das sete da manhã, Ayla ainda estava dormindo.

Debati comigo mesmo se deveria acordá-la para uma rodada saudável de sexo. Não era um hábito meu transar em dias de competição, bem, ao menos no dia em específico. Mas se eu parasse para pensar nos meus companheiros de time que eram casados, poderia dizer que a prática não parecia perturbar a performance durante a partida.

Então, sem medo de errar e ser feliz, retirei a calça de moletom que havia colocado para não congelar minhas bolas na cozinha e me enfiei embaixo da coberta. O corpo de Ayla me atraía como um ímã puxa o metal para perto de si. Minhas mãos ganharam vida própria e subiram pela extensão do corpo quente que se espreguiçava à medida que eu a acariciava.

Deixei que minha boca fosse o despertador de seu corpo lânguido. Usei os dentes para atiçar os sentidos e sensibilizar a pele que eu amava tocar e acariciar. Usei a língua para traçar um caminho de fogo por cada curva e reentrância que faziam parte de Ayla. Os gemidos arrancados eram como bálsamo para os meus ouvidos.

Quando seus dedos delicados agarraram meu cabelo, em uma entrega e desespero total, deixei que um sorriso aquecesse o local onde minha boca se banqueteava no momento.

— Vic...

— Está na hora de despertar...

— Então pare logo a tortura — pediu em agonia.

Atender àquele pedido era tão fácil quanto respirar, então dali para deslizar pelo calor sedoso foi um pulo. Deixei que meu corpo marcasse o ritmo, através das investidas fortes. Meu intuito era possuí-la para que se recordasse de quem a havia colocado num estado torporoso assim que abrisse os olhos pela manhã.

— Viiiic... — arfou.

— Calma, estou me aquecendo. E ainda compartilhando o momento com você, para que aqueça seus músculos também — brinquei. — Assim nós dois seguiremos energizados para o jogo hoje à noite.

Porém eu podia sentir o suor brotar nas minhas têmporas. Estava quase sendo arrebatado pelo clímax, mas queria postergar para fazer a sensação prazerosa durar mais tempo.

Ao perceber que Ayla estava mais do que entregue às sensações avassaladoras do orgasmo intenso, permiti que meu corpo tomasse o rumo certo para a avalanche de emoções vertiginosas que aquela mulher me despertava.

Acredito que somente alguns minutos depois é que conseguimos resgatar nossas forças para nos levantar dali e seguir com os preparos para aquele dia.

— Estou nervosa — Ayla admitiu quando estávamos a caminho do ginásio. Ela havia ensaiado durante boa parte do dia, mas, ainda assim, alegava não estar se sentindo preparada.

Olhei para o lado, soltando uma das mãos do volante, pegando a dela e levando aos lábios para beijar-lhe os dedos, numa tentativa de tranquilizar seu coração.

— Não sei por quê. Tenho certeza de que vai tirar de letra. — Beijei seus dedos um a um. — Estou seguro de que sua torcida é o que me dará forças para encestar uma porrada de bolas. — Pisquei e mordi a lateral de sua mão.

Ayla recostou a cabeça no assento e me dedicou um sorriso lindo.

— Obrigada.

Estávamos chegando com quase duas horas de antecedência, e normalmente eu poderia ter vindo com apenas uma hora, mas a equipe de líderes se reunia antes. Fiz questão de vir com Ayla para que a ansiedade que ela demonstrava ficasse sob controle.

Ao chegar no setor onde eu sabia que o grupo de dançarinas estava concentrado, segurei o rabo de cavalo dela com delicadeza.

— Vá lá e destrua a quadra, baby — falei e puxei-a para um beijo rápido. Nas dependências do estádio, a equipe técnica não gostava que ficássemos de azaração, e como ninguém sabia do meu relacionamento com Ayla, era melhor que tomássemos cuidado.

— Você também, *baby* — caçoou e piscou para mim, antes de sair sacudindo o quadril. Uma olhada por cima do ombro garantiu que eu tivesse que reorganizar um pouco no hemisfério sul.

Saí dali e me dirigi para o vestiário. Eu poderia começar meu processo de concentração um pouco mais cedo do que o habitual.

Ao entrar, guardei a mochila no meu armário designado, pegando o uniforme da equipe. Troquei a roupa e comecei a fazer um alongamento na área de bancos específicos para este fim.

Em vinte minutos, Mark e Denzel chegaram. Jammal, Kaleb e Danny entraram minutos depois.

— E aí? Você que abriu o portão da arena hoje? — Kaleb zombou.

Balancei a cabeça rindo, sem dar muitas explicações.

Não se passou nem bem quinze minutos e o vestiário foi tomado pelo burburinho que trazia o prenúncio de um dia de jogo onde a meta era vencer a qualquer custo. No basquete, como em vários esportes, não tinha muito essa máxima de "o importante é competir", para o caso de uma derrota. Isso era filosofia que se ensinava às crianças para aprenderem a respeitar o adversário e a lidar com a frustração de uma derrota. Na prática, em todo esporte, os times entravam em campo, quadra, o que fosse, com o mesmo propósito de uma arena de gladiadores. Era vencer ou vencer. Cada jogo te levava mais perto de alcançar o objetivo principal: o troféu de campeão.

— Muito bem, cidadãos. Acredito que todos já devem ter respirado fundo, feito suas meditações para emplacarem no espírito do jogo. O

Hawks chega com fome de vitória, depois de uma campanha recheada de derrotas. O que queremos? — perguntou.

— Vencer! — todos responderam em uníssono.

— Ótimo! Fiquem atentos às estratégias de cada quarto, cada posição e atentem-se para finalizar naquela porra de cesta! Entenderam?

— Sim, senhor!

— Perfeito.

O treinador bateu palmas e estapeou cada ombro dos seus jogadores, como uma maldita tradição. Em alguns ele fazia questão de acertar golpes mais fortes.

Quando estávamos a caminho do corredor de concentração, afiei os ouvidos para as merdas que Jammal e Kaleb estavam falando.

— Cara, eu tenho quase certeza de que era ela, porra! — Kaleb disse com excitação.

— Eu acho que você está muito louco. Assistiu tanto àquela merda de clipe que toda vez que vê uma mulher que tenha a mais remota semelhança, já projeta que é tua gata — Jammal zombou.

Senti o corpo retesar. Não era coincidência estarem falando do objeto de obsessão de Kaleb desde sempre. Eu mesmo, se tivesse que ser honesto, admitiria que foi devido a esta compulsão que ele sentia em sempre assistir ao tão afamado clipe, que acabei revendo Ayla depois de tantos anos. Reencontrá-la no casamento de Mila e Adam foi apenas o bônus que me permitiu colocar em prática o plano para obter seu perdão.

— Cara, eu só não vou entrar naquela merda de sala porque tenho que me concentrar no jogo, mas depois, você fique esperando para ver se não vou conferir e tirar a prova. Vou esfregar na sua cara que a minha garota dos sonhos está aqui!

Eu queria esfregar a cara de Kaleb no chão, completar com alguns golpes da bola de basquete para quebrar todos os seus dentes, e, quem sabe, ainda arrancar um de seus braços e espancá-lo com o mesmo. Bem, sua carreira estaria acabada se aquela fantasia macabra se concretizasse, mas não consegui dominar os pensamentos que tomaram minha mente.

Rangi os dentes, ante a insistência no assunto e no quesito de afirmar que Ayla era "sua garota". Não, porra! Ela era minha. E era isso que eu tinha vontade de dizer.

Aquela pequena interação estava quase me tirando o foco, e eu não poderia permitir aquilo. Respirei fundo e me obriguei a voltar para o lugar onde não deveria ter saído mentalmente: eu, acertando várias cestas, concretizando uma pontuação impressionante, dando algumas assistências

APENAS um Jogo

bacanas, armando jogadas fenomenais. Pronto.

Meu mundo virou totalmente de ponta-cabeça quando escutei os assovios ensurdecedores dos meus companheiros, somados à gritaria e música alta que agora imperava dos alto-falantes do ginásio.

Eu sabia que as Power Dancers estavam fazendo seu número. E, no meio delas, estava a garota que agora fazia parte da minha vida, e da qual já não conseguia me imaginar sem a presença.

Vá lá, princesa. Destrua a quadra com o seu talento descomunal, mas guarde sua essência só para mim.

Eu poderia estar sendo egoísta, um filho da puta egocêntrico e sem noção, mas a consciência de que ela voltaria comigo para casa, e não com qualquer outra pessoa dali, era o que me daria a energia certa para jogar.

CAPÍTULO 27
Ayla

⁘ A CADA MOMENTO ⁘

Depois das palavras de Vic, e da força com que me assegurava de que eu venceria aquele desafio, entrei de cabeça erguida na sala de concentração das Power Dancers. Roberta veio ao meu encontro de imediato e me deu um abraço, já passando as instruções.

— Vá, vá... Entre no vestiário e coloque o figurino, depois faça a maquiagem, e dê uma pausa para rever os passos com as garotas.

— Tudo bem.

— Com um desejo de boa-sorte daquele seu lindo, tenho certeza de que a motivação está nas alturas — brincou. Dei um sorriso sincero e assenti com a cabeça.

Encontrei todas as outras dançarinas já se aquecendo e alongando. Algumas se maquiavam num canto, outras arrumavam o cabelo de alguém.

— Olá, Ayla! Está preparada? — Chantal perguntou, com um grampo preso entre os lábios.

— Sim. Estou nervosa, mas acho que é normal — admiti.

— Sim, garota. Você vai arrasar — Chalece disse.

— Quer que arrumemos seu cabelo? — Andrea perguntou com gentileza. Neguei, mas agradeci a oferta.

As conversas animadas acabaram me tirando um pouco do nervosismo com a estreia. Pude rir e compartilhar de momentos onde me vi enturmada entre as garotas. Nenhuma delas me fez sentir deslocada.

Muitas eram estudantes – de outros Estados até –, que cursavam nas universidades de Houston. Duas eram mães solteiras, Thariny e Chalece, apenas Kamille era casada... Cada uma delas tinha uma história diferente que convergia em sonhos similares. Ter a chance de galgarem o sucesso, fazendo algo que amavam.

Roberta entrou no vestiário uma hora e meia depois, agitada e batendo palmas para chamar a atenção.

— Vamos, vamos! Todas estão prontas? — perguntou e olhou ao redor. Seu olhar aterrissou em mim e ela pareceu aprovar o que via.

Eu havia feito uma maquiagem sutil, mas que evidenciava que tinha cuidado do meu visual, como todas as outras. O cabelo, deixei solto, sendo que o lavei pela manhã e estava sedoso ainda.

O uniforme das líderes não era o que se poderia chamar de escandaloso, mas fazia questão de evidenciar todas as curvas do corpo. Mesmo que eu puxasse o calção que ficava por baixo da saia curta, ainda assim eu podia senti-lo enfiando na minha bunda. O que incomodava bastante...

Girei o pescoço duas vezes para obter o estalo que considerava crucial para qualquer trabalho em que me enfiava. Caminhamos pelo corredor parcamente iluminado e ouvimos a agitação que provinha de dentro do ginásio. De acordo com Lydia, todos os ingressos tinham esgotado.

Olhei para os lados na tentativa de ver se os jogadores estavam ali e, dessa forma, talvez eu conseguisse avistar Vic antes de entrar em quadra à sua frente. Vi apenas dois jogadores altos como um poste, que acabaram me encarando de volta. Um deles franziu o cenho, e desviei o olhar.

Roxie, a líder do conjunto, bateu palmas e anunciou que faríamos a formação naquele instante. Eu já sabia que deveríamos entrar acenando para o público. Plantei meu melhor sorriso no rosto e dei dois pulinhos no lugar, aquecendo o corpo, enquanto as portas não se abriam.

Quando o momento chegou, revesti-me de coragem e segui junto ao esquadrão. Acenei para a multidão como se já tivesse feito aquilo um milhão de vezes antes, pouco me importando se meu coração estava batendo com tanta força que eu temia que arrebentasse no peito.

No meio da quadra, formamos o famoso V, executando a coreografia que animava a torcida para prepará-los para o espetáculo que se seguiria com os meninos. A música no ritmo animado do *country* permitia que o público se conectasse às raízes texanas do time.

Com a última manobra feita, a ovação do ginásio foi o suficiente para acelerar meu coração, fazendo com que todo o medo que senti com antecipação se dissipasse como fumaça.

Ao sairmos sob os aplausos e gritos efusivos, entendi por que muitas meninas acabavam ficando mais tempo do que pretendiam como dançarinas dos times das ligas esportivas. Não era apenas o dinheiro que as movia, mas a emoção logo após desempenharem uma coreografia empolgante.

Roberta nos aguardava no corredor de acesso e me abraçou assim que entrei.

— Você foi ótima! Sabia que ia arrasar! Foi feita para isso, querida!

O elogio foi bem-vindo naquele instante. Sanou as dúvidas e o medo.

— Obrigada, Rob.

Acabamos nos dirigindo direto para a ala isolada onde aguardaríamos sempre que fôssemos necessárias. Ou nos intervalos, ou em caso de alguma eventualidade, se o jogo precisasse ser interrompido por qualquer razão que levasse mais do que apenas poucos minutos para voltar à partida. Dali eu poderia assistir Vic jogar.

Mal entramos na sala e os gritos do público indicaram que o time agora estava em posição. Suspirei discretamente ao reconhecer aquele que vinha roubando meu fôlego, dominando meus pensamentos e estabelecendo domínio completo do meu coração.

Depois do segundo quarto de tempo, pouco antes do intervalo encerrar, fomos requisitadas para entrar em quadra novamente, a fim de distrair o público, preparando-os para a etapa final do jogo.

Quem me visse poderia pensar que eu já tinha experiência naquele ramo, mas nem imaginavam que, há apenas uma semana, eu nem sequer cogitava a hipótese de realmente conquistar uma vaga.

No entanto, eu estava feliz. Como há muito tempo não me sentia. Aquele sentimento vibrante de realização por estar dançando, fazendo algo que tanto amo, preencheu meu coração de tal forma que eu deixava transparecer em cada toque dos meus pés no chão. E percebi que não precisava estar num palco para me sentir plena e feliz naquilo que sabia fazer. Bastava que eu pudesse mostrar qualquer forma de dança – sob a motivação correta –, para que o sentimento revigorante que sempre me conduziu à busca do meu sonho rugisse com força total.

Lembrei-me das palavras de tia Clare: *"Quando não há a sensação de um fardo, naquilo que você ama fazer, tudo flui da maneira como deveria. Dançar se torna como respirar."*

Depois que encerramos nossa participação, voltei ao vestiário e coloquei o agasalho sobre a roupa, trocando a saia por uma calça jeans. Coloquei a mochila em um dos ombros e resolvi sentar-me nos bancos que ficavam no corredor que levava aos vestiários. Como eu não havia combinado um local específico com Vic, imaginei que daquele ponto em específico ficaria mais fácil de encontrá-lo.

Eu não fazia ideia se ele teria algum protocolo pós-jogo, como reunião com a equipe técnica, ou entrevistas, então estava até mesmo preparada para voltar para casa, caso fosse preciso. Só precisava dar um jeito de avisá-lo.

Estava sentada quando Chantal chegou do meu lado, ocupando o outro espaço.

— Não vai à festa conosco? — perguntou.

— Que festa? — Franzi o cenho sem entender.

— Sempre esticamos para alguma balada. Normalmente num bar próximo, onde os jogadores também vão após a partida.

— Humm... não programei nada — respondi, sem querer abrir meu relacionamento com Vic para ela. Nenhuma das integrantes sabia, apenas Roberta.

— Ah, vamos, Ayla. Será bacana. Você poderá conhecer alguns dos nossos garotos... — Agitou a sobrancelha sugestivamente.

Sacudi a cabeça rindo.

— Já tive emoção demais hoje, Chantal. Estava tensa e nem consegui dormir direito à noite. Agora que relaxei, preciso recuperar o sono.

— Ah, que bobagem. Não sei por que ficou nervosa. Você arrasou! Dança mais que todas nós juntas! — exclamou em exagero.

— Pelo amor de Deus... não diga isso — ralhei e senti o rosto vermelho.

A agitação no corredor atraiu nossa atenção e olhamos para o tumulto para ver os jogadores excitados com a vitória da noite.

Avistei Vic ao lado de um de seus amigos, rindo de algo que ele havia falado, e nossos olhares se conectaram. Por alguma razão o sorriso em seus lábios esmoreceu um pouco. Ele sinalizou brevemente, como se não quisesse que percebessem que me conhecia.

Aquilo acabou me fazendo estranhar seu comportamento. Eu não esperava um anúncio no painel de LED da quadra de que tínhamos um relacionamento, mas muito menos esperava que ele sentisse alguma espécie de aversão aos amigos saberem.

Alguns assovios chamaram minha atenção e fizeram com que eu afastasse o olhar. Dois dos jogadores estavam atracados com Lydia e Helena, fazendo com que insinuações maliciosas se espalhassem entre as provocações.

— Você sabe que os caras sempre apostam entre si para ver quem passa o rodo geral, não é? — Chantal disse ao meu lado.

— Imagino que isso deva ocorrer.

— Mesmo que haja uma espécie de regra, que sempre é burlada, as equipes técnicas fazem vista grossa, porque sabem que os jogadores adorados precisam ser agradados... e se o que eles querem é foder as líderes de torcidas... então... — A insinuação dela ficou no ar.

— Entendi.

— Melhor coisa é evitar os caras. Eles não pensam que podem ferrar com a nossa vida. A maioria só vai usar as garotas uma, duas vezes e depois passar para outra — alertou.

Mal sabia ela que eu estava envolvida com um deles. Será que Vic já havia se envolvido com alguma dançarina? Bom, eu não tinha direito de me meter na vida dele, ou sequer sentir ciúmes de seu passado. Eu também tinha o meu, não é? Merda. Isso não impedia que o sentimento amargasse por dentro.

— Uuuh, pooorra! Carne nova no pedaço? — um dos jogadores gritou.

Ao olhar de volta para onde estavam, meu olhar se conectou ao dele.

— Aaah, caralho! Eu falei que era ela, mano! É a minha deusa-sereia!

Ele estava caminhando na nossa direção, quando outro jogador entrou à sua frente.

— Kaleb, vai tomar banho, bro. Você está fedendo e a adrenalina está te fazendo viajar.

— Não, Jam! Olha! É ela!

Olhei para Chantal, imaginando que ele estivesse falando dela. A garota deu de ombros e riu, respondendo:

— Ele está se referindo a você, bonita. Eu já conheço Kaleb de outros carnavais. — Pelo tom irônico, supus que já devem ter tido um rolo.

— Vocês já...?

— Claro. Olha aquele homem! Quase dois metros de gostosura! Pena que ele faz parte do grupo que usa e descarta.

— Coisa linda! Vem aqui! — gritou ao longe.

— Kaleb! — o amigo ralhou.

— Mano, leva esse palhaço para o vestiário — outro acrescentou.

— Deixe eu apenas chegar perto da minha deusa, caralho! — gritou e tentou caminhar de novo para o local onde estávamos sentadas.

Vic voltou ao corredor naquele momento e olhou de um lado ao outro. De Kaleb para mim, e de volta. Mesmo sendo mais baixo que o gigante, ele plantou uma mão no peito do atleta animado e falou:

— Entra naquele vestiário agora, Kaleb!

— Mas...

Foram necessários mais dois para levá-lo, sob protestos veementes. O tempo inteiro ele olhava para trás, tentando atrair minha atenção.

— Delícia! Casa comigo! Eu te dou casa, comida, viagens... o que você quiser, amor!

Chantal começou a rir.

— Kaleb pode ser bem intenso quando quer. E parece que ele focou em você — ela concluiu.

— Possivelmente ele está apenas brincando, por eu ser nova na equipe.

— Não sei. Parece um caso grave de paixão súbita. Tem certeza de que não se conhecem? — perguntou com suspeita.

— Tenho.

APENAS *um Jogo*

Segurei a vontade de dizer que o único ali que eu conhecia e tinha interesse era em Victorio Marquezi, porém a reação dele, momentos antes, acabou me deixando em dúvida se eu poderia falar algo ou não.

Talvez existisse algum impedimento ou regra de não-relacionamento mais evidente e nem cogitamos uma conversa a respeito. Pode ser que Vic quisesse manter nosso relacionamento por baixo dos panos para evitar algum tipo de represália.

Resolvi que, para não atrair mais problemas, já que de forma indireta acabei atraindo uma atenção indevida, era melhor ir para casa. Dessa forma ninguém nos veria saindo juntos e tiraria conclusões.

— Chantal, eu vou para casa. Desisti de esperar minha... humm... amiga — disfarcei.

— Sério que não vai conosco?

— De outra vez. Prometo.

— Okay. A gente se vê no ensaio na próxima semana — despediu-se e acenou, já saindo pelo corredor.

Segui a outra direção, buscando a saída mais próxima. Desviei de alguns torcedores e *groupies* ansiosas que esperavam a vez em congratular os jogadores.

Do lado de fora, quando pude respirar o ar puro, porém abafado, de Houston, solicitei um Uber para voltar ao apartamento.

Foi questão de minutos para que estivesse devidamente instalada dentro do carro. Evitei a conversa fiada do motorista, alegando que estava com uma dor de cabeça horrível por conta da gritaria do ginásio.

Cogitei a possibilidade de ligar para Vic, mas preferi enviar uma mensagem. Mordi o lábio, pensando no que escrever.

> Vim para casa. Desculpa por não tê-lo esperado. Imaginei que você tivesse outros compromissos, então não precisa se preocupar comigo à sua espera. Te vejo mais tarde. Bju.

Enviei e guardei o celular, disposta a não ficar me martirizando com pensamentos que não me levariam a lugar nenhum.

Eu era nova em relacionamentos amorosos. Sabia que possivelmente, qualquer dúvida ou mal-entendido deveria ser conversado para ficar esclarecido. Porém, sequer fazia ideia de como funcionava essa sistemática. Eu que falava e expunha minhas dúvidas de forma direta? Ou aquilo poderia parecer alguma espécie de cobrança?

Fechei os olhos e suspirei. Não imaginava que fosse tão complicado manter meus sentimentos sob controle.

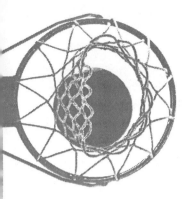

CAPÍTULO 28

Vic

❧ Ciúmes pulsantes ❧

O jogo havia sido o que esperávamos. O Atlanta Hawks veio com sangue nos olhos, mas não conseguiu quebrar nosso esquema tático. De rebote em rebote, armamos jogadas espetaculares e o índice de cestas de três pontos foi o maior até agora. Atuei com ala-armador durante a partida, quebrando meu recorde de assistências bem-sucedidas, o que me garantiu elogios efusivos do treinador.

Era bom ser reconhecido num esporte tão competitivo quanto o basquete. Em meio a tantos astros de renome, poder galgar os degraus rumo a um futuro promissor era reconfortante. Significava que eu havia escolhido o caminho certo desde o início e, ainda que as trilhas percorridas fossem recheadas de pedregulhos e percalços, o destino era um lugar reluzente e glorioso.

Bastou que eu entrasse no corredor para sentir a presença de Ayla no mesmo ambiente. Quando olhei à frente, nossos olhares se conectaram como sempre faziam, como se atraídos de maneira irreversível. Minha vontade era largar tudo ali e agarrá-la da forma que eu queria, para me assegurar se sua ansiedade fora embora depois de estrear na quadra como uma das líderes. Apenas acenei discretamente com a cabeça, para não chamar atenção de ninguém, tentando sinalizar que em breve eu iria ao seu encontro.

Entrei no vestiário, disposto a tomar uma ducha rápida para poder pegar minha garota e ir embora. A equipe técnica escalou Danny, Jammal e Mark para a coletiva com a imprensa, e mesmo que eu tenha sido o destaque do jogo, acabei escapando da entrevista.

Estava pegando minhas roupas no armário quando ouvi a comoção do lado de fora.

— Coisa linda! Vem aqui! — Reconheci a voz de Kaleb.

— Kaleb!

Pude perceber que Jammal tentava argumentar, mas, imaginando como Kaleb era quando colocava algo na cabeça, supus que estava tendo dificuldade.

— Mano, leva esse palhaço para o vestiário. — Danny entrou na história.

— Deixe eu apenas chegar perto da minha deusa, caralho! — Kaleb gritou e, naquele instante, senti o arrepio percorrer minha coluna espinhal. O instinto me alertou que o imbecil só poderia estar falando de Ayla. Se eu a tinha visto no corredor, sentada um pouco mais à frente, era óbvio que ela não passou despercebida por ele.

— Merda.

— O que houve? — Mark perguntou, já arrancando a camisa suada.

— Kal está dando escândalo no corredor. Espera aí.

Saí sem nem pensar um segundo.

Fiz um inventário rápido da cena. Kal tentava ir para o lugar onde Ayla estava sentada. Olhei de um ao outro, confirmando as intenções óbvias do imbecil.

Parei à sua frente, impedindo-o de avançar. Para chegar na minha mulher, ele teria que passar por cima de mim, porra.

— Entra naquele vestiário agora, Kaleb! — ordenei, tentando manter o controle sob meu temperamento. Eu queria dar um soco nele, para quem sabe deixá-lo apagado no chão. Daquela forma ele pararia de sonhar e fantasiar com Ayla.

— Mas...

Precisei de Simms e Scott, dois jogadores reservas, para me ajudarem. Jammal apenas ria do disparate do amigo.

— Delícia! Casa comigo! Eu te dou casa, comida, viagens... o que você quiser, amor!

— Cala a boca, Kal. — Fechei a porta do vestiário, impedindo-o de sair.

— Cara, você não está entendendo, porra. Eu disse mais cedo que achava que tinha visto a minha garota — ele disse e trinquei os dentes para me impedir de gritar com ele que Ayla não era a garota dele, era a minha. — Ninguém acreditou em mim. É ela. De alguma forma surreal, a mulher da minha vida está ao meu alcance! Ela saiu daquele clipe do Henry Cazadeval e veio acender a minha *Pasión*... — alardeou, sonhador.

Os idiotas riram. Eu estava fervendo de ódio.

— Eu vou caçar aquela mulher. Ela vai ser minha. O que ela está fazendo aqui? Ela está nas Power Dancers agora? Como? Meu Deus... eu vou morrer. — Kaleb desabou no banco, uivando como um idiota possuído. — Sério. Eu preciso ir lá fora.

Ele se levantou de novo, mas parei à sua frente. Kaleb desistiu e abriu o armário, pegando suas roupas. Aproveitou e pegou o celular, pesquisando algo imediatamente.

Quando mostrou a tela, achei que meus dentes se quebrariam pela força que eu fazia ao pressioná-los juntos. Ele tinha minha Ayla numa imagem sexy, exposta aos olhos de cada macho naquele cubículo sobrecarregado de suor e testosterona.

— Olhem isso, seus merdas. Depois me digam se não tenho razão de estar com o pau duro! Essa mulher é dinamite pura! Eu foderia a noite inteira.

— Cala a porra da sua boca, Kaleb! — gritei, perdendo as estribeiras de vez. Foda-se. Não havia um meio-termo para expor minha situação com Ayla.

Era complicado e ninguém entenderia nada, mas ela era minha. E eu não permitiria que ninguém a desrespeitasse. Eu fui um dos muitos caras que, com palavras e julgamento errôneo, não poupei as palavras para me referir a ela. E Ayla era muito mais do que um corpo fantástico. Era muito mais do que a beleza surreal que projetava. Ela era muito, muito mais.

— Vic, qual é, cara? Você está querendo entrar na fila, mano? Saiba que não posso dar um tempo de validade para meu momento com aquela mulher... — o idiota se gabou e começou a rir.

— Não chegue perto dela, Kaleb — alertei, tentando conter a imensa vontade de socar sua cara e tirar aquele sorriso imbecil do rosto.

— E por quê? Por acaso ela tem alguma placa proibindo aproximação?

A irritação subiu de imediato pela garganta. Senti os olhos incendiarem e se tivessem a porra da capacidade de esturricar o time inteiro, fatalmente é o que aconteceria naquele momento.

Cheguei perto de Kaleb, quase peito a peito, porém ainda respeitando o limite de uma boa amizade, e talvez deixando apenas a impressão de uma marcação mano a mano.

— Ela. É. Minha. Namorada... — Meus dentes rilhavam entre si, daí a necessidade de falar com uma pausa dramática, mais para o efeito de evitar quebrar algum canino no processo do que outra coisa. A cara de choque de Kaleb foi impagável. — Você olha na direção dela e solta alguma merda indecente e a próxima coisa arremessada naquele aro será o par de bolas que você carrega no meio das pernas. Entendeu, porra?

O silêncio tomou conta do vestiário por três segundos antes de Mark sussurrar para Danny:

— Porra, o Vic tem que aprender a fazer umas ameaças mais críveis. Tipo, se ele dissesse: "a próxima coisa que você verá será a bola de basquete quebrando todos os seus dentes", ou "suas bolas terão um encontro romântico com a bola que tanto ama arremessar", seria algo fácil de acreditar e sentir medo.

Virei para trás, direcionando um olhar irritado para o palhaço. Foi questão de pouco tempo para que todos começassem a rir. Fechei os olhos, resignado.

Kaleb bateu a mão no meu ombro, chamando minha atenção.

APENAS um Jogo

209

— Você está falando sério, cara? Como assim, você está namorando a garota da minha vida? — perguntou.

Acho que fiz um som tão estranho na garganta que Kaleb abrandou o tom.

— Digo... só estou tentando entender...

— É uma longa história, mas conheço Ayla muito antes de você me mostrar o clipe musical onde ela aparece. Pouco depois daquilo, nós nos reencontramos no casamento de uma amiga em comum, e começamos a namorar.

— Porra... não tô acreditando — Jammal brincou. — É muita coincidência e muito azar pra você, Kal.

— Alguma chance de ser algo passageiro? De você me apresentar, pelo menos?

— Kal... — alertei. Eu estava por um fio.

— Relaxa, bro. Primeiro a irmandade, valeu? Já compreendi que a deusa da minha vida está longe do meu alcance... meu amor... — quando falou aquilo eu avancei em sua direção de novo, mas ele ergueu as mãos, se afastando e rindo. — Platônico, Vic! Eu cultivei um amor platônico! Já entendi que você conheceu a gata primeiro!

— Quero saber se todo mundo entendeu. Não só você — insisti. Olhei para a equipe que acompanhava o embate no vestiário como se estivessem assistindo a algum episódio de novela. Só faltava a pipoca.

— Pessoal, vocês entenderam que aquela lind... digo, moça nova da equipe de líderes é a garota do Vic? E que ninguém pode estender olhares lânguidos, muito menos pensar, fantasiar, cogitar, paquerar ou qualquer merda com ela? — Jammal perguntou.

Todos confirmaram em murmúrios e resmungos.

— E cumprimentar, pode? — Mark checou.

Minha vontade era esmurrar a boca de Mark, mas ele era meu amigo ali. E eu sabia que o idiota estava tirando onda com a minha cara. Palhaço.

— Droga. Quando penso que a vida vai sorrir pra mim, ela me mostra que é banguela. Já para o Vic, ela dá um sorriso tipo *Sensodyne*, com facetas de porcelana e tratamento a laser.

Tive que sacudir a cabeça diante da tosquice que Kaleb proferiu e foi impossível não acompanhar os risos que se seguiram.

Como percebi que o episódio no banheiro acabou levando mais tempo do que pensei, desisti do banho, optando por trocar de roupa rapidamente. Ao pegar meu celular, vi que havia uma mensagem de Ayla.

> Vim para casa. Desculpa por não tê-lo esperado. Imaginei que você tivesse outros compromissos, então não precisa se preocupar comigo à sua espera. Te vejo mais tarde. Bju.

Ao ler, senti o sangue ferver novamente e percebi que era melhor tomar a ducha para esfriar os ânimos. Eu estava preocupado com o fato de deixá-la esperando muito tempo, mas parece que ela nem ao menos fez questão da minha companhia.

Droga.

Cheguei ao apartamento quase uma hora depois. Já que Ayla não me esperou, então acabei acompanhando alguns dos caras ao bar que sempre íamos depois dos jogos em casa, cerca de três quarteirões do Toyota Center.

Quando estava no meio da primeira garrafa de cerveja, percebi que minha atitude parecia a birra de uma criança que havia sido relegada e deixada para trás, e acabei me despedindo ali mesmo. Escapei, inclusive, das investidas de algumas garotas mais afoitas que acompanhavam o grupo. Naquele instante me senti sujo, pensando que se fosse Ayla, num bar qualquer, eu teria todo o direito de ficar irritado. Logo, eu não lhe tiraria a razão se essa fosse a sua reação assim que soubesse onde estive.

Entrei no quarto e a encontrei encolhida em seu lado na cama, da maneira como sempre dormia. Respirei fundo, refletindo se seria justo acordá-la ou se deveria deixar para esclarecer qualquer mal-entendido amanhã.

A dúvida foi sanada quando ela se virou e seus olhos encontraram os meus. A porta entreaberta deixava uma fresta de luz incidir sobre o aposento às escuras, deixando mais fácil ainda divisar a figura diminuta entre os lençóis, bem como a fisionomia da mulher que atormentava meus pensamentos.

— Oi — disse com a voz rouca de sono.

— Oi — respondi, já arrancando a camisa e a calça, me enfiando embaixo da coberta na sequência.

Puxá-la para o calor dos meus braços era um ato tão mecânico e automático quanto respirar. E foi o que fiz. Ayla se acomodou de bom grado, passando os dedos delicadamente pelo meu peito. Meu corpo reagiu quase que de imediato.

— Por que não me esperou? — perguntei de pronto. Preferia não dourar a pílula e ir direto ao ponto.

Ela ergueu a cabeça do meu peito e me encarou no escuro. A penumbra do quarto deixava apenas a silhueta à mostra, mas eu podia captar o brilho intenso de seus olhos.

— Ahn... Vic, eu achei que... seria melhor. Não sei. Não queria criar problemas no seu local de trabalho.

Respirei fundo, tentando recobrar a calma que sabia estar quase perdendo. Como assim 'criar problemas'?

— E por que você achou que poderia me criar problemas?

— Por ser nova na equipe, acredito que gerei certa curiosidade entre as pessoas — disse, mas sem querer deixar claro que se referia aos jogadores, especialmente ao idiota do Kaleb.

— Isso estava mais do que óbvio, Ayla. Você é linda... No momento em que você pisasse os pés ali, atrairia atenção. Como pôde acreditar no contrário?

Ela se remexeu incomodada, mas não deixei que se afastasse de mim.

— Eu não queria criar nenhum tipo de burburinho entre seus amigos, e pareceu, por um momento, que era isso o que poderia acontecer e que talvez você tenha ficado chateado.

Naquele instante resolvi que precisava deixar tudo às claras. Inclusive, o próprio quarto. Estendi a mão para o abajur ao lado e a iluminação sutil mostrou o sentimento real nos olhos dela: preocupação.

— Em que momento passei essa impressão? — perguntei, sem entender.

Ela afastou o olhar, mas segurei seu rosto com delicadeza, fazendo com que me encarasse com atenção.

— Quando você apareceu no corredor, apenas sinalizou discretamente para mim. Eu sei que pode parecer besteira, mas entendi que você não queria que nos vissem juntos ou nos conectassem de alguma forma — revelou e quase me xingou. — Depois, quando aquele amigo seu começou a brincar, você realmente pareceu irritado.

Passei uma mão no meu rosto, esfregando com força e bufando internamente. Eu era um imbecil completo. Deixei que ela tivesse dúvidas sobre nós dois, quando nunca deveria ter tido.

— Ayla, eu... Olha, eu não fui direto até você naquele primeiro momento porque também fui pego de surpresa. Vê-la ali, à minha espera, me surpreendeu. A realidade caiu como uma marretada no peito, onde pude ver que a minha mulher estava me aguardando, sendo que nunca passei por essa experiência antes. Ponto. Não soube como reagir. Se eu devia correr e abraçá-la de imediato, ou tomar um banho e tirar o suor do corpo antes de agarrá-la da maneira adequada.

Senti quando ela amoleceu o corpo, parecendo estar mais aliviada agora.

— Outra coisa: quando Kaleb começou aquele escândalo, eu realmente fiquei puto, mas não com você, meu anjo. E sim com ele. Kaleb tem um caso de paixão eterna por você — revelei.

Ayla retesou o corpo e franziu o cenho, sem entender.

— Como assim?

— O clipe, Ayla. Ele é apaixonado por você desde que a viu naquele clipe. E foi na casa dele, algum tempo atrás, que a vi também. Ele estava babando pela garota belíssima que dançava e fazia um número de dança aquática sobrenatural, e acabou atraindo a atenção de todos na sala. Foi ali que a reconheci. Fiquei impressionado e perdi o fôlego. E tive que concordar que essa é a reação que você causa em quem a assiste naquele vídeo. Você tira os sentidos de qualquer um.

O sorriso dela valeu por qualquer chateação que senti mais cedo.

— Sério?

— Que você arrebata os sentidos?

— Não. Que você me reconheceu dali e ficou impressionado.

— Não se esqueça da parte de ter perdido o fôlego. Foi difícil disfarçar e não gritar na sala da casa dele que eu conhecia a garota divina que estava dançando ali...

Ela começou a rir e a abracei com mais força.

— Fiquei puto com Kaleb naquele corredor. Juro que foi por pouco que não estampei a cara dele em um dos armários do vestiário.

— Minha nossa... Por que isso?

— Porque ele é louco por você. E saber disso me deixa puto. Eu confesso o meu ciúme. Não deveria ser tão irascível assim, mas é mais forte que eu — admiti.

Ayla deitou o corpo quente por cima do meu e enfiei as mãos por dentro da camiseta surrada que ela usava para dormir.

— Você sabe que só tenho olhos para um jogador naquele time inteiro, não é? — Assenti e dei-lhe um beijo na boca. — E que somente um jogador tem acesso ao corpo sacolejante que eles viram naquele vídeo...

— Ah, isso é um fato. E fiz questão de dizer isso a todos — confessei.

— Vic, você mijou ao redor marcando propriedade? — perguntou rindo.

— Não, porque você não estava lá. Mas fatalmente, se estivesse, poderia ter sido alvo de uma barbárie como essa — admiti e ganhei um tapa no peitoral. — Mas falei para todos que você é minha namorada e que qualquer um que olhasse de maneira mais saliente pra você, teria um castigo brutal.

Ayla riu e o agito de seu corpo estremeceu minhas partes que estavam muito bem despertas e já conectadas às dela. Bastava apenas eliminar algumas peças de vestuário para que o jogo chegasse ao final.

— Por um momento fugaz cheguei a pensar que eu fosse apenas um lance pra você — ela disse com um sorriso triste.

Minhas mãos buscavam as curvas que me fascinavam a cada instante e virei seu corpo sem que esperasse, colocando-a abaixo do meu. Naquela conjuntura, a calcinha que usava já tinha sumido.

— Você nunca seria isso para mim. Se quiser considerar o que temos como algo incomum, classifique como apenas um jogo de desejos, sentidos — beijei o pescoço, mordendo com suavidade —, emoções, sentimentos... Um jogo de vontades que levam ao mesmo querer. Um jogo entre dois jogadores buscando prazer e glória ao final. O gol... — disse e penetrei seu corpo, arrancando um gemido rouco dela e meu. — Gol não. Uma cesta decisiva, nos segundos finais de uma partida. Uma cesta de três pontos.

Meu corpo ia se acomodando ao dela em um ritmo intenso, mostrando através de cada ato o poder que as minhas palavras queriam ilustrar. Ayla era minha cesta de três pontos. Meu *score* máximo. Com ela, eu me sentia o MVP de uma partida, porque sabia que dava o meu melhor para fazê-la alcançar o auge, assim como percorria o meu com tanto ardor que chegava a me assombrar.

Ayla era meu prêmio ao final. E eu não precisava de mais nada.

Foi com aquele pensamento que ambos chegamos ao clímax e pudemos deixar nossos corpos resvalarem para o descanso merecido depois de uma intensa noite de paixão.

O que eu vivia com ela era apenas um jogo? Sim. Um jogo de amor explícito e que havia acabado de ficar tão claro quanto o cristal que refletia a luz da lua vinda de fora do meu quarto.

Eu só precisava expor meus sentimentos reais para Ayla. Fazê-la entender que não estava brincando ou sendo leviano. Eu a queria para a vida toda. Mesmo que isso me aterrorizasse tremendamente, porque temia que a qualquer instante algo ou alguém fossem tirá-la de mim.

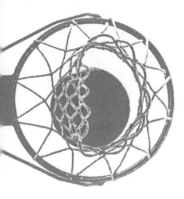

CAPÍTULO 29
Ayla

❧ Fagulhas do medo ❧

Mais de um mês havia se passado desde a minha chegada a Houston. Eu e Vic havíamos estabelecido uma rotina tão confortável que mais parecia que vivíamos há anos juntos. Os jogos de Vic, fora de casa, eram um tormento, porque a saudade, definitivamente, apertava, porém, como eu tinha os treinos e agora dava as aulas no Centro de Dança, em Downtown, não poderia me dar ao luxo de acompanhá-lo, como ele queria. Eu também não estava a fim de criar intrigas desnecessárias entre seus companheiros de equipe, já que sabia que os técnicos não ficavam felizes quando namoradas ou afins davam um jeito de se enfiarem junto nas partidas fora.

Enfim, aprendi a lidar com a agenda atribulada de jogos do Houston. Vic se mostrava diferente de outras pessoas que eu conhecia porque, mesmo quando o time não vencia a equipe rival, ainda assim ele não se fechava em seu próprio mundo, curtindo a derrota da pior forma.

Não. Ele voltava para mim e me pedia que o tirasse de sua miséria. Acabávamos rindo e, depois que eu lhe aplicava uma massagem, nos entregávamos à melhor forma de esquecimento que alguém poderia desejar.

Eu estava arrumando algumas roupas que tinha acabado de retirar da lavanderia, quando o celular tocou na mesa de cabeceira.

Um sorriso aflorou no meu rosto, pensando que poderia ser Vic, informando-me de sua chegada iminente.

A alegria foi embora no momento em que o número de Claude brilhou na tela. Não que eu não quisesse falar com meu amigo, mas porque eu podia sentir um pânico súbito.

— Alô? — Eu mesma podia sentir a tensão em minha voz.

— Ei, coisa fofa, como tem passado? — perguntou naquele tom alegre que lhe era característico.

Sentei na cama, recostando na cabeceira.

— Estou ótima. Melhor, impossível.

O som de sua risada trouxe um sorriso ao meu rosto.

— Imagino, meu bem. Mesmo tentando passar despercebida, você consegue causar furor — disse e eu podia atestar que havia um ar de orgulho. — Haja visto os seus vídeos no YouTube — acrescentou.

Sentei na cama de supetão.

— O quê?

— O que o quê? — Claude hesitou por um instante.

Eu podia sentir o ar me faltando por um momento.

— Que vídeos, Claude? Do que está falando? — questionei sentindo o coração acelerar.

Meu amigo ficou em silêncio por um segundo longo demais, antes de dizer:

— Como assim você não sabe nada disso?

— Eu não sei do que você está falando.

E era verdade. Até então achava que o único vídeo onde eu poderia dar as caras era no de Henry. Bom, e talvez de algumas filmagens do meu antigo posto como dançarina do programa de TV.

— Querida, alguns vídeos seus viralizaram na internet — falou devagar.

— Como assim? São vídeos do clipe?

Ouvi uma porta sendo fechada do outro lado da linha. Claude esperou um pouco, falou com alguém, para só então voltar a falar comigo.

— Não, meu bem. São vídeos filmados de maneira amadora, das suas apresentações como *cheerleader* do Rockets.

Senti os olhos arregalarem tamanho o meu assombro.

— Como assim? — Meu tom de voz beirava o histérico.

— Ayla, algum fã foca apenas em você quando as líderes de torcida entram em quadra. De todos os jogos em que você aparece, sempre rola o upload da sua apresentação. Somente a sua. Quem quer que seja que faz isso, a elegeu como a musa do Rockets. E essa é a informação propagada no YouTube — ele disse e meu coração parecia querer saltar do peito. — A última filmagem postada teve mais de 700 mil visualizações.

Eu podia jurar que meus olhos estavam vendo pontinhos flutuantes na frente do rosto. Arfei em busca de ar, sem conseguir um grande resultado. Eu podia sentir que estava passando mal.

— Ayla? — Claude chamou do outro lado. — Alô?

— Estou aqui.

— O que houve? Achei que você já soubesse disso. Ou melhor, que estava até mesmo colhendo os louros.

Fechei os olhos em desespero.

— Não, Claude. Eu não sabia. E saber disso não traz nenhuma sensação de júbilo — admiti. — E se Henry me encontrar? E se ele ligar os pontos e perceber que estou em Houston agora?

O silêncio do meu amigo foi mais eloquente do que suas palavras.

— Meu Deus, garota. Eu não tinha pensado nisso. Na verdade, ia até brincar com você, dizendo que parece que arranjou um *stalker*, mas agora tudo mudou de figura.

O pensamento de algum fã se tornando um perseguidor nem sequer tomou lugar entre as minhas preocupações. O que me deixou nervosa foi pensar que Henry Cazadeval poderia descobrir meu paradeiro.

Friccionei a testa com os dedos, segurando a ponte do nariz, para tentar aplacar a pontada que agora atormentava minha cabeça.

— Claude... você... você me avisaria se soubesse de alguma coisa, não é?

— Sobre Henry?

— Sim.

— Claro, meu bem. Nem sequer tenha dúvidas disso. — Fiquei em silêncio, pensando na informação que Claude me dera. — Mas, Ayla... Não acredito que você precise ficar preocupada. Henry não deve nem ter tempo para ficar averiguando redes sociais ou essas merdas.

Assim eu esperava.

— Okay. É verdade. Talvez eu esteja me preocupando à toa, não é? — aleguei, mais para mim mesma do que para ele.

— Sim. Mas vou ficar de olho, pode deixar. Qualquer sinal de fumaça eu a alerto imediatamente.

— Obrigada, querido. Agradeço de coração.

— Estou com saudades de nossas conversas, coisa fofa. Quem sabe eu não tire um tempo, compre um chapéu de cowboy bem sexy e vá te visitar, que tal?

Tive que rir com o tom de suas palavras. Claude até mesmo tentou imitar o sotaque texano.

— Seria maravilhoso.

— Bom, tenho que ir. Preciso organizar um ensaio com duas dançarinas mais toupeiras do que tudo — disse e riu. — Um beijo, linda. Fique bem e curta o sucesso.

— Obrigada.

Assim que encerrei a ligação, abri o aplicativo do YouTube, disposta a conferir que vídeos eram aqueles dos quais ele falava.

Levei mais de cinco minutos para fazer uma busca bem-sucedida. E estavam lá. Sete vídeos com milhares de visualizações. Notei que a partir da segunda apresentação desde que ingressei no time de *cheerleaders*, o tal fã dava enfoque apenas em mim, assim que entrávamos em quadra.

As filmagens eram distantes, com o recurso do zoom, então em alguns momentos, meu rosto sequer ficava em destaque. Isso traria certo alívio para mim, se tal pessoa não tivesse feito questão de marcar todos os vídeos com a legenda indicando meu nome.

Rolei a barra de comentários e vi as inúmeras referências ao meu trabalho anterior, desde quando eu fazia parte do quadro de dançarinas do programa de auditório, ao clipe de Henry. Quem clicasse nos links acabava sendo direcionado para outros vídeos onde eu poderia ser vista.

Depois de quarenta minutos decidi acabar com a angústia e desliguei o aplicativo. De nada adiantaria mais. Além do quê, eu não queria fazer uma tempestade num copo d'água, então preferi tentar esquecer e abafar o medo, não pensando mais no assunto.

Era como o ditado dizia: aquilo que não é visto, também não é lembrado.

Só que agora, esse mesmo dito popular poderia ser colocado em xeque, ao contrário, trazendo à memória de Henry Cazadeval, a pessoa que fugiu de sua presença.

Resolvi terminar de fazer o serviço ao qual me propus antes de ser interrompida por Claude.

Guardei tanto as minhas roupas quanto as de Vic, e fui abstrair a mente, pegando um livro de romance para passar o tempo.

Eu estava apenas no capítulo dois quando meu celular tocou outra vez.

Dessa vez meu sorriso foi verdadeiro e satisfeito. O homem de quem eu estava sentindo saudades extremas resolvera me ligar.

— Vic?

— Ei, baby... como você está? — perguntou.

— Bem. Estava à toa, lendo um livro, pensando em você.

A risada rouca fez com que arrepios percorressem meu corpo.

— Em mim? Era um livro hot?

Foi minha vez de rir descontrolada.

— Pode-se dizer que sim...

— Ahhh... então guarde bem as cenas na cabeça para que possamos treinar quando eu voltar — disse em um tom que prometia muitas sensações vertiginosas.

— Pode deixar.

— Escuta, o jogo de hoje é bem mais tarde do que o usual, então não sabemos bem que horário estaremos de volta ao hotel... — informou. — Eu te envio uma mensagem, mas não me espere acordada. Não perca o sono... Não precisa ficar assistindo a partida, ou esperando que eu ligue para dizer que estou com saudades — zombou.

Comecei a rir, lembrando-me de nossa primeira discussão a respeito do assunto.

Assisti a um jogo do Houston contra o Boston Celtics, o tempo todo em um estado de antecipação por conta das jogadas de Vic. Naquele dia em particular eu estava cansada ao extremo, e acabei cochilando várias vezes durante a partida.

Quando o apito final soou, recostei a cabeça no travesseiro e adormeci quase que instantaneamente. Nem bem se passaram trinta minutos e o alerta estridente do meu celular me fez dar um pulo na cama.

Agarrei o telefone e bocejei sem discrição alguma. Mesmo tendo sido brutalmente acordada, um sorriso aflorou em meus lábios, porque o objeto do meu desejo estava do outro lado da linha.

— *Oi...*

— *Ei! Você viu que vencemos, certo?* — Vic disse em êxtase.

— *Sim...* — *Sentei-me na cama, recostando à cabeceira. Nem me dei ao trabalho de acender o abajur ao lado.* — *Foi um bom jogo. Meus parabéns.*

— *Ayla?*

— *Hummm...* — *Meus olhos lutavam para ficar abertos.*

— *Ayla, Ayla... Você estava dormindo, não é?*

— *Ahn? O quê? Sim... desculpa.*

— *Você dormiu durante a partida?* — *perguntou e deduzi que havia um sorriso em seu rosto.*

— *Não sei. Pode ser que sim... pode ser que não* — *admiti.*

— *Como assim, você me abandonou nesse momento crucial? É isso... Toma folga de levantar os pompons e simplesmente não torce pelo seu homem...* — *debochou.* — *E pior! Nem mesmo espera minha ligação. Só porque já se passam das duas da manhã...*

— *Me perdoe... hoje foi um dia atípico. O cansaço me abateu. Mas prometo que tomarei todos os energéticos possíveis nos próximos jogos fora de casa* — *brinquei.*

— *Vamos ver se vai ser capaz disso mesmo* — *retrucou a brincadeira.*

— *Estou com saudades* — *falei baixinho.*

— *Eu também. Mas não me espere acordada, okay? Vá dormir e, quando você menos esperar, chegarei à sua porta* — *caçoou.*

A lembrança fez com que a saudade apertasse.
— Ainda está aí? — Vic perguntou.
— Sim.
— Boa noite, Ayla. Sonhe comigo — falou e se despediu.
Eu vou sonhar, Vic. Como tenho feito todas as noites...

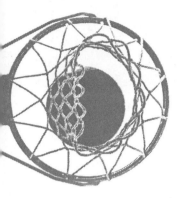

CAPÍTULO 30
Vic

❦ Afogado em angústias ❦

Cheguei em casa exausto, depois de mais um jogo fora. O voo fora cansativo e acabou interferindo no meu humor, já que fui privado do sono. Depois da minha ligação para Ayla, acabei refletindo se o que eu estava fazendo poderia ser considerado como alguma forma de controle.

Eu não queria que nosso relacionamento se tornasse um fardo. Queria que fosse leve, tranquilo, com a mesma química de antes.

Bem, quanto àquilo eu não tinha dúvidas. Bastava que eu visse Ayla, na minha frente, para que o juízo e compostura fossem mandados às favas. Meu corpo parecia entrar em combustão.

Exatamente como estava acontecendo naquele minuto. Pegamos o voo de volta logo após o almoço. E depois de mais de três horas, ali estava eu, parado no meio da sala, com a mala de viagem prestes a ser arremessada para lugar nenhum.

Tudo porque Ayla se encontrava em uma pose de alongamento perturbadora. Inclinada para frente, com as mãos espalmadas no chão, ela deixou a bunda totalmente exposta ao léu. Minha mão coçou para lhe dar uma palmada, mas eu sabia que se fizesse aquilo, poderia levar um chute no traseiro.

Larguei as coisas ao lado da porta e fui em direção à minha garota. Ela percebeu minha aproximação, olhando-me por baixo das pernas abertas em um perfeito "V" invertido. O sorriso, mesmo de cabeça para baixo, mostrou claramente que ela já sabia que causaria este efeito em mim.

Segurei o quadril em minhas mãos e recostei a púbis em sua bunda firme, impulsionando com leveza.

— Humm... nessa posição eu poderia dizer que estava apenas me aguardando, não é? — brinquei e continuei o movimento sutil. Era óbvio que meu corpo já havia reagido ao dela no instante em que abri a porta do apartamento. Porém agora ela podia perceber a intensidade da minha resposta.

— A intenção não foi essa... mas já que você chegou — retrucou. —

Posso me levantar?

— Só se eu puder inclinar você naquele encosto do sofá para te pegar desse jeito — respondi com uma risada tensa. Eu estava brincando, mas nem tanto. Eu a queria naquela posição. Não tinha certeza se aguentaria chegar ao quarto.

A risada de Ayla me indicou que ela não era tão contrária à ideia. Se fosse, a primeira coisa que teria feito era se afastar do meu toque, certo?

Ayla ergueu o corpo bem lentamente, recostando mais ainda em mim. Quando ela ficou completamente ereta, cheirei o pescoço macio, depositando suaves mordidas na curva sexy.

— Humm... você já vem temperada, é isso? — brinquei, lambendo a pele com uma fina camada de suor.

— Eu não mandei você me agarrar desse jeito, sem nem ao menos me deixar tomar um banho.

Esqueci tudo o que estava prestes a retrucar quando ela rebolou contra mim. Se antes eu já estava por um fio, tentando manter a finesse, agora eu já não podia me segurar.

Coloquei a mulher que perturbava meus sentidos de barriga para baixo, no encosto do sofá de couro. O som de seu riso soava como música para os meus ouvidos, embora eu pudesse dizer que sentia uma espécie de neblina dominando meu cérebro.

— Vai ser rápido agora, mas prometo compensar mais tarde — jurei e arranquei a calça de yoga que ela usava.

O tempo que levei para desabotoar minha calça maldita, que não tinha o zíper tão simples como fecho, foi quase equivalente a minutos.

No entanto, assim que penetrei o corpo de Ayla, em um movimento único, me senti verdadeiramente... em casa. Tenho certeza que gemi em alto e bom-tom, o suficiente para algum vizinho ouvir. Minha garota fazia coro comigo, o que me deixava um pouco mais aliviado por estar extravasando de tal forma minhas emoções.

Ficamos apenas dois dias afastados, mas o retorno para casa, com a ânsia que me corroía, parecia ser o retorno e conexão de um casal que não se via há meses.

Não houve conversa naquela transa rápida. Os sons que reverberavam pela sala eram somente aqueles que falavam por conta própria, com os movimentos de nossos corpos em uníssono, bem como gemidos e ofegos.

Segurei os seios cheios de Ayla, espremendo sua carne enquanto a fazia cavalgar em busca do orgasmo que nos consumiria em...

3... 2... 1.

Meu corpo cobriu o dela, por cima do sofá, mas evitei despencar todo o peso. Beijei a nuca delicada e apoiei os braços no encosto, tentando resgatar as forças para me levantar e ajudá-la no processo.

Somente quando consegui fazer isso foi que conversamos outra vez.

— Uau... você foi bem... intenso — ela disse, virando de frente para mim.

Olhei para baixo e vi minha calça ainda amontoada nos tornozelos, bem como a dela. A blusa regata que estava usando estava erguida, deixando os seios à mostra. Bastou que Ayla percebesse a direção do meu olhar para dar uma risadinha e ajeitar as peças.

— Bem, já viu o que acontece quando pego minha mulher se exercitando na sala — falei e beijei a ponta do seu nariz. Depois abarquei o rosto lindo entre as mãos e apliquei um beijo de verdade naquela boca sedutora. — Agora sim. Oi.

— Oi.

O sorriso e brilho no olhar mostraram que o arroubo fora bem-vindo.

— Você sentiu minha falta? — perguntei e a ajudei a arrumar a calça, para depois ajeitar a minha. Agora sim, éramos um casal normal e decente. Ri sozinho com a imagem.

— Sim. E pelo jeito, você também sentiu a minha, não é? — retrucou.

— Quanto a isso não tenha dúvidas. Estou um caco — falei e a puxei para sentar-se no sofá ao meu lado. Eu não poderia me responsabilizar pela resposta do meu corpo em alguns minutos, se ela se acomodasse no meu colo. — Você tem algum compromisso à tarde?

Ayla passou um dedo abaixo dos meus olhos, provavelmente percebendo as olheiras da noite maldormida.

— Tenho ensaio com a equipe. E uma sessão de fotos logo depois. Por quê?

— Estou muito a fim de tirar um cochilo e ia perguntar se eu poderia ter companhia — brinquei e sacudi as sobrancelhas. O riso que ela devolveu informava que havia percebido minhas intenções escusas.

— Se eu for, tenho certeza de que a soneca que parece precisar não vai sair...

Dando um beijo em seu pescoço, falei:

— Como você me conhece assim tão bem?

Recebi um beijo de volta, e um carinho na cabeça. Porra... se ela fizesse de novo, eu seria capaz de ronronar como um gatinho.

— Vou ajeitar alguma coisa para comermos e depois você pode descansar o tanto que quiser, tá bom? — disse e se levantou de pronto.

Apenas acenei em agradecimento e esparramei o corpo no sofá, ainda sentindo os efeitos da rapidinha suada.

Antes de cair no sono ali mesmo, pude sentir um sorriso tomando forma no meu rosto.

Era muito bom estar de volta em casa.

Para os braços da minha mulher.

O dia já estava quase acabando, trazendo aquela iluminação tão característica do crepúsculo texano, quando meu celular tocou. Mark parecia estar com saudades, já que estava fazendo questão de me ligar, mesmo que tivéssemos compartilhado o quarto de hotel.

— Meu Deus, cara. Já disse que tenho namorada e não me interesso por você — cacoei assim que atendi ao celular.

— Vá se foder, seu bosta. Você tem namorada e eu tenho um batalhão de gostosas pra me satisfazer. Tá me estranhando? — Riu do outro lado.

— Então por que está me ligando? Tenho certeza que te vi hoje de manhã. — Bocejei. Mesmo tendo cochilado, ainda estava cansado.

— Liguei pra fofocar mesmo — admitiu e riu até dizer chega.

Revirei os olhos e passei a mão no rosto, sentindo a aspereza da minha barba. *Tenho que me barbear urgente... embora eu goste de ver a vermelhidão na pele de Ayla, quando me esfrego.* Pensei.

— Às vezes eu acho que você deveria integrar o time de *cheerleaders*, Mark. Não são as mulheres que gostam de fofocar sobre tudo?

— Ahn... você foi meio machista agora, Vic. Só porque elas são fêmeas, significa que sejam fofoqueiras, é isso? — debochou.

— Céus, Mark. Fêmeas? Quem foi o machista agora? — retruquei.

— Beleza. Vamos debater este assunto ou quer saber por que te liguei?

— Desembucha logo.

— Bom, o assunto são as *cheerleaders* mesmo — disse em um tom enigmático.

— Humm...

Meu desinteresse deveria parecer óbvio. Desde que Ayla entrou para a equipe, perdi as contas de quantas discussões acaloradas tive com meus companheiros de time, só porque eles teciam comentários a respeito dela e eu não gostava.

— Porra, Mark. Fala logo o que você quer falar — resmunguei.

Decidi dar uma chegada até a cozinha para pegar uma garrafa de cerveja. Mesmo com o apartamento climatizado, ainda estava quente e uma bebida gelada desceria bem.

— Cara, primeiro de tudo, antes que você já comece a rosnar: vou falar de Ayla, mas com boas intenções, eu juro.

Comecei a rir, apoiando o celular entre o ombro e a orelha. Eu precisava das mãos livres para arrancar a tampa da garrafa de Bud.

— O que tem a ver minha namorada com esse assunto?

— Bom, as mulheres do time estão divididas entre uma inveja saudável e orgulho sem fim — falou. — O fato de Ayla ter entrado na equipe acabou trazendo uma excelente repercussão para elas, com frutos muito bem-vindos.

— Tipo o quê?

— Merchandising. Muitas empresas estão procurando a gerente, Rob, para patrocinar marcas, requisitar fotos e afins.

Lembrei inclusive que Ayla tinha uma sessão mais cedo, como ela havia informado.

— Tá. E tudo por causa da minha garota?

— Sim. E também porque ela está causando frisson por causa de uma série de vídeos no YouTube.

Aquilo fez com que eu parasse com o gargalo a milímetros da minha boca.

— Vídeos? Como assim? Do clipe dela?

— Não. Cara, a tua gata parece ter arranjado um fã obcecado somente pelas performances dela.

Por pouco a garrafa não despencou da minha mão. Fã obcecado?

— O quê?

— O cara filma somente tua mina, irmão. Quando as meninas entram em quadra, ele dá um zoom apenas nela. Os vídeos viralizaram na internet. Roberta, inclusive, admitiu que uma das ofertas de uma marca importante de maquiagens apareceu porque alguém da empresa viu o vídeo e passou a se interessar pela garota que atraía tanta atenção.

Respirei fundo, tentando entender melhor tudo o que Mark me contava.

— Algum filho da puta filma somente ela, é isso?

— Nossa... Temos um Sherlock Holmes aqui... — caçoou. — Não foi isso exatamente o que acabei de falar, seu idiota?

— Certo. Estou tentando entender o teor da coisa toda.

— Olha, eu percebi que muitas líderes de torcida atraem esse tipo de

APENAS um Jogo

225

interesse. Tem uma gata do Miami Heat que também tem uma porrada de vídeos, só dela, mas um boato se espalhou de que ela pagava alguém para se fingir de fã *stalker*, de modo que divulgasse somente o trabalho dela na equipe. Acredito que esse não seja o caso de Ayla, não é?

— Não. Claro que não — afirmei com toda certeza. Eu não conseguia ver Ayla fazendo aquele tipo de artimanha para atrair atenção da mídia.

— Então. Daí é o caso de que tua mulher tem, sim, um fã apaixonado.

— Certo. Tudo bem. — Tentei se racional. — É um risco que elas correm, né? Querendo ou não estão expostas a esse tipo de atenção.

Eu estava falando mais para mim, do que para Mark. Não que eu não confiasse em Ayla, mas tudo o que envolvia comportamentos perniciosos acabava me trazendo um gosto amargo à boca.

E sim. Muitas pessoas poderiam dizer que durante muito tempo eu espelhei um comportamento possessivo com Mila. Talvez até mesmo tenha alguns resquícios com Ayla. Mas eu não podia ser enquadrado no mesmo grupo de homens loucos e abusivos que buscavam seus interesses acima de tudo.

Pensar que ela poderia estar com um fã perseguidor me deu um frio na barriga, como há muito tempo eu não tinha. O sentimento estranho retorceu minhas entranhas, fazendo com que eu perdesse o foco na ligação com Mark.

— Vic?

— O quê?

— Passei só para dizer isso.

— Okay, obrigado. Vou perguntar se Ayla já está sabendo. Contanto que seja um fã inofensivo, que apenas admira o trabalho dela e faz questão de divulgar, estamos bem — falei.

— É verdade. De toda forma, as meninas estão curtindo a atenção. Agora todos querem saber um pouco mais sobre as Power Dancers.

Encerrei a ligação e me sentei no sofá da sala, olhando para o nada, ainda com a cerveja, agora quente, na mão.

Eu não sei explicar a razão, mas um sentimento de inquietude tomou conta do meu peito.

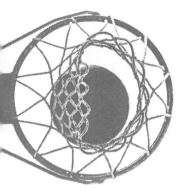

CAPÍTULO 31
Ayla

❧• Por temor eu cedo •❧

Mais duas semanas haviam se passado, e eu podia sentir o coração em frangalhos. Os treinos estavam sendo intensos, a equipe agora tinha uma demanda enorme de compromissos para fotografias, eventos e afins. E a maioria deles eu comparecia sozinha, já que a agenda de jogos do Rockets era insana. Eles tinham partidas de dois em dois dias, às vezes três. Mas nunca espaçava mais que isso. Vic vivia na ponte-aérea, entre um Estado e outro, junto com o time.

Nossos jogos em casa ainda aconteciam com frequência, o que fez com que a equipe se empenhasse mais ainda. O Houston Rockets estava classificado para as semifinais, então até mesmo os treinos de Vic não davam trégua.

Naquela maré louca, ainda contávamos com a perseguição um pouco mais abrasiva do fã que resolvera viralizar meus vídeos na internet. Como eu recebia muitos directs, e-mails e mensagens virtuais a cada postagem no Instagram, era difícil até mesmo descobrir quem era o dono do canal do Youtube, que teimava em propagar a minha imagem. Cada vídeo ficava mais ousado, com as legendas um pouco mais escancaradas, e os comentários que se seguiam às visualizações tiravam Vic do sério.

Mesmo que eu insistisse que ele não deveria reagir daquela forma, era complicado para ele aceitar. Ainda aleguei que ele também tinha fãs ensandecidas que faziam questão de postar os mais variados tipos de declarações nas redes sociais, mas parecia não surtir nenhum efeito em Vic. Ele estava concentrado apenas no fã que se mostrava cada vez mais atrevido.

Passei a receber flores no vestiário, sempre depois de um jogo. Flores na academia onde treinávamos. Só não em casa, porque todos desconheciam que eu morava com Vic.

Mesmo já vivendo um relacionamento há algum tempo, conseguimos desviar a atenção da imprensa e paparazzi, que não haviam feito nenhuma conexão entre nós dois. Mesmo que os jornais sensacionalistas afirmassem que eu tinha um caso com algum jogador de basquete. Eles só não conseguiam descobrir qual deles.

Eu estava terminando de preparar o café da manhã quando Vic entrou fumegando na cozinha. Olhei por sobre o ombro e apenas ergui a sobrancelha, não deixando de mexer na panela à minha frente.

O som da porta da geladeira batendo com força atraiu minha atenção outra vez, até que arrisquei em perguntar:

— O que houve?

Vic arrastou uma cadeira e sentou-se, sem me dar uma resposta. Olhei para trás e o vi com a cabeça enfiada entre as mãos, como se estivesse buscando paciência.

Eu sabia que a pressão em cima dele estava intensa, por conta da expectativa dos fãs, mas nunca o tinha visto daquela forma. Vic viajaria em duas horas, mas o que estava lhe atormentando parecia não ter nada a ver com a viagem iminente e o jogo logo mais à noite.

Desliguei o fogão, fechando a panela em seguida, e alcancei o pano de prato mais próximo, para secar as mãos úmidas.

Com calma, eu me aproximei dele, já que parecia um animal enjaulado, acuado em um canto.

— Vic? — Passei a mão em seu cabelo, massageando a nuca forte.

O som da respiração pesada me alertou que ele estava pronto a falar o que o afligia.

— Não gosto de me sentir assim, Ayla.

Eu não estava entendendo nada, mas deixei que ele prosseguisse. Minha mão nunca deixou de massagear os músculos tensionados.

— Estou tentando, com todas as forças, lidar com a merda do sentimento que está me corroendo, da melhor forma possível, mas confesso que está sendo mais difícil do que pensei. — Vic se virou para mim, colocando meu corpo entre suas pernas agora abertas na banqueta.

— Que sentimento? Você está preocupado com alguma coisa?

— Sim. Com você. Mas não é disso que se trata — falou e fixou o olhar intenso em mim.

— E do que se trata então?

— Eu estou puto de ciúmes. Não estou conseguindo me concentrar nos treinos e jogos, tudo por conta dos comentários maliciosos dos caras a seu respeito e às fotos promocionais.

— Vic... — Tentei me afastar, mas fui impedida pelas mãos em minha cintura.

— Olha, eu sei que o problema é comigo, entendeu? Estou com a mente pirada por causa desse fã do caralho que você arranjou, e com essas fotos, parece que tudo tomou uma proporção muito maior.

Segurei o rosto dele entre as mãos, disposta a tentar acalmá-lo.

— Eu não tenho como comandar cada pessoa que se julga fã do meu trabalho — falei baixinho.

— O problema é esse! Você é uma dançarina talentosa, mas está atraindo moscas ao mel, por estar associada às Power Dancers. Essas... essas fotos que vocês tiveram que fazer... porra... só vai piorar mais ainda a situação com o filho da puta que está te perseguindo, e pior, com outros.

— Vic, não há nada demais no conteúdo das fotografias que temos feito — falei já irritada.

— É uma exposição desnecessária do seu corpo, porra! — gritou e dessa vez consegui me afastar. — Até mesmo a roupa que você está usando nos jogos, pareceu diminuir.

Respirei fundo, antes de responder, com a maior educação possível:

— Eu não sei o que você pode estar pensando, nesse momento, mas o julgamento que está se formando na sua cabeça, não é um que eu queira lidar. Já passei por essa ponte. Cruzei e atravessei a muito custo, ao longo dos anos em que amarguei as palavras que você falou. — Joguei o passado em sua cara, esperando que ele acordasse e visse que estava prestes a fazer o mesmo. — Eu não sou apenas um corpo. Não sou apenas uma roupa. Não sou uma foto. Eu sou Ayla, a mulher que está na sua frente agora. Eu tenho sentimentos, desejos, planos, como qualquer outra pessoa, esteja ela vestida com um blazer ou não.

Fui para o outro lado da cozinha, precisando de espaço.

— Cansei de andar pisando em ovos, com medo do que as pessoas poderiam achar de mim. Cansei de pensar que eu poderia ser classificada como uma vagabunda, simplesmente por usar meu corpo em movimento, ao som de uma música. Cansei! Eu não sou a porra de uma imagem corrompida!

As lágrimas estavam se formando, enquanto o nó ameaçava me sufocar.

Vic se levantou de um salto, postando-se à minha frente.

— Eu não disse isso! Eu nunca pensei tal coisa, Ayla!

Afastei-me de suas mãos e enxuguei a primeira lágrima que teimou em descer.

— Nem precisa. Você não confia em mim. Se confiasse, não permitiria que sentimentos ruins preenchessem seu peito. Não haveria motivos para ciúmes, porque você *me* conhece e sabe quem sou. Porque você me a... — interrompi o que ia dizer. Eu não sabia se Vic me amava.

— Ayla, princesa... vem aqui. Eu não falei para julgá-la...

— Mas está julgando. Quando tudo aquilo que o move em direção a estes sentimentos perturbadores tem a ver com o fato de eu estar vestida ou seminua, então significa que, aos seus olhos, eu não sou digna de estar ao seu lado.

— Eu não falei nada disso, caralho!

Abaixei o rosto, não permitindo que ele visse a dor que havia em meus olhos.

— Eu confesso que o ciúme está me corroendo, porque admito que não gosto de compartilhar o que é meu. Não gosto que outros vejam o corpo que me aquece todas as noites. Não gosto que outros caras se masturbem pensando em você, droga! Mas isso sou eu. Não você. — Ele se aproximou e me enlaçou em seus braços. — Eu nunca poderia julgá-la, Ayla. Não poderia repetir o erro que me afastou de você por tanto tempo, no passado. Eu só preciso aprender a lidar com o fato de que você é uma figura pública — disse e beijou minha cabeça, afagando minhas costas. — Preciso aprender a lidar com o medo de perder você...

— Você não vai me perder.

Vic respirou fundo e continuou me segurando apertado. O celular dele vibrou acima do balcão da cozinha.

— Eu preciso ir, mas não queria deixá-la assim. Principalmente quando fui um babaca — admitiu.

— Está tudo bem — menti. Não estava. O pré-julgamento que queria dominar suas emoções estava acenando para mim como uma bandeira vermelha.

Ele afastou minha cabeça de seu peito, inclinando-a para que pudesse olhar em meus olhos. Vic abaixou a boca contra a minha, beijando-me de tal forma que parecia como se meu corpo estivesse flutuando.

— Espere por mim — sussurrou.

— Não é isso o que tenho feito, Vic? — falei, e minhas palavras poderiam indicar a espera que eu amargava, em busca das palavras que reafirmassem o sentimento por mim. Eu precisava ouvir, para só então dizer.

Eu sei que parece egoísmo pensar assim. Ter que ouvir primeiro que outra pessoa estava apaixonada, para não correr o risco de quebrar a cara e ter seu coração partido, caso você dissesse e apenas ouvisse o som dos grilos, no silêncio que se seguiria.

Meu coração queria gritar que eu o amava. Mas o cérebro bloqueava meus impulsos sempre que eu abria a boca para lhe dizer.

Vic me beijou mais uma vez e se afastou, de costas. O olhar em seu rosto indicava que nada parecia ter sido resolvido. Não do jeito que gostávamos. Com uma bela sessão de sexo para fazer as pazes.

Acenei um adeus breve, esperando que o seu retorno pudesse trazer de volta a segurança que aprendi a sentir em seus braços.

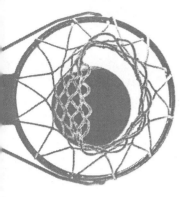

CAPÍTULO 32
Vic

◈ Paixão vibrante ◈

— Sério, cara. Estou preocupado com o Vic — Mark sussurrou, mas não baixo o suficiente que eu não o pudesse ouvir. Revirei os olhos e tomei outro gole do gargalo da garrafa de Jameson.

Eu estava ferrado. Com saudades e sentindo uma puta necessidade de ligar para Ayla, saber se ela estava bem, se havia me perdoado pelas merdas que falei antes de viajar com a equipe.

Mais uma vez fui um imbecil sem noção e me deixei dominar pelos ciúmes que me consumiam. Vê-la naquelas fotos de biquíni, mesmo que estivesse ao lado das outras integrantes do grupo de líderes de torcida, acabou tostando meus miolos. Saber que ela comporia a porra de um calendário, onde cada homem na face da Terra poderia babar no que eu considerava *meu*, estava me fazendo entrar em curto, e num rompante onde não consegui controlar meu gênio, acabei descarregando nela o que não deveria.

E agora, aqui estava eu, em Atlanta, sentindo uma falta do caralho da leveza que nosso relacionamento sempre teve. O jogo havia terminado com uma derrota e todos na equipe estavam fazendo a mesma coisa: enchendo a cara. Era apenas um dia de autocomiseração, até que o treinador descascasse nossas peles e exigisse o máximo de concentração para a próxima partida.

Alguns dos caras já tinham se enfiado em seus quartos com as *groupies* sorrateiras que achavam que eles precisavam ser consolados. Dispensei duas que tiveram as mesmas ideias, sem saber que meu corpo e coração... porra, até mesmo minha alma, pertenciam somente a uma mulher.

— Deixa o cara. Está arrasado porque perdemos feio hoje — Danny disse do outro lado do sofá.

Ergui a garrafa em cumprimento. Burro. Não tinha nada a ver, mas eu o deixaria pensar isso.

— Vocês são tapados ou o quê? Bando de idiotas... Vic está assim por causa da garota sexy que ele tem, manos. Essa é a verdade — Mark alardeou. — Vejo o brilho das saudades cintilando ali naqueles olhinhos dele...

Os caras riram e eu apenas resmunguei e mostrei o dedo médio.

— Vamos lá, Vic... conta pra gente. Somos o esquadrão de fofocas masculinas — Kaleb provocou ao meu lado. — Compartilha aí...

Eles eram fofoqueiros mesmo. Adoravam saber tudo da vida um do outro. Mark, então, era o pior. Filho da puta.

O problema é que eu sabia que eles ouviam e queriam ajudar, mesmo que de maneira torta, muitas vezes.

Como da vez em que Danny brigou com a esposa, ou ela lhe deu um sacode por qualquer razão, e ele se viu amargando choramingos por cada treino que fazíamos.

Os caras se uniram em uma espécie de operação cupido para fazer com que a esposa de Danny, Kristen, o perdoasse.

No fim, tudo deu certo. Danny ficou apenas um tantinho mais pobre, depois que os idiotas o fizeram comprar um anel de diamantes para provar o amor eterno pela esposa.

E ali estava eu. Querendo ficar só, mas sem condições.

Querendo ficar só, não. Eu queria Ayla. E minha necessidade dela estava me assustando pra cacete.

— Vocês poderiam me deixar em paz — respondi com a voz engrolada.

— De jeito nenhum. Você é nosso *brother*, e sabe o que fazemos com nossos manos, certo? — Mark disse. — Nós seguramos a mãozinha, ajudamos em caso de vômitos e ressacas e protegemos com afinco. Somos assim. Agora despeja, porra.

— Não tenho nada para despejar, a não ser o mijo que estou guardando há algumas horas — retruquei e ri sozinho.

— Okay... já percebi que é o amor — Kaleb confirmou.

— Por que acha isso? — questionei.

— Porque conhecemos os sinais, mané. E você está deixando todos muito claros para nós.

Suspirei audivelmente. Nem irritado eu poderia ficar com meus parceiros de time. Tomei mais um trago e passei a mão pelo rosto, sentindo a barba por fazer pinicar minha pele.

— Eu a amo. Só isso.

— Só isso? Mano, espera... Você vomita essa informação como se fosse algo banal? — Mark exclamou irritado.

— Sério, Vic. Nem tínhamos percebido... — Danny disse com ironia.

Os caras riram e debocharam da minha ingenuidade.

— Vic, que você ama aquele mulherão, nós já sabemos. Parece que só quem não sabia era você, estúpido — Jammal completou. — Queria saber o que fez para conquistar aquele espetáculo em forma de mulher... — suspirou.

Um sorriso brotou em meus lábios entorpecidos pelo álcool.

— *It's ten percent luck, twenty percent fate, fifteen percent hope and power of will, eigthy percent pleasure and five percent pain... and a hundred percent reason to remember her name...* — cantei, mesmo sentindo que pareceria mais engrolado do que um cantor de rap poderia desejar.

O silêncio dominou o espaço em que estávamos confinados no canto do bar do hotel. Meus olhos estavam fechados, mas eu podia sentir todos os outros me encarando.

— Cara... ele cantou a letra do Fort Minor? Foi isso mesmo? — Jammal perguntou assombrado.

— Nan... ele não cantou, cantou... ele adulterou a letra e aplicou o que ele acha a respeito do fato de ter conquistado a gata dele — Mark revelou.

— 10 porcento de sorte pura — falei em um suspiro —, 20 porcento destino, 15 porcento de esperança e força de vontade... 80 porcento de prazer intenso e cinco de dor da saudade... e 100 porcento de razões para lembrar do nome dela... — concluí.

— Mas espera... com essa sua somatória aí... não passa de 100%? — Kaleb questionou.

Olhei para ele e ergui uma sobrancelha.

— Foda-se. Quem está contando? — perguntei.

— Nós! — todos responderam em uníssono.

As risadas ecoaram e senti a cabeça pesar com o efeito do álcool consumido. Estava na hora de ir para o quarto, tentar os dez porcento de sorte e quinze de esperança para conseguir que ela me atendesse.

Só assim eu conseguiria mandar a dor que me atormentava embora.

Depois de tomar uma ducha para afastar o efeito da bebida, deitei-me na imensa cama do quarto de hotel, aproveitando que Mark ainda não tinha subido para o quarto.

Meu coração parecia explodir no peito, e as batidas ensandecidas sincronizavam com o pensamento que vibrava em minha mente. Eu queria dizer a Ayla o que realmente sentia.

Sabia que deveria confessar tudo aquilo ao vivo, mas parecia que a coragem só havia aparecido quando havia alguns Estados entre nós, e através da maravilha inventada pelo homem: o telefone.

Que fosse uma atitude covarde, mas achava que se ela não correspondesse aos meus sentimentos, eu lidaria muito melhor estando afastado.

Busquei seu nome na agenda de contatos e apertei antes que a coragem me faltasse.

Olhei para o relógio e me xinguei mentalmente. Era 1h38 da manhã. Antes que eu encerrasse a ligação, ela atendeu.

— Vic?

— O único, baby.

O som de sua voz aumentou o ritmo dos meus batimentos.

— Eu vi o jogo. Sinto muito que por poucos pontos vocês não conseguiram superar o adversário — disse com sinceridade.

— Ahn, tudo bem. Um dia ganhamos, outro perdemos. Faz parte — admiti. — Não é legal a sensação da derrota, mas isso serve para focarmos nos erros e buscar melhorar na próxima, daqui a dois dias.

— Certo. É isso mesmo.

O silêncio que imperou entre nós mostrava que Ayla também parecia estar sem palavras.

— Ayla...

— Humm?

— Me perdoe por mais cedo.

Ouvi o som do suspiro do outro lado da linha.

— Está tudo bem, Vic. Eu entendo...

— Não, você não entende — falei e cocei a barba por fazer. — Eu nunca senti esse ciúme corrosivo assim. Nunca me importei o suficiente com alguma mulher com quem estava saindo, para que me incomodasse o que ela estava fazendo ou não. E sentir isso... me assusta pra cacete.

O riso suave aqueceu meu coração.

— Eu posso me colocar no seu lugar e dizer que também não gosto dos comentários de todas as fãs taradas que aparecem no seu perfil. Isso ajuda?

Foi a minha vez de rir.

— Um pouco. Você sente ciúme de mim?

— Ahn, sim. E muito. Mas entendo que não somos responsáveis pelos pensamentos pervertidos dos outros. Bem... talvez se a pessoa em questão estiver posando apenas com esse intuito em mente, aí sim, o que não foi o meu caso.

As palavras vieram à ponta da língua.

— Ayla...

— Humm?

— Você sabe por que me sinto assim, tão possessivo e enciumado?

— Bem... talvez por que se sente assim por alguém com quem se preocupa? — ela chutou.

Um sorriso dominou meu rosto.

— Pode ser, também. Mas o que sinto quando é você que está em pauta, é algo muito maior e que domina meus sentidos... — admiti.

— Oh...

— Eu... eu... só falei estas palavras para apenas quatro pessoas na minha vida — falei assombrado por sentir as mãos suadas.

— Que palavras? — ela perguntou em um sussurro.

Fechei os olhos e esmurrei o pensamento de desistir e inventar qualquer merda.

— Queria ter dito pra você ao vivo... há um tempo já.

— Sério? — A voz de Ayla estava baixa, como se ela estivesse temendo o que viria.

— Eu te amo — falei e senti o aperto que tentava impedir que eu confessasse meus sentimentos se desfazendo. — Com uma intensidade assustadora. E... como nunca me senti assim por alguém cujo meus interesses eram totalmente carnais, não consegui identificar com rapidez.

O suspiro que Ayla deu do outro lado veio associado a um soluço.

— Ayla?

— Humm?

— Você está chorando?

— Nã-não.

— Está sim. Sempre consegui descobrir quando Mila estava chorando do outro lado da linha. Porra... eu... te fiz chorar?

— Eu te amo, Vic. Desde a primeira vez que te vi. Amor à primeira vista... mesmo que muita gente não acredite nisso — ela descarregou e senti o peso em meu peito sumir.

— Ah... e é por essa razão suas lágrimas? Porque não quer me amar como eu a amo? — perguntei temeroso.

— Não, seu burro. — Ri com as palavras. — Porque estive esperando tanto tempo que você sentisse o mesmo que eu... e...

— E está emocionada por saber que correspondo de uma forma muito mais intensa? — brinquei.

Ela riu e o som reverberou pelos meus poros.

— Não. É impossível que seu amor seja maior que o meu.

— Nan... eu sou maior que você. Minha embalagem cabe um amor muito maior aqui dentro.

— Vamos medir por nossos tamanhos? — perguntou aos risos.

— Vamos combinar assim... Eu te amo. E você me ama. Com uma dimensão incalculável.

— Okay.

— Ayla...

— Sim?

— Você é a mulher que aquece meus dias, que me faz ansiar por voltar para casa, que me enche de orgulho por ser quem é. Pela garra, a força de vontade, a graciosidade ao erguer o pezinho naquela posição de balé. — Ela riu e um sorriso me dominou. — Eu te amo tanto... que sinto vontade de me espancar ao lembrar de tudo o que te fiz passar.

— O que está no passado, no passado deve estar. Serviu para que eu aprendesse algo muito importante.

— O quê?

— Que o tempo não apazigua um amor como muitos pensam. Ele adormece, anestesia... mas não apaga. Bastou que eu o visse outra vez, para que tudo florescesse. E mesmo sem imaginar que você corresponderia aos meus sentimentos, decidi que estaria ao seu lado pelo tempo que quiser... — disse e suspirou. — Espera... eu menti. Eu não posso dizer que nunca aguardei que você sentisse o mesmo. Acho que não confessei meus sentimentos antes, esperando que você dissesse primeiro.

Comecei a rir.

— Então deu certo seu plano, não é? Eu fui o cara corajoso que confessou primeiro. Tudo bem que por telefone, mas ainda assim... Isso vai emplacar no nosso currículo. Quem disse "eu te amo primeiro", Ayla?

— Você, Victorio.

— Maravilha. Sempre vou jogar isso na sua cara nos momentos tensos — falei e me deliciei com o som de sua risada.

— Tudo bem. Você conquistou esse direito.

O sentimento de pertencimento que preencheu meu peito fez com que eu fechasse os olhos por um instante.

— Estou louco para voltar pra você.

— E eu te esperarei com ansiedade...

O som da porta do quarto se abrindo fez com que eu despertasse dos meus devaneios.

— Eu te amo — falei de novo.

— Eu também te amo.

— Vou desligar porque o imbecil do meu companheiro de quarto entrou tropeçando em todas as coisas. Ele está mais bêbado que um gambá...

— Tudo bem. Vejo você em breve.

— Estou contando com isso.

Depois de encerrar a ligação, um sorriso do tamanho do território da Rússia tomou conta do meu rosto.

— Você está com um sorriso assustador, mano — Mark falou com os olhos entrecerrados.

— Vá dormir, filho da puta. Amanhã eu quero voltar pra casa cedo.

Fechei os olhos e ignorei os sons que o idiota fazia no quarto. Na minha mente eu só tinha uma pessoa dominando tudo: Ayla Marshall.

Meu lar.

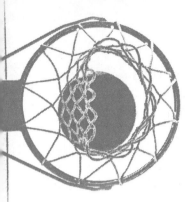

CAPÍTULO 33
Ayla

❧• Conflitos que doem •❧

— Cara, sério... está meio assustador já. São muitas flores de uma vez só, Ayla. Mesmo que você compartilhe com todas nós, ainda assim, aquilo lá se transformou em uma floricultura — Roberta disse. — Já acionei um advogado para ver se podemos nos precaver. Melhor resguardar você.

Abaixei a cabeça e respirei fundo. Estávamos no bar próximo ao Toyota Center. Depois do jogo, os caras foram para a coletiva de imprensa, enquanto nós resolvemos comemorar a vitória ali perto. Vic disse que viria ao meu encontro assim que se desenrolasse.

— Eu temo que tenha um perseguidor que realmente me perturbe, mas não no nível deste fã, Rob — falei e fiquei aliviada por ver que as outras garotas estavam prestando atenção em outra coisa.

— Como assim? — Ela chegou mais perto. — Que perseguidor?

— O que fez com que eu saísse da Califórnia, disposta a sair sem rumo, abandonar a carreira...

— Céus, querida. Tão ruim assim?

Passei a mão pelo cabelo, quase coçando os olhos, mas me lembrei a tempo que ainda conservava a maquiagem da apresentação.

— Sim. O grande problema é que fui burra o suficiente para assinar um contrato sem ler todas as entrelinhas e o que estava implícito. Acabei amarrada a algumas cláusulas, e assim que vislumbrei uma brecha, dei um jeito de sair de Los Angeles. Como o casamento da minha amiga era em Nova York, foi a oportunidade perfeita. Ali eu reencontrei Vic e o resto você já sabe.

— Entendi. Juntou esse fã pentelho e agora você está cercada sem saber de qual direção vem vindo todas as flores e mensagens.

— Eu sei de onde elas têm vindo, Rob. Só estou preferindo ignorar, não acreditando que ele vai chegar tão longe — falei e tomei um gole da água com gás que pedi mais cedo. — Mas, vamos mudar de assunto... Qual será nosso próximo compromisso quando o Rockets jogar fora nas semifinais?

Eu estava feliz. Exultante. A equipe de Vic tinha se classificado para os jogos das semifinais, e agora fazia jogos pareados. Contra a mesma equipe adversária, e quem vencesse em maior número de partidas passava para as finais. Era todo um esquema de conferência leste contra oeste, e o primeiro lugar de cada região do país se embateria num duelo pela final da NBA.

Vic estava tenso, mais ansioso que tudo, e isso refletia até mesmo no humor em casa. Aprendi a evitá-lo sempre que ele chegava dos treinos, e esperava que viesse ao meu encontro, porque só assim eu sabia que não o estava sufocando com minhas preocupações.

Já bastava ele ter que se exaurir durante as partidas, viagens, treinos, coletivas de imprensa, fotos... Somar mais o problema do fã que colocou minha vida num holofote indesejado... seria demais.

E sim. Henry havia começado a caçada, como ele mesmo dizia ao final de cada mensagem.

> Não ache que demorará para que eu te encontre... É só uma questão de tempo...

As primeiras mensagens foram essas. Por um momento temi que ele realmente soubesse onde eu estava, mas percebi que jogava verde, esperando que eu me delatasse de alguma forma.

Com o passar dos dias, comecei a receber as outras mais diretas e ameaçadoras.

> Você pode se esconder... mas eu a encontrarei quando você menos esperar...

> Ninguém me faz de otário, muito menos uma desconhecida como você. Se acha que vai conquistar fama às minhas custas, está muito enganada.

Entrava noite, saía dia, meu coração parecia congelar sempre que um alerta de mensagem apitava no meu telefone. Aquilo estava me dando nos nervos, acabando com meu ânimo, refletindo na minha relação com Vic.

Dias se passaram e as rosas nunca deixavam de chegar, independente de onde eu estivesse. Seja no ginásio, durante os ensaios – inclusive, durante os jogos –, seja na academia, sempre que eu ia treinar com o grupo. Era como se eu estivesse vivendo um *déjà vu,* da época em que Henry tentava me seduzir de todas as formas, por onde eu fosse.

Uma tarde, quando Vic foi me buscar na academia, fechou a cara imediatamente quando me viu carregando mais um buquê de flores. Minutos antes de entrar no carro, entreguei o calhamaço de rosas para uma senhora que passava por ali. Tive o cuidado de retirar o cartão com a mensagem direta dizendo "te amo" e rasgar em pedacinhos.

Assim que entrei no carro, ouvi o ritmo acelerado da respiração de Vic.

— Eu já sei o que está pensando — falei antes que ele resolvesse me dar o tratamento do silêncio. — E sim, também estou esgotada por conta disso.

Nem bem chegamos ao segundo semáforo quando ele falou:

— O problema é que você não quer lidar com isso da maneira correta, Ayla. Eu, no seu lugar, já teria acionado o departamento de polícia, para que o sujeito seja encontrado.

Olhei para o perfil cerrado de Vic e suspirei.

— Eu sei. Mas que provas temos ou que tipo de ameaças poderia ser consistente o suficiente para que eles resolvam investigar? Não aconteceu nada demais. Flores, mensagens... Nunca houve um único movimento a mais. Além das filmagens, que são constantes. Como eu poderia denunciar algo assim? Dirão que a internet é livre, que minha carreira está sujeita a isso, que milhões de outras pessoas passam pela mesma coisa...

— Esses milhões não são você, caramba! — Vic esbravejou. Logo depois ele deu um soco no volante. — Isso está me deixando neurótico, porque a cada momento eu penso que algo pode acontecer, e que eu não estarei perto para impedir.

Coloquei minha mão na coxa forte, fazendo uma carícia suave.

— Vic, não precisa se preocupar...

— Ayla, você acha que não tenho visto sua cara em pânico sempre que uma mensagem chega ao seu celular? — falou e olhou de lado para mim. Ele me encarou por um segundo longo demais. — E você acha que não tenho inteligência suficiente para juntar dois e dois e deduzir que não são as mesmas pessoas que estão te perseguindo? Há algo aqui que você não quer me dizer.

Respirei fundo, buscando me acalmar.

— Eu não... sei do que está falando — tentei desconversar.

— Sabe. Você sabe muito bem. Olha, eu te dei espaço por todo este tempo em que estamos juntos. Mas parece que até agora você não confia em mim o suficiente — completou.

— Vic...

— Quando você saiu da Califórnia... Quando saiu de Nova York comigo, cheguei a questionar o motivo de sua mudança, mas você nunca explicou. Há algo mais que eu não sei. Algo que a incomoda e tenho a certeza de que tem a ver com a forma como você deixou tudo para trás.

O nó na garganta se apertou cada vez mais. O momento que eu mais temia, além do fato de Henry descobrir meu paradeiro, havia chegado.

— Podemos conversar em casa? — perguntei baixinho.

Vic me olhou por mais alguns segundos antes de assentir.

Seguimos em silêncio até o complexo de apartamentos. O trajeto desde a garagem ao nosso andar também foi feito em total e absoluta ausência de palavras entre nós.

Quando entramos no *flat*, Vic se dirigiu à cozinha, e apenas me disse:

— Me espere na sala. Vou levar um chá gelado pra você.

Nem bem se passaram dois minutos e ele estava de volta. Eu já havia retirado meus sapatos, colocando os pés no sofá.

— Aqui. Molhe a garganta, se isso for facilitar — disse e deu uma piscada matreira.

Fiz o que ele aconselhou e coloquei o copo na mesa à frente. Vic sentou-se ao meu lado, esperando que eu desse início.

— Eu... eu realmente saí às pressas de Los Angeles, por uma razão.

Ele ficou aguardando que eu desse prosseguimento ao relato tortuoso da minha vida.

— Estava fugindo de um contrato de trabalho que requeria muito mais do que apenas minha performance como bailarina.

Vic exalou um suspiro e olhei para o rosto chocado.

— Como assim?

Passei a mão pelo cabelo, arrancando a presilha que ainda mantinha o penteado em um rabo de cavalo.

— Acabei assinando um contrato que pareceu mais como se eu tivesse vendido minha alma, entende? As entrelinhas eram exorbitantes, mas o que vejo é que acabei caindo numa armadilha, por causa do capricho de um homem.

Vic puxou meu queixo para cima, de forma que o olhasse de frente.

— Você está falando sobre o clipe musical? Sacudi a cabeça, afirmativamente, e engoli em seco. — O tal cantor, é isso? Me dê mais detalhes.

Respirei fundo antes de continuar:

APENAS *um Jogo*

241

— Henry alegou que estava comprando a mim, ao meu tempo. Que a chance que ele estava me ofertando era um presente que eu deveria agarrar com os dedos e nunca mais soltar — falei de uma vez. — O que eu não sabia era que ele não queria apenas minha presença nos palcos ou no vídeo. Ele queria muito mais.

O corpo de Vic se retesou ao meu lado.

— Com é que é?

— Henry achou que eu deveria ser tão grata que ficaria honrada em partilhar sua cama. Acredito que esse seja o *modus operandi* dele, então no instante em que percebeu que eu não estava a fim de me tornar mais uma de suas posses, ele ficou realmente chateado comigo. Fui obrigada a cumprir os meses que o contrato estipulava, bem como a participar de festas ao lado dele. A mídia começou a reportar que estávamos vivendo um romance, e a assessoria de imprensa dele confirmava tudo isso. Fui proibida de negar qualquer informação ou rumor.

Bebi mais um gole de chá, para acalmar os nervos.

— Vamos apenas dizer que foi um período em que eu mais chorava do que sorria. Uma época da minha vida onde odiei a carreira que tinha escolhido. Eu realmente havia caído num ardil, imaginando que estava vivendo o sonho de toda bailarina que se preza.

Vic chegou perto de mim e retirou o copo da minha mão. Ele enlaçou o meu corpo com seus braços fortes, beijando minha cabeça.

— Ele... ele fez algo com você? — perguntou e pude sentir o medo em sua voz.

— Algo?

— Sim... ele... ele chegou perto de você?

— Ele tentou. Mas no início era mais agressivo em suas tentativas. Quando percebeu que eu não me renderia tão fácil, mudou a forma de agir. Passou a me enviar presentes, flores, bombons. Onde eu fosse, a presença dele me cercava. A mídia via esses pequenos gestos como uma forma de declarar o amor por mim, mas eu sabia que não tinha nada a ver com isso. O orgulho de Henry estava mexido. Ele queria me dobrar a todo custo.

As mãos de Vic afagavam minhas costas em uma carícia suave.

— Depois de um tempo, quando percebi que mais cedo ou mais tarde ele acabaria conseguindo o que queria, mesmo que fosse à força, resolvi, juntamente com meu amigo, Claude, o coreógrafo da equipe, elaborar um plano para escapar das obrigações que ele estava tentando impor. — Fechei os olhos e senti o beijo no meu rosto. — Henry usava certas minúcias do contrato para me amarrar, como um adendo contratual onde eu deveria comparecer a todos os shows de turnê ao lado dele. Se eu acabasse assinando, tenho certeza de que seria minha sentença. Viagens juntos, vivendo debaixo de aparências que ele mesmo criou... eu sabia que mais cedo ou mais tarde ele me teria onde queria. E foi aí que eu fugi. Claude me ajudou a burlar um atestado alegando uma lesão no meu ligamento cruzado, e pedi afastamento.

Mesmo recebendo os carinhos e afagos de Vic, eu sabia que ele estava puto. Sabia que fui a causadora desse tormento, e era triste constatar que minha presença, naquele momento, e toda a bagagem dramática que trouxe, eram os causadores de sua raiva desenfreada.

Sem demora, ele acabou me libertando dos seus braços e se pôs de pé. Começou a andar de um lado ao outro, passando as mãos agitadas pelo cabelo. Os olhos claros estavam vidrados de irritação.

— Por que nunca lutou contra isso, Ayla? Por que permitiu que chegasse ao ponto que chegou? Fugir, como se você fosse a culpada de algo? — ele questionou, agora me encarando com as mãos na cintura. — Você teria inúmeras opções para não se deixar ser intimidada ou assediada por esse verme filho da puta!

Ergui a cabeça enquanto falava:

— E eu falaria o quê e para quem, Vic? Os fatores principais dessa confusão pesariam para o meu lado.

— Por quê?

— Raciocine comigo. O cara é rico, milionário. Tem mais dinheiro que o próprio Rei Midas. É idolatrado pelos milhares de fãs espalhados no mundo inteiro. Ele tem influência em qualquer lugar que passa. Seria a minha palavra contra a dele. Sempre foi assim. — Esfreguei as mãos nos meus braços tentando afastar o frio. — Sabe como eu seria vista? Como uma mulher à procura de quinze minutos de fama. Uma interesseira que viu na oportunidade de criar um escândalo, um meio para arrancar dinheiro dele.

— Isso não tem cabimento, Ayla.

— Tem sim! Você acompanha os jornais, as revistas de fofocas? No mar de notícias relacionadas a este tipo de coisa, onde rola assédio sexual, tentativa ou mesmo estupros cometidos por celebridades, o que mais persevera são as notas que relatam de quanto foi a indenização. Os repórteres fazem uma espécie de raio-x da vida da pessoa envolvida, escavando tudo o que puderem encontrar. E sabe como termina?

Ele se agachou à minha frente, no sofá, e apenas esperou pela resposta.

— Termina sempre na mulher agindo com interesses obscuros a fim de se projetar e ganhar fama, repercussão e dinheiro. Eu não queria ser vista assim. E seria o que aconteceria, fatalmente. Eu sou a simples dançarina, sem eira nem beira, que abandonou a casa dos pais e caiu no mundo. Eu sou a mulher que deveria ter dado graças aos céus por ter tido uma chance de parar de dançar num programa de auditório, sendo projetada para um trabalho "sério". E sou aquela que estaria em busca de dinheiro fácil por Henry ter demonstrado a mínima atenção em mim.

— Você está supondo que seria dessa forma, Ayla, mas poderia não ser...

— Vic, sabe como mulheres como eu são vistas aí fora? Como fáceis. Volúveis e disponíveis. — Vi quando ele retesou o corpo, provavelmente se lembrando de que ele mesmo dissera algo parecido àquilo. — A mídia criaria um circo, embasada em todo o meu histórico, e todos achariam que Henry possivelmente não quisesse algo "mais sério" e apenas tenha me usado, e eu, por pura vingança, resolvi que foder com sua carreira seria o ideal. Eu seria vista como a garota mesquinha e oportunista.

Vic me abraçou e foi o momento em que a primeira lágrima caiu.

— Por isso achei mais fácil fugir. Nunca quis o dinheiro ou a fama que ele prometeu. Eu queria mostrar a arte da qual sempre me orgulhei.

— Eu sei, meu amor.

Afastei-me do abraço de Vic e me levantei, seguindo até a janela imensa que dava vista para a parte luxuosa de Houston.

— Henry me fez sentir vergonha de perseguir meu sonho, sabe? Por incrível que pareça, durante todo o período do contrato e tudo o que enfrentei com as ameaças veladas, eu só tinha um pensamento: se eu fosse uma mulher comum, com um emprego fixo em qualquer escritório, não estaria passando por aquilo.

— Talvez não da mesma forma, mas quantas mulheres são assediadas por seus chefes ou colegas de trabalho, todos os dias? Várias. A diferença é que muitas ficam caladas.

Eu sabia daquilo. Porém era mais fácil tentar imaginar que eu trabalhava em um meio muito menos recheado de podridão. Doce ilusão a minha...

Vic me abraçou por trás e beijou a lateral do meu pescoço.

— Você não tem por que se envergonhar de ser quem é. E não tem que estar sozinha. Você poderia ter falado alguma coisa com Mila... ou comigo. — Aquilo fez com que eu desse uma risada bufada. — É sério, Ayla.

— Você me odiava até a alma, Victorio.

Ele me virou de frente e encarou meus olhos agora doloridos por conter o pranto.

— Meus sentimentos sempre foram confusos em relação a você, mas nunca tive o ódio como um deles. Eu tinha raiva de sentir a luxúria que seu corpo despertava no meu. Eu tinha rancor de mim mesmo, por ter sido um imbecil naquela época, sem que tivesse a coragem de chegar direto e falado que estava a fim de você. Sentia vergonha por cada uma das palavras que proferi...Vic ergueu meu rosto, tentando ganhar a minha atenção. Seu olhar era tão focado que eu não conseguia me concentrar. — Olhe para mim, Ayla.

Fiz o que me pediu e posso dizer que quase me queimei com as chamas ardentes que seus olhos emanavam.

— Eu poderia ter ido ao seu resgate. Isso é o que faço de melhor: extração de mulheres que precisam da minha proteção — brincou.

Coloquei as mãos no rosto lindo que eu tanto amava e sussurrei:

— Você corre em socorro às mulheres que quer proteger... mas quem o protege, afinal?

Vic fechou os olhos claros e intensos por um instante, antes de me responder:

— Neste momento, Ayla, o que me protege é a sua presença. Você faz com que eu me sinta seguro.

Aquela única sentença foi capaz de abrir as comportas que continham as lágrimas não derramadas. Nunca imaginei que viveria um momento como aquele.

Eu não queria ser o objeto de obsessão de um homem. Queria ser a razão pela qual o coração dele batia. Queria ser seu objeto de desejo e amor incondicional. Queria ser um refúgio.

E foi dessa forma que a simples frase de Vic fez com que eu me sentisse.

Lancei-me em seu colo, e como ele não estava preparado para o movimento, acabou caindo sentado no imenso sofá de couro, onde assistíamos a tantos filmes juntos, nos últimos tempos.

Minha boca mostrou toda a ânsia que ardia dentro de mim. Uma mistura de medo, preocupação, alegria e êxtase. Tudo combinado em um efeito explosivo. Senti as lágrimas se misturando ao beijo ardente, temperando o momento turbulento.

As mãos de Vic englobaram meu corpo, como se acariciassem e dessem conforto, simultaneamente. Ele respondia ao beijo com igual intensidade, ou mais até.

Eu poderia estar sendo a pessoa que lhe trazia segurança naquele instante, mas era ele que me fazia sentir protegida sempre que colocava as mãos sobre mim. Quando eu me encontrava entre seus braços fortes... aninhada contra seu peito... ouvindo as batidas de seu coração.

Afastei a boca sedenta da dele e arfei, buscando um pouco de oxigênio para os pulmões. Vic abriu os olhos devagar, demonstrando a luxúria que sentia.

— Encerrar momentos tensos com um beijo como esse, faz valer a pena criar um conflito todos os dias — disse com um sorriso brincalhão.

Passei os dedos pelas linhas firmes de seu rosto, apreciando a obra-prima à minha frente. Um sentimento estranho apertou meu peito, trazendo a sensação fugaz de que o que tínhamos poderia não durar para sempre. Aquilo fez com que uma nova torrente de lágrimas se formasse.

As mãos de Vic subiram para apanhar cada uma das gotas que insistiam em deslizar pelo meu rosto.

— Do que tem medo, meu amor? — perguntou. Um sorriso brilhou em meus lábios. Eu havia me acostumado ao apelido que ele insistia em usar.

Demorei alguns segundos para responder. Abaixei a cabeça de modo que ele não pudesse ler a resposta em meus olhos perturbados.

O dedo indicador apoiado em meu queixo fez com que eu erguesse o rosto imediatamente.

— Hã? Não vai me responder? — insistiu.

Recostei minha testa à dele e suspirei em desespero.

— Tenho medo de perdê-lo — admiti. — Tenho medo de acordar de uma hora para outra e já não poder viver tudo o que estamos vivendo.

Vic me puxou para mais perto – se é que isso era possível –, fazendo com que nossos narizes se tocassem. O olhar que ele me lançava era feroz, cheio de atitude.

— Você nunca vai me perder. Nem por um segundo permita que esse medo se instale no seu coração, porque ele é infundado — disse com firmeza.

— Como você pode ter tanta certeza? — sussurrei.

— Porque... por...

Ele parecia não conseguir exprimir em palavras os pensamentos que atolavam sua mente.

Meu coração acelerou de tal forma que temi que ele pudesse sentir os batimentos por si só.

Quando Vic se preparava para falar, o celular tocou ao lado. Em momento nenhum deixamos de nos encarar, mesmo com o toque insistente que nos alertava a ansiedade de alguém em nos alcançar.

Vic fechou os olhos, quebrando a magia do momento.

— Droga.

Afastando-se um pouco de mim, ele estendeu a mão para pegar o aparelho insistente.

Mostrando o dispositivo para mim, fez-me compreender que o celular era o meu. Uma ligação atrás da outra. Sem dar trégua.

Vic sinalizou com o queixo para que eu fosse em frente e pegasse o telefone para atender. Engoli o medo e fiz o que me pedia.

— Sim?

— Ele já sabe onde você está, Ayla — Claude disse do outro lado. — O medo que você sentia de os vídeos desse fã que está fissurado em você alertassem sua localização acabou se tornando verdadeiro. Não foi preciso muito para que ele descobrisse que você está em Houston, fazendo parte da equipe, e mais... que está namorando um jogador do time.

— Como assim? — perguntei sentindo o medo me tomar. Olhei para Vic, sentindo meu corpo tremer.

— As redes sociais funcionam para o bem e para o mal, minha linda. Bastou Henry colocar a equipe dele de assessoria para vascular tudo o que estivesse interligado ao seu nome, e milhares de informações choveram.

Inspirei profundamente, tentando ganhar oxigênio.

— De alguma forma alguém conseguiu fazer a conexão e detectou sua identidade do clipe de Henry — informou.

— Como você sabe? — Eu ainda tinha uma esperança de que tudo não passasse de um medo infundado.

Vic mantinha-se atento à conversa, e não havia permitido que eu saísse de seu colo.

— Eu fui chamado em seu escritório, como se estivesse sendo contratado para uma nova coreografia. Achei que estaria me encontrando com a diretora de arte, ou até mesmo com alguém da assessoria, mas era o próprio Henry que estava lá — disse e suspirou do outro lado. — Ele fez questão de me dizer que estava prestes a colocar as mãos em você. E que nós dois pagaríamos por tê-lo ludibriado.

Cobri a boca com a mão e fechei os olhos em desespero.

— Depois de um sem-fim de ameaças, fui liberado, mas não sem antes saber de suas reais intenções — Claude disse baixinho. — Ele vai com uma penca de advogados, Ayla. Armou um contrato de multa rescisória fodida para te prender a ele outra vez. Isso quem me disse foi a Delia, uma das assistentes que ainda é minha amiga.

— Claude... ele... ele avisou quando? — perguntei temendo a resposta.

— Não. Mas não deve demorar, meu bem. Provavelmente ele quer garantir que você não tenha tempo hábil para sumir outra vez.

— E quanto a você, ele fez alguma coisa contigo?

— Não. Apenas me ameaçou com uma multa, alegando que faço parte da equipe dele.

— E então?

— Eu me demiti imediatamente.

— Ah, não, Claude... — Meu tom era pesaroso.

— Não me importa, Ayla. Chega. Cansei dessa porra. O cara não tem limites para pegar aquilo que quer e já virou obsessão doentia. Não imaginei que fosse perdurar até esse nível. Pensei que fosse um capricho de Henry, mas não é. Tome cuidado, meu bem.

— Okay... e... Claude?

— Sim, minha linda?

— Muito obrigada. Por tudo. Por ter sido o amigo onde pude me apoiar naquele momento — falei e senti o corpo de Vic retesar abaixo de mim. — Sinto sua falta.

— Eu também sinto a sua, querida. E, pelo amor de qualquer coisa, tome cuidado onde estiver — alertou.

— Tomarei.

— Eu te amo, querida. E espero que consiga encontrar uma maneira de fugir de toda essa merda. Você não merece isso.

— Eu sei. Obrigada, de todo jeito.

Depois de encerrar a ligação, apoiei o celular contra o peito. Eu podia senti-lo acelerado, com o medo querendo irradiar para todas as minhas terminações nervosas.

Vic continuava me segurando, dessa vez olhando com bastante atenção.

— E então? — perguntou. — O que foi tudo isso?

Respirei fundo antes de criar coragem para responder:

— Ele me encontrou, Vic. Henry Cazadeval já sabe onde estou.

Meu corpo recebeu o baque da veracidade das minhas palavras, tombando contra o peito forte. Os braços de Vic me ampararam, e as palavras suaves contra o meu ouvido fizeram com que meu coração se acalmasse.

— Sssshh... Nós vamos dar um jeito, Ayla. Ninguém vai tirar você de mim.

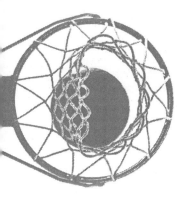

CAPÍTULO 34
Ayla

❧♥ Desespero pungente ♥❧

Não demorou muito para que o medo assumisse uma forma assustadora. A cada hora eu recebia apenas uma palavra no WhatsApp.

> Ninguém.

Apareceu logo pela manhã. Respirei fundo e ignorei, como vinha fazendo com as outras mensagens.

Vic teria jogo no dia seguinte, e viajaria pela manhã, então acabamos tirando o dia de folga para ficarmos juntos.

Como minha turma de balé contemporâneo havia solicitado duas semanas de trégua para participarem do acampamento da escola de dança, acabei ganhando um tempo de ócio, ficando apenas com o compromisso dos ensaios das Power Dancers.

Assim que terminei de tomar o café da manhã, decidi limpar a casa, mesmo que a Sra. Rogers tenha vindo dois dias atrás. Vic tinha saído para correr, e voltaria em uma hora.

> Está.

Mais uma palavra aleatória. Engoli em seco e continuei organizando a sala. Coloquei as almofadas no canto do sofá, espanei os móveis.

Eu podia sentir o suor se espalhando pelo meu rosto, corpo, tudo. O empenho com que eu limpava era tão extenuante que, em menos de duas horas, já estava me sentindo exaurida, ao invés de revigorada, como sempre acontecia quando eu faxinava alguma coisa.

Sentei-me sobre a mesinha de centro, com o pano entre as mãos, e encarei o celular que estava sobre a almofada do sofá.

Ping.

> Imune.

Joguei o telefone longe e comecei a caminhar de um lado ao outro, puxando meu cabelo.

Foi daquela forma que Vic me encontrou cerca de cinco minutos depois. Senti os braços ao meu redor e afastei o corpo, antes que ele me beijasse.

— Estou pingando de suor — eu disse, rindo da breve luta que travávamos à frente da janela.

— Eu também! Olha que coincidência! — retrucou e conseguiu me arrastar para as almofadas.

Nossos corpos caíram emaranhados, entre risos e resmungos.

— Vic! Para! Estou toda suja... estava limpando algumas coisas.

— Então, o que acha de irmos para o chuveiro juntos? Eu tiro as partículas de poeira acumuladas nesse corpo sexy e você tira as minhas gotas de suor fétido? — disse e arqueou as sobrancelhas em um convite.

Coloquei uma mão em seu rosto.

— É um convite tentador.

— Então? O que me diz?

— Quem chegar por último faz o almoço!

Consegui me desvencilhar dele e saí correndo para o banheiro. Não demorou muito tempo para que me alcançasse.

As roupas foram embora em uma velocidade vertiginosa. Nossos corpos molhados se esfregaram enquanto um tentava ensaboar o outro.

— Estou tentando realmente limpar seu corpo, mas você está pensando merda. Já vem se esfregando para cima de mim desse jeito... — ele disse e mergulhou a cabeça para beijar a curva dos meus seios.

— Ah, tá. Sou apenas eu que estou me esfregando, não é? Por acaso não seria você que está friccionando suas coxas contra as minhas, fingindo ser uma esponja? — brinquei.

O som de seu riso trouxe leveza ao meu coração preocupado.

Foram dez minutos de um banho intenso e regado a uma paixão desenfreada. Bastou terminarmos de alcançar o clímax para que o banho, verdadeiro, fosse mais do que necessário.

Somente depois de um tempo é que saímos dali para preparar alguma coisa para comer.

Naquele meio-tempo eu havia me esquecido por completo do celular. Quando o busquei, já havia duas mensagens.

> Ao meu.

> Poder.

Merda. Henry levava a sério essa coisa de ameaça tenebrosa.

"Ninguém está imune ao meu poder."

Já não bastasse o temor que eu sentia, agora vinha um arrepio na coluna, associado com a sensação de náusea.

Sim, eu sabia que ele tinha dinheiro. E sabia que poderia se safar, mas será que eu valia todo esse esforço? O desafio das minhas recusas foi tão intenso que ocasionou alguma espécie de distúrbio no arrogante.

Resolvi deixar o telefone de lado. Fui curtir o dia ao lado do amor da minha vida.

— E então? Um macarrão ao molho enlatado? Que tal? — Vic perguntou.

— Você chegou por último ao banheiro. O almoço é seu. Sua escolha — brinquei e dei um beliscão na bunda dura. — O que fizer, está valendo.

— Nossa... eu poderia resolver optar por um sanduíche de manteiga de amendoim... e você aceitaria numa boa?

Revirei os olhos e me sentei na banqueta.

— O que você fizer... eu comerei, meu amor.

Vic parou o que fazia e olhou para mim com os olhos entrecerrados e um sorriso zombeteiro.

— Meu amor? — perguntou e veio se aproximando devagar. — Não é você que odeia apelidos fofos?

Os braços enclausuraram meu corpo rente ao balcão.

— Esse é um sinônimo para o seu nome — respondi. Ganhei um beijo ardente por conta da resposta.

— Eu te amo, sabia?

— Coincidência que eu também te amo! — retruquei.

Depois de comermos o almoço até gostoso de Vic, ajeitamos a cozinha e ele perguntou:

— O que quer fazer? Dar um passeio?

Enlacei o pescoço e depositei um beijo em sua garganta.

— Podemos ficar em casa?

— Para transar ou assistir um filme?

Comecei a rir.

— Se eu responder a segunda opção, tenho certeza que você vai querer me convencer a fazer a primeira.

Vic me carregou até a sala e me colocou no sofá. Em seguida ele buscou o controle remoto para que pudéssemos escolher um filme.

Depois de se acomodar, puxando-me para o calor de seus braços, começamos nossa maratona.

Cerca de quatro horas depois, três baldes de pipoca, e algumas latas de refrigerante, além de dois filmes, decidimos que nossas vistas estavam mais do que cansadas.

— Quer tirar um cochilo? — ele perguntou. — Prometo que deixo você quietinha e te acordo de um jeito bem original...

— Daquele jeito que sempre tem feito pelas manhãs? — brinquei.

— Mais original até...

APENAS um Jogo

251

— Uau. Por favor... vamos para esse cochilo promissor.

O quarto totalmente no escuro, no meio da tarde, com o ar-condicionado ligado, criava um casulo delicioso para se dormir.

Eu me ajeitei logo acima de seu peito, ouvindo as batidas constantes de seu coração, embriagada com o cheiro que pertencia somente a ele.

Deixei que o sono me tragasse para um lugar onde não haveria problemas, ameaças, medo e insegurança.

Fui acordada de maneira brusca cerca de duas horas depois, com a cama chacoalhando. Vic se agitava de um lado ao outro, banhado em suor.

— Não... não... — ele dizia em um tom de lamento tão desolador que senti lágrimas assomarem meus olhos.

— Vic... — chamei baixinho. Nada.

Ajoelhei e acendi a luz do abajur, tendo o cuidado de não fazer nenhum movimento brusco.

— Vic?

Com meus dedos pincelei a pele de seu rosto, limpando o suor que empapava seu cabelo.

Ele abriu os olhos de uma vez.

— O quê? O quê? — Sentou-se na cama de supetão.

Vic olhava para todo lado, resfolegando.

— Você teve um pesadelo — falei baixinho.

Ele fechou os olhos e se deitou novamente, suspirando em desalento. Colocou um braço sobre os olhos, enquanto tentava resgatar o controle de suas emoções.

— Merda...

— Você... quer falar sobre isso? — perguntei.

Afastando o braço que recobria seu olhar, ele me puxou para o seu peito, e afagou minha cabeça, antes de depositar um beijo.

— Não. Agora não.

— Quer uma água?

— Não. Eu só quero você aqui. Só isso.

Muito mais tarde, quando despertamos de fato, fomos em silêncio para a cozinha, para fazer algo para jantar. Vic não me acordara da forma que havia prometido, mas eu não podia nem ao menos brincar sobre esse assunto, pois sua fisionomia estava sombria. O sonho que ele teve havia realmente mexido com os sentimentos que resolvera abrigar dentro de si.

Dessa vez eu estava preparando o jantar, quando meu celular apitou uma sequência de mensagens.

Vic olhou para mim e para o telefone, antes de pegar e estender em minha direção.

O que li fez com que eu perdesse os sentidos no meio da cozinha.

Eu vou possuir você, Ayla. Em todos os sentidos inimagináveis. O que antes seria com prazer intenso, agora será com dor extrema. Porque agora é uma questão de honra. Mas antes disso, vou acabar com a carreira do filho da puta para quem você está abrindo as pernas, nesse time de merda. Guarde minhas palavras. Ninguém está imune ao meu poder. Com a minha fortuna eu sou capaz de comprar esse time inteiro. E vou comprar você. Aproveite enquanto pode. Porque quando menos esperar, eu estarei à sua porta.

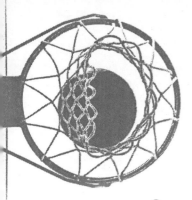

CAPÍTULO 35
Vic

❧• Sonhos que não se destroem •❧

Ayla desmaiou de uma hora para a outra, deixando o aparelho celular cair no chão. Não tive tempo suficiente para deter sua queda, e quando desci da banqueta, no desespero, percebi que a mesma tinha caído fazendo o estrondo na cozinha silenciosa.

— Ayla! Meu Deus! — Ajoelhei ao seu lado e apalpei sua cabeça para checar se ela não havia batido no chão. Sem hesitar, carreguei-a no colo até a sala, apavorado com sua reação.

Corri para a geladeira a fim de buscar gelo, coloquei tudo enrolado em um pano de prato e voltei para onde a tinha deixado.

Colocando o pano com as pedras de gelo enroladas, segurei sobre sua testa. Porra, eu tinha esquecido por completo qual seria o primeiro procedimento para desmaios. Fechei os olhos tentando recuperar a compostura.

Afaguei as mãos, pulsos, braços. Esfreguei com vigor, sentindo a pele fria sob meu toque. Erguendo de supetão, estendi a massagem aos pés e pernas, lembrando que certa vez, quando criança, vivendo no primeiro lar adotivo para onde fui, uma das crianças tinha desmaios súbitos, do nada. A mãe sempre erguia as pernas dela e em alguns segundos, a criança despertava.

Resolvendo fazer o mesmo, ergui as pernas torneadas de Ayla, apoiando os pés delicados sobre meu abdômen. Nem bem comecei a massagear suas panturrilhas, quando Ayla deu sinal de que despertava.

Depositei as pernas com gentileza e me sentei ao lado de seu corpo estendido no sofá.

— Meu amor... você está bem? O que houve? O que sentiu?

— Ah... eu... eu não sei — respondeu confusa.

Consegui fazer com que se sentasse, e resolvi buscar um copo de uísque. Voltei rapidamente.

— Beba. Vai fazer bem pra você.

Ela me obedeceu prontamente, bebendo tudo de uma só vez. É óbvio que o líquido ambarino desceu queimando em sua garganta, e a tosse que se seguiu indicou isso.

Afaguei suas costas e fiz com que ela se sentasse no meu colo. Passei as mãos pelo cabelo emaranhado, afastando do rosto pálido que agora me encarava com assombro.

— O que aconteceu, Ayla? Não esconda de mim. Você pegou o celular e numa hora estava em pé, na outra estava desmaiada. Quase morri de pavor.

— Foi só um mal-estar, Vic.

— Porra, que foi um mal-estar eu sei! Mas quero saber o que o ocasionou.

Ela engoliu com dificuldade, e afastou o olhar. Puxei o rosto para que mantivesse o olhar conectado ao meu.

— Eu apenas li uma mensagem.

— Qual? De quem? Do filho da puta?

Ayla acenou afirmativamente com a cabeça.

Sem coragem de me afastar dela para buscar o celular, a mantive firmemente presa em meus braços.

Não sei se foi efeito do uísque ou de toda a tensão, mas ela adormeceu no meu colo. Abracei o corpo macio e apoiei o queixo contra sua cabeça, aspirando o perfume dos cabelos sedosos.

Ayla era minha vida. Ela é o que me fazia inteiro, depois de ter vivido pela metade. Ela havia resgatado em mim a habilidade de me entregar a sentimentos e sonhos.

Eu seria um cadáver prestes a ser enterrado antes de permitir que o filho da puta a tirasse de mim.

Levando o corpo lânguido para nosso quarto, depositei-a sobre o colchão, olhando com atenção para cada uma de suas características distintas.

O cobertor ainda estava afastado da mesma forma de quando havíamos nos levantado da soneca mais cedo. Cobri o corpo e dei um beijo suave em sua testa, antes de sair do quarto.

No chão da cozinha, o celular me encarava de maneira contundente. Poderia ser uma total invasão de privacidade, mas optei por arriscar esse desvio de conduta e desbloqueei a tela para ler o que a fizera perder os sentidos.

A mensagem de Henry Cazadeval trouxe um ódio absoluto dentro de mim. Eu podia senti-lo fervilhar. Como um vulcão prestes a entrar em erupção.

O cara era completamente louco se achava que eu permitiria que Ayla caísse em suas ameaças.

Antes que eu perdesse a coragem, peguei meu próprio celular e disquei para a pessoa que eu sabia que poderia me ajudar.

— Victorio? — A voz grave do outro lado indicava que estava dormindo.

— Adam. Preciso de um conselho e, se possível, de um advogado.

APENAS um Jogo

255

Eu estava revoltado por uma razão mais do que óbvia. Tinha que viajar dentro de uma hora, mas não queria ir de forma alguma. Ou, ao menos, eu queria que ela fosse comigo. Só que Ayla era teimosa quando queria.

Depois de uma discussão breve de vinte minutos, desisti de tentar arrastá-la comigo para São Francisco. Droga... também pudera o receio de ir comigo. Como, em sã consciência eu imaginaria que ela aceitaria ir para a cidade que ficava no Estado onde o imbecil a fizera se sentir acuada?

— Tudo bem, eu volto o mais rápido possível, tá? — falei segurando o rosto em minhas mãos. Beijei os lábios cheios uma, duas, três vezes.

— Okay.

O tom de voz de Ayla me mostrava que ela ainda não havia se recuperado do que ocorrera à noite. O sorriso estava postado em seu rosto, mas ele não iluminava o olhar.

Eu tinha que ir, mas um estranho sentimento vibrava dentro do meu peito. Não sabia explicar o que era, só que ele estava ali.

Depois de me despedir a contragosto, segui para o aeroporto. Os jogadores já estavam ali, à minha espera. Só faltavam alguns membros da equipe técnica.

Cerca de vinte minutos depois, estávamos embarcando. Antes de desligar o celular, visualizei a mensagem que Adam St. James havia me enviado.

> O escritório de Szaloki & Schuster, em Boston, é um dos mais conceituados do país. Gabe Szaloki nunca teve uma derrota registrada em seu currículo como advogado. Entrei em contato com ele, hoje mais cedo, e agendei uma reunião por call para logo mais. Assim que eu souber detalhes, entro em contato. Uma coisa é certa: não permita que Ayla fique à sós com o cretino (essas são palavras da sua amiga, Mila, minha amada esposa). A propósito: bom jogo.

Desliguei o aparelho e recostei a cabeça, fechando os olhos.

Se o filho da puta achava que podia ameaçar minha mulher daquela forma, sem receber nada como retaliação, estava muito enganado.

Enquanto ele viesse com a ameaça, eu devolveria com o ato cumprido.

Era eu, Vic Marquezi, quem iria acabar com ele.

O jogo, marcado para as sete da noite, acabou se atrasando em alguns minutos. Nada que pudesse estragar meus planos. Eu já havia confirmado com o treinador para saber se poderia partir antes do grupo, na manhã seguinte.

O sentimento que vibrava em meu peito ficou cada vez mais forte quando uma mensagem de Ayla chegou, pouco antes da partida.

> Eu te amo até os confins do Universo, e faria qualquer coisa para proteger seus sonhos. Cada vez que o vejo jogar é como se meu coração pudesse explodir de tamanho orgulho. Você é Vic, aquele que carrega no nome a marca da vitória. Bom jogo, meu amor. Eu te amo como nunca poderia amar outro alguém...

Não sei explicar, mas as palavras pareciam como se fossem as que usaríamos em uma despedida.

O treinador me liberou da partida, acobertando minha ausência.

Ter dinheiro era maravilhoso. O que me permitiu fretar um voo particular no aeroporto de São Francisco, e aterrissar em Houston às dez horas da noite.

Saí do aeroporto correndo, com destino certo: impedir minha mulher de fazer algo pelo impulso incontrolável de proteger os outros, que não a si mesma.

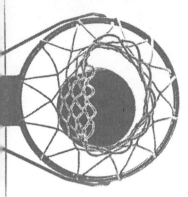

CAPÍTULO 36

Vic

~• Fogo que se combate •~

Entrei no apartamento e não havia sinal de Ayla na sala ou cozinha. Corri para o quarto e a cena que se desenrolava ante meus olhos era a que eu mais temia. Meus instintos estavam certos. Ela estava fazendo as malas, às pressas, com lágrimas escorrendo pelo rosto marcado de dor.

Minha vontade era sacudi-la e abraçá-la ao mesmo tempo, para que recobrasse o juízo que parecia ter perdido.

— O que está fazendo? — perguntei o óbvio, esperando para ver sua resposta.

Ayla levou um susto tão grande que deu um grito fino e largou tudo o que estava segurando.

Virando-se para mim, com a mão no peito, e os olhos assustados, perguntou:

— O que está fazendo aqui? — O tom agudo não me passou despercebido.

Continuei no mesmo lugar onde me postei desde o momento que entrei no quarto: recostado no umbral da porta, com braços e tornozelos cruzados. Embora eu parecesse a pintura da calmaria, por dentro eu me tremia de terror.

— Tentando impedir que você saia por esta porta — respondi o óbvio.

Ela se sentou na beirada da cama, ainda arfando pelo susto segundos antes.

— Você não deveria estar em São Francisco? Jogando uma partida?

— Tecnicamente, a partida já acabou. E sim, eu devia ter estado lá, mas algo no fundo do meu ser estava me dizendo que quando eu voltasse, amanhã, não a encontraria mais aqui. Então, vou perguntar de novo: o que está fazendo?

Sem nem ao menos olhar para mim, ela respondeu:

— Arrumando as malas, Vic. Eu preciso sair daqui o quanto antes.

— Por quê? — Eu a provocaria até admitir o que a afligia. Eu agora sabia, mas queria ouvir de sua boca.

— Porque preciso. Não posso mais ficar aqui.

Erguendo-se da cama, ela voltou a fazer o que havia interrompido. O ritmo frenético com que depositava as roupas na mala, de qualquer maneira, mostrava que estava mais perturbada do que queria admitir.

— Ayla, olhe para mim — pedi, ainda recostado à porta do quarto.

Ela abaixou a cabeça e parou por um instante, inclinando a cabeça e erguendo o olhar marejado para mim.

— Por que está indo embora? — insisti.

— Porque ele está vindo atrás de mim! — gritou perdendo a compostura. As lágrimas furiosas agora quase me impediam de ver o brilho de seus olhos com clareza. — Eu sinto que ele está vindo e não vai sossegar até colocar as mãos em mim para me fazer pagar pelo que fiz.

Saí de onde estava e me aproximei dela, devagar. Ayla era para mim, naquele momento, como um animal ferido que poderia se assustar com qualquer movimento ao redor, por mais simples que fosse.

— Henry Cazadeval não vai tocar em você, Ayla — falei e atraí sua atenção.

— Como... co... como pode saber? — perguntou assombrada.

— Como sei o quê, meu amor? Como sei que esse babaca não vai colocar as mãos em você? E como sei que as ameaças dele são infundadas e você não precisa temer nada?

Ela arregalou os olhos, em confusão.

— Os dois — admitiu, aceitando o meu abraço. — Vic...

— Venha aqui. — Eu a puxei para o meu colo, afastando as roupas que ainda estavam ali, de qualquer maneira. — Ayla, olhe para mim...

Ela o fez, e o medo que vi ali era tão vívido que me fez sentir uma vontade imensa de caçar o filho da puta obsessivo e esmagá-lo com minhas próprias mãos.

— Eu não vou perder você. Eu me recuso a perder alguém que amo por causa de uma obsessão descabida, ou de alguém que não aceita perder algo que nunca teve. Não vou perder de novo.

— Vic...

— Escuta... você se lembra do pesadelo da noite passada?

Ela assentiu.

— Imagino que Mila tenha dito a você que tenho um trauma não esquecido no passado...

— Ela apenas me disse que era uma história sua para contar. Sempre esperei que você estivesse preparado para compartilhar quando achasse adequado — ela disse baixinho.

— E esse momento é agora. — Respirei fundo. — Quando toda essa merda começou, com o fã louco que mais parecia um *stalker* virtual filho da puta, meus medos começaram a ressurgir e o que eu vinha deixando guardado despertou: o pavor de perder você.

Ela passou as mãos pelo meu rosto, e sua fisionomia mostrava os sentimentos que a afligiam: consternação.

— A culpa não foi sua, querida — falei antes que deduzisse erroneamente. — Isso foi apenas um gatilho porque trouxe tudo o que tentei deixar guardado no meu passado.

Era a hora de revelar o que me assombrava.

— Minha irmã, Kyara, envolveu-se em um relacionamento abusivo, quando eu era apenas um garoto. Ela tinha dezenove anos e era minha guardiã legal, logo depois que nossa avó faleceu.

Afastei uma mecha do cabelo do seu rosto. Ela aproveitou e passou a mão pela minha barba por fazer, em um carinho silencioso.

— Naquela época, eu, mesmo criança, já podia ver os sinais que ela tentava esconder a todo custo. O cara era obcecado por ela, possessivo, ignorante. Ele tinha ciúmes inclusive do relacionamento dela comigo. Odiava que Kya cuidasse de mim e por várias vezes infernizou para que me deixasse em um orfanato. Kyara achava que eu não podia ouvir as brigas, mas eu estava ciente de todas.

Ayla estava concentrada na história pérfida da minha vida.

— Por vezes eu saía de casa, porque não aguentava dividir o mesmo espaço que o idiota. Perdi as contas de quantas brigas tive com minha irmã, tentando mostrar a ela que o cara lhe fazia mal e que ela deveria se afastar.

Fechei os olhos ante as recordações.

— *Kya! Esse cara não presta e está tentando nos afastar!* — *gritei a plenos pulmões.* — *Eu ouvi quando ele disse que quer apenas você, e não o moleque que você chama de irmão!*

— *Isso não é verdade, Vic! Nós nunca nos afastaremos, em hipótese alguma* — *ela afirmou.*

— *Você pode me dar a certeza de que esse babaca não está ameaçando você, irmã? Eu posso ter só doze anos, mas não sou burro e nem cego, Kya. Ele está te conduzindo e você não tem força para lutar contra ele e se afastar.*

— *Vic... as coisas não são fáceis assim...*

— São sim! Você pode terminar tudo e podemos sair daqui! Ir pra outra cidade, sei lá.

— Você tem a escola e eu tenho a faculdade, Victorio — ela disse com um sorriso triste. — Nem tudo pode ser resolvido em um piscar de olhos.

— Isso pode, Kya! Você pode mandar esse cara para o inferno!

— Victorio! Não amaldiçoe dessa forma! Onde anda aprendendo essas coisas? — brigou e quase me deu um tapa.

— Na rua! Com você eu estou aprendendo a ficar calado porque nunca sou ouvido mesmo.

Kyara fez uma cara de choque que quase fez com que eu me arrependesse pelas palavras amargas.

Senti as lágrimas querendo saltar e forcei para impedi-las. Eu era homem, cacete. Não podia chorar assim desse jeito.

Kya percebeu meu estado e veio ao meu encontro. O abraço acalentador me encheu de tristeza e esperança de que ela, ao menos aquela vez, ouvisse minhas súplicas para que abandonasse o babaca.

— Prometo que vou resolver isso, Vic. Prometo. Assim que possível.

— Vai ser hoje?

— Vic...

— Me prometa, Kya... que você vai terminar com esse idiota hoje e vamos ficar só nós dois, sem esse cara te importunando e te enchendo de roxos que você acha que não vejo.

Ela abaixou a cabeça, envergonhada.

— Kyara... prometa pra mim.

— Eu prometo. Só não posso garantir que será hoje.

Saí de seu abraço e peguei a mochila, afastando-me na direção da porta.

— Você não vai fazer nada disso, né? Gosta mais desse bundão do que de mim. Mesmo que eu esteja preocupado com você... ainda assim... você não se importa... nem comigo, nem com você mesma — falei e deixei que uma lágrima saltasse livre.

— Vic! Por favor... não fale isso.

— Eu vou pra aula, Kya. Você fique com o animal que escolheu.

Kyara correu para me abraçar e disse baixinho:

— Eu vou fazer isso, Vic. Vou fazer e seremos só nós dois contra o mundo, okay?

Saí de casa, tendo a certeza de que Kyara apenas me fez promessas vazias. E minha vida nunca mais foi a mesma.

— E minha vida nunca mais foi a mesma... — falei com a garganta apertada.

Senti os dedos de Ayla afastando uma lágrima que se arriscou a escorrer.

— Quando voltei para casa, cerca de duas horas depois, encontrei o corpo da minha irmã no chão da cozinha e o do babaca, na sala. Ele tinha disparado cinco tiros contra Kya, e deixado um para ele.

Os braços de Ayla rodearam meu corpo, que eu sentia tremer.

— Chamei os policiais e passei mais de três horas dando depoimentos de tudo. Desde quando o namoro havia começado e outras coisas. Os relatos que eu podia perceber eram que o idiota sempre havia sido assim e tinha duas queixas de outras ex-namoradas contra o mesmo tipo de abuso, e uma última quase havia sido assassinada, no Estado em que ele morava antes, Utah. Ela afirmou que quando tentou terminar o relacionamento, ele havia atirado duas vezes contra ela. A sorte é que as balas não foram fatais, ao contrário do que havia acontecido com minha irmã. Tentei recobrar um pouco da compostura para finalizar o relato assombroso da minha vida.— Então foi aquilo que fechou o inquérito policial. Kyara deve ter tentado terminar o namoro e o babaca não levou isso numa boa. E sabe o que é pior, Ayla? Por um momento eu desejei que o tempo voltasse e que minha irmã não tivesse atendido à minha pressão para que acabasse com tudo. Desejei que ela ainda estivesse naquele relacionamento de merda, porque dessa forma ela estaria viva.

As lágrimas desciam sem rumo.

— Vic... não foi culpa sua.

— Sim, foi. Se eu não tivesse interferido no relacionamento dela com o babaca, ela ainda estaria viva.

— Você não sabe disso. Não pode atestar isso como um fato indubitável. Ele era um abusador, obcecado. O comportamento doentio dele deixou um rastro de outras mulheres por onde ele passou. O que acha que poderia acontecer com sua irmã, se continuasse com ele por anos e anos?

— Ele poderia ter continuado, ou eu poderia ter crescido e o teria matado. Antes de ele assassinar minha irmã.

Ela me abraçou com força antes de segurar meu rosto entre suas mãos.

— Não diga isso. A culpa não é sua. Você, mesmo criança, viu o namoro doentio em que sua irmã havia se enfiado e tentou mostrar a ela. Não se esqueça disso, Vic. Você tentou salvá-la.

— Mas não fui capaz! Eu saí de casa! — gritei exaltado. — Se tivesse ficado, poderia ter salvado minha irmã.

— Ou poderia ter morrido junto. Me perdoe, mas vou falar uma coisa dura agora: sua irmã poderia ter ficado com apenas quatro balas e uma ter sido reservada pra você. Por ser uma criança, o namorado dela pode ter imaginado que bastava uma para liquidar com você. Já chegou a pensar nisso?

As palavras de Ayla me fizeram retesar o corpo, em choque. Eu nunca havia pensado por aquele ângulo. Talvez a intenção do babaca realmente tenha sido essa, já que ele me odiava e não escondia o fato. Mesmo assim...

— Não busque o complexo de super-herói, Vic. Não quando você era uma criança de doze anos. Não sabemos o porquê a vida reserva esse tipo de surpresa ingrata, mas você nasceu para um propósito. Seu destino não estava nas mãos do algoz da sua irmã.

Era duro ouvir aquilo.

— Eu queria tanto que Kyara estivesse aqui... Você a adoraria. Ela era como um feixe de luz numa sala escura. Mas no instante em que começou o relacionamento com aquele cara, sua luz foi se apagando pouco a pouco. Sinto tanto a falta dela... — falei e dei vazão às lágrimas que já não podiam ser contidas.

Ayla me abraçou de tal forma que, antes era eu que lhe dava conforto, mas tínhamos invertido os papéis. Eu a segurava no colo quando a puxei para mim, mas a posição em que nos encontrávamos agora refletia o oposto. Estava esparramado na cama, com o corpo sendo acalentado por uma muito delicada mulher.

Abri os olhos, mesmo sentindo uma vergonha intensa do meu estado emocional, e confessei:

— Consegue entender por que achei que Mila estivesse enfiada em um relacionamento abusivo, tantos anos atrás? Quando ela disse que tinha encerrado o breve namoro com Adam St. James, imaginei que ele não a deixaria ir e acabaria fazendo o que não pude impedir de acontecer com Kyara.

— Entendo perfeitamente por que agiu daquela forma. É mais do que compreensível que você tenha projetado o seu medo para o que poderia acontecer com Mila. Porém, Adam St. James era completamente diferente do rapaz com que sua irmã mantinha um namoro abusivo.

Fechei os olhos, embaraçado pelos meus atos que originaram tantos problemas para Mila anos atrás.

— E a situação é diferente da que estou vivendo neste instante. Eu não tenho um relacionamento com nenhum dos dois elementos que estão me perturbando — ela disse, tentando me fazer sentir melhor. Tentativa frustrada, pois eu continuava temendo o pior.

— Você não sabe do que esses caras são capazes, Ayla. Veja o exemplo de tantos relacionamentos abusivos espalhados pelo país, pelo mundo... pessoas que se conheceram, em algum momento decidiram ficar juntos... namoros, casamentos de longa data. Todos regidos por algum sentimento de posse tão doentia que em algum momento poderá resultar em algo drástico.

— Mas nem todos têm o mesmo destino.

— Você não sabe! Não conhece o que se passa na cabeça desses psicopatas!

— O namorado da sua irmã, certamente, apresentava alguma doença mental, agravada por sabe-se lá o quê. Mas nem todos acabam levando a cabo as ameaças ou tentativas de se fazerem notados.

— Não defenda nenhum deles, por favor.

— Não estou defendendo. Só acho que o fã que você fez questão de colocar no mesmo grupo de Henry... é apenas um fã.

— Obcecado, porra. Focado somente em você. Essas merdas de rosas chegando a todo momento, recados...

— Mas tudo nunca passou disso, Vic. Admiração à distância.

— E quanto a Henry? — insisti.

— Ele está me ameaçando, mas acho que isso tem mais a ver com ego ferido do que outra coisa. Não pode ser comparado ao que o namorado da sua irmã fez. Acho que ele quer ferrar minha carreira, de alguma forma — ela respondeu, mas abaixou os olhos.

— Você não pode afirmar isso, não é mesmo? Tanto que *acha* que ele não pode fazer nada físico a você. É a teoria do achismo. Mas me diga... por que está fugindo então?

— Porque não quero que nada aconteça com você! — foi a vez de ela gritar exaltada.

— Nada vai acontecer comigo.

— Você não pode me garantir isso! Henry pode não cumprir uma ameaça fisicamente, mas pode muito bem fazer o que tem usado como argumentos contra você: ele pode acabar afetando sua posição no time. Foder com o sonho que você ralou para conquistar!

Acabei me sentando e assumindo meu posto de consolador naquele instante. Segurei o rosto de Ayla entre minhas mãos, fazendo com que ela erguesse o olhar para mim.

Eu já sabia daquela informação, quando li a mensagem que ele enviou para o celular dela, ontem.

— Ele nem ao menos sabe quem sou. E mesmo se soubesse, se a influência que ele afirma ter for maior do que o meu talento no basquete, fazendo com que o Rockets queira perder milhões de investimento, então eu estou na profissão errada. Ou na porra do time errado.

As lágrimas agora escorriam daqueles olhos que eu tanto amava. Olhos reveladores que mostravam que ela temia muito mais o efeito que o cantor famoso e imbecil poderia ter sobre mim do que sobre ela. Ayla não temia que ele a atingisse. Ela temia que ele me ferrasse.

— Vamos ficar juntos nessa, meu amor. Nós vamos encontrar um jeito de livrar você das ameaças desse cretino e, em contrapartida, fazer com que ele se arrependa de ter se metido com Vic Marquezi e sua mulher. — Ela afastou uma lágrima e ia retrucar o que eu falei, quando a interrompi: — Ele não faz ideia do que vai atingi-lo, antes de sequer imaginar.

Um sorriso fugaz surgiu naquele rosto lindo que eu tanto amava.

Ayla Marshall era a dona do meu coração. Dos meus pensamentos.

Poderiam afirmar que relacionamentos possessivos eram letais, mas eu podia garantir que quem mantinha a posse ali era aquela mulher. Ela me possuía por inteiro.

Eu não conseguia imaginar minha vida sem ela mais.

E faria de tudo o que estivesse ao meu alcance para impedir que outra pessoa simplesmente acabasse com o que havíamos conquistado.

Foda-se minha carreira no basquete. O que eu não aceitaria era que o filho da puta estragasse o que eu tinha com Ayla.

Meu contato com o advogado fodão que Adam indicou e acionou através de suas redes de relacionamento já havia sido feito. Eu estava apenas aguardando um retorno.

Eu mostraria para o filho da puta o que era se meter comigo e com minha garota.

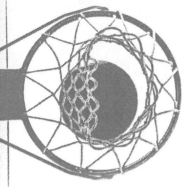

CAPÍTULO 37
Vic

~•~ Ódio volátil a surgir ~•~

Eu estava no meio do treino, quando meu celular tocou.
— Victorio Marquezi? — A voz feminina soou com autoridade.
— Sim.
— Um instante porque direcionarei esta ligação para o escritório do Dr. Szaloki[2]. — O clique que se seguiu foi o suficiente para fazer meu coração acelerar.

Peguei a toalha nas cadeiras laterais e uma garrafa de Gatorade.
Com o bocal do celular coberto com a mão, falei para o treinador:
— Preciso atender a essa ligação, tem problema?
— Não, filho. Vá lá. Se quiser usar minha sala, fique à vontade — ele respondeu.

Quando cheguei à sala do treinador, ouvi a voz imponente do outro lado da linha:
— Victorio ou Vic? Como prefere ser chamado? Ainda existe a opção bem formal de ser tratado como Sr. Marquezi, mas quero crer que sou íntimo o suficiente, já que o xinguei duas vezes quando jogou contra o Boston Celtics — ele disse, e me surpreendi de imediato. — Adam St. James informou que você parece estar precisando de uma assessoria jurídica, então, no que posso te ajudar?

Engoli em seco, antes de dar início à narrativa.
— Dr. Szaloki, é um prazer falar com o senhor. E pode me chamar da forma como quiser, senhor.
A risada grave do outro lado me alertou que o que eu havia falado, pelo jeito, o agradou de alguma forma.
— Primeiro: não me chame de senhor, pelo amor de Deus. Garanto que já está sendo difícil o suficiente ter os filhos dos meus amigos me

---

2   Gabe Szaloki é o personagem principal do livro Absoluto, também da M. S. Fayes.

chamando de tio Gabe. Segundo: se eu for chamá-lo de qualquer nome à minha escolha, vou chamar de filho da puta, por você ter feito aquela cesta de três, faltando cinco segundos para acabar o jogo. Você, na minha mente, foi o causador da desclassificação do Celtics.

Comecei a rir, sentindo o clima aliviar.

— Certo. Peço perdão pelo infortúnio do seu time — falei, dessa vez, brincando.

— Claro, claro. Acredito na sua sinceridade — ironizou. — Vou tratá-lo por Vic, então, e desse jeito escapo da fiscal de boca-suja, minha amada esposa.

— Tudo bem. Eu imagino que o sen... você — corrigi-me a tempo — tenha lido o meu e-mail. Ou que até mesmo Adam tenha adiantado algo a você.

— Sim. As duas coisas. Adam me ligou, e seu e-mail apenas completou as informações passadas. E vamos ver se entendi bem o problema: sua amiga está tendo problemas com um contrato abusivo, é isso?

— Minha namorada. E sim, o contrato ao qual ela teve a vida amarrada, foi bastante abusivo. Incomum até.

— Certo.

— Ela foi contratada para fazer um número de dança para um cantor latino famoso. Porém, ele parecia querer contratá-la para algo mais, além do profissional.

— Entendi. O cantor sendo Henry Cazadeval, não é isso?

Eu estranhei porque não havia citado o nome de Henry no e-mail.

— Se estiver aí, se perguntando como eu sei, por favor, então você é daqueles que desconhece a razão pela qual eu faço jus ao meu posto — ele disse e pude detectar um sorriso em sua voz. — Enquanto você vem com a inicial, Vic, eu já vou com a liminar. Simples assim. Se todos os advogados fossem espertos o suficiente para pesquisarem tudo ao redor, garanto que o mundo seria muito mais ajustado judicialmente.

— Uau... certo.

— Então... vou prosseguir daqui: sua namorada foi contratada para o tal famoso clipe de Henry Cazadeval. Imaginando que ela tenha agido como a maioria, possivelmente sua garota não leu as entrelinhas miúdas que são um saco para ler. Garanto que muita gente comete esse deslize — admoestou. — Cláusulas contratuais podem ser facilmente utilizadas de maneira errônea, apenas com a escolha das palavras-chaves para compor o texto. Ou seja, está escrito ali, mas na verdade pode ser deduzido de outra forma. Ou, pior, não está escrito ali, mas as palavras estão tão rebuscadas, que automaticamente você já pensa de outra forma.

— Bem... acredito que tenha sido isso o que aconteceu. Ayla não viu as ameaças veladas através destas mesmas cláusulas.

— Ou ele está se valendo daquilo que nem mesmo está implícito, apenas para atemorizá-la.

— Sim.

— Vamos lá... não obstante o fato de você ser um jogador talentoso, e tenho que dar o braço a torcer, também tenho como hábito, atender a chamados de amigos. Mas mais do que isso, Vic — agora seu tom havia adquirido uma nota muito mais séria —, eu odeio, de sobremaneira, quando alguém se vale de ameaças vis para coagir outro alguém. Quando alguém que se julga em uma posição superior resolve acossar, de alguma forma, alguém que foi contratado para algum serviço.

Ouvi atentamente.

— Se a pessoa em questão, ainda estende as ameaças contratuais para ameaças físicas, então, meu ódio ganha um nível muito mais exacerbado. Porque abomino qualquer forma de assédio moral. Se estiver vinculado a assédio sexual, aí é que sinto vontade de arrebentar o infeliz.

— Ookaaay...

— Vamos apenas dizer que trato isso de modo bem pessoal.

Passei a mão pelo cabelo, tentando recordar tudo o que precisava ser dito.

— Isso é um bom sinal, certo?

— Um muito bom, para dizer a verdade. Indica que eu odeio esse tipo de atitude machista, exatamente por ter quase perdido minha mulher por conta disso. Logo, vamos ao que interessa: preciso que você encaminhe para a minha assistente a cópia do contrato referido. O de sua namorada.

— Tudo bem. Isso pode ser arranjado.

— Preciso de datas. Todas possíveis. Seria o ideal que tivéssemos um encontro formal, mas podemos dar início aos trâmites por aqui mesmo. A tecnologia está aí para isso.

— Posso perguntar uma coisa?

— Claro.

— Mesmo sendo um advogado do leste, você conseguirá jurisdição aqui?

A risada dele impactou minha confiança. Será que falei merda?

— Vic, vamos apenas dizer que o lugar onde resido e atuo não será o suficiente para impedir uma ação penal contra Henry Cazadeval. Ele gosta de acordos. Acredite quando te digo que ele vai aceitar o que será proposto, sob o risco de ter a carreira esfacelada ante milhões de fãs.

— Pelo que entendi, na última mensagem que ele enviou para Ayla, ele estende a ameaça a mim, alegando que sua influência será suficiente para me destituir do time.

Gabe Szaloki riu outra vez.

— Cara, eu vou ter que dizer que se o filho da puta conseguir te arrancar desse seu time, então eu rasgo meu diploma de Harvard.

A segurança com que ele disse aquilo trouxe alento ao meu peito. Porque isso poderia fazer com que Ayla ficasse mais calma e esquecesse um pouco que ela não precisava lutar sozinha. Ela agora tinha a mim. E, ao que parece, a Gabe Szaloki também.

— Eu entro em contato assim que desencavar os podres de certo alguém — disse. — E Vic, respire fundo e tenha um bom jogo, depois de amanhã.

— Muito obrigado, senh... Dr. Szaloki.

— Não há de quê.

Somente ao encerrar a ligação é que percebi que não tínhamos conversado sobre o preço de seus serviços jurídicos. Imaginei que ele seria caríssimo, mas nada que eu não pudesse pagar. Mesmo as custas processuais, eu estava pouco me lixando para o valor.

O que me importava, naquele momento, era ver Ayla livre das ameaças daquele verme, que achava que por ser famoso, tinha o pleno direito de pegar o que quisesse, ou sair ileso de qualquer merda feita.

Só se para um trem quando se coloca outro em rota de colisão.

E era assim que Gabe Szaloki era visto.

Voltei para o treino, sentindo a esperança ressurgir de que tudo daria certo. Bastou que eu entrasse na quadra para Mark arremessar a bola na minha direção.

— Segura, mané!

Agarrei a bola e já me dispus a correr em um trote, driblando o idiota e dando um passe para Jammal.

Assim que a cesta foi feita, Jammal veio bater um *high five*.

— Belo passe.

— Valeu.

— Mas diga aí... por que você anda tão misterioso, com ligações secretas... — Kaleb falou, colocando o braço sobre meus ombros.

— Não é nada.

— Ah, qual é, Vic. A gente está vendo, cara. Você está todo mexido, meio aéreo. O que *tá* pegando, mano? — Mark veio do outro lado.

Pensei se deveria abrir para meus amigos, e acabei me sentando nos bancos. O resto da equipe seguiu treinando. Eles precisavam rever alguns passes falhos, então o treinador McCarter focou neles.

— É a Ayla.

Mark colocou a mão no coração e ironizou:

— O quê?! Sério que seu problema está relacionado a ela?

Dei um murro no braço dele, para deixar de ser besta.

— Você terminou com aquela gata e agora está querendo dizer que ela está livre para mim? — Kaleb zombou.

Ele se afastou com as mãos em rendição, sabendo que seria o próximo a levar um soco. Na cara. Só para tirar aquele sorrisinho idiota. De quebra, eu poderia livrá-lo de alguns dentes em excesso, talvez.

— Não, porra. Ah, vocês são um saco.

— Sério, cara. Estamos aqui pra você.

Passei a mão no cabelo suado.

— O idiota daquele clipe está ameaçando minha garota. Inclusive, usando de ameaças contra minha posição no time, para conseguir o que quer.

— Como assim? Ameaçando sua posição no time? — Mark perguntou, sério.

Acabei contando tudo o que poderia ser compartilhado. Os caras ficaram chocados com o nível de cretinice de Henry Cazadeval, e disseram que estariam dispostos a me apoiar no que fosse.

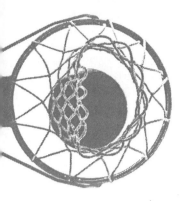

CAPÍTULO 38
Ayla

❧ Amor renascido das cinzas ❧

Saí o mais rápido possível da formação, disposta a fugir do estádio com a roupa que usava. Merda, merda! Eu não calculei que Henry pudesse ter a audácia de comparecer a um dos jogos do Houston.

E lá estava ele, sentado nas primeiras fileiras dedicadas às celebridades. Nunca supus que ele fosse um fã de basquete, e mesmo assim, o que estava fazendo tão longe de casa? O mais provável é que estivesse ali para cumprir as ameaças que vinha fazendo ao longo daquelas semanas.

Entrei no vestiário e abri o armário com fúria, procurando pela minha sacola com roupas. Quando estava retirando os tênis e trocando pelas botas com as quais cheguei ao estádio, a porta se abriu de uma vez.

O medo fez meu coração quase saltar pela boca.

— Ayla, o que está fazendo? O que está acontecendo? — Roberta perguntou preocupada.

— Ele está aqui, Rob. O homem que eu disse que vem infernizando minha vida. Está aqui!

— Quem é ele, querida? O fã obcecado que vem postando seus vídeos no Youtube, é ele? Ele se identificou a você? — Ela agora andava de um lado ao outro, observando enquanto eu terminava de calçar a bota esquerda.

— Não, Rob. O homem do qual fugi meses atrás. O cantor que me projetou para o estrelato na mesma medida em que acabou com a minha vida.

— Henry? Você está falando de Henry Cazadeval, é isso? — Ela parecia em choque. Não mais do que eu.

— Ele mesmo.

— Ayla, Henry é o cara que você do qual você falava, quando desabafou aquela vez no bar? — insistiu. — O que a assediou e ameaçou por quebra de contrato? Que prometeu caçá-la até a morte?

Abaixei a cabeça, esquecendo-me por um momento da pressa que me afligia a sair dali o quanto antes.

— Sim, Rob.

— Meu Deus, menina. Então Henry não aprendeu nada com a vida nos últimos anos e continua atuando com o mesmo *modus operandi*?

Não entendi nada do que ela disse, mas peguei a bolsa, atravessei a alça pelo pescoço e me levantei. Eu precisava sair dali o mais rápido possível. Daria um jeito de enviar uma mensagem a Vic depois.

— Eu preciso ir, Rob. Não sei o que farei depois daqui, mas agradeço já de antemão pelo apoio e a oportunidade que me deu ao longo desse tempo curto em que nos conhecemos — falei e tentei passar por ela que ainda bloqueava meu caminho.

— Você não vai a lugar nenhum, Ayla — ela disse e por um instante temi que estivesse mancomunada com Henry. — Não vou permitir que Cazadeval estrague mais uma carreira. Isso deveria ter parado há anos. Anos! Mas o imbecil continua agindo como um mimado arrogante que acha que pode ter tudo o que quer.

Franzi o cenho ante suas palavras enfáticas.

— É sério... o público pode ter ficado sem saber a verdade ou ficar alheio aos escândalos que rolam no meio das celebridades, mas quem é da área acaba tomando conhecimento de tudo. Anos atrás, Henry acabou com a carreira de uma grande dançarina, que integrava o corpo de baile de seus shows. Mariel era graciosa, tinha talento de sobra e reunia tudo o que uma mulher poderia desejar. O idiota quase a estuprou em uma das muitas viagens e, mesmo que ela tenha feito uma denúncia, foi obrigada a retroceder, acatando uma indenização mixuruca. Só que Mari nunca mais ousou pisar nos palcos outra vez. Desistiu de tudo, por conta daquele imbecil.

— Roberta...

— A única coisa que eu sei, querida, é que não vou deixar que Henry faça o mesmo com você. Agora nós vamos embora daqui, de cabeça erguida.

Saímos pelo corredor, vendo que os jogadores já se preparavam para voltar à quadra. O intervalo havia acabado, o que significava que Henry agora estava livre e poderia vir atrás de mim, como prometera.

Vic ergueu a cabeça no exato instante em que eu o encarava. Nossos olhares ficaram travados um ao outro, tentando dizer sem palavras tudo aquilo que estávamos habituados a dizer a todo momento.

Eu o amava. Mais do que minha própria vida. E não queria ser a causadora de qualquer problema dele com o time, como Henry fizera questão de ameaçar.

Eu não sabia qual era o poder de alcance da influência que Cazadeval poderia ter, mas não queria correr o risco de algo ruim acontecer à carreira que Vic lutara tanto para conquistar.

Acenei rapidamente, tentando dizer que estava saindo, quando pelo corredor ouvi a voz que andava me aterrorizando pelos inúmeros recados em caixa-postal.

— Ayla!!!

O chamado atraiu a atenção de todos os jogadores que estavam à frente, fazendo com que se virassem para observar o que acontecia. Vi pelo canto do olho que Vic se dispersara do time e vinha caminhando em minha direção.

Não. Não. Não...

— Até que enfim nos encontramos, não é mesmo?

Atrás dele pude reconhecer os dois guarda-costas que sempre o acompanhavam. Eles vinham com a promessa da ameaça de Henry a ser cumprida. Ele me levaria dali de qualquer forma.

A mão de Roberta apertou meu cotovelo, que ainda se mantinha em seu agarre.

— Não se desespere, e tudo vai se resolver.

Olhei para ela e de volta para Vic, que se aproximava.

Quando Henry parou a alguns metros à minha frente, foi o momento exato em que Vic enlaçou minha cintura, encarando o cantor com o ódio que ele reservava apenas aos seus inimigos.

— Você não quis revelar quem era seu amante, mas não é preciso ser muito esperto para descobrir que é este que agora acha que poderá me impedir de fazê-la cumprir o contrato, não é?

— Como eu já te disse, há muito tempo, nós não temos mais um contrato, Sr. Cazadeval — falei, tentando disfarçar o tremor na voz. O braço de Vic me assegurava que eu ficaria bem, mas o medo ainda me corroía, se Henry cumprisse suas ameaças.

— Ah, sim. Você tem insistido nesta tecla, mas acredito que quem está com problema de entendimento aqui seja você. Uma cláusula do contrato antigo foi quebrada por você, então existe uma multa a ser paga ou a aceitação de um adendo e novo contrato que a obriga a participar de todos os shows da minha turnê — ele disse com um sorriso de escárnio.

Vic me interrompeu antes que eu pudesse falar:

— Parece que quem tem problema aqui é você, Cazadeval, que acha que ameaçar alguém a faz querer prestar um serviço somente porque o seu desejo é esse — ele cuspiu, totalmente irritado. — Ayla não tem obrigação contratual nenhuma com você mais. E acredito que você mesmo já sabe disso, mas continua usando de blefes para tentar ludibriá-la. Mais uma coisa: parece que você desmerece o poder que a Justiça tem, não é?

Algo como temor passou rapidamente pelos olhos dele, mas ele afastou o sentimento imediatamente.

— Ohhh... Você não falou para ele, querida? O que sou capaz de fazer com o jogador que vem tentando roubar o que me pertence?

Vic avançou para frente e eu o segurei, impedindo-o de cair na armadilha de Henry.

O sorriso sarcástico naquele rosto me fazia sentir ganas de estapeá-lo. O que Henry tinha de bonito por fora, ele sobrepujava com a feiura interior.

— Acho que aqui quem não falou nada para alguém foi você, não é mesmo? — Vic disse ao meu lado. — Por acaso está ignorando por completo que agora quem está sofrendo uma ameaça processual é você? Não teve coragem de dizer ainda, Henry? Que seus advogados receberam a visita dos meus, com a promessa de acabarem com a *sua* carreira, e não a minha?

Virei para olhar meu namorado, que falava com uma segurança absurda. Vic olhou para mim, e voltou a atenção para Henry.

— Acredito, inclusive, que você esteja infringindo uma das liminares que foi dada hoje, pela manhã, não é mesmo? A que o impede de se aproximar de Ayla Marshall em uma distância de até 300 metros. Vir ao jogo foi um gesto ousado seu. Parece que você realmente acredita que é inatingível, por ser famoso.

Henry olhava para nós dois com ódio fumegante.

Eu me afastei um pouco de Vic e cheguei à frente do idiota.

— Eu não sei onde quer chegar, Henry, mas estou disposta a brigar nos tribunais para me ver livre de você, de uma vez por todas — aquela foi a minha vez de blefar. Eu não sabia do que Vic estava falando, mas confiava plenamente nele.

— Ayla... — Vic disse atrás de mim.

Antes que eu pudesse imaginar o que ele faria, Henry ergueu uma das mãos para mim, com um gesto que acreditava ser galante.

O cretino riu, como se estivesse satisfeito com o desenrolar dos acontecimentos.

— Rupert, faça a gentileza de acompanhar a senhorita Marshall até o nosso carro. — O homem era tão louco que deu como certo de que eu iria mesmo.

Quando o guarda-costas avançou um passo em minha direção, o mais surpreendente aconteceu. Antes que eu pudesse articular qualquer palavra, meus olhos captaram apenas a sombra de uma bola de basquete sendo arremessada e acertando a mão que visava me agarrar. Gritei, assustada com o movimento súbito, e saí do transe que me mantinha imóvel. Vic me afastou de Henry, que agora nos encarava, furioso, enquanto Rupert segurava o braço que recebera a pancada. Jammal ficou atrás dele, dando-lhe uma chave de pescoço. O outro guarda-costas estava sendo contido pelos dois metros e três de altura de Kaleb Morrison, também contido com os braços para trás.

— Mas que por... — Henry gritou, e antes que eu pudesse impedir, Vic avançou em sua direção.

— Vic! — gritei desesperada, mas Roberta me impediu de correr em seu auxílio.

— Deixe que eles resolvam isso como homens, querida. E é nessa parte que paro de gravar a conversa — disse e ergueu o pequeno gravador que tinha em mãos.

Olhando para os lados, vi todo o time de Vic ao redor, preparados para dar a surra que os três homens mereciam.

Vic rolava no chão, socando o rosto de Henry Cazadeval, que tentava revidar de qualquer forma.

A equipe técnica veio às pressas pelo corredor de acesso e o técnico gritou:

— Mas o que está acontecendo aqui? Vocês deveriam ter voltado à quadra há mais de dez minutos!

Quando eles viram a briga no chão, contive a vontade de rir com o queixo aberto de todos.

Henry já estava quase apagado, quando Danny retirou Vic de cima do cantor. Mark veio em seguida e estendeu uma toalha ao amigo.

— Bela esquerda. Mas precisa melhorar um pouco a direita, hein? Aposto que está com os nódulos feridos. Isso significa que não posicionou o punho de forma adequada, *bro* — disse e fez com que os outros rissem, em concordância.

— Vá se ferrar, Mark — Vic respondeu com um sorriso e cuspiu um pouco de sangue no chão.

— Aww, que injusto falar isso para o seu amigo do peito, que fez aquele arremesso digno de filmes de ação... — caçoou. Os outros colegas do time o congratularam com zoadas que só homens sabem fazer.

Vic veio em minha direção e me tirou do abraço consolador de Roberta Yew, fazendo com que lágrimas teimosas caíssem pelo meu rosto.

— Vic... — Eu o abracei e senti o suspiro de alívio quando ele me apertou forte em seus braços.

— Eu achava que o cara era louco, mas não tinha a noção do quanto.

Fechei os olhos com força, tentando recobrar a compostura.

— Eu senti medo por você, pela sua posição...

— Nós vamos conversar sobre sua atitude impensada depois e sobre o que você planejava fazer, mas não agora.

— Alguém pode me esclarecer que merda é essa?

Jammal e Kaleb ainda mantinham o agarre nos dois guarda-costas, e Henry seguia desmaiado no chão.

— Acho que seria bom o senhor chamar a polícia, uma ambulância e a imprensa, treinador — Vic respondeu, mantendo o braço firme ao meu redor.

— Eita... que bagunça. Esse por acaso não é Henry Cazadeval, que estava sentado nas fileiras ao lado da comissão dos Warriors? — O treinador apontou o dedo para a saída do corredor que dava para a quadra.

— Ele mesmo. Mas há muito mais nessa história que o senhor desconhece — Vic emendou.

— E eu te garanto que a história é cabeluda — Roberta acrescentou.

— Okay, okay... acredito em vocês. Mas agora voltem à quadra — ele disse e acionou o assistente para fazer o que Vic solicitou. — Vic, acredito que talvez você não esteja em condições de voltar ao jogo agora, certo?

— Sim, senhor. Prefiro ficar aqui e me assegurar de que esses três saiam escoltados.

— Okay. Só vou fazer isso porque gosto dessa boneca Ayla — ele disse e piscou para mim.

O treinador McCarter sempre havia sido um poço de gentileza comigo. Ao contrário do que temi, ele nunca foi contra meu relacionamento com Vic. Sempre nos apoiou em todos os momentos em que nos via juntos.

Roberta chegou ao meu lado e deu um sorriso gentil.

— Está pronta para revelar a alguns repórteres tudo o que tem passado nos últimos tempos, querida?

Não. Eu não estava pronta. Talvez nunca estivesse, mas sabia que não poderia mais tentar proteger a reputação que Henry tinha, sendo que ele não era merecedor dela.

Eu sabia que certos algozes, para serem parados em seus gestos de assédio, precisavam enfrentar os leões famintos que eles mais temiam: a imprensa e o eterno desejo por escândalos. Era isso o que vendia revistas, que dava números e resultava nos milhões de dólares que a imprensa marrom circulava. Mas eu também sabia que havia aqueles repórteres sérios que primavam por expor a verdade dos fatos, mostrando que muitas vezes as atitudes de celebridades escondiam feitos embaraçosos e cheios de arrogância.

Henry Cazadeval agiu em favor próprio, pouco se importando com as vidas de quem ele poderia acabar no processo. E perceber que ele agia dessa forma há tanto tempo sem nunca ter recebido o que merecia, me fez agir com a coragem que eu buscava agora no abraço de Vic.

Apenas acenei com a cabeça para Roberta, mostrando que faria o que tinha que fazer.

Naquele instante, porém, as portas do longo corredor se abriram e um casal entrou com destino certo: nós.

— Eu sempre perco a ação e os fatos mais emocionantes, mas a perspectiva de fazer algo pior, a partir de ações impensadas, torna meu trabalho lindo — o homem elegante disse, com um sorriso arrogante. A mulher apenas revirou os olhos. — Muito prazer — estendeu a mão para mim — Gabe Szaloki.

Vic abriu a boca, talvez em uma proporção maior do que a minha. Eu não fazia ideia de quem este homem era, mas ele parecia conhecer a identidade. Estendi a mão para aceitar o cumprimento e Vic fez o mesmo.

— Vic Marquezi — respondeu, e por um instante achei que fosse gaguejar.

— Eu sei. Você dispensa apresentações. Não se esqueça que curto um rancor enorme pela sua pessoa. Bela campanha, aliás. Esta é minha esposa, Kate — apresentou a mulher belíssima ao lado.

Os dois pareciam não fazer parte do cenário usual de torcedores que frequentavam os estádios. Estavam em roupas elegantes além da conta.

— Infelizmente perdi o início da partida de hoje, mas... digamos que o lugar onde realmente gosto de ver jogadas infalíveis é no tribunal — disse e olhou para a bagunça que era Henry Cazadeval. — Parece que o moleque foi colocado para dormir um sono profundo, não é? E antes que você me corrija, *Szìv*[3], o elemento nem pode ser enquadrado como um homem que vale milhões. Está mais para um moleque mimado que faz birra porque não tem o que quer.

— Eu não ia falar nada, meu amor — a mulher retrucou com um sorriso. — Perdoem meu marido. Ele gosta de fazer entradas triunfais e acredito ter perdido a chance. Estávamos assistindo ao jogo, quando ele percebeu a presença do cantor em questão, e logo imaginou que teria um pouco de emoção.

— Nossa meta era termos chegado bem antes, com um desfecho muito mais dramático — sorriu e piscou —, embora eu ache que uma boa surra teve o fim mais empolgante para você, certo, Vic?

Dando de ombros, ele apenas respondeu:

— Pode-se dizer que expurguei alguns demônios.

— Ótimo. Agora eu assumo daqui, se me permitem — disse, sério. — Creio que a intenção de vocês seja fazer um grande alarde para a imprensa, acertei?

---

3   Apelido no idioma Húngaro que significa coração.

APENAS _um Jogo_   277

Confirmamos em conjunto.

— Refutaremos essa ideia, a princípio, porque agora é o momento em que entro em ação para que este traste nunca mais resolva agir do mesmo modo. Vocês confiam em mim? — perguntou e, mesmo que eu não o conhecesse, sabia que era experiente em sua área de atuação.

— Vic contratou nosso escritório de advocacia e acreditamos que o que Henry Cazadeval mais precisa, neste momento, é de uma lição moral que afetará seus bolsos — a esposa de Gabe completou.

— Bom, Dr. Szaloki, você é o astro aqui — Vic brincou.

O homem imponente à frente apenas acenou com a mão e nos brindou com um sorriso maroto, antes de dizer:

— Cada um em sua especialidade, Marquezi, e a minha é me assegurar de que juridicamente ele receba o devido tratamento, e que vocês, de alguma forma, sejam bonificados com isso. — Piscou.

No momento em que a polícia chegou ao local, o atendimento a Henry já estava finalizado, e o idiota resolveu dar início às suas ameaças outra vez.

Sendo amparado por um dos assistentes da equipe médica, apontou o dedo na direção de Vic e esbravejou:

— Isso não vai ficar assim, seu filho da puta! Vou acabar com a sua carreira, de uma forma que nem será capaz de jogar numa quadra de gueto! — Henry olhou ao redor, tentando localizar seus guarda-costas. Ambos já estavam sendo guiados pelos policiais para fora dali. — Aonde pensam que estão levando minha equipe de segurança?

O arrogante nem tinha se dado ao trabalho de olhar ao redor, pois se o fizesse, teria reparado no predador que o encarava à distância: Gabe Szaloki. Ele estava conversando com um dos oficiais.

— Acho que ainda não entendeu, Henry, que dessa vez você não vai se safar com tanta facilidade — Vic cuspiu em sua direção.

— Eu vou prestar uma queixa formal contra você e essa vagab... — Antes de terminar o xingamento, Vic já o tinha agarrado pela gola da camisa outra vez.

Foram necessários dois policiais para o tirarem de cima de Cazadeval.

— Se eu fosse você, chamava logo seus advogados, porque os meus já estão aqui — Vic disse e deu um sorriso sagaz.

Gabe Szaloki realmente assumiu o controle da situação a partir dali. Mesmo sem ter feito questão de se dirigir diretamente a Henry, ele organizou todos os trâmites para garantir que a justiça fosse feita da forma correta. Ao que parecia, Rupert teve o pulso fraturado pelo impacto da bola e teria que ser encaminhado à clínica médica mais próxima. Quando dois agentes vieram em minha direção, senti o corpo estremecer. Talvez eu estivesse em choque, ou saindo de um, não sei. O casal de advogados interveio em meu favor, alegando que tanto eu quanto Vic iríamos conceder nossos depoimentos assim que possível.

Vic cochichou no meu ouvido, para que apenas eu pudesse ouvir:

— Estarei ao seu lado o tempo inteiro. Eu disse que ele não colocaria as mãos em você, não disse? Estamos juntos nisso, para o que der e vier.

Virei de frente para Vic e segurei seu rosto lindo entre minhas mãos.

— Eu não queria que ele cumprisse o que ameaçou, Vic. Henry disse que destruiria a carreira do jogador que estivesse ao meu lado, mesmo que não tivesse descoberto até momentos atrás. Eu não queria que ele nos visse juntos... porque eu temia o pior.

— Ele não conseguiu o que queria, meu amor. E mesmo que algo respingue sobre mim, estou pouco me lixando. O que me importa é você. Ninguém mais. Esqueça minha carreira, meu time, tudo. Eu só quero saber que você está bem e segura a partir de agora. — Ele me abraçou com força. — Outra coisa... eu disse que cuidaria do assunto, não foi? Pena que não tive tempo hábil para te contar tudo o que já estava encaminhado, mas a noite será longa para atualizarmos tudo. O importante é que seu pesadelo acabou.

As lágrimas desceram pelo meu rosto e Vic as apanhou, uma a uma, com beijos suaves.

Vic esclareceu os fatos aos quais estava alheia, como a liminar expedida, a pedido do tal Dr. Gabe Szaloki, um dos advogados mais conceituados dos Estados Unidos. Agora que o conheci, entendi a referência.

Pelo que entendi, Gabe encontrou fatos que revertiam as ameaças tecidas por Henry, em meu favor. A ordem judicial de medida protetiva não havia sido suficiente para impedi-lo de se aproximar, mas, como ele a infringira, estava sendo encaminhado para a delegacia, e só sairia de lá quando sua equipe de advogados chegasse.

Somente depois de duas horas depois de toda a confusão é que conseguimos nos ver livres para voltar para casa.

Vic abriu a porta do *flat* e me guiou para dentro da suíte que compartilhávamos.

Ele retirou cada uma das minhas peças de roupa, logo após ter acionado o enchimento da banheira. O vapor quente foi bem-vindo ao entrar em contato com meu corpo frio e ainda trêmulo.

Sim. Eu temia ainda as repercussões que poderiam sobrevir sobre Vic. Não temia por mim. Minha carreira era, como as palavras dele apontaram tanto tempo atrás, itinerante. Eu poderia dançar aqui ou acolá. E se ninguém mais quisesse me contratar para nada, sempre poderia pensar em abrir um estúdio de balé contemporâneo, ou mesmo o clássico, ensinando crianças que compartilhavam a mesma paixão pela dança.

Eu previa dias tortuosos, com a imprensa cercando por mais migalhas da história de obsessão de Henry Cazadeval.

Vic guiou minha figura petrificada para entrar na banheira. Só quando ele entrou junto foi que notei que também estava nu. Fiquei tão absorta em meus próprios pensamentos que havia perdido o show de *strip-tease*.

— Venha aqui, meu amor.

Vic me puxou para que me acomodasse à sua frente. Suas mãos fortes espalmaram meus seios desnudos. Olhei para baixo e vi os nódulos da mão direita ferida. Peguei entre minhas mãos e trouxe à boca. Beijei cada um dos ferimentos que ficariam roxos logo mais.

— Me desculpe por toda essa confusão — falei baixinho, sentindo o peso da culpa me assolar.

Vic mergulhou a cabeça contra meu ombro e depositou beijos esparsos ali.

— Há uma coisa que você parece não saber sobre mim, Ayla — ele sussurrou em meu ouvido: — Eu amo você. Para sempre. E no que depender de mim, aquilo que a aflige será o mesmo que me afligirá. O que a incomodar, me trará incômodo. Eu quero ser aquele que afugentará seu medo para longe. O que a abraçara quando sentir frio. Eu quero ser o calor que você anseia. O refrigério que arrefecerá suas queimaduras. Eu quero estar ao seu lado em todos os momentos. Seus problemas serão os meus. Suas lutas serão minhas também para lutar.

Cada sentença era marcada pela força com que afirmava as palavras. E meu coração ia perdendo o peso que estava acostumado a carregar, porque aprendi a lutar minhas batalhas sozinha. Aprendi a nunca contar com ninguém, desde que deixei até mesmo tia Clare para conquistar meu lugar no mundo.

Nunca esperei encontrar alguém que quisesse ser meu suporte nos momentos mais difíceis. Não contava em conhecer alguém que me amaria de igual maneira que eu dedicaria o meu amor.

Virei o corpo para ficar de frente para ele, e me sentei sobre suas coxas. Meus braços o enlaçaram prontamente e minha boca secou, pronta a confessar meus sentimentos mais secretos.

— Eu também te amo. Talvez desde o início, por ter se mostrado uma impossibilidade para os sonhos que eu nem mesmo imaginava sonhar. Aprendi a amar o impossível, e você era a concretização desse sonho.

Aquele que viria recheado de corações e palavras carinhosas. O sonho do conto de fadas... Você era o príncipe encantando que nunca imaginei encontrar... — Ele prestava atenção em cada palavra que eu dizia. — Por vezes foi meu dragão — agora um sorriso o acompanhou —, por vezes foi meu vilão... E por fim, foi meu cavaleiro de armadura brilhante.

— Você é minha princesa... o que esperava de mim? — debochou. — Eu tinha que vestir uma fantasia à altura. Mas não quero ser uma ilusão para você de algo que julgava inalcançável. Quero ser seu homem real, o que tem defeitos... inúmeros, por sinal. — disse brincando. — O que tem ciúmes, mas aprenderá a maneirar; o que esquecerá de levar o lixo para fora, ou de fazer algo que você pediu. Quero ser seu companheiro hoje, amanhã... depois de amanhã... em cada etapa do caminho, por mais tortuoso que você ache que ele pode ficar.

Vic parecia ler meus pensamentos mais secretos. Aqueles aos quais eu tinha medo de dar voz.

— O que você está querendo dizer? — perguntei com a sobrancelha arqueada.

— Pode não parecer nem um pouco romântico, dado os últimos acontecimentos, o local onde estamos e a posição em que nos encontramos agora — mexeu seu corpo para comprovar suas palavras finais e arqueou a sobrancelha, com um sorriso safado no rosto —, mas quero ser seu. E quero que seja minha.

Vic me abraçou sem deixar espaço entre nossos corpos, e sussurrou no meu ouvido:

— Case comigo, Ayla.

Quando tentei me afastar ele impediu o movimento.

— Somente sinta o momento e internalize minhas palavras. Eu te amo, garota. Amo tanto que chega a doer por dentro. E a menor ideia de que algo possa acontecer com você... isso faz com que eu queira protegê-la com tudo o que tenho. Quero proteger você com minha vida, se preciso for... Mas para isso preciso que seja minha de todas as formas possíveis.

Colei a boca ao ouvido dele e falei baixinho:

— Eu já não sou sua?

— Quero de todas as formas. Quero que seja minha Marquezi. Minha mulher, minha amiga, a mãe dos meus filhos.

Eu sabia que o pavor que Vic tinha de perder alguém que amava fez com que ele se afastasse de qualquer possibilidade de um relacionamento duradouro. O único que se arriscou a ter foi com Mila, como a substituta de sua irmã.

E para que ele estivesse me pedindo um compromisso firme como casamento, só poderia indicar que os sentimentos com os quais duelava, sendo um deles o medo da perda, estavam sendo devidamente colocados em seus lugares.

Consegui afastar o corpo para olhá-lo de frente. Ao mesmo tempo, acomodei o meu para receber o dele, que já se mantinha a postos.

Quando o encaixe perfeito aconteceu, Vic fechou os olhos azuis por um instante, deixando escapar um gemido rouco.

— Caramba... eu te amo, mulher.

— Eu também te amo. Tanto que não consigo exprimir em palavras apenas... mas espero que perceba cada uma delas no que meu corpo quer transparecer. Você é dono dos meus pensamentos, dos meus desejos, dos meus sonhos...

— E eu quero que você seja minha dona. Da maneira que quiser.

Completei o ato simbólico de entrega com um beijo sedutor que não mostrava pressa nenhuma em acabar.

Quando alguns minutos se passaram depois do clímax alcançado juntos, senti meu corpo levitando. Abri um dos olhos e vi que Vic me levava, ainda agarrada a ele, até a cama enorme que aprendi a chamar de minha. Mesmo com os corpos molhados, Vic puxou o edredom confortável e emaranhou suas pernas às minhas.

— Durma, meu amor... pois amanhã será um novo dia — sussurrou.

Um sorriso aflorou em meu rosto e os eventos perturbadores da noite perderam o sentido e importância na escala do acontecimento mais recente. O que prometia dias muito melhores, tanto para mim quando para Vic.

Juntos. Por tanto tempo quanto estivéssemos dispostos a dedicar um ao outro.

E no que dependesse de mim... seria eterno. Até que meu último sopro de vida exalasse do corpo.

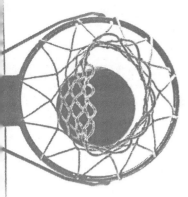

CAPÍTULO 39
Vic

❧♥ Juntos estaremos a seguir ♥❧

Depois da noite em que Henry dera as caras para tentar fazer cumprir suas ameaças à Ayla, nossa vida entrou em um turbilhão de acontecimentos.

O primeiro deles foi ter que lidar com a fúria de Mila, assim que soube de tudo.

Estávamos ainda deitados na cama, no dia seguinte, quando o telefone de Ayla tocou seguidamente, mostrando que a pessoa que queria falar com ela poderia conquistar o posto de insistente.

Ayla olhou para mim e franziu o cenho, com uma expressão de preocupação e culpa cruzando seus olhos.

— É Mila — disse baixinho, como se nossa amiga pudesse ouvir, mesmo que Ayla nem sequer tenha atendido à ligação ainda.

— Atenda — falei e sorri. Eu conhecia minha boneca. Sabia que ela viria como uma pequena "fúria" em nossa direção. — Coloque no viva-voz, faço questão de participar do sermão.

Ayla fechou os olhos antes de atender à chamada.

— Oi...

— Nada de Oi pra cima de mim! Estou muito puta com você. Espera... com o Vic! Estou muito mais revoltada com ele! E estou pau da vida também com Adam! — Ouvimos o marido ultrajado do outro lado:

— Mas, meu amor, o que eu fiz?

— Mila... — Ayla tentou interferir.

— Você fique quieto aí, Sr. Adam, porque seu castigo está sendo preparado. — Uma risada masculina, seguida de um "ouch" chegou até nós. — Você, Ayla, minha

amiga... não teve a consideração de me contar o que estava enfrentando por todo esse tempo... que espécie de amiga é essa? Hein?

Eu conhecia Mila o suficiente para saber que ela estava dramatizando além da conta, mas também se mostrava magoada.

— Boneca... — tentei intervir.

— Ah! E ainda colocam essa porcaria de ligação no viva-voz, não é? Muito bem... não terei que ligar para você, Victorio, com as palavras que eu queria te dedicar. — Nossa... quando ela usava meu nome completo, era certeza de que seu nível de irritação tinha ultrapassado os limites da racionalidade. — Você pede ajuda ao meu marido, mas nem se dá ao trabalho de me avisar que Ayla estava passando por esse tipo de problema? Que vocês dois estavam sofrendo ameaças?

— Eu não estava, tecnicamente, sofrendo ameaças, boneca. O canalha com quem Ayla trabalhou estava direcionando o foco de sua vingança a ela — expliquei.

— Não quero saber... droga, eu até gostava de uma ou duas músicas daquele cafajeste. Agora não posso nem ouvir sua voz. Claro que só fiquei sabendo de tudo, porque MEU marido conversou com o advogado que ELE mesmo indicou, para auxiliar no caso dos meus vulgos AMIGOS!

Passei a mão pelo cabelo, cocei a barba por fazer e suspirei, apenas observando Ayla com o semblante entristecido.

— Você está deixando NOSSA amiga triste, Mila — falei. Se era drama o que ela queria, era o que teria.

— O quê? Ayla? Você ainda está aí?

— Sim — respondeu em um sussurro.

— Ah... olha... eu não quero deixar você chateada... eu só queria expor a minha irritação e mágoa. Mas... não chore. Você... não está chorando, está?

Sinalizei para que Ayla fingisse estar se debulhando em lágrimas. Ela apenas revirou os olhos.

— Não. Mas estou arrasada por perceber que não fui uma boa amiga... — disse. — Espera... podemos ficar quites?

— Quites? Como assim?

— Quando Vic te arrastou de Nova York para Denver, anos atrás, você também não se dignou a me ligar, informando. Então... podemos declarar um empate de falta de consideração de ambas as partes? — Ayla piscou para mim, com um sorriso matreiro nos lábios.

— Droga. Eu não tinha pensando nisso. E acho injusto jogar na minha cara dessa forma, mas... tudo bem. Saco — resmungou.

— Mila... eu sinto muito. Eu não quis causar transtornos a ninguém.

— Inclusive a mim, Mila. Ela deixou a história chegar quase ao ponto de ebulição até que eu pudesse ajudá-la — intrometi-me na conversa.

Ayla fechou os olhos e eu sabia que a culpa a corroía. No entanto, não permiti que ela se enfiasse no atoleiro de emoções inúteis outra vez. Puxei-a para o calor dos meus braços e fiz com que descansasse a cabeça em meu peito. Retirando o celular de sua mão, assumi dali.

— Boneca... acredito que Ayla agora aprendeu que pode contar conosco para o que der e vier. Pense apenas que ela quis poupar você aí, tão longe, com Ethan grudado nas suas saias...

— Eu não uso saias, Vic — resmungou.

— Retórica, querida.

Mila bufou do outro lado da linha.

— Olha, tudo bem. Assunto encerrado. Espera... não assim tão fácil. Se isso se repetir, num futuro próximo ou distante, vocês conhecerão o poder do meu silêncio. Vou adotar a arte de nunca mais falar nada com vocês, nem mesmo direi que estou grávida de novo.

O quarto foi dominado pelo silêncio do qual ela falava há pouco. Demorou até que algumas sinapses fossem feitas, e perguntei:

— Você está falando isso hipoteticamente, num futuro próximo, ou está nos informando de algo?

Ayla arregalou os olhos e deu um sorriso lindo.

— Estou atestando um fato — Mila respondeu.

— Estamos grávidos!!! — Daquela vez foi Adam quem gritou do outro lado. Conhecendo minha amiga como a palma da minha mão, tenho certeza que ela revirou os olhos, respirou fundo e sentiu vontade de bater no fofoqueiro intrometido.

Comecei a rir, acompanhado por Ayla.

— Você está grávida!!! — falamos em uníssono.

— Sim. De poucas semanas, ainda, mas vejam como fui uma amiga genial... contei a vocês... né?

A ironia escorria de suas palavras.

— Sim. E ficamos muito felizes com essa notícia. Veio iluminar nosso dia e espantar o tormento enfrentado ontem à noite.

— Espero que tudo tenha se resolvido, Ayla — Mila murmurou.

— Está se encaminhando para isso, espero.

Beijei a ponta do nariz de Ayla e nos preparamos para desconectar a ligação.

— Bom, você não vai guardar rancor, não é, boneca?

— Nope. Mas não se esqueçam da minha ameaça. Ainda é válida, viu?

— Tudo bem. Anotado.

Depois que encerramos a chamada, eu e Ayla pudemos comemorar a dois, pela notícia de Mila.

Ela só não precisava saber disso com detalhes.

Voltando ao presente, chamei minha garota para que se apressasse.

— Você tem certeza disso, Vic? — perguntou pela milésima vez. — Não vai te trazer problemas?

— Sim. Estou mais seguro do que quando tenho que arremessar uma bola da área de cobrança de falta. — O que dizia muito, na minha profissão. — Agora, vamos logo, ou perderemos o voo.

Duas semanas haviam se passado desde o incidente com Henry Cazadeval. Meu pedido de casamento naquela mesma noite era tão real quanto a sensação do meu coração batendo no peito. De algum modo, Ayla apenas me pediu que fizéssemos algo informal. Por ela, iríamos ao fórum e pronto. Mesmo alegando que não precisava de papel algum, eu fiz questão de assegurá-la que minhas intenções eram para a vida toda.

Eu entendia que Ayla sentia a necessidade de estar por fora de qualquer holofote, e em sua cabeça, um casamento grandioso, ou que chamasse a mínima atenção da imprensa, acabaria fatalmente nos colocando sob as luzes de flashs e *paparazzi*. Até mesmo a adoração do youtuber apaixonado poderia ser despertada, mais do que já era, e era exatamente isso que ela queria evitar. Não pudemos fazer grandes coisas com o Romeu cibernético, mas enquanto ele não oferecesse danos, eu fingiria que não o estava vendo.

De comum acordo, depois que assinamos os documentos no cartório, insisti para que ela aceitasse meu convite para uma lua de mel rápida em Vegas. Até então ela achava que seria um final de semana entre espetáculos, casinos e a suíte fabulosa que reservei no Skylofts at MGM Grand.

O engano estava na surpresa que preparei para ela.

Chegamos ao aeroporto com tempo ainda de folga. Depois do *check-in*, nos dirigimos à sala VIP, para aguardar o embarque. Ayla estava entretida com uma revista quando recebeu um telefonema.

— Alô? — Seu tom receoso atraiu minha atenção de imediato. Sinalizei para que colocasse no viva-voz, e resolvi plugar os fones, entregando um a ela; o outro ajeitei em meu ouvido.

— Sua tia nos ligou, tentando nos convencer a recebê-la, mas parece que você ainda não entendeu, Ayla — o tom frio da mulher fez com o corpo de Ayla se retesasse. Coloquei uma mão em sua coxa, mostrando meu apoio. — Ignoramos sua mensagem por uma razão, e esta permanece.

— Mãe... — Ela olhou para mim e pude ver que seus olhos estavam marejados. — Eu...

— Você fez sua escolha anos atrás, quando optou por seguir o mesmo caminho que Clare, longe dos preceitos religiosos aos quais fomos ensinados. Não sei onde pude ter errado com você, pois a criamos da mesma maneira que seus irmãos, mas só o que posso dizer é que foi sua decisão passar a viver uma vida fora da comunidade. — O tom taxativo da mulher era enervante. — Você fez bem em cortar as relações, porque também não queremos ser associados a este caminho que resolveu trilhar.

— Achei que depois de todos esses anos...

— Achou errado, menina. Sofri quando se afastou, mas me recuperei com o auxílio de seu pai e seus irmãos. Não nos procure, Ayla. Esqueça que já fomos sua família.

Quando a lágrima solitária deslizou pelo rosto marcado pela dor, assumi a ligação.

— Sra. Marshall. Entendemos sua mensagem alto e claro agora. Tenha certeza de que Ayla apenas tentou refazer os laços ou resolver as coisas do passado, para que pudesse seguir uma vida feliz, sem amarras emocionais. Como a parte dela foi feita, acredito que posso dizer à minha mulher para limpar sua consciência. Espero que a senhora e os integrantes de sua família convivam por muito tempo com o peso de saber que perderam uma pessoa maravilhosa e inestimável. Passar bem.

Desliguei. Sem dar chance de mais nenhuma palavra viperina que a mulher pudesse usar para açoitar o emocional de Ayla.

Por mais que dissesse estar bem-resolvida naquele assunto, quando sua tia Clare sugeriu que ela entrasse em contato com os pais, para tentar retomar o relacionamento há muito perdido, Ayla identificou a oportunidade de corrigir falhas que acreditou ter cometido com seus familiares.

Pronto. Ela o fizera. Não quiseram porque são incapazes de lidar com a pessoa fantástica que geraram.

Puxei-a para os meus braços e depositei um beijo no topo de sua cabeça.

— Vai ficar tudo bem... — falei.

— Eu sei... foi apenas... chocante ouvir a voz dela depois de tantos anos.

— Imagino, querida. Mas você não precisa dela agora, okay?

Ela apenas acenou com a cabeça e nos mantivemos em silêncio até que nosso embarque foi autorizado. Saímos da sala VIP e no encaminhamos de mãos dadas para o apanhar o voo que marcaria o início de nossa família, juntos.

Ayla entrou na suíte e largou a bolsa de qualquer maneira no chão. Correu para a janela para observar as luzes que começaram a iluminar a Strip Avenue.

— Acredita que todas as vezes que tive oportunidade de vir aqui, acabei desistindo na última hora? — disse, assombrada.

Abracei seu corpo por trás e beijei a lateral de seu pescoço.

— Sério? Achei que isso aqui seria um circuito comum para os espetáculos de dança...

— E é. Mas não sei por que, algo sempre dava errado.

— Bom, fico grato porque então posso te apresentar a cidade. Embora eu não conheça tanto assim, mas pelo menos a magia da primeira vez será ao meu lado — brinquei.

— Primeira vez, é? — Ela se virou de frente a mim e enlaçou meu pescoço. — Também vou criar boas memórias pra você?

Apalpei o corpo gostoso contra o meu e respondi, depois de morder seus lábios:

— Minhas melhores memórias estão sendo criadas desde que entrou na minha vida, Ayla Marquezi.

Ela encostou o rosto contra a curva do meu pescoço.

— Adorei meu novo nome.

— Eu também, Sra. Marquezi. Agora, vá se aprontar que temos um compromisso às nove.

— Sério? Compromisso? — perguntou com suspeita.

— Sim. Um jantar que será inesquecível.

— Okay.

Quando ela saiu para o quarto, mandei a mensagem de texto:

> Tudo pronto?

Segundos depois recebi a resposta:

> Yeap. Conforme manda o figurino.

Um sorriso astuto iluminou meu rosto porque eu sabia que a noite seria, definitivamente, de outro mundo.

— Sério, Vic? Vendada? Que raios de surpresa é essa? — perguntou com um sorriso.

Depositei um beijo suave em seus lábios e a ajudei a descer do carro.

— Pense no que poderemos contar para nossos filhos, netos... Temos que criar um livro de recordações tão bacanas que superará qualquer relato dos amiguinhos na escola.

Ela riu, achando graça nas minhas palavras.

— Certo. Competitivo você, não?

— Sempre.

A Capela das Flores era a mais bonita de todas. Por mais que muitos quisessem ter a lembrança de serem casados por "Elvis Presley", achei que esta seria mais adequada ao momento.

Avistei Mila e Adam logo à frente, com o pequeno Ethan dormindo em seus braços, mesmo que estivesse usando um minifraque. Sacudi a cabeça em descrença, pensando que o atrevido nem havia executado seu serviço de pajem ainda e já caíra na farra.

— Vic? Onde estamos? — Ayla perguntou, tentando apalpar qualquer estrutura próxima que lhe desse uma dica. Segurei seus braços e beijei sua bochecha.

— Deixe de ser curiosa. Já estamos quase lá.

Quando chegamos até nossos amigos, coloquei o indicador sobre os lábios, indicando que se mantivessem em silêncio.

Mila bateu palminhas, ou fingiu que era isso o que estava fazendo, e mostrou a sala para onde deveríamos seguir.

Somente quando entrei lá foi que percebi que a surpresa não seria apenas para Ayla. Eu também tive o maior susto da vida, quando detectei a presença dos meus companheiros mais chegados de equipe: Mark, Danny, Jammal e Kaleb estavam vestidos em ternos estilosos, zoando uns com os outros.

Antes que falassem algo, Mila entrou na frente dos gigantes, o que foi uma cena hilária, já que ela era de um tamanho diminuto, e os fez silenciarem.

Virando-se para mim, indicou que levaria Ayla até uma sala isolada no canto.

Usando de mímicas, disse que era ali que ela seria preparada para a cerimônia.

— Vic? — perguntou em dúvida quando sentiu outra mão a guiando.

— Estarei à sua espera, meu amor.

Ao se afastar, pude olhar para os meus amigos e perguntar:

— O que estão fazendo aqui? — Eu sei. Parecia meio estúpido perguntar isso, mas queria ver a qualidade das respostas.

— Você não acha que conseguiria fugir de nós assim, com essa facilidade, não é? Tipo... somos uma equipe, mano. Se pudemos ajudar a arrebentar aqueles malas naquele dia, podemos também usufruir de um belo jantar... — Mark disse.

— Ou enxugar suas lágrimas... — Jammal completou.

— Ou dar na sua cara por não ter nenhuma madrinha disponível para fazermos par... — Kaleb completou.

Danny estava com a esposa, que me cumprimentou com um sorriso.

— Queríamos estar presentes e sair nas fotos, idiota.

Comecei a rir e a lanterna vermelha que ficava acima da sala por onde Ayla tinha entrado com Mila, acendeu.

Adam disse, em um sussurro, para não acordar Ethan:

— É o sinal de que a noiva está pronta e você deve aguardá-la no altar.

Antes que eu pudesse lhe perguntar como ele sabia daquilo, respondeu:

— Não se esqueça de tenho habilidades em descobrir tudo o que está ao meu redor. — Piscou e se afastou para escolher seu assento.

Uma senhora pequenina chegou perto de mim e estendeu a mão:

— Oi, eu sou Clare, a tia de Ayla.

Sem que ela pudesse esperar, abracei-a com força, dedicando naquele gesto todo o agradecimento que ela merecia por ter acolhido minha garota quando mais precisou. Por ter patrocinado a maioria de seus sonhos.

— Obrigado, Clare. Muito obrigado por ter sido o suporte necessário para Ayla.

Quando me afastei, vi que os olhos da mulher estavam marejados.

— Fico feliz em ver que os caminhos que escolheu a levaram até você, querido.

Mila saiu da sala e veio a passos rápidos até nós.

— Okay. Em apenas dois minutos ela vai sair.

Ajeitei-me na posição indicada e conferi se a aliança de brilhantes estava no bolso.

O sinal luminoso piscou três vezes e agora eu mesmo fui capaz de deduzir que significasse que ela estava saindo.

Minha garota saiu por aquela porta tantas vezes usada por outros casais, tantas vezes atravessada por histórias felizes e infelizes, mas para mim, pouco importava o passado de outros. O que eu queria mesmo era focar no agora.

Nossos olhares se conectaram e nem bem tive tempo para apreciar o belo vestido que Mila lhe arranjara. Eu estava concentrado nas lágrimas sutis que desciam pelo rosto que eu tanto amava.

Por sermos como duas almas desgarradas, havíamos decidido que não era necessário cerimônia alguma. Mas quis marcar nas memórias de Ayla, e nas minhas, algo que significaria o início de uma vida inteira pela frente.

Ao dizer sim para as testemunhas que estavam ali, estávamos firmando um compromisso público de que, a partir daquele momento, era ela quem deveria estar sempre ao meu lado e eu, ao lado dela.

Quando ela chegou ao início da nave, desci ao seu encontro e beijei sua testa, mesmo que a vontade fosse beijar seus lábios úmidos pelas lágrimas derramadas.

Assumimos nossa posição diante do ministro que celebraria o casamento. Nada de Elvis. Ou qualquer outra figura emblemática. Apenas um senhor simpático com um terno bem-cortado.

Antes que ele pudesse dar início, Kaleb gritou do banco onde estava sentado com o resto dos caras:

— Ayla, querida... ainda dá tempo, amor... fuja comigo!

Minha garota começou a rir, mas eu apenas sinalizei um dedo médio por trás das costas. O som de sua risada foi o indicativo de que tinha recebido a mensagem.

E era aquilo. Com menos de dez minutos, estávamos mais do que casados em uma cerimônia singela numa capela em Vegas. Na presença de amigos que nem eu mesmo esperei ter ao lado.

Ayla chorou de prazer quando reencontrou a tia, a quem passou a recomendar um milhão de coisas, assim que soube que ela não estava tão bem de saúde.

Mila e Adam organizaram aquilo tudo para nós. Foi a minha forma de me redimir ante minha amiga, por não termos contado nada sobre o assunto com Cazadeval. Ao colocar em suas mãos a tarefa de organizar uma surpresa, acabei apenas confirmando que quem a tinha como amiga, tinha tudo na vida.

Nossa última foto foi um registro mais do que evidente da felicidade que vivíamos e perseguiríamos dali para frente.

APENAS *um Jogo*

291

Eu estava com Ayla no colo, que colocou uma mão no rosto, envergonhada; Adam tentava conter Ethan, que se inclinou para se jogar sobre sua tia Ay-ay; Mila tentava segurar o sapato no pé do filho; Jammal estava olhando para uma madrinha de outra cerimônia que passava bem ao lado; Kaleb fingia que estava arrasado, assoando o nariz; Mark e Danny faziam o V da vitória e a esposa do último revirava os olhos, com um sorriso no rosto; e por último, tia Clare, que foi a única que realmente fez a pose adequada e saiu sorrindo para o fotógrafo.

Mais três tentativas foram necessárias até que as fotos saíssem boas o suficiente para ilustrarem um porta-retratos que eternizaria aquela noite.

E era isso. A vida deu uma volta e nos ofereceu outra oportunidade de refazer os primeiros capítulos de nossa história. Mesmo que os percalços tenham surgido, aprendemos que lidar com eles de frente era a melhor solução, sempre. E quando tínhamos alguém a quem amávamos do lado, nada era impossível.

Joguei por muitas coisas significativas na vida, mas agora eu viveria por apenas um jogo: meu futuro com Ayla.

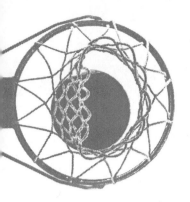

EPÍLOGO
Vic

❧• Na esperança do porvir •❦

Eu sabia que estava assobiando e não conseguia me conter. Até mesmo o sorriso idiota que figurava meu rosto teimava em não se dissolver. Nem no dia do meu casamento, dois anos atrás, estive tão excitado como estava agora. E olha que o evento foi algo único e original – pelo menos aos meus olhos.

Eu batia meus pés em um ritmo nervoso, apenas esperando... esperando.

— Você está me deixando nervosa, sabia? — Ayla resmungou.

Beijei sua testa e tentei controlar o tremor das minhas mãos.

— Desculpa... é mais forte que eu — admiti.

O médico entrou na sala, acompanhado da enfermeira que nos atendeu minutos antes.

— Muito bem... vejo que o casal está empenhado em saber o sexo do bebê, não é mesmo?

— Por favor, doutor. Acabe com esse tormento — supliquei, sabendo que estava fazendo um drama, mas o sentimento por dentro era intenso.

— Vic, para com isso... você está chacoalhando a maca. — Ayla riu e colocou a mão sobre o rosto, envergonhada.

— Tudo bem, mamãe... já vi essa cena uma centena de vezes. Nada mais em surpreende — o médico, Dr. Jang, disse.

— Doutor, a culpa é desse bebê que resolve esconder suas partes íntimas e nos deixa na incógnita. Ayla já está pra mais de seis meses e até agora nada!

— Vamos ver se hoje vocês terão sorte... Vocês sabem que da última vez não revelei porque precisava ter certeza, certo? Para evitar um engano, prefiro aguardar. Dessa vez, esse bebê não tem escapatória.

— A não ser que seja um tímido — Vic completou.

O médico besuntou a barriga protuberante de Ayla, e custei controlar a vontade de eu mesmo espalhar o gel. Eu amava suas novas formas. Fazia questão de todas as noites massagear suas costas, pernas, pés... encerrando com a barriga. E esse momento era só meu e do meu bebê.

Nunca imaginei que poderia estar vivendo tudo o que estava ao meu alcance agora. Quando Ayla e eu nos casamos, expulsei qualquer sentimento de medo que pudesse me acometer, tentando me lembrar de que a vida é frágil como um cristal e que podemos perder a pessoa amada a qualquer instante.

Minha esposa vinha trabalhando isso de uma forma única, com doses de amor e esperança que me preenchiam por inteiro.

No dia em que ela revelou que estava grávida, eu não estava perto. Estava em Denver, jogando contra o Broncos. Comemorei a vitória com um FaceTime que ela fez, mostrando a surpresa que tinha recebido naquela manhã: três testes positivos que definitivamente marcavam que um bebezinho estava ali dentro.

Nem preciso dizer que minha vontade era me jogar em um avião para chegar até ela logo.

Nos anos em que estamos juntos, aprendi a controlar meus impulsos possessivos, mas ainda assim, eu ansiava por estar por perto sempre que pudesse.

O drama vivido na época de Henry Cazadeval era apenas uma lembrança fugaz, mas que havia resultado em algo mais do que positivo. Com o acordo extrajudicial assinado, orquestrado pelo Dr. Gabe Szaloki, Ayla pôde fazer algo que nem sequer sonhava. Ela construiu uma escola de dança para crianças e adultos menos privilegiados, e agora contava com mais de 1.500 alunos distribuídos em turmas de dança, artes, teatro, aulas de reforço e muito mais.

O Centro de Dança Marshall havia se tornado referência em Houston, e já recebera convites para expandir para outras cidades do Texas, e até mesmo outros Estados. Patrocinadores não faltavam para isso.

Estávamos felizes. Vivendo os melhores anos de nossas vidas.

— Vic? — ela chamou minha atenção e voltei ao presente momento.

— Humm?

— O médico já está pronto para anunciar...

— E que rufem os tambores — o homem disse, rindo.

Esfreguei uma mão à outra, depois segurei a de Ayla.

— Diga, doutor. Acabe logo com o mistério — falei, nervoso e empolgado ao mesmo tempo.

— Muito bem, casal... Vocês têm aqui dentro, um...

Arregalei os olhos, esperando, mas o filho da mãe tinha outra ideia. A enfermeira, Gladys, colocou sobre a barriga de Ayla, um par de sapatilhas rosas...

— Ah, meu Deus!!! — Ayla gritou e colocou a mão sobre a boca.

— É o que estou pensando? — perguntei em suspeita.

Ela apenas sacudiu a cabeça, e acompanhei com o olhar o trajeto de suas lágrimas de emoção.

Uma menina. Teríamos uma garotinha!

— Eu vou ter uma filha! — gritei e recebi tapinhas de conforto nas costas. Gladys era um apoio muito legal naquela hora.

— Sim. Parabéns a vocês dois. Aqui está o sinal inequívoco de que é uma mocinha. Já discutiram o nome? — Dr. Yang perguntou.

— Não.

— Sim.

Olhei para Ayla, quando nossas respostas foram simultâneas e desiguais. Nunca havíamos discutido sobre o assunto, então, queria ver o que ela tinha em mente.

— Já, meu amor? — conferi.

— Sim. Quero que ela se chame... Kyara.

O baque no meu peito foi tão intenso que não percebi que Gladys limpava minhas lágrimas. Acho que possivelmente porque eu estava soluçando como uma criança.

Levantei da cadeira e inclinei meu corpo sobre o dela, segurando seu rosto lindo entre as mãos.

— Você tem certeza?

— Sim. Tenho muita certeza.

Sei que as lágrimas salgadas se misturaram ao riso, ao molhar o rosto de minha esposa. Recostei a testa à dela e apenas sussurrei:

— Eu te amo. De um tanto que não tem limites...

— Eu também te amo, meu amor.

E é isso. Minha história não teve um fim. Não como um jogo, uma partida qualquer, que ressoa o término com um apito final.

Apenas começou...

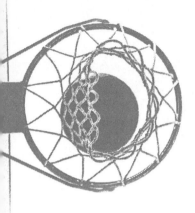

CENA BÔNUS

Ele estava irritadíssimo com tudo o que havia acontecido. Nada saíra como o planejado. Naquele momento, ele se imaginou em Los Angeles, ou melhor, em Palma de Maiorca, com Ayla Marshall a tiracolo, para que pudesse se vingar pelo tempo em que ela o fizera persegui-la.

Tudo parecia estar saindo como programara, até que aquela equipe repleta de bárbaros resolvera interferir em seus assuntos. Rupert não servira para nada, porque nem instintos tivera para lidar com o que aconteceu. Se ele fosse esperto, como alegara ser quando Henry o contratou, teria agido de forma mais rápida e eficaz. Mas não. O breve retardo de seus movimentos fora mais do que o suficiente para que um dos amigos de Vic Marquezi o neutralizasse.

— Merda... — reclamou, aplicando a bolsa de gelo sobre as lesões no rosto.

— Senhor Cazadeval, eu sinto muito — Rupert arrulhou do outro lado da sala.

Estavam em um hotel, à espera da equipe de Assessoria que estava a caminho para tentar conter a avalanche que se formaria se a imprensa tomasse conhecimento do que aconteceu no estádio, horas antes.

Henry odiara cada um dos minutos que tivera que passar na delegacia, dando depoimento. Conseguira, a muito custo, que a equipe de advogados se valesse de favores para que fosse liberado o quanto antes.

No entanto, ele sentia que ainda havia uma ameaça no ar.

O som da batida em sua porta o alertou para a chegada de alguém. Esperava que fosse seu RP, para que pudesse saber o que fazer a partir dali. Estava pouco se lixando se o que deveria estar ansiando era a presença dos advogados, pois o que ele necessitava naquele momento era de casa, bebida e esquecimento.

Não teve tanta sorte. O advogado, Damon Carlton, chegara, porém, acompanhado de outro casal. A mulher era bonita como uma pintura, mas o homem, por mais que tentasse passar a imagem de despreocupado, tinha o olhar sagaz e assustador, com a promessa de retaliação. Entrecerrou os olhos, tendo a impressão de já o tê-lo visto. Henry esperava que eles fizessem parte de sua equipe.

No entanto, mais uma vez o destino lhe sorria com ironia, já que o casal representava ninguém mais, ninguém menos que Ayla Marshall. Sentiu o sangue gelar nas veias, acompanhado da irritação habitual sempre que o nome dela lhe chegava à mente. Henry sabia, lá no fundo, que a culpa por toda essa confusão em sua vida era apenas sua, mas se maldizia pelo dia em que colocara os olhos na bailarina e ficara obcecado.

— Sr. Cazadeval — Damon pigarreou, constrangido —, estes são o Dr. Gabe e Kate Szaloki.

— É um prazer — Henry disse com ironia.

O advogado nem bem esperou que os convidasse a sentar e, num gesto galante, deixou que a esposa o fizesse primeiro, para depois fazer o mesmo.

— Eu poderia ser cortês o suficiente para dizer o mesmo, mas acredito que seria recheado de um sarcasmo inútil, já que o sentimento não é recíproco.

O cantor arregalou os olhos, perplexo, chocado com a indelicadeza do homem.

— Gabe... — Kate colocou a mão sobre a coxa do marido, tentando acalmá-lo. — Não trate o adversário dessa forma.

A ironia resvalava das palavras proferidas em um tom suave.

— Dr. Gabe... — Damon tentou aliviar a tensão que dominara a sala.

Erguendo a mão, Henry interferiu:

— Quem você pensa que é para vir falar comigo dessa forma?

Cruzando os dedos logo abaixo do queixo, em uma atitude pensativa, Szaloki respondeu:

— Eu sou aquele que vai colocá-lo em seu devido lugar, mostrando que leis não devem ser subjugadas. E vou direto ao ponto, pois odeio perder tempo com amenidades. — Sem alterar um ínfimo em sua fisionomia, completou: — Sr. Cazadeval... tsc, tsc, tsc... teve a chance de sair ileso da situação em que se colocou, mas preferiu agir como o canalha que é, não é mesmo?

— O quê? — Henry estava abismado com a audácia do homem.

— Você recebeu, ou ao menos deveria ter tomado conhecimento, da liminar expedida para proteger minha cliente do assédio moral e sexual que lhe vem infringindo — olhou para o advogado do cantor que não tinha onde enfiar a cara —, a não ser que sua equipe tenha o hábito de deixá-lo às escuras, achando que sempre se safará das merdas que comete.

Henry olhou para Damon, que, constrangido, mantinha-se de olhos baixos.

— Para o seu total azar, parece que encontrou um adversário à altura. Não que eu goste que me comparem a qualquer um, mas Ayla Marshall acertou uma cesta de seis pontos ao solicitar meus serviços.

Gabe sabia que quem o havia contratado fora Vic Marquezi, mas não custava deixar o idiota à sua frente pensar que esteve subestimando a bailarina, acreditando que ela não tomaria providências contra ele.

— De acordo com a primeira emenda de nossa amada constituição, somente o ato de ameaçar a vítima com suposta retaliação, já o implica para responder a um processo cível, mas ao acrescentar danos físicos... Uau... vamos apenas dizer que cavou sua própria cova e praticamente estava erguendo a pá para enterrar-se vivo.

Henry engoliu em seco, apenas absorvendo o impacto das palavras direcionadas a ele.

— Damon! — chamou o advogado, que nem bem teve chance de falar.

— Awn, que adorável. O típico caso de um fazedor de merda que depois corre para alguém limpar.

— Gabe... — Kate disse, contendo o riso.

— Perdão, *Édes*[4]. Voltando... ao infringir a liminar da medida protetiva que foi expedida, você já corre o risco de passar alguns dias na cadeia, mesmo que tenha a melhor equipe de advogados dos Estados Unidos, o que não tem, com certeza. Somado à sequência infindável de mensagens de texto e voz enviadas para minha cliente... podemos dizer que um processo árduo fatalmente seria o seu destino. E tenho que admitir, eu adoraria poder destruir sua carreira tão bem-construída, com uma mancha que o colocaria no lugar onde merece: o ostracismo.

Kate resolveu assumir uma parte, para que seu marido esfriasse os ânimos.

— O que estamos querendo dizer, Sr. Cazadeval, é que de nossa parte, estamos mais do que aptos para defender os interesses de nossa cliente, fazendo com que ela recupere a dignidade e bem-estar perdidos desde o momento em que assinou o contrato com o senhor. O abuso que veio sofrendo ao longo destes meses resultaria em um processo por danos morais bastante impactante.

— Acrescente a mídia, os escândalos cavados do seu passado, todas as provas contundentes de que agiu em causa própria, para tentar possuir algo que não lhe pertence, e vamos apenas dizer que você teria exaustivas audiências pela frente. — Gabe piscou.

— E o que querem? — Henry perguntou afinal.

— Um acordo mais do que substancial para minha cliente, bem como a certeza de que não se aproximará dela, não fará nada para difamar e macular sua imagem, sequer olhará em seu rosto outra vez.

— Vocês estão loucos? — perguntou, irritado.

— Henry... Sr. Cazadeval — Damon chamou sua atenção —, o que estão oferecendo é a melhor opção, diante das circunstâncias.

— Você está a meu favor ou contra? — direcionou a pergunta ao ad-

---

4   Apelido carinhoso no idioma Húngaro que significa doce, querida.

vogado, que agora não parecia mais acanhado.

— A seu favor, mas se quiser seguir em frente com a loucura que o possuiu, e se quiser fazer do seu jeito, acredito que realmente seja melhor contratar outro escritório de advocacia, porque o meu não se arriscará a levar uma surra nos tribunais, que é o que acontecerá — disse, simplesmente.

Gabe e Kate pareciam satisfeitos com o atrito que se desenrolava ante seus olhos. Faltava apenas um balde de pipocas para acompanhar o embate.

— Damon, você não pode estar falando sério.

— Ah, sim... ele está falando sério — Gabe se intrometeu outra vez. — Minha equipe não está aqui para brincar, Sr. Cazadeval. Se quiser pesquisar meu nome em seu aplicativo de buscas, vai se deparar com uma triste realidade para você e, maravilhosa para mim: eu não perco. E quando estou motivado para destroçar filhos da puta que acham que com o poder e dinheiro que têm podem fazer de tudo, aí é que o caso ganha contornos estelares.

— O que estamos oferecendo ao senhor é uma oportunidade de ficar longe dos holofotes, do escândalo que certamente vai impactar sua carreira. E embora gostemos muito de toda a atmosfera dos tribunais, sabemos que resolver entre as partes, antes de chegar a isto, seria o melhor. Porém estamos defendendo os interesses de nossa cliente.

— E o que estão oferecendo?

— Engraçado, tenho a impressão de que já citei anteriormente... — Gabe colocou o dedo no queixo, como se estivesse pensando. — Ah, sim... faltou revelar o montante da indenização que estamos solicitando neste acordo de cavalheiros, não é?

— Dr. Szaloki, é de nosso interesse também evitar os tribunais — Damon disse, mas foi interrompido antes de completar.

— Não apenas os tribunais, Dr. Carlton, mas a cadeia — alegou num tom sério e ameaçador. — Porque a possibilidade de se livrar de um escândalo é apenas uma parcela do que seu cliente vai ganhar, mas pode acreditar que se tocarmos o processo adiante, ele não se livrará da prisão, porque se tornará minha meta de vida fazer isso. Acredito até mesmo que estou revendo o acordo... seria bom que ele passasse um tempo pensando, refletindo sobre as merdas que fez e continua fazendo... E isso não é uma ameaça — completou. — É uma promessa.

— Não! Tudo bem... tudo bem — Henry gritou exaltado. — Eu aceito o que tiver de acordo e garanto que cumprirei o que estiver estipulado. Só quero a garantia também de que Ayla Marshall não virá, num futuro, trazendo tudo isso à tona outra vez.

Dessa vez, Kate respondeu antes do marido:

— Sr. Cazadeval, acredito que a maioria das pessoas com as quais convive têm um caráter duvidoso. Inclusive, tenho certeza de que muitas mulheres que passaram por suas mãos poderiam ser motivadas por vingança, como uma forma de reaverem o poder que lhes foi tirado no momento em que o senhor assumiu, mas garanto que nossa cliente não faz parte do grupo que usa de extorsão para conquistar o futuro.

— Isso o que vocês estão fazendo não se chama extorsão? — perguntou com ironia.

— Não. Se chama Direito, sendo aplicado da maneira correta como a lei manda — Kate respondeu e quase ganhou um beijo do marido orgulhoso.

Gabe, inclusive, queria encerrar logo a reunião, porque sempre que via Kate em ação, sentia o sangue ferver de paixão. Eles tinham um quarto de hotel os esperando.

— Nós aceitaremos tudo o que está proposto.

— Maravilha — Gabe disse e se levantou de pronto do sofá, puxando Kate no processo. — Nosso escritório enviará o acordo, bem como todas as especificações que nele constam. Sem mais, nos despedimos agora.

Os dois saíram do quarto de hotel de Henry Cazadeval, mais do que satisfeitos por terem enquadrado a celebridade que imaginava poder vencer até mesmo a lei. Por terem garantido justiça para Ayla Marshall, que vira sua vida transformar-se em um inferno, pelo simples fato de sido transformada em um objeto de obsessão.

Além de tudo, ganharam um dia inteiro em Houston, para desfrutarem um do outro, como um adorável casal de pombinhos.

Quando saíram à luz do sol, atravessando as portas do hotel, um olhou para o outro e sorriu. Da mesma forma que faziam sempre que um caso seguia o rumo que queriam que tomasse.

— E agora? — Kate perguntou.

— Vamos ligar pra casa e conferir se os guris estão bem. Depois... vamos voltar para o nosso quarto, pois tenho uma acareação a fazer.

— Posso solicitar um *Habeas Corpus*?

— De jeito nenhum, *Szív*... vamos brincar. Eu amo quando você assume aquela pose de advogada durona. Isso me excitou bastante.

— Esse é meu *Modus Operandi*, marido.

O som dos risos atraiu a atenção de alguns pedestres que ali circulavam. Não era todo dia que viam um casal tão estiloso correndo como duas crianças, em direção ao carro.

FIM

M.S. FAYES

AGRADECIMENTOS

Estou sem palavras... tamanha a emoção, mas mesmo assim... vou tentar.

Agradeço em primeiro lugar a Deus, que me permitiu chegar até aqui, que me ajuda a vencer meus próprios medos, que me fortalece nas horas mais sombrias. Só Ele sabe de todas as coisas.

Um muito obrigada imenso ao meu marido, Érico, e aos meus filhos, Annelise e Christian, que me suportam no sentido pleno da palavra suportar... eles são meu apoio.

OBRIGADA em Caps Lock, às minhas amigas que sempre acreditaram em mim, que fazem questão de me ajudar, segurar minhas mãos nos momentos de dúvidas... Minhas betas, ômegas... Aquelas que orientam e apontam falhas e dão um *feedback* lindo para que eu chegue até o momento de colocar o FIM na última página. Anastacia Nana, Josiane Jojô, Andrea Dea... vocês são meu time perfeito. Junte à mistura minha Mara Maroka, e eu não poderia pedir mais. Obrigada por serem as pessoas lindas que são. Por me aturarem e por amarem meus personagens, querendo deles o melhor. Amo vocês de um monte.

A este arquivo do Vic eu tenho que fazer um baita agradecimento à minha amiga Helena Stein, companheira de teclados ensandecidos, porque ela fez uma leitura no momento em que eu precisava ouvir uma opinião mais do que imparcial. Era a hora de dizer: está mara, Mah... ou... está uma bosta. Hahahahaha. Ainda bem que não foi a segunda opção, e os conselhos válidos me ajudaram a sair do limbo em que eu me encontrava.

Vou agradecer minha amiga Alessandra Alê, também, porque ela me ajudou com as fontes de pesquisa jurídica, me encheu de ideias bacanas que foram acatadas e sempre faz questão de me ter na sua estante. Te amo, migles.

Obrigada às minhas amigas de perto e de longe. As que sempre confiaram em mim. Andrea Beatriz, Lisa Lilith, Sammy, Kiki, Andy, Dri, Mimi, Mercia, Ale... Amo vocês. Ao infinito e além.

Obrigada às minhas amigas autoras, que caminham juntas em busca de levar entretenimento aos leitores: Jane Harvey-Berrick, I love you, sis.

APENAS um Jogo

301

Thanks for your love and cherish; Andy Collins, sorrateira e mente do mal; Carol Dias, pela revi mara; Paola Scott. Cris Valori, minha Kiki; Helena Stein; Mari Sales. E tantas outras que são lindas e espetaculares. Love you, girls.

Thanks so much à minha capista fofis, Gisely Gigi, que manteve a identidade do livro, e deu vida e imagens às palavras por dentro.

Preciso agradecer também ao meu hermano, Manu Yanez, que me ajudou a elaborar a música de nosso cantor fictício. *Gracias, amigo. Tiénes um talento natural para componer una canción muy romantica...*

Obrigada à The Gift Box, por ter acreditado em mais um trabalho meu. Por serem fantásticas e apoiadoras em tudo. Roberta Rô, você é demais. E o Vic é seu, tanto quanto meu. Espero que ele tenha suprido às suas expectativas pela longa espera. Meninas Gift... amo vocês... Obrigada por tudo.

E putz... Um mega obrigada às minhas blogueiras fofas e parceiras que fazem questão de espalhar o amor e divulgar meu trabalho. Eu sou sortuda por ter feito um time de amigos assim...

E por último e não menos importante... Obrigada a cada leitor que faz questão de acompanhar mais um trabalho que saiu da minha mente criativa. Obrigada por serem a rede de apoio sensacional que vibra a cada lançamento, que festeja e relê os livros antigos, que pede e mantém nas lembranças e no coração, os personagens do passado. Amo vocês. De verdade.

Chegar à etapa final de um livro é quase como um parto. Porque muitas vezes vivenciamos todas as agruras que uma gestação traz. Há os períodos de euforia, os períodos onde enjoamos do arquivo e não aguentamos olhar para a cara dele, os períodos do marasmo... e a ansiedade de chegar ao final, para ver o "bebê" nascer logo...

Esse livro, em particular, foi como um parto a fórceps... Porque mesmo enfrentando uma etapa muito difícil na vida, uma coisa que sempre ouvi das minhas meninas foi: *Você não vai desistir. Siga firme no teu rumo. Estamos aqui.*

Então... a alegria que me contagia hoje, por estar escrevendo os agradecimentos, espero que se reflita em cada sorriso e emoção vividas por vocês, ao lerem mais este livro.

E se tiverem amado, como eu amei escrever, deixem um comentário feliz para que outros leitores possam ficar motivados a conhecer um pouco mais de Vic e Ayla. Espero que tenham gostado da participação especial...

Lov Ya'll,

M.S. FAYES

RENASCIDO DAS CINZAS

Palavras frias, sonhos em vão
Saudade eterna, ardente aflição
Amor puro, tormento sem fim
Desejo intenso, voltando a mim

Solidão fugaz, vivendo em sombras
Beijos roubados, sensações efêmeras
Sonhos conturbados, coração a mil
Agarrando o futuro, rendição febril

Química perfeita, ao sabor do vento
Toque sutil, doce alento
Nova vida, sentimento certo
Sonhando acordada, cada vez mais perto

Corpos sedentos, sempre em movimento
Sentindo as batidas, a cada momento
Ciúmes pulsantes, fagulhas do medo
Afogado em angústias, por temor eu cedo

Paixão vibrante, Conflitos que doem
Desespero pungente, sonhos que não se destroem
Fogo que se combate, Ódio volátil a surgir
Amor renascido das cinzas... juntos estaremos a seguir...
Na esperança do porvir...

A The Gift Box é uma editora brasileira, com publicações de autores nacionais e estrangeiros, que surgiu no mercado em janeiro de 2018. Nossos livros estão sempre entre os mais vendidos da Amazon e já receberam diversos destaques em blogs literários e na própria Amazon.

Somos uma empresa jovem, cheia de energia e paixão pela literatura de romance e queremos incentivar cada vez mais a leitura e o crescimento de nossos autores e parceiros.

Acompanhe a The Gift Box nas redes sociais para ficar por dentro de todas as novidades.

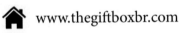 www.thegiftboxbr.com

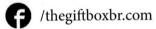 /thegiftboxbr.com

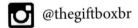 @thegiftboxbr

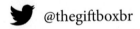 @thegiftboxbr

 bit.ly/TheGiftBoxEditora_Skoob

Impressão e acabamento